# 삼국유사 속 시공과 세상

서 철 원

지식과교양

이 저서는 2021년 대한민국 교육부와 한국학중앙연구원(한국학진흥사업단)을 통해 K학술확산연구소사업의 지원을 받아 수행된 연구임(AKS-2021-KDA-1250006)

이 저서는 2021년 대한민국 교육부와 한국학중앙연구원(한국학진흥사업단)을 통해 K학술확산연구소사업의 지원을 받아 수행된 연구임(AKS-2021-KDA-1250006)

# 머리말

『삼국유사』의 '유(遺)'는 잃어버렸다는 뜻도 되고, 남겨졌다는 뜻도 된다. 여기서 『삼국사기』에 없는 내용은 『삼국사기』의 입장에서는 빠뜨리고 버린 것들일 테지만, 이렇게 별도의 문헌으로 달리 전해지므로 결국 남겨졌다고 할 수도 있다. 버려진 것들을 추리다 보면 체계적인 구성을 갖추기도 어려웠을 텐데, 고유문화와 보편 종교, 정치사와 문화예술사, 현실과 비현실 사이의 병행과 조화가 꼼꼼하고 치밀하다. 『삼국유사』에 같은 성격의 글이 연달아 이어진 적은 그리 흔하지 않았지만, 쭉 읽다 보면 잊을 만할 때 앞서 만났던 시간과 현장, 인물들과의 만남과 체험이 어느새 비슷한 모습으로 다시 등장하곤 한다. 마치 그 어떤 것들과도 영원히 이별하지는 않고 결국 다시 만나기 마련이라 알려주는 것 같다. 그렇게 『삼국유사』를 거듭 읽으면서, 내 그리운 사람들과 언젠가 어느 곳에서 무엇이 되어 다시 만나리라는 꿈과 상상을 이어갈 수 있었다.

그렇게 지난 10여 년 동안 향가와 신라 문학을 공부하느라 『삼국유사』를 마주하며 생각하고 느꼈던 일들의 일부를 다시 정리했다. 고려 시대 사람들의 눈을 거치기는 했지만 천 수백 년 전의 시간을 넘게 되니 자연히 시간 의식에 주목하였고, 이제 우리 사는 세상에 나타나 주지 않는 귀신, 도깨비, 요괴, 조상님 등 비현실적인 이들과 어울려 만들어간 색다른 현장에도 눈길이 갔다. 그렇게 멀고도 가까운 시공 속의 만남과 이별을 한 사람의 인생으로 다 겪을 수야 없겠지만, 『삼국유사』는 막막한 무한을 우리 세상 속의 유한한 체험 하나하나로 정성껏 꾸며서 생각보다 친근하게 전해주고 있었다.

그러나 이 책은 『삼국유사』의 친근함과 깊이가 무색하게도, 친절한 안내서라고도 깊이 있는 학술서라고도 하기 어렵게 되었다. 또한 오랜 시간 붙들었던 고민과 문득 떠오른 착상 역시 구별할 수 없을 만큼 뒤섞여버렸다. 그러나 한국학을 배우려는 외국인들을 위한 K-학술확산연구소 사업을 위해 『삼국유사』가 포함된 수업을 준비하며, 그리고 한국문학관의 『삼국유사』 기획 전시 준비에도 참여하면서, 이쯤에서 작은 비망록이나마 남겨야 더 나은 후일을 도모할 수 있겠다고 판단했다. 이렇게 『삼국유사』를 지니고 더욱 큰 세상을 만나라는 뜻도 그저 우연만은 아니겠고, 그간 강의와 발표 경험 덕에 무모한 용기를 더했다. 끝으로 오랫동안 기다려 주신 지식과교양 윤석산 사장님과 편집자 윤수경 선생님의 노고에 깊이 감사드린다.

고향과 이름이 같은 쑥고개에서
서철원

# 목차

# 『삼국유사』와 이 책의 구성

　이 책에서 시간과 현장, 체험이라는 주제어를 통해 첫째, 우리 시대에서 『삼국유사』의 시대로 넘어가기, 둘째 『삼국유사』의 현장과 동아시아 및 우리 공간과의 관계, 셋째 『삼국유사』 속 체험을 공유하고 공감하려면 필요한 전제 등을 구상해 보겠다. 이 과정에서 그 시대의 현장에서 사람들을 만나 그들의 사상과 감정을 공유하고 공감하는 것을 목적으로 삼았다.

　본격적인 논의를 수행하기에 앞서, 『삼국유사』에 관한 배경지식을 간추려 정리하고, 이 책의 전체적인 구성과 흐름을 제시하겠다.

## 『삼국유사』에 관한 배경지식

　『삼국유사』라는 제목에서 '유사'는 빠뜨린 일, 남겨둔 일 혹은 버려진 일 등으로 풀이할 수 있다. 그렇다면 어째서 빠뜨린 일들을 애써 모은 것일까? 바로 나라에서 펴낸 역사책인 김부식의 『삼국사기』를 나름대로 의식한 표현이다.

　이 때문에 『삼국유사』는 여러모로 『삼국사기』와 비교되곤 하였다. 이를테면 『삼국사기』가 왕권의 강약과 귀족 세력의 부침에 따른 정치사를 바탕으로 서술되었다면, 『삼국유사』는 불교와 고유신앙의 대립과 화해, 향가를 비롯한 문학과 미술 작품, 건축물의 조성 등 종교를 중심으로 한 문화사의 영역을 해명하고 있다. 이에 따라 『삼국사기』가 본기와 열전에 수록된 현실 세계의 역사를 지향하는 것과는 대조적으로, 『삼국유사』는 기이편과 감통편을 비롯한 여러 대목에서 현실 바깥의 존재들을 만나고 체험하는 과정에 관심을 기울여 왔다.

책의 체제를 놓고 보면 『삼국사기』는 일종의 사전에 가까운 책이지만, 『삼국유사』는 짤막한 이야기들을 모아놓은 모음집에 가깝다. 따라서 우리가 『삼국사기』를 읽을 때면 통독을 하고 나서 필요한 내용을 간추리거나, 검색을 통해 선별해서 읽게 된다. 그러나 『삼국유사』를 읽을 때는 꼭 그렇게 뚜렷한 목적을 지니고 읽을 필요 없이, 아무 곳이나 펼쳐 읽고 이해가 되지 않으면 그런대로 다른 곳을 읽더라도 무방하다. 목적 없는 자유로운 읽기야말로 빠뜨린, 남겨둔, 그리고 버려진[遺] 일을 부담 없이 대할 수 있는 자세일 것이다.

여기서 『삼국유사』를 지은이가 왜 『삼국사기』가 빠뜨린 일들을 굳이 정성스레 모았을지 생각해 보자. 그것은 소박하게 말하자면 다양성을 위한 것이었다. 사람마다 눈이 둘인데도 역사를 보는 눈은 하나뿐이라면 얼마나 부자연스러운 일인가? 특히 공식적으로 출간된 역사책에는 등장하지 않았을, 입에서 입으로 전해졌던 특정한 지역과 계층의 목소리는 시간이 흐르면 이내 사라지고 마는 것들이다. 역사를 보는 눈이 여럿이라면 역적이 민중 영웅이 되는가 하면, 악녀가 여성의 입장을 항변한 입체적 인물이 되기도 한다. 『삼국유사』 자체가 그런 혁신적인 생각의 산물이라 할 수는 없어도, 공식적인 사관의 평만이 유일한 역사의 눈이 되는 것을 경계하기에는 충분하다.

『삼국유사』는 역사 이해의 다양성뿐만 아니라, 세상을 바라보는 다양성을 마련해 주려고도 한다. 좀 낭만적으로 말하자면 '사람의 세상만이 유일하지 않다.', '사람이 세상의 유일한 주인공은 아니다.'라는 관점을 취하고 있다. 『삼국유사』에는 다른 세상에서 온 귀신도 나오고, 도깨비도 나온다. 그러나 그들은 사람을 죽이거나 괴롭히는 괴수가 아니다. 사람을 위해 다리를 놓아주기도 하고, 다른 세상을 오가는 수고를 마다하지 않는 우리 이웃들이었다. 그래서 사람들은 귀신과 도깨비에게 벼슬도 주고 혼인도 시켜서 어울려 살았다. 어떤 연구에서는 처용(處容)을 비롯한 이런 존재들 가운데 일부를 외국인으로 보기도 한다. 그렇다면 『삼국유사』의 세상은 다문화사회이다. 외국인에 대한 편견이 없을 뿐만 아니라, 다른 세상에서 온 존재들까지도 넉넉한 인심으로 대했다. 이러한 '감통'이야말로 오늘날에도 유효한 고전의 가치가 아닐까?

그리하여 『삼국유사』는 모든 것을 인연의 얽힘으로 생각하고, 인연의 원인과 결과가 맞물린 서사를 무엇보다 소중하게 대하고 있다. 이것은 『삼국유사』를 지은이가 불교에 속해서이기도 하겠다. 그렇지만 우리가 유념할 점은 무엇이 세상을 만들어가는가의 문제이다. 물론 제왕과 귀족들의 정치 권력, 국가의 흥망성쇠는 『삼국사기』와 『삼국유사』가 함께 중시했던 요소이다. 그러나 『삼국유사』는 이름을 남기지 못한 사람들의 만남과 헤어짐이 무수히 모여 만들어가는 세상과 역사에도 관심을 남겨두고 있다. 그래서 이름 모를 월명사의 누이를 추모한 〈제망매가〉가 신라 경덕왕 때의 권력 다툼 못지않은 비중을 지닐 수 있는 것이며, 이 시를 읽으며 추모의 정을 공유한 무수한 사람들의 마음이 〈제망매기〉에 천년이 넘는 생명력을 주었다. 너무 짧은 허망함 때문에 도리어 더 소중한 인연은 『삼국유사』 속 이야기의 중심을 이루는 서사이기도 하지만, 이 책 바깥세상에서 살아가는 우리가 매일 겪으며 실감하는 일이기도 하다.

『삼국유사』의 체제는 흔히 왕력편, 기이편과 그 밖의 것들을 모은 나머지를 포함한 셋으로 나눈다. 이 가운데 맨 첫 부분인 왕력편은 연표, 계보에 해당한다고 할 수 있을 텐데, 다른 부분과 성격도 다르고 기이편의 내용과 일치하지 않는 부분도 있어 연구 목적이 아니라면 자주 읽지는 않는다.

기이편은 여느 역사책의 '기(紀)', 그러니까 '본기'에 해당할 부분으로서 임금과 관련된 이야기가 주로 나온다. 그런데 뒤에 '이(異)'가 붙어 현실 속의 권력 관계 못지않게 환상 속 존재와의 관계도 상당한 비중을 차지하고 있다. 주목할 점은 '이'에 해당하는 존재들도 어느 정도는 현실 권력에 이바지하거나, 현실 권력을 존재 기반으로 삼고 있다는 점이다. 건국 신화의 신비한 요소들은 물론, 통일 직후 신라 신문왕이 용에게서 얻었다는 '만파식적(萬波息笛)'은 나라를 지키는 새로운 상징물이 되었고, 신라 후기 처용의 가무 활동은 나라가 망하기까지의 과정을 예고하고 경계하는 역할을 맡기도 하였다. 따라서 기이편은 환상 속의 존재들이 현실 세계에 영향력을 행사하는 내용이라 할 텐데, 그들이 무용, 음악 등 문화와 예술을 매개로 활동하고 있다는 점을 눈여겨볼 만하다. 요컨대 이들에 대한 환상, 상상은 문화 예술의 사회적 힘을 상징하는 것이며, 그 영향은 후대의 문화 예술에까지 끼치고 있다.

기이편 이후에는 당나라, 송나라의 고승전과도 유사한 제목을 많이 취하고 있다. 이 때문에『삼국유사』자체를 일종의 고승전으로 보는 시각도 있었지만, 여기서는『삼국유사』에 적극적으로 활용된 비 불교적 요소들을 고려하여 그렇게까지는 보지 않겠다. 각 편의 제목은 흥법편, 탑상편, 의해편, 신주편, 감통편, 피은편, 효선편 등으로 되었다.

이 가운데 흥법, 탑상, 의해편은 본격적으로 불교적인 내용이다. 흥법편은 불교의 전래에 관한 이야기, 탑상편은 불교 신앙의 물질적 근거, 의해편은 경전의 전파와 그에 따른 불교 정신의 정착 과정을 주로 보인다. 한편 신주편은 불교와 주술(보기에 따라서는 밀교)이 병행되는 양상을 보여, 불교의 현실적 권능 혹은 다른 유파와의 교섭 양상을 묘사하고 있다. 앞의 셋과는 그 양상이 다소 다르다. 이어지는 감통편은 다른 세상 및 그에 속한 존재들과의 감응과 소통을 주된 내용으로 삼고 있는데,『삼국유사』후반부에서 가장 중요하며 널리 알려진 이야기 중 다수가 이에 속한다. 끝으로 피은편을 통해 속세를 벗어난 이들을, 효선편을 통해 속세의 윤리를 실천하는 모습을 대비하고 있다. 마지막 두 편은 속세와의 관계를 어떻게 맺어갈지에 대한『삼국유사』의 방향을 시사하고 있는데, 은둔과 실천 양쪽을 모두 존중한 것이라 할 수 있다.

이렇게『삼국유사』는 역사와 세상을 바라보는 눈의 다양성을 내세우고 있으며, 본서 자체가 불교와 비 불교의 공존, 정치와 문화의 병행, 인간과 비인간의 화해를 바탕에 깔고 있다. 다양성의 문제는 오늘날의 우리에게도 여전히 유효하며, 분노와 울분으로 가득 찬 우리 세상에 인문학이 어떤 이바지를 할 수 있을지에 대한 고심을 포함하고 있다.

# 이 책의 구성과 흐름

이 책의 1부는 『삼국유사』의 시간 속에서의 만남을 돌이켜 보았다.

『삼국유사』의 시간은 흔히 신화와 역사 사이에 걸쳐 있다고도 하며, 기이편의 첫머리를 장식하는 건국 신화가 곧 한국사의 출발점이기도 했다는 점은 이런 인식의 주요한 근거가 된다. 그러나 이 책에서는 널리 알려진 남성 영웅의 건국 과정 못지않게, 사라진 건국 신화의 이본들에도 주목하고자 했다. '이본'이라 표현하면 너무 거창하겠지만, 북부 신화에서 웅녀와 유화의 역할이나 남부 신화에서 시조(들)을 낳는 어머니의 비중이 지금보다는 더 컸으리라고 파악했다. 이를 지금껏 우리가 만나지 못했던 '사라진 건국 신화 속 여신들과의 만남'이라 부르겠다.

고구려와 백제도 마찬가지였겠지만, 신라는 여러 가문이 왕위를 계승할 자격을 갖추고 있었다. 그리고 다른 나라와는 달리 왕족들의 성이 각각 박·석·김이었다고 구체적으로 나와 있다. 따라서 각자 별개의 시조 신화를 지니고 있는데, 종래에는 이들의 상보적 관계에 주목하는 편이 일반적이었다. 그러나 부분적인 연결에도 불구하고 각각의 가문은 뚜렷한 개성도 지니고 있었다. 박·석·김 세 가문을 통해 이들이 서로를 어떻게 규정하고 정치적 관계를 형성했을지 추정하며, 이를 '한 왕국 속 서로 다른 시조들과의 만남'으로 이름 붙였다.

나라의 체제가 갖추어지자면 사회 통합을 위한 이념과 사상이 필요하게 된다. 삼국 시대 역시 불교와 유교, 도가사상 등을 차례로 수용해서 고유문화의 특색을 다변화하며 저마다 시대적, 지역적 과제를 해결하고자 하였다. 9세기 최치원의 '풍류' 론은 풍류라 불렀던 고유문화가 어떻게 유·불·도 3교를 수용했는지 밝히고 있다. 이 자료는 『삼국사기』에 실려 있지만,『삼국유사』에 등장하는 화랑의 기원과도 밀접한 관계가 있으며,『삼국유사』에 실린 화랑과 통합사상의 역할을 설명하기에 유용한 토대이다. 따라서 여기서 풍류를 토대 삼아 '고유 사상과 동아시아 여러 사상의 만남'을 살피겠다.

이렇게 시간을 넘어 여성 건국 영웅들, 한 왕국의 여러 왕족 가문 시조들, 고유문화와 외래 보편사상이 융합한 모습 등을 만나보려 한다.

2부에서는『삼국유사』의 현장 속 사람들에 대하여 생각해 보았다.

현장이라면 옛 절터와 산악, 거석 등의 사적지가 먼저 떠오를 수도 있겠으나, 사실『삼국유사』에서 문화적으로 가장 중요한 현장은 '바다'였다. 바다를 통해 사람과 사람이 오가고, 그들이 지니고 온 문명과 문명의 여러 요소가 충돌하고 어우러졌다. 일찍이 석탈해와 연오랑 · 세오녀의 도래와 이주도 그런 성격을 지니고 있지만, 여기서는 신화시대를 벗어난 수로와 처용의 바다를 논제로 삼았다. 수로는 해룡에게 납치되어 동해로 떠났지만, 처용은 같은 바다에서 우리 세상으로 와서 나름 적응하여 살고 싶어 했다. '바다 저편을 오고 가며 소통한 사람들'을 통해 바다라는 현장의 문화적 성격을 알아볼 것이다.

그런데 수로와 처용처럼 다른 세상을 오가며 낯선 존재들을 만난 사례는『삼국유사』뿐 아니라 동아시아 전역에 상당히 많다. 그리고 그저 문명 교류의 대업만을 추구하느라 바빴던 것이 아니라, 사람과 사람 사이에서도 나타나기 어려운 깊고 진지한 사랑을 비인간 이류들과 나누기도 했다. 한 · 중 · 일 세 나라의 문화사적 관심사는 매우 달랐음에도, 이들 설화는 그 어떤 인간보다 고결한 마음을 지닌 비인간이 존재할 수 있음을 다같이 증언하고 있다. 반면에 인간의 탈을 썼지만 비인간적인 인간들도 등장시켜, 결국 '인간적'이란 건 무엇일까 성찰하게 만든다. 이는 『삼국유사』의 특징이기도 하지만, 설화 문학을 동아시아적 관점에서 바라볼 때 더욱 풍부하게 드러나는 경향이다. 따라서 '다른 세상에 속한 존재들을 사랑한 동아시아 사람들'을 통해, 우리는 고대 한국과 동아시아의 인간들이 살아간 무대와 그 현장에 또 다른 시각으로 공감할 수 있다.

『삼국유사』를 이렇게 지역적 시야를 벗어난 동아시아적 관점에서 바라볼 필요도 있지만, 『삼국유사』와 오늘날의 우리와의 관계 역시 이에 못지않게 중요하다. 그러므로 『삼국유사』 대중화에 대한 요청 역시 여러 예술 매체의 현장에서 이루어졌다. 이에 따라 현대인들과 『삼국유사』 사이를 이어주었던 지금까지의 번역본 성향을 대략 분류하고, 그 대중화의 현장이 나아갈 지점도 생각할 필요가 있다는 것이다. 이를 위해 '번역과 대중화를 통해 현장을 재현하는 사람들'을 떠올려 보고, 이들의 노력이 결국 현재의 경주라는 문화적 현장의 조성과 구축에 이바지한 부분까지 정리하고자 한다. 이런 현장이 다시 마련된다는 것은 『삼국유사』의 시공간이 현재에 부활한다는 뜻도 있지만, 결국 현대인들의 관심과 입맛에 맞는 쪽으로 특화되기 마련이므로 『삼국유사』 당시와 완전히 똑같게 될 수야 없는 노릇이다. 그 괴리감을 당연한 것으로 받아들일지가 문제이기도 하다.

이렇게 바다, 동아시아, 현대라는 각각의 현장에서 사람들과 다른 세상의 존재들 사이의 소통을 떠올릴 것이다.


3부에서는 『삼국유사』의 세상 속 체험에 주목하였다.

앞서 신화와 역사의 시간, 동아시아라는 지역으로 확장해서 바라보았던 문화사의 여러 유산은, 결국 '다른 세상에 속한 이들을 만나는 체험'

가운데 일부였다. 이번에는 1부와 2부의 결과에도 유의하며, 이들과 만나는 체험이 『삼국유사』 전체의 주제와 지향과 맞물린 지점을 돌이켜 보았다. 이는 오늘날 우리가 다양성과 다원성, 다문화를 마주 보는 시선에도 어느 정도 영향을 끼칠 것이다.

　다양성을 존중하고 다원성을 긍정하기 위해서는 차별이나 분별을 넘어서는 초월적 인식이 필요하다. 『삼국유사』와 불교는 이를 여러 개념과 용어, 이야기와 시를 통해 힘써 주장하고 있는데, 여기서는 원효가 나오는 여러 편의 설화를 통해 '성자와 범인의 경계를 넘나드는 체험'을 논의할 것이다. 원효는 해골물을 마시고 깨끗함과 더러움이 마음먹기에 달렸다는 깨달음을 얻었다고 하면서도, 『삼국유사』에서 관음보살을 만나러 갈 때는 더러운 물을 버리고 깨끗한 물을 골라 마시고 있다. 이것은 지난날의 성취를 믿고 오만해져서 방심한 것이다. 이렇게 원효뿐만 아니라 자신의 업적을 과신하고 오만한 성자가 한순간에 범인보다 못한 존재로 전락하는 이야기는 곳곳에 남아 있는데, 이를 통해 오만과 참회가 서로 넘나드는 유연성과 다원성을 확보할 수 있었을지 모색하고자 한다.

　한 인간이 성과 속을 넘나들기도 하지만, 『삼국유사』의 세상에서는 모든 존재가 이승과 저승을 넘나들기도 한다. 그것을 불교에서는 윤회라고 불렀으며, 다시는 윤회에 들지 않는 영원한 죽음을 정토왕생 혹은 열반이라 할 수 있겠다. 『삼국유사』 속 향가 몇 편은 소멸과 죽음에 관한 통찰을 통해 영원한 죽음에 이르는 체험을 상상해 왔는데, '이승과 저승에 얽힌 종교적 체험'이 여러 편의 향가로 구현된 양상을 시기별로 감상할 것이다.

　이렇게 『삼국유사』는 상상속의 환상, 성스러운 존재, 죽음 저편의 공간 등이 우리 사는 세상과 그리 멀거나 다르지 않다는 체험을 하게 한다.

4부는 지금까지 제시한 만남, 사람들, 체험 등의 주제어에 대한 요약 정리와 함께 앞으로의 과제를 전망하였다. 신화와 역사의 시간 속에서의 만남, 현실과 비현실이 어우러진 세상에서 살아가는 사람들, 만남과 이별이며 성과 속, 이승과 저승을 넘나들며 경계를 허물었던 체험, 이들은 '삼국유사의 시공과 세상'을 이루며 우리에게 이 시공과 세상에 동참하라고 촉구하고 있다. 이를 위해 동아시아적인 너른 관점과 한국식 세계관을 생각하는 깊이가 함께 필요하다.

그리고 마지막에 부록으로 고대시가와 향가의 이해를 위한 간략한 정리를 덧붙였다. 아무래도 3장의 마지막 항목만으로는 향가에 관한 설명이 부족하다고 판단하여, 서술 방향의 차이를 무릅쓰고 실어두고자 한다.

# I

## 삼국유사의
## 시간 속 만남

# 사라진 건국 신화 속 여신들과의 만남

## 1. 주목받지 못했던 건국 영웅들

여기서는 고대 한국의 건국 신화에 두루 보이는 '여신'의 형상을 함께 견주어 봄으로써 그 문화사적 의미를 조명하고자 한다. 이 작업을 통해 여신의 형상이 신화에 따라 달라지는 양상을 체계적으로 정리하는 한편, 고대인들의 국가관과 그 의미를 새롭게 모색할 단서를 마련할 수 있기를 바란다.

단군신화의 웅녀, 동명신화[1]의 유화, 백제 건국 신화의 소서노, 신라 건국 신화의 선도산 성모, 대가야 건국 신화의 정견모주 등은 건국 시조

---

1) 이 명칭은 우리에게 '고구려 건국 신화'로 알려진 신화가 실상은 부여와 고구려가 공유하고 있었던 것임을 고려한 것이다. 현존 최고(最古)의 고구려 건국 신화 관련 기록인 1세기의 『논형(論衡)』에서 이 신화를 부여의 시조와 연결시키고 있다. 이에 여기서는 이 신화를 '동명신화'로 부르고자 한다.

를 출산한 '어머니'라는 점에서 주목을 받아왔다.[2] 그러나 이러한 주목은 여성성 혹은 모성에 대한 관심에 국한되는 경우가 대부분이었다. 건국 신화의 맥락에서 이들이 신화적 존재로서 신의 자격을 획득해가는 과정, 그리고 신격을 획득한 이후의 상징성 등에 관한 논의는 크게 부각되지 않았다. 유화가 지닌 곡신의 면모[3], 선도산 성모와 정견모주의 여산신으로서의 성격 등에 더러 주목하기도 했지만, 텍스트 전체의 문맥을 고려한 성과로 보기는 어렵다.

그러다가 동명신화의 '유화'가 건국 시조의 신성성을 확보하기 위한 근거로 형상화되어가는 과정에 주목한 성과가 있었다.[4] 논자에 따르면 유화가 2차례에 걸쳐 임신하고 곡신의 성격을 갖게 되는 배경을 고구려가 농경사회로 진입해가는 과정에서 요청되는 건국 시조의 덕목을 획득해가는 단계의 맥락에서 이해할 수 있다고 한다. 이러한 견해는 여신의 표상을 추상적인 여성성에 대한 집착이 아닌 신화 텍스트 자체의 문맥으로부터 도출시켰다는 점에서 의의를 지닌다. 그러나 이러한 성향을 신화 보편의 것으로 간주하여 확장하기에 앞서 '고대 한국'이라는 지점에서의 의미를 먼저 생각해야 하겠다.

한반도 남부 지역의 '성모 신화'에 대한 관심은 박상란에 의해 본격화되었지만, 신라와 대가야의 경우에 국한되었고 백제의 소서노는 다루지

---

2) 천혜숙, 「여성신화연구(1): 대모신(大母神) 상징과 그 변용」, 『민속연구』1, 안동대 민속학연구소, 1991, 1~11면이 이와 같은 입장을 명료하게 보여주는 사례이다.
3) 미시나 아키히데 이래로 이러한 맥락의 연구에 대해서는 김화경, 『한국신화의 원류』, 지식산업사, 2005, 70~74면 참조.
4) 이주영, 「고구려 건국 신화의 이원적 구조와 문화기호」, 고려대 석사논문, 2009, 23~34면.

않았다.[5] 이러한 구도 설정은 소서노는 '여신'이 아니었기 때문이었을 것으로 보인다. 그러나 소서노 역시 2명의 건국 시조를 출산했다는 점에서 여신이 될 만한 자격은 충분하다. 그럼에도 여신이 될 수 없었던 이유를 밝히고, 백제와 대가야의 건국 신화가 실상 같은 구조를 지니고 있음을 거론한 성과 또한 있었다.[6] 이들 성과를 통해 '성모에 의한 형제 출산'이라는 한반도 남부 지역 건국 신화의 교집합이 드러날 수 있었다.

이제 위에서 정리한 문제의식에 따라 고대 한국의 건국 신화에 등장하는 여신의 형상화 과정을 살피되, 북방과 남방으로 나누어 정리하고 함께 견주어 살펴볼 것이다. 고조선과 고구려(동명신화)는 북방에, 백제, 신라, 대가야는 남방에 속하는 것으로 본다. 거칠게나마 정리하자면 북방 계통은 건국 시조를 출산하기까지의 과정이 상술되어 있으며, 고구려의 경우 건국에 조력하는 직능까지 부여되었다. 반면에 남방 계통은 여신의 본질에 대한 정의 또는 서사 문맥에서의 역할이 상대적으로 축소되어 있으며, 2인의 자녀를 출산하는 것으로 되어 있다. 게다가 이 2인의 자녀가 서로 어떤 관계를 갖는지에 따라 여신의 형상화 작업 또한 다른 방향에서 이루어진다. 여기서는 그 양상에 대한 고찰을 위주로 한다.

그러나 이러한 구분은 신화의 계통 또는 종족의 차이에 따른 것이 아니라, 고대국가가 성립하는 배경 혹은 주변 정황에 말미암은 것으로 본다. 요컨대 텍스트가 이루어진 문맥(context)에 따라 신화의 모습이 구분되었으며, 이러한 차이가 신화의 담당층 성분이나 계통에 말미암아 규정된 것은 아니라고 전제한다.

---

5) 박상란, 『신라와 가야의 건국 신화』, 한국학술정보, 2005, 140~149면.
6) 서철원, 「대가야 건국 신화와의 비교를 통해 본 백제 건국 신화의 인물 형상과 그 의미」, 『한국 고전문학의 방법론적 탐색과 소묘』, 역락, 2009, 377~397면.

## 2. 북방신화에서 모계의 인성과 신성

### 2.1. 단군신화에서 웅녀의 인성

단군신화는 고조선의 건국 신화이기는 하지만, 건국의 과정이 소상히 밝혀져 있지는 않다. 그보다는 단군의 혈통이 지닌 신성함의 근거를 알리는 쪽에 그 목적이 있는 것처럼 보인다. 널리 알려진 『삼국유사』에 따르면 이 신화의 내용은 다음과 같은데, 여기서는 일단 웅녀와 관련된 기록과 단군의 건국과정 관련 기록만을 살펴 보기로 한다.

① 그때 곰과 호랑이가 같은 굴에서 살며 항상 신웅(神雄)에게 빌되 "원컨대 변화하여 사람이 되어지이다" 하거늘, 한번은 신웅이 신령스러운 쑥 한 자래와 마늘 20개를 주고 이르기를 "너희들이 이것을 먹고 100일 동안 햇빛을 보지 아니하면 곧 사람이 되리라" 하였다. 곰과 범이 받아 3·7일에 곰은 여자의 몸이 되고 범은 사람이 되지 못하였다. 웅녀는 혼인할 이가 없으므로 항상 단수(檀樹) 아래 축원하기를 "아이를 배어지이다" 하였다. 신웅이 이에 잠깐 변하여 혼인하여 아들을 낳으니 이름을 단군왕검이라 하였다.

② 왕검이 요(堯)가 즉위한지 50년째에 평양성에 도읍하고 비로소 조선이라 일컫고, 또 도읍을 백악산 아사달에 옮기었는데, 그곳을 또 궁홀산(弓忽山), 또는 금미달(今旀達)이라고도 하니 치국하기 1천 5백년이었다. 주의 호왕 즉위년에 기자를 조선에 봉하매, 단군은 장당경(藏唐京)으로 옮기었다가 후에 아사달에 돌아와 숨어서 산신

이 되니, 나이가 1천9백8세였다 한다.[7]

　인용하지는 않았지만 ① 이전 부분에서는 환웅천왕이 신시에서 국가를 세우고 신하들의 도움을 받아 360여 가지의 제도를 정비하는 과정이 비교적 소상하게 밝혀져 있었다. 이에 비하면 ②의 단군왕검은 건국 과정이 불투명한데다가 주나라와의 대외 관계에 따라 그 위치가 휘둘리는 등 '건국의 영웅'으로서의 면모가 그리 뚜렷하지 못하다. 이러한 특성에 주목한다면 이 신화의 주인공은 단군이라기보다 환웅인 것처럼 보이기도 한다. 그러나 환웅과 단군은 모두 '갈등'을 경험하지 않았다는 점에서 서사의 진정한 주인공이라 할 수 있을지 의문이다. 환웅의 건국 과정에는 별다른 적수가 없었고,[8] 단군은 이민족과의 갈등 요인을 산신이 되는 것으로 회피하고 있다. 후대의 주몽에게서 보이는 갈등을 통한 성장은 보이지 않았다.

　단군신화에서 내·외적 갈등을 통해 질적으로 변화 또는 성장한 인물은 웅녀뿐이다. 그렇다면 웅녀의 이른바 '통과의례'에 대해서 좀더 적극적인 의미 부여가 필요하지 않을까? 『삼국유사』와는 계열이 다른 『제왕운기』의 단군신화는 단군의 어머니가 약을 먹고 사람이 되어 박달나무 신의 아들과 혼인하는 것으로 되어 있기도 하다.[9] 계열이 달라지더라도

---

7) 일연, 『삼국유사』 기이 제1·고조선 왕검조선(이하 삼국유사와 삼국사기 번역은 이병도의 성과가 누리미디어에 의해 전산화된 것을 활용하되, 지나치게 예스러운 표현은 다소 윤문하였다.

8) 여기서는 전통적 가설 가운데 하나인, 호랑이와 곰의 등장이 각각의 토템 부족과 환웅 세력 사이의 갈등 또는 협력으로 해석할 여지를 부인하지는 않는다. 그러나 이러한 가설은 텍스트 문면에서 도출되지 않았다는 제약이 있음은 짚고 넘어갈 필요가 있다.

9) 이승휴, 『제왕운기』.

다른 세상의 존재였던 – 건국 시조의 어머니가 '사람'이 되기 위한 통과 의례를 반드시 거쳐야 했다는 것이 공통적이다. 그렇다면 이계로부터 인간에 편입되는 '건국 시조의 어머니'야말로 단군신화의 진정한 주인공은 아닐까 싶다. 단군 관련 기록이 마치 후일담처럼 간략하게 처리된 이유는 이 텍스트의 중심이 웅녀에게 있었기 때문이었던 것으로 여겨진다.

그러나 환웅이 사라질 때, 때를 같이하여 웅녀도 사라진다. 이 때문에 웅녀에게 궁극적으로 어떤 성격의 신성이 부여되었는지 판단하기는 어렵다.[10] 적어도 단군은 '산신'으로 일컬어지고 있지만, 웅녀의 성격은 다소 모호하다. 『삼국유사』의 설명처럼 '곰'으로 표상되는 땅의 신 또는 토템인지, 『제왕운기』에 기술되었듯 하늘의 신 계열의 후손인지 선택하기 쉽지 않다. 그러나 여기서 주목할 점은 어머니의 본성이 무엇이었건 간에 시조를 출산하기 위해서는 '사람', 곧 '인성'을 갖춰야 했다는 사고이다. 『삼국유사』의 환웅이 사람으로 화했다는 것은 웅녀의 인성에 동의했다는 의미이다. 게다가 사람으로서 인성을 출산에 필수 불가결한 요소로 판단한 것은 두 계열에 공통적인 속성이기도 하다. 시조 단군은 신성한 존재이지만 동시에 사람의 아들이기도 하다는 인식이다. 다른 건국신화의 주인공들은 '사람의 아들'이기를 거부하는 듯한 인상인데,[11] 단군에게는 '인성'이 그 자체로 중대한 의미가 있었던 것이다.

---

10) 웅녀의 통과의례를 수렵신에서 지모신으로의 전환으로 평가한 성과도 있다(권오경, 「동아시아 곡신신화 연구」, 『어문학』102, 한국어문학회, 2008, 207면). 그러나 단군신화에서 웅녀가 '천신의 배우자이기에 지모신이 되었다'는 것보다는, 환웅이 웅녀의 짝이 되기 위해 사람으로 변화해야 했다는 점이 더 중요한 요소가 아닐까 싶다. 결국 단군신화에서 웅녀가 획득한 것은 신성이 아닌 인성이라고 본다.
11) 다만 예수는 자신을 인자, 사람의 아들로 자칭하고 있다. 마가복음 2장 10절 등 여러 곳.

요컨대 단군신화는 건국 시조의 어머니 웅녀가 주인공에 가까운 역할을 하고 있는데, 이계의 존재였다가 통과의례를 통해 인성을 획득하는 것으로 되어 있다. 그러나 동명신화는 전승 과정을 통해 유화에게 더 큰 신성을 부여함으로써 건국 시조를 사람의 아들보다는 신들의 아들로 만들고자 했다는 차이를 보인다.

## 2.2. 동명신화에서 유화의 신성

동명신화의 주인공은 부여 또는 고구려의 시조로서, 이 텍스트는 동일 계통의 부족들이 공유하고 있었던 것으로 보인다. 본래는 해모수 또는 하백에 해당하는 인물은 없었는데 전승 과정에서 이들을 시조로 하는 집단이 고구려에 포섭됨에 따라 텍스트가 개편되면서 추가되었다.[12]

주목할 점은 1세기의 『논형』에서는 여종에 불과했던 시조의 어머니가 5세기의 『광개토왕릉비문』에서는 '하백의 딸'이라는 물의 신 계통의 신성한 존재로 재해석되었다는 것이다. 덧붙여 유화가 5곡의 씨앗을 비둘기를 통해 주몽에게 전해주는 곡신(穀神)으로서의 상징성도 추가된다.[13] 이것은 유화가 ① 해모수 ② 햇빛을 통해 2번 임신하는 일과 더불어 시조가 갖춘 신성성의 주요 근거가 된다.[14] 그러나 아래의 『광개토왕릉비문』을 보면 곡신의 성격은 상당히 후대에 추가된 것처럼 보이기도 한다.

---

12) 그 과정은 조현설, 『동아시아 건국 신화의 역사와 논리』, 문학과지성사, 2003. 246~265면 참조.
13) 김화경, 앞의 책, 같은 곳.
14) 이주영, 앞의 글, 같은 곳.

옛적 시조 추모왕(鄒牟王)이 나라를 세웠는데 왕은 북부여에서 태어 났으며, 천제의 아들이었고 어머니는 하백의 따님이었다. 알을 깨고 세상 에 나왔는데, 태어나면서부터 성스러운 …… 이 있었다(5자 불명). 길을 떠나 남쪽으로 내려가는데, 부여의 엄리대수(奄利大水)를 거쳐가게 되었 다. 왕이 나룻가에서 "나는 천제의 아들이며 하백의 따님을 어머니로 한 추모왕이다. 나를 위하여 갈대를 연결하고 거북이 무리를 짓게 하여라"라 고 하였다. 말이 끝나자마자 곧 갈대가 연결되고 거북떼가 물위로 떠올랐 다. 그리하여 강물을 건너가서, 비류 고을 홀본 서쪽 산 위에 성을 쌓고 도 읍을 세웠다. 왕이 왕위에 싫증을 내니, 하늘님이 황룡을 보내어 내려와서 왕을 맞이하였다. 이에 왕은 홀본 동쪽 언덕에서 용의 머리를 디디고 서 서 하늘로 올라갔다.[15]

이 자료는 5세기의 고구려 당대 공식 기록임에도 불구하고 해모수가 등장하지 않기 때문에, 해모수 집단의 참여는 상당히 후대에 이루어진 것으로 보아야 한다고 한다.[16] 그렇다면 해모수와 마찬가지 근거로 곡신 으로서 유화의 성격은 후대에 추가된 것으로 보아야 한다. 그러나 종래 의 연구에서는 고구려 건국지의 원주민들에게 수신·곡신으로서 여신 에 관한 전승이 있었다는 가설을 세웠다.[17] 곡신 전승이 선주민들에게 있었을 그 가능성을 전면 부인하지는 않겠지만, 모계의 신성이 점점 강 조되는 방향으로 동명신화의 재편성이 일어나면서 추가된 성격이었을 가능성에 더 주목하고자 한다. 유화에게 신성이 추가되는 과정은 대략

---

15) 「광개토왕릉비문」, 『역주 한국고대금석문』1, 가락국사적개발원, 1992, 3면.
16) 이 기록에서 주몽이 자신을 '천제의 아들'로 칭한 것 또한 '천제의 아들'을 자처한 해 모수의 개입 가능성을 차단하고 있다.
17) 조현설, 앞의 책, 같은 곳.

다음과 같다.

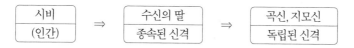

그런데 여기서 곡신, 지모신으로서의 성격이 애초부터 있었던 것인지는 섣불리 판단하기 어렵다. 곡신으로서의 유화는 고려 후기의 『동명왕편』에 비로소 등장하며, 『삼국사기』와 『삼국유사』에도 뚜렷이 보이지 않는 요소이다.

> 한 쌍의 비둘기가 보리를 머금고 날아와서 신모의 사자가 되었다. 주몽이 이별할 때에 차마 떨어지지 못하니 그 어미가 말하기를 '너는 나의 생각을 하지 말아라'하며 오곡의 종자를 싸서 그것을 보내 주었다. 주몽이 생이별하는 절실한 마음에 그 보리 종자를 잊어버렸다. 주몽이 큰 나무 아래서 쉬고 있는데 비둘기 한 쌍이 있어 날아와 앉았다. 주몽이 말하기를 '마땅히 이는 보리종자를 보낸 신모의 사자이다.' 이에 활을 끌어 그것을 쏘아 화살 하나에 모두 명중시켰다. 목구멍을 열어 보리 종자를 얻었다. 물을 뿜으니 비둘기가 다시 소생하여 날아갔다.[18]

〈동명왕편〉은 유화를 아예 '신모'로 지칭하고 있다. 이 기록이 유화를 곡신 나아가 지모신으로 단정하는 단서가 되었으며, 그것은 고구려의 경제가 수렵 단계에서 농경 단계로 이행하는 과정의 소산으로 이해되기

---

18) 雙鳩含麥飛. 來作神母使. 朱蒙臨別. 不忍睽違. 其母曰: "汝勿以一母爲念." 乃裹五穀種以送之. 朱蒙自切生別之心. 忘其麥子. 朱蒙息大樹之下. 有雙鳩來集. 朱蒙曰: "應是神母使送麥子." 乃引弓射之. 一矢俱擧. 開唯得麥子. 以水噴鳩. 更蘇而飛法云云.(이규보, 〈동명왕편〉).

도 했다. 그 가능성을 전면 부인하지는 않겠지만, 유화의 신성이 고구려 당대로부터 존재했을 가능성에 대해서는 신중할 필요가 있지 않을까 한 다. 오히려 시기적으로 더 앞선 『삼국사기』에는 다음과 같이 유화의 인 간으로서의 지혜가 강조되어 있으며, 신성의 흔적이 없는 인간적인 죽 음을 맞는 것으로 되어 있다.

> 왕자와 여러 신하들이 또 그를 모살하려 하므로, 주몽의 어머니가 비밀 히 아들에게 말하기를, "나라 사람이 장차 너를 해치려 하니 너의 재주와 지략을 가지고 어디에 간들 아니 되랴? 이곳에 지체하다가 욕을 당하느 니 멀리 가서 뜻깊은 일을 하는 것이 좋겠다"고 하였다. (중략)
> 14년 8월에 왕모 유화가 동부여에서 돌아가니, 금와왕이 태후의 예로 써 장사하고 드디어 신묘(神廟)를 세웠다. 10월에 왕이 사신을 부여에 보 내 공물을 바쳐 그 덕을 갚았다.[19]

웅녀가 단군의 건국과정에 아무런 역할을 하지 않고 사라졌던 것과는 달리 유화는 건국을 위한 직접적 계기가 되는 발언을 하고 있다. 이것은 단군신화에 비하면 진일보한 요소인 한편, 상당히 '인간적', '현실적'인 조치이기도 하다. 죽어서 부여에 신묘가 세워졌다지만 신으로서 숭배의 대상이 되었다는 의미로 단정하기는 어려울 듯하다. 그보다는 제대로 된 묘지를 갖추었다는 뜻으로 판단하는 편이 낫다.

이를테면 당초 유화의 형상은 웅녀와 마찬가지로 인성의 측면을 더 부각했다. 그녀는 난생 또는 감응에 의한 출산이라는 초자연적 현상 앞 에 무력한 일면도 있었지만, 아들의 명을 보전하고 그 재능에 맞는 영광

---

19) 김부식, 『삼국사기』권13, 고구려본기 제1.

을 위해 의연한 결심을 내리는 강인한 인성을 지니기도 했다. 그러나 웅녀가 이계의 존재였다가 신화 속에서 인성을 획득하게 되었던 것과는 대조적으로, 유화는 신화의 재편성 과정을 통해 신성이 더욱 크게 강조되었으며 결국 독립적인 신격의 지위에까지 이르게 되었다. 그 이유는 여러 가지가 있을 수 있지만, 그녀가 건국의 계기를 인간적인 지혜를 통해 제공했기 때문이기도 할 것이다. 요컨대 유화의 경우에는 '인간적'인 지혜가 신성을 갖추는 근거였다.

지금까지의 논의를 통해 북방신화에서 모계가 신화적 질서 속에서 인성을 갖추어가는 과정과, 그 인성이 신화적 재편을 통해 새로운 신성으로 거듭나는 과정을 고찰하였다. 그 과정을 거칠게 요약하자면 '여신의 탄생'이라고도 부를 만하다. 웅녀의 사례는 이계의 초월적 존재가 인간 영웅의 어머니가 되는 과정을 보여준다면, 유화의 사례는 비천한 인간이 현실을 좌우하는 권능을 갖춘 존재로 상승하는 여정을 드러낸다고 하겠다. 여기서 주몽은 신들의 아들이었던 만큼 그 권능이 단군에 비해 큰 것처럼 묘사되고 있는 듯하다. 이제 남방신화의 사례를 통해 여신의 활동을 좀더 살펴보겠다.

## 3. 한반도 남부의 성모와 형제 출산

### 3.1. 백제 건국 신화의 형제 갈등

백제 건국의 출발점은 앞서 살핀 유화의 결단을 연상시키는 부분이 있다. "태자에게 용납되지 못할까 두려워" 남하했다는 장면이 그것이다.

그런 점에서 백제 건국 신화는 동명신화와 유사한 계기에서 비롯된 '이주'를 포함했지만, 신성한 인물 또는 초자연적 현상이 일절 나타나지 않기 때문에 신화보다는 그저 설화로 취급받아왔다. 『삼국유사』 기이편에는 언급조차 되지 않았다. 게다가 비류, 온조, 구태, 도모 등 다양한 이름으로 그 시조가 등장하기 때문에 신화 연구의 주변이 될 수밖에 없었다. 그러나 후술하겠거니와 백제 건국 신화 역시 신라와 대가야의 성모 전승과 동일한 인물 관계를 내세우고 있는, 신화적 구조의 서사물이다.

① 백제의 시조 온조왕은 그 아버지가 추모, 혹은 주몽이라고도 한다. (중략) 주몽이 북부여에 있을 때 낳은 아들이 와 태자가 되자 비류와 온조는 태자에게 용납되지 못할까 두려워하여 마침내 오간·마려 등 열 명의 신하와 함께 남행하였는데, 따라오는 백성이 많았다. 드디어 북한산에 이르러 부아악(負兒嶽)에 올라 살만한 곳을 바라보았다. 비류는 해변에 살기를 원하였으나 열 명의 신하가 간하기를, "생각건대 이 하남의 땅은 북은 한수를 띠고, 동은 높은 산을 의지하였으며, 남은 기름진 못을 바라보고, 서로는 큰 바다를 격하였으니, 그 천험지리가 얻기 어려운 지세라, 여기에 도읍을 이루는 것이 좋겠습니다"고 하였다. 그러나 비류는 듣지 않고 그 백성을 나누어 미추홀로 가서 살았다.(중략)

② 혹은 이르기를, 시조는 비류왕으로서, 아버지는 우태니 북부여왕 해부루의 서손이며, 어머니는 소서노니 졸본인 연타발의 딸이다. 소서노가 처음 우태에게 시집가서 두 아들을 낳았는데, 장자는 비류요 차자는 온조였다. 우태가 죽자 소서노는 졸본에서 과부로 지내었다. (중략) 이에 비류가 온조에게 말하기를, '처음 대왕이 부여에서 난

을 피하여 여기로 도망하여 오자, 우리 어머니께서 재산을 기울여 도와 방업(邦業)을 이룩해 그 노고가 많았다. 대왕이 세상을 떠나자 나라는 유류(儒留)의 것이 되었으니 우리는 한갓 여기에 있어 혹과 같아 답답할 뿐이다. 차라리 어머니를 모시고 남쪽으로 가서 땅을 택하여 따로 국도를 세우는 것만 같지 못하다' 하고 드디어 아우와 함께 무리를 거느리고 패수와 대수의 두 강을 건너 미추홀에 가서 살았다 한다.

③ 『북사』와 『수서』에 모두 이르기를 동명의 후손에 구태란 이가 있어 인망이 두터웠다. 처음 대방고지에 나라를 세웠는데 한의 요동태수 공손도의 딸을 맞이하여 아내를 삼았다. 드디어 동이의 강국이 되었다고 한다.

④ 그 건국설에 있어 어느 편이 옳은지 알지 못하겠다.[20]

백제 시조에 관한 전승은 다소 복잡해 보이지만, 이들은 반고구려 계열로서 부여와의 혈연을 강조하는 '비류-구태' 전승과 친고구려 계열로서 고구려를 아버지의 나라로 인식한 '온조-도모' 전승[21]으로 양분할 수 있다. 이들의 혈연적 접점은 형제의 어머니인 소서노였지만, 그녀는 고구려의 조력자이자 배신자라는 이중성을 지니고 있기 때문에 양편 모두로부터 환영받지 못했다. 즉 반고구려적 성향이 강해서 자신들을 고구려와 동등한 부여의 후손으로 보는 집단에게는 주몽과 결혼한 탓에, 친

---

20) 김부식, 『삼국사기』 권23, 백제본기 1. 시조 온조왕.
21) 도모 전승은 『속일본기』에 보이는데, '도모'라는 명칭이 동명 혹은 주몽에서 왔으리라는 추정이 있다.

고구려적 성향이 커서 주몽을 아버지로 여긴 집단에게는 결국 주몽을 두고 떠난 인물로서 환영받지 못한 인물 형상이 소서노라는 것이다. 이 때문에 소서노는 다른 신화의 어머니들처럼 '성모'가 될 수 없었고, 백제는 끝내 시조신을 외부로부터 찾고자 했다.[22]

비류와 온조의 갈등은 고구려와의 관계를 어떻게 설정할 것인지에 대한 백제의 고민을 상징한다. 그 관계를 확정하지 못한다면 건국 시조를 정할 수도 없고, 어머니를 신성의 근거로 재해석할 수도 없다. 현실적 고민이 해결되지 않은 마당에 신화에 신비주의의 색채를 입히는 작업도 순탄하게 이루어질 수가 없다. 따라서 백제 신화는 신비함이 없는 모습으로 남게 되었다.

여기서 백제 건국 신화의 인물 관계를 정리하면 '어머니가 형제를 낳고, 그들이 시조가 된다'는 것이다. 성모의 형제 출산이라 할 만하다. 이는 뒤에 살펴 볼 신라·대가야의 건국 신화와 공통점이기도 하다. 그러나 신라의 '혁거세-알영'이 결연하여 함께 시조가 되고, '뇌질주일-청예'가 각각 대가야와 금관가야로 공존할 수 있었던 다른 사례들과는 달리, 백제의 시조 '비류-온조'는 서로 적개심을 갖고 있다. 그것은 비류에게 비참한 후회와 죽음을 안겨준 온조 집단의 경우 더욱 극명하게 드러난다.

이러한 적개심은 비류와 온조 집단이 추구했던 국가관이 달랐던 것에 기인한다. 인용문의 밑줄 친 부분에 보이듯 온조 집단은 안정된 농경사회를 지향했던 반면에 비류 집단은 과감한 결단력을 비류 자신의 목소리로 내세우고 있다. 훗날 백제가 보인 해양성은 비류 집단의 성향에 잘

---

22) 서철원, 앞의 책, 385면.

어울리는 것으로 보인다. 그러나 백제는 근본적으로 중심지가 여럿인 다핵국가였기에, 고구려 혹은 신라의 사례에서와 같은 건국 신화의 재편성 작업은 이루어지지 않았다. 오히려 부여계 공통의 시조 '동명'을 관념상의 시조신으로 섬김으로써 다소 느슨한 추상적 차원의 연대감만으로 만족했던 것으로 보인다.[23]

이러한 정황 탓에 백제의 시조가 확정될 수 없었다. 따라서 성모의 형제 출산이라는 화소를 다른 지역과 공유하고 있음에도 불구하고, 성모의 신성은 완전히 탈각된 모습의 신화가 남게 된다. 요컨대 백제 건국 신화에 신성함이나 초현실적 요소가 없게 된 까닭은 고구려와의 관계 설정 여하에 따라 시조가 달라질 수밖에 없었기 때문이다. 달리 말하면 소서노가 '여신'이 될 수 없었기 때문이었다.

이제 소서노와 달리 '여신'이 될 수 있었던 신라와 가야의 성모들을 살펴 보겠다.

## 3.2. 신라 건국 신화의 남매 결연

널리 알려진 『삼국유사』의 신라 건국 신화는 백마가 낳은 알에서 박혁거세가 태어나 나정에서 탄생한 알영과 결연했다는 줄거리를 지니고 있다. 그런데 이들을 낳은 선도산 성모라는 존재에 관한 기록들 역시 『삼국유사』에 비중 있게 나온다. 이 기록은 박혁거세 신화에 비하면 후대의 것으로서 그 가치가 떨어지는 것으로 평가받기도 했지만[24], 오히려 이를

---

23) 백제왕들은 즉위 2년차에 꾸준히 동명 묘에 배알한다. 이는 고구려와 시조 관념을 공유했다기보다 일종의 경쟁심리에서 부여의 시조를 모셨던 것이 아닐까 한다.
24) 김준기, 「신모신화연구」, 경희대 박사논문, 1995, 67면.

가장 원초적인 여신의 형상으로 볼 여지도 있다고 한다.[25] 선도산 성모가 혁거세와 알영의 공통 모계임을 인정할 수 있다면, 신라의 건국 또한 성모의 형제 출산으로 말미암은 것이 된다. 이와 관련한 가장 오래된 기록은 『삼국사기』에 있는데, 김부식 자신의 체험을 통한 것이었다.

송의 정화 연간에 고려에서 상서 이자량을 송에 보내어 조공하였을 때 신 부식은 서기 임무를 띠고 수행하여 우신관이란 곳에 가서 여선(女仙)의 상을 모신 당을 본 일이 있었다. 그 때 사신 접대관 학사 왕보가 말하기를, "이것은 귀국의 신이니 공들이 아느냐?" 하고, 드디어 말하기를, "옛적에 어느 제실의 여인이 있어 남편 없이 아이를 배어 남에게 의심을 받게 되자 곧 배를 타고 바다에 떠서 진한에 이르러 아들을 낳았는데, 그 아이는 해동의 첫 임금이 되고 제녀는 지선(地仙)이 되어 길이 선도산에 있었다 하는데, 이것이 그 상이다"고 하였다.

신은 또 대송국신사 왕양이 지은 〈동신성모(東神聖母)를 제하는 글〉 속에 임신한 어진 여인이 나라를 창시하였다"는 말이 있는 것을 보았는데 여기 동신(東神)이 곧 선도산(仙桃山)의 신성(神聖)임은 알 수 있으나, 그 신의 아들이 어느 때에 왕 노릇을 하였는지는 알 수 없었다.[26]

김부식은 선도산 성모가 외국에서 숭배되는 신이라는 것은 알았지만 그 아들이 어느 시대의 왕인지는 알 수 없다고 했다. 그래도 성모의 형제 출산 양상은 잘 드러나지 않는 대신 '유화-주몽'의 관계를 연상시키는

---

25) 천혜숙, 앞의 글, 1991. 아울러 선도산 성모를 포함시켜 신라 건국 신화를 체계화해야 할 필요성에 관해서는 박상란, 앞의 책, 27~34면 참조. 논자에 따르면 선도산 성모 전승이 박혁거세 난생설화에 비해 무시받을 근거가 없다고 한다.
26) 김부식, 『삼국사기』 권12. 신라본기. 경순왕.

모자신(母子神)의 형상으로 소개했다. 『삼국유사』에는 이 전승이 좀더 자세한 모습으로 2차례 나오는데, 백제의 사례와 마찬가지로 성모의 형제 출산에 가까워져 간다. 이렇게 모자신에서 형제 출산으로의 변모 양상이 지닌 의미도 생각해 볼 문제이다. 이 차이의 원인이 중국 측의 착각인지, 김부식과 일연의 시대적 차이인지는 판정하기 어렵다. 그런데 『삼국유사』에서는 먼저 기이편에서 백마가 나오는 신라 건국 신화와 나란히 소개하였고, 다음으로 감통편에서 선도산 성모가 일으킨 기적과 함께 거론하고 있다.

① 설자(說者)는 이르되 이는 서술성모(西述聖母)가 탄생한 것이니, 중국 사람들이 선도성모(仙桃聖母)를 찬양하여 '현자를 임신하여 나라를 세우게 했다.(娠賢肇邦)'란 말이 있는 것도 이 까닭이라 하였다. 그리고 보면 계룡이 상서를 나타내고 알영(閼英)을 낳았다는 이야기도 서술성모(西述聖母)의 현신을 말한 것이 아닐까?[27]

② 신모(神母)는 본시 중국제실의 딸로 이름을 사소(娑蘇)라 하여 일찍이 신선의 술법을 배워 해동에 와 머물고 오랫동안 돌아가지 아니하였다. 처음 진한에 오자 성자를 낳아 동국의 처음 임금이 되었으니, 아마 혁거세와 알영의 2성(二聖)의 나온 바일 것이다. 그러므로 계룡·계림·백마등의 칭이 있으니, 계(鷄)는 서쪽에 속하는 까닭이다.(이하 삼국사기의 관련 기록 인용)[28]

---

27) 일연, 『삼국유사』권1, 기이 제1, 신라시조 혁거세왕.
28) 일연, 『삼국유사』권5, 감통 제7, 선도성모수희불사.

①은 박혁거세와 알영의 탄생이 선도산 성모에 의한 것임을 암시하는 정도인데, ②에서는 혁거세 · 알영을 성모가 낳았다는 직접적인 서술이 이루어졌다. 박상란이 지적했듯이 혁거세와 알영은 "둘 다 같은 정도의 신성성을 나누어 갖고 그것을 인간 세상에 구현한 이성(二聖)"으로서의 의미를 지니며, 『삼국사기』의 몇 곳에서도 "그때 사람들이 2성이라 일렀다[時人謂之二聖]"고 했다.[29] 그렇다면 2성의 공통 기원으로서 선도산 성모의 형상이 『삼국사기』의 전거가 되었던 사료에 등장할 정도로 오래된 것으로 판단해도 무방하지 않을까 한다. 다만 그 형상이 ①처럼 추상적 수준인지, ②처럼 구체적인 요소인지의 차이가 있을 따름이다.

신라 건국 신화의 선도산 성모 형상은 백제의 소서노와는 달리 비교적 후대에까지, 그리고 외국에도 알려질 만큼의 생명력을 지니고 있었다. 그러나 시조로서 2성이 지나치게 위대했기 때문이었는지, 신라 건국 신화는 성모의 활동은 사라지고 백마의 아들과 계룡의 딸이 만나는 이야기로 구성된다. 여기에 박 · 석 · 김 3성의 신화[30]까지 덧붙이게 된다. 그러면서 선도산 성모의 역할은 석 · 김씨 시조와의 연결에 비하면 그다지 중요하지 않게 되었다.

말하자면 혁거세와 알영 2성의 상징성이 그 자체로서 완성된 모습을 지니고 있었기 때문에, 신라 건국 신화의 성모는 그 비중이 축소되고 마치 잊힌 것 같은 모습이 되는 것이다. 이를테면 백제의 경우에는 형제간의 갈등 탓에 소서노가 여신이 되지 못하고 신화의 신비성도 소멸하게

---

29) 박상란, 앞의 책, 62면과 69~70면 참조. 논자는 이밖에도 혁거세의 순행에 알영이 참여하고, 정치가 잘 되는 것을 2성의 덕택으로 인식하는 등의 중요한 기록이 있음을 밝히고 있다.
30) 박 · 석 · 김 3성신화가 본래 단일한 것이었음은 홍기문, 『조선신화연구』, 사회과학원출판사, 1964; 지양사, 1989 영인. 81면 참조.

되었지만, 신라는 남매 결연이라는 매우 원초적인 화소를 시도함으로써 부부신의 신성이 자연스럽게 담보되고, 그 결과 성모의 역할이 줄어들게 되었다.

그리고 선도산 성모 형상이 중국에 기원을 둔 것으로 이해되었던 근거는 '선(仙)'을 고유의 선맥보다는 중국의 도교와 연결시키는 경향에 말미암은 것으로 추정한다.

요컨대 그 원인에는 차이가 있지만, 백제와 신라의 건국 신화는 여신으로서 성모의 역할이 탈락되었다는 공통점을 지닌다. 백제는 성모 형상의 고구려에 대한 이중적 관계와 형제간의 갈등 탓에, 신라는 건국 시 조신으로서 자녀들이 지닌 신성함의 완성도가 높았던 탓에 성모는 무시받거나 잊혔다.

## 3.3. 대가야 건국 신화의 형제 공존

앞에서는 백제의 형제 갈등과 신라의 남매 결연을 대조적으로 살폈다. 이들은 각각 어느 한쪽을 소멸시키고자 했던 적개심과 서로 화평한 가운데 단일국가를 형성시켜 나갔던 과정을 시사하고 있다. 이들과는 또 다르게 대가야의 건국 신화는 형제가 각각 나라를 세우고 공존하는 모습을 보여주고 있다. 각각 별개의 국가로서 공존하는 양상에 이르러 여신으로서 성모의 권위는 지속될 수 있었다. 그러나 가야를 고대국가로서는 그 체제가 백제·신라에 비해 다소 불완전했던 것으로 이해하는 통념을 돌이켜보면, 여신의 상징성 지속이 고대국가의 발전에는 이바지하지 못했을 가능성도 있다.

요컨대 백제, 신라, 대가야의 건국 신화는 성모의 형제자녀들 사이의 관계에 따라 각각 구별되는 국가 형성의 과정을 보여주고 있다. 다소 도식적이기는 하지만 백제가 형제 갈등을 내포하고 있는 다핵국가, 신라가 '이성(二聖)'의 연대를 통한 통일체로서의 국가관을 보여준다면 대가야는 형제 공존의 연맹국가를 지향하는 모습을 보인다 할 만하다.

대가야 건국 신화는 최치원의 〈석이정전(釋利貞傳)〉에 수록되었다고 전하는데, 정견모주라는 여성 산신의 아들들이 각각 대가야와 금관가야의 시조가 되었다고 한다.

> 최치원의 〈석이정전〉을 살펴보면, 가야산신 정견모주(正見母主)는 천신 이비가(夷毗訶)에 응감한 바 되어, 대가야의 왕 뇌질주일(惱窒朱日)과 금관국의 왕 뇌질청예(惱窒靑裔) 두 사람을 낳았는데, 뇌질주일은 이진아시왕의 별칭이고 청예는 수로왕의 별칭이라 하였다. 그러나 가락국 옛 기록의 '여섯 알의 전설'과 더불어 모두 허황한 것으로써 믿을 수 없다.[31]

이 기록에서 '이비가'라는 아버지 신의 이름과 '뇌질'이라는 성은 고유어를 가차한 것처럼 보이기도 한다. 시기를 확정할 수야 없겠지만 이 기록의 원류가 상당히 오랜 것임을 시사한다. 그러나 모계의 이름은 '정견'이라 하여 불교식·한자식으로 순화된 표현을 쓰고 있다. 이것은 가야산신에 관한 신앙이 가야 멸망 이후에도 꾸준히 이어져 오면서 한자 문화의 영향을 받은 흔적으로 보인다. 대가야 건국 신화의 문맥, 이를테면 가야 연맹의 운명과는 별도로 가야산신 자체가 신앙의 대상으로서 종교적 상징의 역할을 맡았다.

---

31) 『신증동국여지승람』권29, 고령현.

아울러 '주일'과 '청예'라는 형제의 이름 역시 각각 붉음과 푸름에 해당하는 한자를 활용해서 형제라는 인식을 드러냈다. 수로왕의 건국 신화와 혼인담, 〈구지가〉 등의 풍부한 별도 전승이 있었음에도, 이 신화를 구성한 이들은 실제 역사 혹은 금관가야 내부의 전승과는 상관없이 그들을 자신들의 형제로 생각했다는 것이다. 그리고 그 '생각'은 가야산신을 '정견'으로 순화시킬 만큼 불교와 한자 문화가 보편화되기까지 이어졌던 것으로 보인다. 주지하듯 금관가야가 멸망한 이후 대가야가 가야연맹의 맹주 노릇을 하게 되는데, 금관가야를 아우로 간주한 이 건국 신화의 내용은 다음과 같이 풀이할 수 있다고 한다.

> 단정적으로 말할 수는 없지만 이 건국 신화의 내용은 바로 광개토대왕 남정 이후 가락국 지배 세력의 일부가 고령지역으로 흘러 들어와 토착 세력과 결합했던 역사적 사실을 알려주는 것은 아닐까? 이렇게 본다면 건국 기년이 동일하다는 것도 설명될 수 있을 것이고, 가라국[대가야] 시조와 가락국[금관가야] 시조를 형제간으로 설정한 것도 이해할 수 있을 것이다. 물론 가라국 시조가 형으로 기록된 것은 이주해온 집단보다는 토착 세력이 더 큰 정치적 영향력을 가지고 있었으므로 가능했을 것이다.[32]

신화의 내용을 곧 실제 역사로 환원시킨 듯한 인상이 들기는 하지만, 대가야 건국 신화가 현재와 같은 모습을 갖게 된 정황을 설명하기에는 일견 유용해 보인다.

그러나 이 신화의 핵심은 모계가 동일한 형제의 '공존'에 있다. 위의 설명에서처럼 아우의 나라 금관가야가 몰락한 이후 형의 나라인 대가야

---

32) 조원영, 『가야, 그 끝나지 않은 신화』, 혜안, 2008, 174면(존대어 표기를 고쳤음).

의 관점에서 그것을 포섭하는 것이 아니라, 두 왕이 제각기 나라를 다스리고 있는 모습을 보여주고 있었을 가능성이 크다. 기록에서는 여섯 알이 등장하는 금관가야 건국 신화와 더불어 허황된 이야기로 믿을 수 없다고 했다. 이런 평가는 사라진 이 신화의 구체적 내용이 두 왕의 신성과 신비적 요소를 한껏 드러내고 있었기 때문일 것이다. 그러한 성격의 신화라면 위 인용문의 설명처럼 어느 한쪽이 몰락한 상황보다는 우열 관계가 크지 않은 경우에 등장하는 편이 더 적절치 않을까 한다.

지금까지 살핀 한반도 남부의 건국 신화들은 성모가 형제를 출산한다는 화소를 공통적으로 지니고 있다. 그런데 백제의 경우는 갈등이, 신라는 결연이, 대가야는 공존의 양상이 그 근간을 이룬다. 그것은 이들이 서로의 영역을 넘나들지 않는 다핵국가[백제], 통일체로서의 국가[신라], 연맹으로 각기 공존하는 국가[대가야]로서 각기 서로 다른 고대국가관을 지니고 있었기에, 한때 경쟁했던 상대방의 신화를 포섭하는 방법론의 차이를 지니게 된 것으로 여겨진다.

이것은 북방신화가 여신의 인성 또는 신성으로서의 본질에 관심을 가졌던 것과는 구별되는 특징이다. 남방신화에서는 여신이 현실의 맥락과 상황 속에서 활동한다기보다는 형제들 위에서 추상적으로 군림하는 상징으로 설정된 경우가 많았다. 그 상징의 표상은 형제들 사이의 관계에 따라 백제의 소서노처럼 그 의미가 퇴색하거나, 신라의 선도산 성모처럼 그 비중이 축소되는가 하면, 대가야의 정견모주처럼 종교적 상징으로서 유지되기도 한다.

그리고 그 차이는 '건국 시조'의 형상이 남북에 따라 달라졌던 것에 말미암는 것으로 추단한다. 북방의 건국 시조에게는 신성함의 근거가 될 '여신'이라는 신화적 표상이 만들어지기까지의 과정이 중요했다면, 남방의 시조들에게는 신화적 표상이 만들어진 이후 다른 종족의 표상들을 포섭할 수 있는 추상적 근거의 마련이 더욱 절실했다. 이에 따라 웅녀와 유화에게는 인성과 신성의 획득 과정이 구체적으로 드러났지만, 소서노·선도산 성모·정견모주는 그 자식들의 관계에 따라 신성이 달라진다. 그 과정을 고대국가의 형성과정과 맞물려 체계화하는 작업이 요청된다.

## 4. 여신 형상의 문화사적 의미

고대 한국의 건국 신화들을 여신의 탄생과 분화 과정에 비추어 다시 살폈다. 지금까지의 논의 성과를 북방과 남방의 경우로 나누어 정리하면 다음과 같다.

우선 북방신화의 여신은 인성 또는 신성을 획득하여 건국 시조의 어머니가 된다는 공통점을 보인다. 단군신화는 이계의 존재가 신화적 질서 안에서 인성을 얻게 되지만, 동명 신화는 인간적 존재가 신화의 재편 과정을 통해 곡신, 지모신의 형질을 획득한다. 한편 남방신화의 여신은 형제를 출산하여 이들이 갈등, 결연, 공존하는 양상에 따라 서로 다른 모습의 국가관을 지니고, 이에 따라 여신의 성격도 달라지게 된다.

지금까지 거론한 차이점들은 해당 신화를 소통해 온 집단의 건국 시조에 대한 관념에 기인한 것이다. 북방의 신화들은 건국 시조가 이민족과의 투쟁을 거쳐 단일한 신화적 표상을 이룩한 국가를 수립하기까지의 과정에 관심을 기울였지만, 남방의 신화들은 국가 수립 과정의 투쟁보다는 그 이후에 다른 종족들을 포섭하여 다채로운 모습으로 고대국가를 형성해가는 과정을 보여주고 있다. 따라서 북방신화의 여신은 사라지거나 건국 시조의 조력자 역할을 보이지만, 남방신화의 여신은 형제들의 어머니로서 추상적 상징의 역할이 더 컸다.

# 한 왕국 속 서로 다른 시조들과의 만남

## 1. 하나일 수 없었던 가문의 시조들

여기서는 신라의 3개 왕족 가문의 시조 신화를 대비 검토함으로써, 이들 신화에 반복적으로 나타나는 건국 시조 관념의 토대를 추론하겠다. 이들은 신라가 건국, 성장하는 과정에서 요청되었던 영웅 형상을 각자 내세우는 한편, 후대의 전승 과정에서도 변치 않는 고정된 요소로서 건국 시조에 대한 관념을 함께 보여주고 있다. 이러한 형상과 관념이 만들어져가는 과정을 추적하려면, 건국 초기 역사적 사실을 있는 그대로 복원하기보다는 시조들의 시대 이후로 그들에 관한 서사물이 이어져 온 양상을 우선 생각할 필요가 있다.

신라의 건국이 한순간 단 한 차례의 노력으로만 이루어지지 않은 이상, 건국 시조에 대한 관념은 많은 부족의 영웅 형상이 충돌, 혼효, 융합하는 양상을 거쳤을 것이다. 박 · 석 · 김 왕위 교체의 과정과는 별개로

① 혁거세 이전 6촌 시조 탄강 설화와 ② 선도산 여산신 사소성모[1] 등에 대한 기록, ③ 혁거세의 배우자인 알영이 당초에는 혁거세와 동등한 비중을 지녔을 가능성[2] 등을 그 흔적으로 생각할 수 있다. 이는 비단 신라에만 국한된 현상은 아니며, 고구려와 백제, 가야 등 다른 열국에도 해당되는 사항이겠다. 그렇지만 고구려의 경우[3]를 제외하면, 건국 신화의 형성과 재편 과정을 본격적으로 다룬 연구는 흔치 않아 보인다.[4]

특히 문학 연구에서 신라 신화를 다룰 때 박·석·김 시조 신화가 모인 신라 건국 신화라는 단일한 실체가 있어서, 이로부터 각각의 시조 신화가 분리, 파생한 것이라는 관점이 지배적이다.[5] 이렇게 여러 신화를 단일한 맥락에 통합시킴으로써 '하나의 신라'라는 서사물을 만들기에는 성공했지만, 신라, 사로, 서라벌, 계림 등 벌써 명칭만을 통해서도 암시되

---

1) 선도산 성모, 선도성모 등의 다른 이름도 있다.
2) 박상란, 「신라 건국 신화의 체계화 과정」, 『신라와 가야의 건국 신화』, 한국학술정보, 2005, 69~74면.
3) 이복규, 「부여 건국 신화와 고구려 건국 신화의 관계」, 『부여·고구려 건국 신화 연구』, 집문당, 1998, 9~20면에서 부여 건국 신화와의 관계를 중심으로 고구려 건국 신화의 형성 과정을 논의하였으며, 조현설, 「한국 건국 신화의 형성과 재편」, 『동아시아 건국 신화의 역사와 논리』, 문학과지성사, 2003, 246~265면에서 고구려 건국 신화의 형성 과정이 본격적으로 논의되었다.
4) 서대석, 「건국 신화연구」, 『한국신화의 연구』, 집문당, 2001. 97~219면에서 고구려는 물론 신라, 가락국, 백제의 신화 관련 자료들이 모두 한 자리에 모여 논의될 수 있었다. 그러나 개별 자료에 대한 통찰을 통해 이들 신화가 여러 시조신 계열의 종합임이 드러났지만, 이들이 왜, 어떤 과정을 거쳐 현존 형태로 남아있게 되었는지에 대한 언급은 구체적으로 이루어지지 않았다.
5) 이러한 시각은 서대석, 위의 책의 분석에서도 보이며, 정상균, 「혁거세·석탈해·김알지 신화 연구」, 『선청어문』 26, 서울대 국어교육과, 1998, 231~274면 역시 이들을 단일한 서사구조의 연장선상에 놓인 것처럼 이해하였다. 신라와 가야에 대한 꾸준한 관심의 성과인 박상란, 위의 책, 55면에서도 "혁거세 신화는 애초에 나머지 석탈해, 김알지 신화와 얽혀 있었다."라고 하여 이들이 통합된 형태를 원형에 가깝게 파악하고 있다.

는 건국 세력의 다채로운 면모를 드러내기에는 한계가 있었다.

이와는 달리 역사학 연구에서는 사료의 다원적 형성과정에 대한 본격적인 분석이 이루어진 바 있다. 고고학의 성과에 의존하여 원시 신앙과 신라 건국 신화의 관계에 천착하기도 했지만,[6] 박·석·김씨 개별 시조에 신화적 속성이 덧붙는 과정을 해명하기도 했다. 가령 항일(抗日)로 인한 외교적 문제로 처형당한 왕자 석우로(昔于老:?~249 혹은 253)에 대한 기억이 그 조상 석탈해를 영웅화하는가 하면, 통일 직후 문무왕 때 적대적인 대일관계가 탈해를 토함산 산신으로 만들었다는 해석이 그 사례이다.[7] 그러나 이를 신라 건국 신화와 결합했던 탈해 신화가 다시 분리 독립해가는 과정으로 이해한 점은 재고의 여지가 있다. 저 시기의 '항일'은 석씨 일족에 국한하지 않은 신라 전체의 문제였으므로, 석탈해에 항일의 영웅 또는 산신의 형상이 추가되어서 탈해 신화가 신라 전체의 신화로부터 분리되었다고 설명하기 망설여진다. 오히려 석탈해가 신라 전체의 항일 영웅으로서 재조명되고 그가 일본인 호공으로부터 저택을 빼앗았던 사실도 다시 상기되었을 것이다.

반면에 신화를 역사적 사실로 환원시키지 않고, 해당 시대인의 사상, 관념, 신앙에 다가서는 문화사적 연구를 시도하기도 했다.[8] 건국이라는 정치적 사건에 문화사적 의미까지 부여하려는 시도는 가치가 있다. 그러나 북방의 천강(天降)과 남방의 난생(卵生)이라는 종래의 구도에 얽매여, 난생과 농경문화를 동일시한 점은 애초의 목적이었던 문화사적

---

6) 이은창, 「신라 신화의 고고학적 연구(1)」, 『삼국유사의 현장적 연구』, 신라문화제학술논문집, 1990. 117~120면.
7) 김두진, 「신라 탈해신화의 형성 기반」, 『한국고대의 건국 신화와 제의』, 일조각, 1999. 316~318면.
8) 장지훈, 「신라 건국 신화에 대한 일고찰」, 『부산사학』 19, 부산사학회, 1990, 1~28면.

접근을 여전히 과제로 남게 한 것 같다.

과거의 연구 중에는 여러 문헌에 흩어진 신라 건국 신화의 파편들을 단일 건국 신화의 분리에 따른 결과로 취급하거나, 신라 신화에 존재하는 보편적 신화 유형의 특질을 확인하는 쪽이 많았다. 그러나 3개 가문의 신화가 처음부터 단일한 서사물이었을까? 신라 건국 때문에 통합되었다고 보는 편이 더 유효해 보인다. 무엇보다 이들이 단 1개로 합쳐진 사례는 존재하지 않았다. 각각의 신화들 자체가 『삼국사기』와 『삼국유사』를 비롯한 여러 기록에 조금씩 다른 형태로 남았다. 따라서 이들 각각에 구현된 영웅 형상의 독립성을 인정하는 한편, 이들을 종합적으로 이해할 만한 근거를 다시 마련할 필요가 있다.

이를 위한 논의 순서는 다음과 같다. 우선 2~4장에 걸쳐 박 · 석 · 김 시조 신화 각 편의 『삼국사기』와 『삼국유사』 수록 텍스트를 비교하고, 혁거세 이전의 선주민들의 시조 신화 흔적인 6촌 시조 탄강 설화를 비롯한 선도산 성모 신화와 백제, 가야, 일본 등 인접 국가의 유사 신화들을 함께 정리하고자 한다. 각 장의 제목은 『삼국사기』에는 없지만 『삼국유사』에서 추가된 요소를 고려하여 붙였다. 다음으로 5장에서 여신의 비중을 축소하고, 6부 촌장을 비롯한 다른 시조 관념을 발생시킨 모습을 통해 신라에 단일 시조가 등장한 유래를 추정할 것이다. 이러한 접근 방식은 종래의 역사서에서 보여 온 인식과 연구사를 통해 축적된 성과를 모두 고려하여 시조 신화 형성을 추정하고자 한 것이다.

여기서는 「문무왕릉비문」에 신라 시조로 등장하는 '성한'의 정체를 밝히기 위한 모험을 시도하지 않고, 박 · 석 · 김 시조 신화의 화소를 다른 신화와 비교하고 유형화하고자 하지도 않겠다. 그보다는 실상 '시조'라는 같은 역할을 맡았던 인물 형상이 시대적 필요에 따라 변주(變奏)되며

반복적으로 나타나는 양상 그 자체에 집중할 것이다.

## 2. 성군과 예언자로서 박혁거세

시조 신화 각편을 『삼국사기』와 『삼국유사』의 기록을 병행하여 살펴본다. 널리 알려졌듯이 『삼국사기』의 기록이 다소 압축적이라면 『삼국유사』의 기록은 서사적, 묘사적 성격이 강했다. 따라서 『삼국사기』의 기록을 먼저 인용하고, 『삼국유사』에서 추가되는 부분들을 정리하는 방식이 효과적이다. 『삼국사기』에 없지만 『삼국유사』에 등장하는 화소들은 김부식과 일연의 편찬의식 또는 그들이 참조한 원 사료의 성격 차이에 말미암은 것으로 보아야 하겠다. 소박하게 생각하면 일연의 사료가 후대의 것이니만큼 『삼국유사』에만 나오는 화소는 후대에 추가된 것으로 이해하면 되겠지만, 김부식의 편찬의식에 따라 탈락했을 가능성도 있으므로 원천 자료의 성격 차이를 보여주는 것으로 파악하겠다.

말하자면 양쪽의 기록에 모두 나타나는 요소가 해당 신화의 필수 성분이라면, 어느 한쪽에만 나타나는 요소는 다소 가변적, 주변적 성분일 것이다. 그렇지만 대체로 『삼국유사』의 서사가 더 상세하므로 가변적, 주변적 성분은 『삼국유사』에 보다 많이 나타날 것이다. 이제 각각의 자료를 살펴본다.

시조의 성은 박씨, 휘는 혁거세이다. 전한 효선제 오봉 원년 갑자 4월 병신날에 즉위하여 왕호를 거서간이라 하고, 그 때 나이는 13세, 국호는 서라벌이라 하였다.

일찍이 조선의 유민들이 이곳에 와서 산과 계곡 사이에 흩어져 여섯 촌락을 이루었다. 첫째는 알천(閼川)의 양산촌(楊山村), 둘째는 돌산(突山)의 고허촌(高墟村), 뿔산[觜山]의 진기촌(珍支村 (혹은 우진촌: 于珍村), 넷째는 무산(茂山)의 대수촌(大樹村), 다섯째는 금산(金山)의 가리촌(加利村), 여섯째는 명활산(明活山)의 고야촌(高耶村)이란 것이니, 이것이 진한의 6부였다.

고허촌장인 소벌공(蘇伐公)이 하루는 양산 밑 나정(蘿井) 곁에 있는 숲 사이를 바라본즉, 말이 무릎을 꿇고 울고 있으므로 가보니 말은 간데 없고, 다만 있는 것은 큰 알뿐이었다. 알을 깨어 본즉 한 어린아이가 나왔다. 곧 소벌공이 데려다가 길렀더니, 나이 10여 세가 되니 유달리 숙성하였다. 6부 사람들은 그 아이의 출생이 이상하였던 까닭에 높이 받들다가, 이때에 이르러 그를 세워 임금을 삼았다.

진한 사람들은 과(瓠)를 '박'이라 하였는데 처음에 큰 알이 박과 같다하여 박으로써 성을 삼았다. 거서간은 진한 말로 왕이란 뜻이다(혹은 귀인을 이르는 말이라 한다).[9]

이 기록에 이어 5년에 왕비 알영을 맞아들여 '이성(二聖)'으로 불린다는 내용을 덧붙이고, 여러 이야기를 보태어 박혁거세에게 성인의 풍모가 있었음을 강조하고 있다. 그런데 성인으로서 전체 생애에 비하면 박혁거세의 탄생 과정은 지나치게 소략한 듯하다. 위의 기록은 6촌의 유래와 시조의 탄생, 국호의 소개 및 성씨의 근거 등이 두루 나타났지만, 6촌촌장과 박혁거세, 박혁거세와 백마의 관계 등을 비롯한 해당 요소와 요소 사이의 연결 근거가 뚜렷하지 않다. 뒤에 나오는 석탈해의 경우 회임

---

9) 김부식, 『삼국사기』 신라본기 · 시조혁거세거서간.

과 도래, 성장의 과정 등이 비교적 인과 관계를 뚜렷하게 갖추고 연대기적으로 서술된 것에 비하면 매우 거칠다. 석탈해와 김알지와는 달리 박혁거세는 조선 시대까지도 계속 시조신으로 숭배되던 존재였지만[10], 그 비중에 비해 출신과 성장 과정이 지나치게 불투명한 것이다.

이 신화에서 박혁거세와 하늘의 관계가 고구려의 경우에 비하면 다소 빈약한 점[11]을 들어, 이를 신라가 제천(祭天)을 하지 않는 제후의 나라였음을 드러내기 위한 김부식의 유가적 천하 사상의 일환으로 보는 견해가 있다.[12] 이 견해에 일리가 없지 않지만, 고구려가 신라보다 하늘과의 관계가 상세한 까닭이 무엇인지 의문이다. 또한 『삼국사기』는 삼국에 각각 황제국에 해당하는 '본기(本紀)'의 제목을 부여했는데, 신라를 제후국으로 보았다면 이 편찬의식과 충돌하지 않는지 해명해야 한다. 그렇지만 박혁거세의 출처가 불분명한 점을 이 신화의 본질로 파악한 점은 수긍할 만하다.

나아가 이 신화는 신라 전체의 건국 신화일 따름이며, 신라의 모체인 사로국의 건국 신화로는 볼 수 없다는 견해 또한 박혁거세와 6촌 집단의 출처가 모두 같은 '하늘'이었다는 점에 착안한 것이다.[13] 박혁거세가 하

---

10) 김정숙, 「신라 신화의 역사적 기능 및 그 인식의 변천」, 『경북사학』 23, 경북사학회, 2000. 26면.

11) 그럼에도 불구하고 박상란, 앞의 책, 86면에서는 김두진의 성과에 의지하여 박혁거세의 역할이 '천명'이라고 파악하였다. 따라서 박혁거세가 정말 천과의 관련성이 빈약했는지는 섬세하게 따져볼 사항이다. 여기서는 관계의 빈약이 아닌 '불투명함'으로 이해하고자 한다.

12) 권오엽, 「삼국사기의 박혁거세 신화」, 『일본문화학보』, 31, 2006, 한국일본문화학회, 419면.

13) 논자는 박혁거세 건국 신화를 인용하고, 다음과 같이 말하고 있다. "위의 기록에 의하면 박씨 시조 혁거세는 육촌 또는 육부 집단의 추대로 거서간이 되었다고 한다. 그런데 여기서 문제가 되는 것은 이들 집단이 진한의 육촌인지 아니면 경주 사로국의 육

늘에서 왔다면 6촌 집단도 마찬가지였다. 하늘에서 왔다는 신성한 탄생을 독점하지 않았으므로, 박혁거세의 건국 영웅 또는 시조로서의 성격은 생각보다 명백하게 드러나지 않는다.[14] 「신라본기·시조혁거세왕」의 대부분을 차지하는 성군으로서의 위업은 유가적 성군의 성격에 가까워, 건국 영웅으로서의 특징과는 거리가 있다.

종래의 연구에서는 영웅의 성격을 석탈해에, 조상의 성격을 김알지에게 맡기고 박혁거세는 천명을 떠맡는 식의 역할 분담 내지 상보적 관계가 이루어졌다고 했다.[15] 이렇게 설정된 관계식 자체는 수긍할 만하다. 그러나 이들의 관계를 '상보적'으로 보아도 좋을지는 더 생각해볼 필요가 있다. 후술하겠거니와 이러한 상보적 관계가 형성되었다면 이들이 한 곳에서 나란히 시조의 역할을 분담하여 맡아야겠지만, 그런 사례는 찾기 어렵다. 오히려 신궁 제사나 「문무왕릉비문」의 '성한' 관념 등에 나타나듯, 신라의 시조는 항상 1인이었다. 3개 가문의 시조 중 하나인지, 그 외의 다른 인물이나 신인지는 명확하지 않지만 말이다. 따라서 이들의 성격 차이가 역할 분담에서 유래했다기보다는, 각각의 시대 정신 혹은 역사적 필요에 따라 우선하는 덕목이 시조신의 성격으로 발현되었다고 보는 편이 어떨까 한다.

박혁거세의 경우는 하늘 또는 광명에 가까운 존재라는 추상적 수식으로 표현되어, 애초부터 활동하는 인간이라기보다 군림하는 신에 가까운

---

촌인가이다. 즉 혁거세를 추대한 집단이 진한세력의 지배집단이라면 혁거세는 신라 국가의 왕으로 추대되었던 것으로 되고, 반면에 해당 집단이 경주지역에 한정된 세력집단이라면 사로국의 왕으로 되는 셈이다."(선석열, 「사로국의 지배 구조와 갈문왕」, 『역사와 경계』 80, 부산경남사학회, 2011, 3면).

14) 이러한 점에서는 박혁거세는 단군신화의 단군과도 닮았다.

15) 박상란, 앞의 책, 86면.

존재로 묘사되었다. 따라서 『삼국유사』는 6촌 촌장의 내력과 특성을 상세하게 언급한 다음 '방일한 백성을 바로잡을 수 있는 덕'을 갖춘 존재로서 박혁거세를 소환한다는 목적을 분명하게 보여주었다. 박혁거세에게 부족한 부분을 채워 묘사하는 대신에, 6촌 촌장을 매개자로 만들어 그 권위를 더욱 초월적인 것으로 만들고자 했다. 『삼국유사』 역시 『삼국사기』에서 박혁거세의 성격을 존중하여, 그 내용을 보충하였을 뿐 새로운 줄거리를 추가하지 않았다.

3월 초1일에 6부의 조상들이 각기 자제들을 데리고 알천 언덕 위에 모여서 의논하되, "우리가 위에 백성을 다스릴 군주가 없어, 백성들이 모두 방일하여 제 맘대로 하니, 어찌 덕 있는 사람을 찾아 임금으로 삼아 나라를 세우고 도읍을 정하지 아니하랴?" 하고 이에 높은 곳에 올라 남쪽을 바라보니 양산 아래 나정 곁에 이상스러운 기운이 번갯불과 같이 땅에 비치더니 거기에 백마 한 마리가 꿇어앉아 절하는 형상을 하고 있었다. 그곳을 찾아가 보니 한 붉은 알이 있는데, 말은 사람을 보고 길게 울다가 하늘로 올라가 버렸다. 그 알을 깨어 보니 모양이 단정한 아름다운 동자가 나왔다. 신기하게 여겨 그 아이를 동천(東泉)에서 목욕시키니 몸에서 광채가 나고, 새와 짐승이 따라 춤추며 천지가 진동하고 일월이 청명한지라. 인하여 그를 혁거세왕이라 이름하였다.

– 아마 고유어일 것이다. 혹은 불구내왕(弗矩內王)이라고도 하니 밝게 세상을 다스린다는 뜻이다. 설자(說者)는 이르되, 이는 서술성모가 탄생한 것이니 중국 사람들이 선도성모를 찬양하여, 현자를 낳아 나라를 시작하였다는 말이 있는 것도 이 까닭이라 하였다. 계룡(鷄龍)이 상서를 나타내고 알영을 낳았다는 이야기도 서술성모의 현신을 말한 것이 아닐까?)

그러나 위 내용에 이어지는 다음 단락에서 『삼국사기』에 없는 내용이 추가되는데, 그것은 바로 김알지의 출현을 예고하는 것이었다.[16] 『삼국유사』는 시조 임금을 김알지를 예언하는 선지자로 만들기 위한 내용을 추가했다. 독자들에게 이후 시점에 태어날 김알지가 신라 전체의 공통 시조 역할을 맡으리라는 기대를 심어주기 위한 복선이겠다.

칭호를 거서간이라고도 하니, 이는 그가 처음 입을 열 때 스스로 말하되,

ⓐ "알지거서간(閼智居西干)이 한번 일어난다." 하였으므로 그 말로 인해서 일컬었는데, 이로부터 임금의 존칭이 되었다. (중략) 두 성인[二聖]의 나이 열 세살이 되자 오봉 원년에 남자가 왕이 되어 그 여자로 왕후를 삼고, 국호를 서라벌 또는 서벌(지금 풍속에 서울의 말뜻을 서벌이라 이르는 것도 이 까닭이다.)이라 하고 혹은 사라(斯羅) 또는 사로(斯盧)라고도 하였다.

ⓑ 처음에 왕이 계정에서 출생한 까닭에 혹은 계림국이라 하니 계룡이 상서를 나타낸 까닭이었다.

ⓒ 일설에는 탈해 때에 김알지를 얻을 때 닭이 숲속에서 울었으므로 국호를 고쳐 계림이라 하였다 한다. 후세에 드디어 신라란 국호를 정하였다.[17]

---

16) 그러나 정확히 말하자면 『삼국유사』에서 '알지'를 '아기'를 뜻하는 보통명사로 본데다가, 김알지 자신이 왕[거서간]이 된 적이 없으므로 이렇게 단정할 근거는 없다. 글자 그대로 "아기가 왕이 되었다"로 보기는 어려운 게, 알지라는 말과 닭이라는 동물을 거론한 다음 김알지의 사적을 회고하고 있기 때문이다. 최초의 김씨 왕이었던 미추왕의 성격과 김씨 집단이 4세기경에야 형성되었으리라는 등의 많은 이설에 대한 검토와 극복이 병행되어야 하겠지만, 여기서는 논점을 신화 텍스트 자체에 한정시키기 위하여 추후의 과제로 삼겠다.

17) 일연, 『삼국유사』 권1, 기이 제1 · 신라시조 혁거세왕.

ⓐ에 따르면 박혁거세가 처음으로 했던 말이 알지거서간의 출현을 예언한 것이었다. 그리고 혼인에 이르기까지의 과정이 서술되고, ⓑ와 ⓒ를 통해 '계림'이라는 국호를 통해 박혁거세와 김알지가 연결될 가능성을 떠올리고 있다. 박혁거세의 왕비 알영을 김씨라고 생각했던 이유도 알영이 김알지와 마찬가지로 '닭'의 상징을 지녔기 때문이었다. 뒤에 김알지의 탄생 설화를 소개할 때면, 이들 요소가 다시 소환되면서 "혁거세와 같음"을 재차 환기하고 연결한다. 이러한 조응(照應)은 지나치게 작위적인 것처럼 여겨지기도 한다.

요컨대『삼국유사』는『삼국사기』에서는 추상적 존재였던 박혁거세를 6촌 촌장이 소환시킨 초월적 존재로 묘사하는 한편, 김알지의 출현을 예고하는 예언자의 성격을 추가했다. 한마디로『삼국유사』에서 박혁거세는 신이나 예언자처럼 보일 뿐, 건국 영웅이나 성군의 속성을 부여하기란 어렵게 되었다.


## 3. 행동하는 시조 영웅 석탈해

박혁거세에 비하면 석탈해는 출생의 과정과 외부로부터의 도래 여정이 비교적 상세하게 드러났다. 박혁거세는 유교의 성군에 가깝거나 김알지와 연결되는 예언자로서의 직능이 덧붙여지기는 했지만, 그 행적은 다분히 추상적이었다. 이에 비해 석탈해는 활동 범위가 넓고 성장 과정이 한결 명료하다.

탈해이사금(脫解尼師今)이 즉위하니 그때 나이 62세이며, 성은 석씨

요 왕비는 아효(阿孝) 부인이었다. 탈해는 본디 다파나국(多婆那國)의 출생으로, 그 나라는 왜국의 동북 1천 리쯤 되는 곳에 있었다. 처음에 그 국왕이 여국왕(女國王)의 딸을 데려다 아내로 삼았더니, 임신하고 7년 만에 큰 알을 낳았는데, 왕이 말하기를 "사람으로서 알을 낳는 것은 상서롭지 못한 일이니 버리라."고 하였다. 그런데 그 아내는 차마 그리하지 못하고 비단에 알을 싸서 보물과 함께 궤짝 속에 넣어 바다에 띄워 갈 데로 가게 내버려 두었다.

ⓐ 그것이 처음 금관국(金官國) 해변에 가서 닿으니, 금관국 사람은 이를 괴이하게 여겨 취하지 아니하고, 다시 진한의 아진포구(阿珍浦口)에 이르니, 이때는 시조 혁거세가 재위한 지 39년이 되던 해였다.

ⓑ 그때 해변의 노파가 이를 줄로 잡아당겨 바닷가에 매고 궤를 열어 보니, 거기에 한 어린아이가 들어 있었다. 그 노파가 이를 데려다 길렀더니, 커지매 신장이 9척이나 되고, 인물이 동탕하고 지식이 남보다 뛰어났다. 어떤 이가 말하기를, 이 아이는 성을 알지 못하니 처음 궤짝이 와 닿을 때 까치 한 마리가 날아와 짖으며 따라다녔으니 '작(鵲)' 자의 한쪽을 생략하여 석씨(昔氏)로 성을 삼고, 또 그 아이가 그 담은 궤를 풀고 나왔으니 이름을 탈해(脫解)라 지으라고 하였다 한다. 탈해가 처음에는 고기잡이로 업을 삼아 노모를 봉양하되 한때도 게으른 빛이 없었다. 노모가 말하기를, "너는 범상한 사람이 아니고 골상이 특이하니 학문을 배워 공명을 이루라"고 하였다.

ⓒ 이에 탈해는 학문에 오로지 힘쓰고 겸하여 지리를 알게 되었는데, 양산 밑에 있는 호공(瓠公)의 집을 바라보고 그 터가 길지(吉地)라고 하여 거짓 꾀를 내어 이를 빼앗아 살았으니 후에 월성(月城)이 그곳이었다. (중략) 3년 3월에 왕이 토함산(吐含山)에 오르니, 일산

뚜껑과 같은 검은 구름이 왕의 머리 위에 뜨더니 한참 있다가 흐트러졌다. 5월에 왜국과 동맹을 맺고 외교 사절을 나누었다. 6월에는 혜성이 천선(天船)에 나타났었다. 5년 8월에 마한의 장수 맹소가 복암성을 바치며 신라에 항복하였다.[18]

앞서 본 박혁거세는 6촌 촌장의 탐색과 요청에 말미암아 별안간 나타났으므로, 활동의 주체는 6촌 촌장이지 혁거세가 아니다. 그러나 석탈해는 처음부터 자신이 서사 문맥의 주체로서 활동하고 있다. 실질적인 건국 영웅의 모습을 지녔다. 그러나 신비한 탄생 과정과는 달리 그 성장 과정은 현실적이며, 신비로운 힘이 아닌 인간적 지혜를 통해 출세하며 결혼한다. 그리고 우호적, 외향적인 대외 관계도 묘사되었다. 비록 신화적 출생은 했지만, 석탈해는 '인간적' 영역의 시조 영웅이었다.

다만 『삼국유사』의 석탈해 탄생 과정에는 약간 차이가 있다. 윗글 ⓐ와 아래의 ⓓ를 비교해 보면, 금관가야 사람들이 괴이하게 생각했다는 부분이 수로왕이 직접 백성들과 북을 치며 환영한 것으로 되어 있다. 그렇다면 석탈해는 왜 환영해 주었던 금관가야에서 군이 떠나야 했을까?

탈해이질금(脫解尼叱今)은 남해왕 때에 가락국 바다에 배가 와서 닿았다.

ⓓ 그 나라의 수로왕이 신민들과 함께 북을 치고 맞아들여 머물게 하려 하니, 배가 곧 달아나 계림 동쪽 하서지촌(下西知村) 아진포(阿珍浦)에 이르렀다.

ⓔ 마침 포변에 한 노파가 있어, 이름을 아진의선(阿珍義先)이라 하니

---

18) 김부식, 『삼국사기』 「신라본기 · 탈해이사금」.

혁거왕의 고기잡이 할미였다. 바라보고 말하기를, "이 바다 가운데 본래 바위가 없었는데 까치가 모여들어 우는 것은 무슨 일인가?" 하고 배를 끌고 가서 찾아보니 까치가 배 위에 모여들고 그 배 가운데 궤 하나가 있는데 길이가 20척, 넓이가 13척이나 되었다. 그 배를 끌어다 숲 아래 두고 길흉을 알지 못하여 하늘을 향해 빌었다. 조금 있다가 궤를 열어보니 단정한 남아와 아울러 칠보와 노비가 그 가운데 가득 차 있었다. 그들이 대접받은 지 7일 만에 말하되 (중략)

ⓕ 그 아이가 지팡이를 끌며 두 종을 데리고 토함산에 올라 돌무덤을 만들고 7일 동안 머무르면서 성안에 살만한 곳이 있는가 바라보니 마치 초승달같이 둥근 봉우리가 있어 지세가 오래 살 만한 곳이었다. 내려와 찾으니 바로 호공의 집이었다. 이에 모략을 써, 몰래 숫돌과 숯을 그 곁에 묻고 이튿날 이른 아침에 그 집 문에 가서 이것이 우리 조상 때의 집이라 하였다. 호공은 그런 것이 아니라 하여 서로 다투어 결단치 못하고 관가에 고하였다. 관에서는 무엇으로써 너의 집임을 증거하겠느냐 하니, 동자 가로되 우리는 본래 대장장이었는데 잠시 이웃 시골에 간 동안 다른 사람이 빼앗아 살고 있으니 그 땅을 파보면 알 것이라 하였다. 그 말대로 파보니 과연 숫돌과 숯이 있으므로, 그 집을 차지하게 되었다. 이때 남해왕이 탈해의 슬기 있음을 알고 맏공주로 아내를 삼게 하니 이가 아니부인(阿尼夫人)이었다.[19]

역시 『삼국유사』 쪽의 기록이 보다 상세하기도 하지만, ⓓ는 앞서 금 관국 사람이 괴이하게 여겼다는 기록이, 수로왕이 환영했지만 떠난 것

19) 일연, 『삼국유사』 권1, 「기이 제1 · 제4탈해왕」.

으로 달라졌다. 『삼국유사』에 실린 「가락국기」에 따르면, 이는 수로왕에게 쫓겨났던 다음의 기억을 에둘러 꾸며댄 것처럼 보인다.

완하국(琓夏國) 함달왕(含達王)의 부인이 홀연히 아이를 배어 달이 차서 알을 낳았는바 사람으로 변하였으므로 이름을 탈해라 하였는데 바다로부터 가락에 오니 신장이 3척이요 머리둘레가 1척이었다. 흔연히 대궐에 들어가서 왕에게 말하기를, "내가 왕의 자리를 뺏으려고 왔다." 하였다. 왕이 대답하기를, "하늘이 나를 명하여 즉위케 하여 장차 온 나라를 편안히 하고 백성을 안도케 함이니, 감히 천명을 어기어 위를 주지 못할 것이고 또 우리나라와 백성을 너에게 맡길 수도 없다." 하였다. 탈해가 "그러면 기술로 다투어 보겠느냐?" 하니, 왕이 "좋다." 하였다. 삽시간에 탈해가 변하여 매가 되니 왕은 변하여 독수리가 되었고, 탈해가 또 변하여 참새가 되니 왕은 새매로 변하였는데, 그 사이에 잠깐의 틈도 없었다. 조금 있다가 탈해가 원래 모습으로 변하자, 왕도 또한 제 모양을 회복하였다. 탈해가 이에 항복해 가로되,

ⓖ "내가 술법을 다투는 데 있어 독수리에 맞서 매, 새매에 맞서 참새가 되었으나, 죽음을 면한 것은 대개 성인이 죽이기를 싫어하는 인덕의 소치라 내가 왕과 더불어 위를 다툼이 실로 어렵다." 하고 곧 절하고 나가서 부근 교외의 나루터에 이르러 중국 배가 머무는 수로를 취하여 가려 하였다.

ⓗ 왕은 그가 체류하여 난을 꾸밀까 염려하여 급히 배 5백척을 발하여 쫓으니 탈해가 신라로 달아나므로 배가 모두 돌아왔다 한다. 그런데 이 기사에 실린 것이 신라와는 퍽 다르다.[20]

---

20) 일연, 『삼국유사』 권2, 「기이 제2 · 가락국기」.

그런데 이 기록도 앞뒤가 썩 잘 맞지는 않는다. ⑧에서는 인덕의 소치를 보인 수로왕이 ⓗ에서는 탈해를 적극적으로 위협하고 있다. 설화와 역사적 사실이 뒤엉켜서 그런가도 싶고, 아직 정돈되지 못한 신화의 한 단면을 보여주는 듯하다.

그리고 ⓔ에서는 석탈해를 키웠던 아진의선이 혁거세와 관련 있는 인물이라는 내용이 추가되었다. 앞서 박혁거세 관련 기록도 그랬지만, 『삼국유사』는 박·석·김 3성의 시조가 서로 연결된 것처럼 서술하려는 의도가 강하다. 그러나 그 의도를 위해 중심 성분을 변형시키거나 건국 시조의 성격까지 고치지는 않았고, 가변적인 요소를 덧붙이고 추가시키는 방향으로 그 목적을 성취하고자 한다.

그러나 ⓕ는 원자료의 지향 자체가 달라졌는데, 『삼국사기』에서는 지리를 배웠다고 한 것을 『삼국유사』는 7일간 살핀 것으로 표현하여 현실성보다는 신비로운 느낌을 강화하였다. 그럼으로써 박혁거세가 천상에 추상적으로 연결된 것에 대비되는, 땅과 물에 통달한 인간적 지식을 갖춘 석탈해의 성격이 탈색되었다. 석탈해는 그 출생지부터 온갖 이설이 덧붙을 정도로 활동 범위가 대단히 넓었다.[21] 출생 기록처럼 실제로 왜국의 동북 1천여 리에 있는 캄챠카 반도의 Koryak족을 석탈해의 출신으로 추정하기도 한다.[22] 석탈해는 활동 범위도 넓었지만, 그를 향한 구비전승의 생명은 20세기까지도 지속되고 있었다.

장아리(長兒里) 앞 갯가가 아진포이다. 장아리는 어린 탈해가 자라난 곳이라 하여 장아리라 하고, 아진포 갯가에 홈바위가 있는데, 지금은 나

---

21) 김두진, 앞의 책, 298면.
22) 김화경, 「난생신화의 연구」, 『한국신화의 원류』, 지식산업사, 2005, 235면.

아천(羅兒川)에서 밀려온 토사(土砂)에 덮여 보이지 않는다. 사라호 태풍(1959년) 때 덮여 있던 모래가 쓸려 내려가 바위의 모습을 드러낸 일이 있었다. 홈바위에는 큰 홈이 나 있는데 바닷물이 그 홈으로 드나들었다. 옛날 탈해가 탄 배가 그 홈으로 물에 밀려 올라왔고, 사람들은 그 배를 끌어 올렸다.[23]

이 기록은 1985년에 경주군 남양면에서 채록된 것인데, 『삼국유사』의 문헌 기록에는 빠져 있는 탈해의 상륙 과정을 전해주는 것으로서 중요하다.[24] 한편 아진포가 있었던 곳은 '나아리(羅兒里)'라 하여 위의 장아리라는 지명과 대칭을 이루고 있다. 물론 1985년에 비로소 채록된 기록에 신라 건국 초기의 정황이 그대로 나타나 있지는 않을 것이다. 다만 탈해 전승의 '현장'이 20세기까지도 현실 속 공간처럼 인지되고 있었음은, 탈해에 대한 기억이 설화 담당층인 민중에게 지녔던 비중을 보여주기도 한다.

박씨와 김씨에 비하면 석씨 집단은 왕족으로서 역할도 크지 않고, 후대의 신라에 끼친 영향도 명료하지 않은 편이다. 덧붙여 석씨는 호공 세력과의 관계가 다른 가문과는 달랐다.[25] 또한 『삼국유사』가 김알지의 행적이 박혁거세와 부합한다는 점을 새삼 강조하면서도 석씨와의 관계는 짐짓 모른 체했던 태도 등을 떠올려 보자. 이로 미루어보면 석씨 집단의

---

23) 아진포의 홈바위 전설에 관해서는 윤철중, 「탈해왕의 도래지·'아진포'의 위치 변증」, 『한국도래신화연구』, 백산자료원, 1997, 140면 참조.
24) 윤철중, 위의 책. 141면.
25) 석탈해만이 박혁거세, 김알지와는 달리 호공과 대립하고 속이는 모습이 나온다. 왕위에 오른 뒤 그 관계가 달라지기는 하지만, 석탈해만이 호공과 다른 관계를 보인다는 점도 더 생각할 만한 문제이다.

유래와 행적 자체가 다른 가문과는 차별화된 요소가 있었던 것이다. 역설적이지만 이 때문에 석탈해의 영웅성은 박씨-김씨 시조에게 보이는 초월적인 신성성과는 다른 모습으로 전승되었다. 그 덕분에 구체적이고 직관적인 석탈해의 영웅상은 민중의 기호에 친근하게 되어 20세기까지도 설화적 매력을 잃지 않았을 것이다.

게다가 탈해 신화의 복합성을 '알'에서의 탄생과 '궤'를 통한 이동으로 풀이하여, 알을 천강(天降) 화소에, 궤를 해양 도래에 연결시킨 해석도 있었다.[26] 어쩌면 탈해 신화는 다른 신화와의 연결이나 상보적 관계를 굳이 다지기 이전에, 그 자체가 자립적 완결성을 지니고 있었던 것은 아니었을까 한다.


## 4. 양자이며 연결자인 김알지

석탈해 재위 시기에 김알지가 등장하여 세 가문의 연계는 완성된다. 『삼국사기』와 『삼국유사』에 모두 석탈해에게 집을 빼앗긴 호공이 알지를 발견하는 것으로 되어 있는데, 이렇게 호공이 박·석·김 모두와 연관성을 지니고 있으므로 세 가문의 신화를 연결하기 위해 설정한 인물이라 보기도 한다.[27] 그러나 앞서 거론했듯이 3성의 연결은 『삼국사기』보다는 『삼국유사』에 두드러지는 특성인데, 호공은 『삼국사기』와 『삼국유사』를 통틀어 등장하고 있으므로 그저 가공인물만은 아닐 것 같다. 다

---

26) 양성필, 「난생신화와 궤짝신화의 상관성 고찰」, 『탐라문화』 35, 제주대 탐라문화연구소, 2002, 75~104면.
27) 홍기문, 『조선신화연구』, 사회과학원출판사, 1964 (지양사 영인, 1989), 92~95면.

만 그 활동 연대가 1인으로 보기에는 지나치게 길어서, 관직명이거나 보통명사 혹은 어느 세력의 명칭이었을 가능성이 크다는 견해에도 일리는 있다. 집을 빼앗은 임금의 신하가 되어 활동한다는 부자연스러움도 '호공'이 보통명사라서 이들이 별개의 인물이라면 있을 만한 일이다. 말하자면 혁거세의 부하, 탈해의 경쟁자 그리고 알지의 발견자로서 호공을 문학적으로건 역사적으로건 반드시 동일 인물로 볼 필요는 없다.

9년 3월에 왕이 밤에 금성(金城) 서편 시림(始林) 숲 사이에서 닭 우는 소리가 남을 듣고, 새벽에 호공(瓠公)을 보내어 살펴보게 하였더니, 거기 나뭇가지에 한 금색의 작은 궤가 걸려 있고 그 밑에 흰 닭이 울고 있었다. 호공이 돌아와 그대로 고하니, 왕이 사람을 보내어 그 궤를 가져다 열어 보니, 그 속에 조그만 사내아이가 들어 있는데, 그 외모가 훌륭했다. 왕이 기뻐하며 좌우에 말하기를, "이는 하늘이 나에게 아들을 준 것이 아니냐" 하고 거두어 길렀다. 차차 자람에 총명하고 지략이 많으므로 이름을 알지(閼智)라 하고, 금독에서 나왔음으로 해서 성을 김씨(金氏)라 하고, 또 시림을 고쳐 계림이라 하여 나라 이름으로 삼았다.[28]

『삼국사기』는 닭 울음소리가 먼저 들리고 왕이 호공을 시켜 조사하는데, 『삼국유사』는 그 선후 관계가 반대로 되어 있다. 그리고는 양자로 삼고 국호를 계림으로 결정하게 되었다는 것이다. 흐름이 다소 긴박하기는 하지만 부여 금와왕의 사례와도 유사하다. 알지가 끝내 왕이 되지는 못하는 이유가 설명되지 않아 아쉽지만, 이 자체로서 완결성을 지닐 수 있는 사건이다. 그러나 『삼국유사』는 이 사건을 혁거세의 전례에 무리하

---

28) 김부식, 『삼국사기』 권1, 「기이 제1 · 신라본기 · 탈해이사금」.

게 연결한다.

　영평 3년 8월 4일에 호공이 밤에 월성 서리(西里)를 가다가 큰 광명이 시림 속에서 나타남을 보았다. 자색 구름이 하늘에서 땅에 뻗치었는데 구름 가운데 황금 궤가 나무 끝에 걸려 있고 그 빛이 궤에서 나오며 또 흰 닭이 나무 밑에서 우는지라 이것을 왕에게 아뢰었다. 왕이 그 숲에 가서 궤를 열고 보니 그 속에 어린 사내아이 하나가 누워 있다가 일어났다. 마치 혁거세의 고사와 같으므로, 그 말로 인하여 알지라 부르니 알지는 곧 우리말에 아기를 말함이다. 아기를 안고 대궐로 돌아오니 새와 짐승들이 서로 따르며 기뻐해서 모두 뛰놀았다. 왕이 길일을 택하여 태자로 책봉하였으나, 후에 파사(婆娑)에게 사양하고 왕위에 나아가지 않았다. 금궤에서 나왔다 하여 성을 김씨라 하였다. 알지는 열한(熱漢)을 낳고 열한은 아도(阿都)를 낳고 아도는 수류(首留)를 낳고 수류는 욱부(郁部)를 낳고 욱부는 구도(俱道)를 낳고 구도는 미추(未鄒)를 낳아 미추가 왕위에 오르니 신라의 김씨는 알지에서 시작되었다.[29]

　『삼국사기』에는 없었던 "마치 혁거세의 고사와 같다."는 표현을 추가했다. 그런데 자세히 보면 솔직히 혁거세와 그렇게까지 같은 정도는 아니다. 궤에서 태어난 점은 오히려 석탈해에 가깝고, 천마가 직접 낳은 알이 아니라 닭이 그 탄생을 알려줬을 따름이다. 새와 짐승이 따르고 뛰논다는 것은 종교적 성자의 탄생에 더욱 걸맞은 표현이다. 이어서 왕이 되지 못한 이유를 설명하는 대신, 그 후손이 왕이 되기까지의 계보를 간략

---

29) 일연, 『삼국유사』 권1, 「기이 제1 · 김알지 탈해왕대」.

히 보여주고 있다.[30] 김알지에게 박혁거세와의 동질성 또는 조상신의 면모가 부여된 것은 『삼국유사』만이고, 『삼국사기』의 알지는 오히려 부여의 금와처럼 왕의 양자로서 나타나 있다.

지금까지 『삼국사기』와 『삼국유사』의 박·석·김 시조 신화를 대비하였다. 그 결과 3성을 긴밀하게 연결하여 하나의 서사 문맥을 이으려는 모습은 『삼국유사』쪽의 가변적 성분으로부터 찾을 수 있었다. 하지만 주인공의 성격과 관련된 핵심적 성분은 달라지지 않는 한도에서 첨언, 부가되었다. 반면에 『삼국사기』는 각각의 연계보다는 해당 시기에 가장 필요했던 시조의 덕목과 관련된 부분이 강조된 것처럼 보인다. 하늘로부터 온 신에 가까운 추상적 존재로서의 박혁거세, 건국 초기의 영웅으로서 활발한 대외 활동을 보이는 석탈해, 뛰어난 능력을 통해 왕의 양자가 되는 김알지 각자의 개성이 독립적으로 발현되었다. 이는 한 인물의 여러 가지 측면이 아니라, 건국 시조의 형상이 시대의 변화에 맞추어 달라진 결과였다.

## 5. 여신의 위축과 남성 건국 시조의 기원

신라 건국 신화로 박·석·김 3성의 시조 신화 이외의 다른 계열도 존재한다. 김부식에 따르면 '사소성모'라는 존재가 신라의 이성(二聖), 그

---

30) 김씨 왕족의 조상이자 금관의 주인으로서 김알지의 성격에 관해서는 임재해, 「맥락적 해석에 의한 김알지 신화와 신라문화의 정체성 재인식」, 『비교민속학』 33, 비교민속학회, 2007, 575~621면 참조.

러니까 박혁거세와 알영을 낳았다는 전승이 당시 중국에까지 남아 있었다고 한다. 기존 연구에 따르면 선도산 성모의 설화는 대마도 천도신화(天道神話)의 해상래림형(海上來臨型)과도 유사하다고 하며, 이런 유형은 기실 백제, 신라와 가야, 탐라가 모두 공유하고 있는 것이기도 하다[31]. 그렇다면 백제의 소서노와 가야의 정견모주·허황옥, 신라 석탈해의 친어머니와 탐라 3을라(乙那)의 배필 등은 모두 궁중에서 버림받았던 여성이 표류 끝에 건국 시조를 낳는다는 동질적인 유형이 된다. 비록 후대의 자료뿐이지만, 선도산 성모는 아시아 곳곳에 남은 유형의 신이었다.

그러나 신라의 건국 신화에는 애초부터 있었던 선도산 성모 관련 내용은 희석되었고, 『삼국유사』에 따르면 그 자리를 6촌 시조의 탄강 설화가 대신 차지하고 있다. 이러한 자료적 정황 탓에 박혁거세 신화의 서두로서 6촌 시조 탄강 설화의 중요성을 강조하기도 하였다.[32]

진한(辰韓)에는 옛날에 6촌이 있었다 ─은 알천 양산촌이니, 남쪽의 지금 담엄사 방면이다. 촌장은 알평(謁平)이라 하여 처음 하늘에서 표암봉(瓢嵓峰)에 내려오니, 이가 급량부(及梁部) 이씨(李氏)의 조상이 되었다. (노례왕 9년에 부를 두어 급량이라 하였는데, 고려 태조 천복 5년에 중흥부(中興部)라 개칭하였다. 파잠(波潛), 동산(東山), 피상(彼上), 동촌(東村)이 이에 속한다.[33]

31) 노성환, 「대마도 천도신화에 관한 연구」, 『일어일문학연구』 43, 대한일어일문학회, 2002, 325~327면.
32) 김열규, 「삼국유사의 신화론적인 문제점」, 『삼국유사의 신연구』, 신라문화제학술논문집, 1980, 146면.
33) 일연, 『삼국유사』 권1, 「기이 제1 · 신라시조 혁거세왕」.

앞서도 보았다시피 이런 식으로 여섯 촌의 명칭, 현재의 지역, 촌장의 이름과 현재의 성씨, 소속 촌락 등이 비교적 상세하게 적혀 있다. 같은 방식으로 여섯 촌을 모두 정리하고 나서, 다음과 같은 말로 마무리하고 있다.

윗글을 보건대 이 6부의 조상들이 모두 하늘에서 내려온 것 같다. 노례왕 9년에 비로소 6부의 이름을 고치고 또 6성을 주었다. 지금 풍속에는 중흥부를 어미, 장복부를 아비, 임천부를 아들, 가덕부를 딸이라 하는데 그 이유는 알 수 없다.[34]

이 기록에서는 왕이 6성을 하사했다고는 하지만 6세기 초엽[35]의 「영일 냉수리비」를 보면 이들 6부의 족장은 상당히 후대까지도 왕과 동등한 권력을 행사했던 것처럼 보인다. 「영일 냉수리비」의 앞면 7행에는 모종의 이유로 '갈문왕(葛文王)'으로 일컬어진 지증왕을 비롯한 6간(干)을 아우른 7인을 '7왕 등(七王 等)'으로 표현했다.[36] 이 표현은 신라 국가의

---

34) 일연, 『삼국유사』 권1, 「기이 제1 · 신라시조 혁거세왕」.
35) 이 비문의 건립 연대에 대해서는 443년과 503년의 두 가지 설이 병립하고 있다. 이 가운데 443년설은 기존 사서의 내용에는 잘 부합하지만 비문 안에 있는 '전세이왕(前世二王)'을 해명할 수 없다. 443년은 눌지왕대이므로 눌지왕을 포함한 '前世'라는 표현은 어색하다는 것이다. 그 대신 503년설은 500년에 즉위한 지증왕을 갈문왕으로 표기한 이유를 밝혀야 하는 등 기존 사료와 충돌하는 부분이 있다. 그러나 이는 지증왕의 순탄치 못했던 즉위를 감안하여 이해해야 한다. 따라서 금석문이 문헌 사료보다 당대에 가까운 사료임을 존중하고, 그 내용 자체를 해치지 않기 위하여 503년설로 보는 편이 더 적절할 것이다. 이상은 주보돈, 「영일냉수리신라비(迎日冷水里新羅碑)에 대한 기초적 검토」, 『금석문과 신라사』, 지식산업사, 2002, 70~71면을 따랐다.
36) 「영일 냉수리비」의 판독문과 관련 사항은 노중국, 「영일 냉수리비」, 『역주 한국고대금석문 II · 신라1 · 가야편』, 가락국사적개발연구원, 1992, 3~13면 참조.

지방 지배가 확고해지기까지 건국 이후 여러 명의 간이 왕에 필적하는 위상을 지녔을 가능성을 암시한다.[37] 한편 여기서 '간'은 이웃나라 가야의 건국 초기 9간을 떠올리게도 한다.[38]

'간'에 의해 다른 왕성의 시조가 추대되면서 잊힌 여신 혹은 여성 시조로서 선도산 성모는 가야산의 여산신 정견모주와도 유사한 처지에 놓였다. 선도산 성모가 이성(二聖)을 낳았다고 한 것처럼, 정견모주는 두 형제를 낳아 대가야와 금관가야를 세우도록 하였다.

이 대가야 건국 신화와 「가락국기」의 금관가야 건국 신화 가운데 어느 쪽이 선행형인지는 확언할 수 없는 문제이다. 일단 어머니 신이 낳은 형제 또는 남매가 건국 시조가 된다는 방식은 백제, 대가야, 신라 등 한반도 남부에 두루 존재했던 건국 신화의 유형이다.[39] 그러나 『삼국유사』에 따르면 신라는 어머니 신의 신화를 포기하고 6간의 소환에 감응하여 왕이 하늘에서 내려온 것으로 처리하였다. 그렇다면 가야 건국 신화와 선

---

37) 노중국, 위의 글, 10면 참조. 한편 '七王等'을 '왕'과 '등(관직)'으로 파악하는 견해도 있지만, 여기서는 노중국의 견해에 따른다. 한편 근래에는 이 기록에서 촌주들 사이의 갈등을 왕의 敎를 통해 해결한다는 점에 주목하여 신라 국가의 지방 지배가 생각보다 훨씬 컸던 것으로 간주하기도 한다. 조범환, 「迎日冷水里碑를 통하여 본 신라 村과 村主」, 『동북아역사총서2·금석문을 통한 신라사 연구』, 한국학중앙연구원, 2005, 16~22면 참조. 이러한 시각에 동의한다. 다만 지방 지배의 완성이 이 비문의 건립 연대로부터 크게 앞선 시기에 이루어졌을지는 더 생각해볼 필요가 있다.

38) 개벽한 후로 이곳에 아직 나라의 이름이 없고 또한 군신의 칭호도 없더니 이때 아도간(我刀干), 여도간(汝刀干), 피도간(彼刀干), 오도간(五刀干), 유수간(留水干), 유천간(留天干), 신천간(神天干), 오천간(五天干), 신귀간(神鬼干) 등의 9간이 있어, 이들이 추장이 되어 인민을 거느리니 무릇 1백호 7만 5천인이었다. 산과 들에 도읍하여 우물을 파 마시고 밭을 갈아 먹더니 후한 세조 광무제 건무 18년 3월 계욕일에 그곳 북쪽 구지(龜旨)에서 무엇을 부르는 수상한 소리가 났다. (일연, 『삼국유사』 권2, 「기이 제2·가락국기」).

39) 이 책 1부, 「사라진 건국 신화 속 여신들과의 만남」.

후 관계도 짐작할 만하다.

그런데 남녀 신이 함께 등장하는 또 다른 신화가 김알지의 등장에 바로 뒤이어 등장한다. 「연오랑 세오녀」 설화가 그것이다.[40] 이 설화는 남녀가 도일(渡日)하는 순서에 차이가 있지만, 『고사기』의 신라 왕자 아메노히보코(天之日矛)와 아카루히메(阿加流比賣) 설화[41]와도 유사하다. 그러나 『고사기』의 설화는 남성이 여성을 학대하여 먼저 달아나고 남성이 뒤쫓는 식으로 구성되어 상당한 변형이 이루어진 것으로 보인다.[42] 두 이야기는 자신의 고향에 대한 여성의 갈등 혹은 긴장 관계를 보여주고 있다는 공통점이 있다. 다시 말해 '쫓겨난 여신들'이다. 건국 신화의 여신들처럼 말이다.

이렇게 왕을 낳거나 배필이 되었던 여신의 역할이 사라지거나, 해당 여신은 다른 지역으로 떠나 버렸다. 그러자 그 자리를 촌장이 이어받아 시조 임금을 소환하고 각자의 가문에 있던 시조 신화를 신라 전체의 것

---

40) 일연, 『삼국유사』 권1, 「기이 제1 · 연오랑 세오녀」.

41) 이 설화의 내용은 다음과 같다. 신라 왕자 아메노히보코(天之日矛)는 늪에서 잠을 자던 천한 여인이 낳은 붉은 구슬을 얻게 된다. 이 붉은 구슬은 원래 천한 남자가 여인으로부터 얻은 것인데, 왕자가 남자에게 누명을 씌워 옥에 가두고 빼앗았다. 구슬을 마루 곁에 두니 아름다운 여인이 되어 혼인을 했는데, 왕자가 거만한 마음으로 아내를 나무랐다. 이 때문에 아내는 조국으로 돌아가겠다고 하고는 難波에 머물러 比賣碁會 신사의 阿加流比賣 여신이 되었다. 왕자는 아내를 따라 나니와에 머물고자 했지만 해협의 신이 막으니 多遲摩에 정착하여 息長帶比賣命의 선조가 된다. 이때 天之日矛가 가지고 온 물건은 玉津寶라는 구슬 두 줄과 파도를 일으키는 천, 파도를 가라앉히는 천, 바람을 일으키는 천, 바람을 재우는 천 및 奧津鏡, 邊津鏡라는 거울 두 개까지 모두 8종이다. 이 물건들은 伊豆志 신사에 모셔져 八前大神이 되었다." (『고사기』, 「應神天皇」. 노성환 역주, 『고사기』 중, 예전, 1990, 222~223면을 참조하여 요약함).

42) 이 이야기와 연오랑 세오녀 설화의 유사성은 진은숙, 「히메코소사의 연기 전승 고찰」, 『일본어교육』 58, 2011, 219~230면 참조.

으로 만들고자 경쟁하였다. 각 가문의 성씨가 다 중국식이라는 점도 이 신화들이 선도산 성모의 것만큼 오래되지는 않았을 가능성을 보여주는 게 아닐까?

## 6. 초월적 시조에서 현실적 영웅으로

신라의 왕족이었던 박 · 석 · 김 3성의 신화는 『삼국사기』와 『삼국유사』에 함께 기록되었으므로, 이들의 차이에 더 주목할 필요가 있다. 3성을 긴밀하게 연결하여 하나의 문맥을 만들어내려는 태도는 『삼국유사』에 한결 분명하지만, 주인공의 성격과 관련된 핵심적 요소는 건드리지 않는 한에서 부가되는 경우가 대부분이었다.

『삼국사기』는 하늘로부터 온 신에 가까운 추상적 존재로서의 박혁거세, 건국 초기의 영웅으로서 활발한 대외 활동을 보이는 석탈해, 뛰어난 능력을 통해 왕의 양자가 되는 김알지 각자의 성격이 확립되었다. 그러나 이들을 꼭 기존 연구에서처럼 상보적, 통합적 관계로 볼 필요는 없다. 그렇게 통합된 텍스트는 확인할 수 없고, 오히려 각자의 자료는 그 개성이 독립적으로 유지되는 쪽에 가까웠다.

신라와 일본에는 여성이 자신의 고향과 갈등하는 설화가 신화시대 직후에 각각 존재하는데, 이는 여신에 의한 왕의 출산이나 배우자로서 여신의 역할은 사라지고, 촌장의 소환이 그것을 대신해 간 정황을 반영한 것이었다. 이렇게 여신들이 소외되고 쫓겨나는 과정은 이 책의 첫 글에서도 다루었다.

# 고유 사상과 동아시아 여러 사상의 만남

## 1. 위대한 고유 사상, 풍류는 실체였던가

최치원은 「난랑비서(鸞郎碑序)」에서 화랑의 사상적 토양을 '풍류(風流)'라는 용어로 정리했다. 그에 따르면 풍류는 '포함삼교(包含三教)'의 이론으로 '접화군생(接化群生)'을 실천했다. 이렇게 큰 의미와 역할이 상정된 탓에, 풍류를 사라진 고유 사상 혹은 예술의 원리로 평가하기도 했다. 이러한 관점은 최치원을 신선사상 혹은 민족종교와 연결하는 시각[1]으로부터 풍류, 화랑에서 국가적 사상의 기저를 찾는 관점에 이르기까지 꾸준히 지속되어 왔다. 그러나 고유 사상 혹은 예술의 원리로서 풍류의 실존 가능성을 인정하더라도, 과연 「난랑비서」의 서술이 풍류의 모든 부분을 온전히 서술한 것인지, 나아가 신라 문화사 전체에 걸쳐 풍류를 단일한 혹은 유일한 실체로 보아도 타당할지 등은 여전히 문제로 남

---

1) 『해동이적』과 『해동전도록』, 『청학집』 등에서 최치원을 신선사상과 관련하여 중시하거나 언급했다.

는다. 이에 여기서는 최치원의 풍류 관념이 신라 문화사 안에서 어떤 맥락을 지니고 있으며, 우리는 그것을 어떻게 평가해야 할지 검토하고자 한다.

「난랑비서」 자체는 현존하지 않지만, 『삼국사기』에서 화랑의 기원 및 역할을 설명하는 자리에서 인용되었다. 계몽기의 한국학자들은 이에 주목하여 고유종교 혹은 신앙의 한 원리로서 풍류도라는 관념을 내세웠고, 김정설은 화랑도와 일체화된 '풍류정신'[2]이라는 실체를 확립하기에 이르렀다. 김정설의 '풍류정신'은 군사적 성과를 중심으로 화랑의 업적을 되새기고, 김시습과 최제우 등의 사상을 풍류 또는 풍류도라는 고유 사상의 맥락에서 재해석하고자 했다. 이러한 인식은 과거의 국민윤리와도 어느 정도 관계를 맺어 왔으며,[3] 민족혼 혹은 국가적 정신으로 풍류를 승화시키려는 동기를 공유하고 있었다.

또 한편으로 풍류는 가창(歌唱), 미술에서 예술적 정취의 한 모습을 묘사하는 용어로 쓰이기도 했다. '국풍(國風)'으로서 풍류도 관련 용어가 문학사에서 활용된 사례를 추정[4]하거나, 한국음악의 뿌리로서 화랑의 향가 가창과 풍월도의 단서에 주목[5]하고, 화랑의 '유오산수(遊娛山水)'에 착안하여 정원에서의 풍류에까지 관심을 확장[6]했다. 심지어 위진

---

2) 김정설, 『풍류정신』, 영남대 출판부, 2009 (초판: 정음사, 1986), 14~17면.
3) 양근석, 「한민족의 풍류도와 화랑사상 연구」, 『국민윤리연구』 38, 한국국민윤리학회, 1998, 79~96면.
4) 윤영옥, 「풍류사상과 한국시가–신라의 풍류적 인간상」, 『정여윤영옥박사학술총서 10: 작가 · 작품론 편』, 민속원, 2011, 182~225면; 홍성암, 「풍류도의 이념과 문학에의 수용 양상」, 『한민족문화연구』 1, 한민족문화학회, 1996, 217~256면 참조.
5) 한흥섭, 「풍류도, 한국음악의 철학과 뿌리」, 『인문연구』 49, 영남대 인문과학연구소, 2005, 291~322면.
6) 권오만 · 고재희, 「한국 전통문화상 풍류활동의 전개」, 『선도문화』 17-1, 국제뇌교육

(魏晉)의 풍류와 화랑도 사이의 유사점을 거론한 성과[7]에서는 '귀족 미청년들의 예술 활동'을 양자의 공통점으로 내세웠다. 이에 따르면 풍류는 문학, 미술, 음악 등의 다양한 분야의 심미적 영역에서 실천된 것으로, 산수에 대한 공간적 인식, 위진 문화에 대한 수용 등을 포함한 것이었다.

그러나 위의 두 관점은 모두 당시의 실상뿐만 아니라 최치원이 구상했던 풍류의 역할과도 다소 거리가 있다. 최치원에게 풍류가 '포함삼교'라는 넓은 범위를 갖춘 것이라면, 화랑의 무공을 위한 바탕이 된다는 것만을 그 역할의 모든 것으로 보기 어렵다. 또한 「난랑비서」의 풍류를 '유오산수'를 비롯한 공간적 심상과 예술론에 직접 연결할 근거도 분명하지 않다. '유오산수'는 「난랑비서」가 인용된 바로 앞 단락에서조차 화랑의 주요 역할로 중시했던 덕목이며, 『삼국사기』와 『삼국유사』 곳곳에서 그 사례를 찾을 수 있다. 그런데 정작 「난랑비서」의 풍류론에서는 직접 거론되지 않았다. '접화군생'의 효과를 여러 지역에서 거두기 위해 '유오산수'가 필요했으리라는 가정은 가능하다. 그러나 이 경우 '유오산수'는 예술론에서의 맥락이 아닌, 국토의 이곳저곳을 순례한다는 의미일 따름이다.

여기서는 최치원의 「난랑비서」를 분석하되, 그것이 인용된 맥락을 고려한다는 의미에서 이 기록이 인용된 『삼국사기』 · 「신라본기 · 진흥왕」 37년 조의 화랑단 설립 관계 내용 전체를 함께 살피고자 한다. 그리고 마찬가지로 화랑단 설립 관계 기록인 『삼국유사』 · 「미륵선화 미시랑 진자사」 조의 기록을 볼 텐데, 『삼국유사』 쪽에는 「난랑비서」 대신 명주에 세

---

종합대학원 국학연구원, 2014, 381~414면.

7) 張伯偉, 「花郎道與魏晉風流關係之探討」, 『동방한문학』 13, 동방한문학회, 1997, 177~179면.

웠다는 비문의 내용이 나와 있다. 그런데 그 내용은 '포함삼교'가 아닌 유가의 용어만으로 이루어졌다는 차이가 있다. 화랑의 배경 사상에 대하여 이렇게 인식의 차이가 나타나게 된 원인을 바로 밝힐 수는 없겠지만, 『삼국사기』와 『삼국유사』에 나타난 화랑의 행적을 통해 이 차이가 갖는 의미에 대하여 되새길 수 있을 것이다. 그 과정에서 신라 문화사에서 풍류 관념이 단일한 실체였는지, 최치원의 풍류 관념은 그 안에서 어떤 맥락과 위치를 갖는지 등이 거론될 수 있을 것이다.


## 2. 최치원의 풍류 관념
### – 포함삼교(包含三敎)의 이론과 접화군생(接化羣生)의 실천

최치원이 풍류에 관하여 서술했던 「난랑비서」는 현존하지 않지만, 『삼국사기』·「신라본기·진흥왕」 37년 조의 화랑의 기원과 역할을 설명하는 자리에서 주요 부분이 인용되고 있다. 이 기록은 『삼국유사』에는 실리지 않았어도, 『삼국유사』에서 화랑의 성격을 이해하는 데 결정적인 단서를 제공해 준다. 다음 인용문의 [C]가 그것이다. 그런데 이 기록은 풍류 자체의 서술에만 머물지 않고, 진흥왕 37년에 설립한 화랑단의 유래와 활동을 포괄적으로 진술하고 있다. 따라서 여기서는 [C]만을 보지 않고 모두 살피고자 한다.

[A-1] 37년(576) 봄에 처음으로 원화(源花)를 받들었다. 일찍이 임금과 신하들이 인물을 알아볼 방법이 없어 걱정하다가, 무리들이 함께 모여 놀게 하고 그 행동을 살펴본 다음에 발탁해 쓰고자 하여 마침내 미녀 두

사람 즉 남모(南毛)와 준정(俊貞)을 뽑고 무리 300여 명을 모았다. 두 여인이 아름다움을 다투어 서로 질투하여, 준정이 남모를 자기 집에 유인하여 억지로 술을 권하여 취하게 되자 끌고 가 강물에 던져 죽였다. 준정이 사형에 처해지자 무리들은 화목을 잃고 흩어지고 말았다.

[A-2] 그 후 다시 미모의 남자를 택하여 곱게 꾸며 화랑이라 이름하고 그를 받드니, 무리들이 구름처럼 몰려들었다. 혹 도의로써 서로 연마하고 혹은 노래와 음악으로 서로 즐겼는데, 산과 물을 찾아 노닐고 즐기니 멀리 이르지 않은 곳이 없었다. 이로 인하여 사람의 사악함과 정직함을 알게 되어, 착한 사람을 택하여 조정에 천거하였다.

[B] 그러므로 김대문은 『화랑세기』에서 다음과 같이 말하였다.

"어진 보필자와 충신은 이로부터 나왔고, 훌륭한 장수와 용감한 병졸은 이로부터 생겼다."

[C] 그리고 최치원의 〈난랑비서〉에 다음과 같이 기록하였다.

"나라에 현묘한 도가 있으니 풍류라 한다. 가르침의 근원에 대해서는 『선사(仙史)』에 자세히 갖추어져 있거니와, 실로 이는 3교를 포함하고 뭇백성들과 만나 교화한다. 이를테면 ⓐ들어와서는 집안에서 효를 행하고 나가서는 나라에 충성함은 노나라 사구(司寇)의 가르침이고, ⓑ하였다고 자랑함이 없는 일[無爲之事]을 하고, 말없는 가르침[不言之敎]을 행함은 주나라 주사(柱史)의 뜻이며, ⓒ모든 악을 짓지 말고 모든 선을 받들어 행하라 함은 축건태자(竺乾太子)의 교화이다."

[D] 당나라 영호징(令狐澄)의 『신라국기(新羅國記)』에 말하였다.

"귀족의 자제 중 아름다운 이를 택하여 분을 바르고 곱게 꾸며서 이름을 화랑이라 하였는데, 나라 사람들이 모두 그를 높이 받들어 섬겼다."

(이하 승려 안홍의 행적 및 진흥왕의 죽음 관련 기록)[8]

---

8) 『삼국사기』 권4, 「신라본기」 제4, 진흥왕 37년. 번역은 정구복 외, 『역주 삼국사기』 2-

먼저 [A]와 [D]는 화랑에게 화장을 시키고 미남자로 꾸미는 전통을 설명했는데, [D]에 비하면 [A]가 한결 자세하다. 이 가운데 [A-1]에서는 화랑의 아름다움이 본래는 여성미를 의식하여 유래한 것이었음을 설화적으로 보여준다. 그러면서 '원화'를 받든 계기가 "인물을 알아볼 방법"을 찾는 것에 있었다고 서두에 제시하고, 화랑의 직능을 [A-2]에서 산과 물을 찾아 노닐며 멀리까지 이르지 않은 곳이 없어, "착한 사람을 택하여 조정에 천거"했던 것으로 정리하고 있다. 따라서 [A-1]과 [A-2]는 인재를 찾는 과정을 보여준다는 인과 관계를 띠고 있으며, 이는 [B]에서 김대문의 기록을 인용하며 "훌륭한 장수와 용감한 병졸"이 화랑에서 유래했다는 평가와 일맥상통하고 있다. 요컨대 [C]의 앞뒤 문맥은 인재 천거 방법으로서 화랑의 기원과 운영, 화랑의 외모가 지닌 특성에 대하여 뚜렷한 인과적 구성을 보이고 있다.[9] 따라서 [C] 역시 그러한 문맥을 고려하여 살필 필요가 있다.

말하자면 이론적으로 "3교를 포함하고[包含三敎]" 뒤에 나오는 "뭇 백성들과 접하여 교화한다[接化羣生]"는 실천의 목적은 곧 인재를 찾아 양성하는 것에 있었다. 다음 3.1.에서 살펴볼 '유오산수'를 통해 인재를 발굴했던 화랑의 역할 역시 '접화군생'의 실천에 해당한다. 이렇게 보면 '접화군생'은 다수의 자료에서 확인되는 화랑의 실제 활동 및 실천의 목적과 일치하고 있다.

이에 비하면 달리 '포함삼교'는 [C] 이외의 [A], [B]와 [D] 가운데 어

---

번역편, 한국정신문화연구원, 1997, 84~85면을 따랐으며, 이하 『삼국사기』 번역은 이 책을 따랐다.
9) [B]와 [C]는 「열전」 제7의 「김흠운」 열전의 사론(史論)에 거의 동일하게 되풀이되며, 여기에 3대의 화랑이 200여 명이었다는 말을 덧붙였다.

느 부분과도 문맥이 닿지 않는 것 같다. 이 표현이 다른 자료에서는 확인되지 않고 여기서만 나온다는 점도 의미심장해 보인다. 따라서 ⓐ~ⓒ의 '포함삼교'가 당시의 실체인지, 아니면 최치원 나름의 시각이 반영된 것이었는지를 더 검토할 필요가 있다. 풍류의 기원이 『선사(仙史)』라는 책에 자세하다는 말이 곁들여지기는 했지만, '포함삼교'라는 표현이 『선사』에서 직접 인용된 것인지 문맥적으로 확실하지 않고 그 책의 저자가 최치원인지도 단언하기 어렵다. 극단적으로 말하면 비(碑)의 대상인 난랑을 높이기 위한 수사적 과장일 가능성도 없지 않다. 그러나 여기서는 그렇게까지 보지는 않고, 당시의 문화적 상황을 어느 정도 반영한 표현으로 인정하겠다.

『삼국사기』·「열전」에 나타난 무사 집단으로서 화랑의 역할에 주목했던 관점은 이 가운데 ⓐ, 특히 충성심에 주목했던 것으로 보인다. 이 기록의 [B]에서 충성심에 주목한 것이나, 「열전」의 김유신과 사다함, 관창 등은 모두 죽음을 무릅쓰고 국가에 대한 충성을 보여준 인물들이다. 그러나 이들은 여기서 "들어와서는 집안에서 효를 행하고 나가서는 나라에 충성"한다는 서술과는 온도 차가 사실 꽤 있다. 「열전」의 충과 효는 ⓐ에 비하면 비장하고 극단적이다. 예컨대 "신하로서는 충성이 제일 중요하고 자식으로서는 효가 제일 중요하다. 위험을 보고 목숨을 바치면 충과 효가 모두 이루어진다.[10]"고 규정하기도 했다. 국가에의 충성을 위해서라면 부모보다 먼저 죽는 불효를 범하더라도, 충을 이루면 효가 절로 이루어진다는 말이다. 이렇게 효를 충에 종속된 것으로 보는 태도는 '효제충신'을 두루 소중하게 생각했던 유가의 본래 취지와는 큰 차이가

---

10) 『삼국사기』 권 47, 「열전」 제7, 김영윤(정구복 외, 앞의 책, 798면).

있다. 오히려 충효를 상하 관계에서의 일방적 복종 논리의 극단에까지 몰고 갔던[11] 옛 위정자들의 구미에 맞는 것처럼 보인다.

최치원은 효를 가족 윤리로, 충을 사회 윤리로 대칭함으로써 유가 윤리의 두 축을 설명하고, 그것을 풍류의 한 부분으로 제시하였다. 그러나 그보다 앞선 「열전」에서는 전쟁 상황 속에서 충만이 강조되고 효는 무시되는 모습을 긍정하고 있다. 그렇다면 최치원의 풍류 관념은 앞선 시대에서 부정되었던 요소를 다시금 강조하고 있는 셈이며, 적어도 「열전」에서의 충은 풍류에 포함되었던 충과는 그 성격이 달라 보인다.

유교에 관한 서술이 효와 충이라는 근본적인 쪽에 머물렀던 것과는 달리, ⓑ와 ⓒ의 도가 그리고 불가 관련 서술은 해당 사상 자체의 이론적 깊이만을 앞세우지 않았다. 그 대신 적극적 실천과 선행이라는 보편적 덕성을 강조하고 있다.

널리 알려졌듯이 도가의 정수는 그 무위론에 있다. 보기에 따라서는 무위론 자체가 더욱 크고 넓은 의미의 역설적, 긍정적 실천을 담보하는 것으로 평가할 가능성도 있을 테지만, ⓑ에서는 그 어구의 함축성을 풀이하는 대신 "무위지사 불언지교(無爲之事, 不言之敎)"를 서로 연결하여 말보다 앞서는 실천이라는 측면을 부각하고 있다. 불가에 해당하는 ⓒ는 이런 특성이 더욱 짙은데, "모든 악을 짓지 말고 모든 선을 받들어 행하는 것"은 말 그대로 보편적인 권선징악의 교훈이라 불가만의 특징을 보여준다기에 다소 미흡한 감이 있다.[12]

---

11) 김충열, 『김충열교수의 유가윤리강의』, 예문서원, 1994, 26~33면 참조.
12) 3장에서 살피겠지만 주 15)에 해당하는 인용문을 참조하면, 여기서 명주에 세웠다는 비문은 「난랑비서」의 ⓐ와 ⓒ에 해당하는 내용을 거의 그대로 포함하고 있다. 그러나 ⓒ와 관련하여 굳이 불가를 언급하지 않았고 화랑도와 유가만을 연결한 편에 가깝다. 「난랑비서」와 거의 유사한 표현이 3교 전체가 아닌 유가에만 한정하여 서술되어

정리하면 도가와 불가는 윤리적 실천 요소에 국한하여 풍류에 포함되었을 따름이다. 무위자연, 미륵과 정토, 여래장 등 당시 사상사에서 쟁점이 되었고 최치원 역시 익히 알고 있었을 요소들은 새삼 거론되지 않았다. 최치원의 도·불가에 대한 이해가 부족한 탓만은 아니었다. 그는 신선사상의 비조로 일컬어지고 신선이 됐다는 전설을 남기기도 했던 인물이며,『사산비명』을 비롯한 불교 관계 저술을 여럿 남겼을 정도였다. 그런 그가 보기에, 도가와 불가가 지닌 탈속적, 형이상학적 측면을 내세우는 것은 풍류에 포함될 도가와 불가를 위해서도 좋지 않았다.[13] 그리하여 도·불가에도 유가 못지않은 실천적 요소가 있고 그것은 풍류와도 맞닿아 있다고 강조하기 위해, 말보다 앞서는 실천, 권선징악이라는 윤리 일반의 덕성을 내세웠다.

또한 종래의 '무불습합(巫佛褶合)'이라는 매우 유용했던 문화사적 전제에 의하면 고유의 무속 혹은 신선 신앙이 불가의 내재화에 어느 정도 영향을 끼쳤다고 한다. '포함삼교'라는 용어는 이러한 현상에 대한 최치원 나름의 설명 방식이었을 가능성도 있다. 당시에 유행하거나 힘을 얻어가던 도가 혹은 불가는 중국과 인도에서 유래한 그것 그대로가 아니라, 신라문화를 기준 삼아 나름의 내재화와 변용 과정을 거친 것이라는 설명 말이다. 그러나 신라문화 나름의 것을 보여주기 위해서는 그들의 외래적 이론과 용어에 의존하지 않는 설명이 필요했다. 그 고민 과정을 드러내는 것이 도·불 본연의 것이라기에는 다소 밋밋하더라도 실천성의 강조와 권선징악의 교훈으로 대체된 것은 아니었을까? 도·불과 관

---

있다는 점을 주목할 만하다.
13) 이와 관련하여 최치원이 '仙'을 풍류와 직접 연결하지 않은 점도 의미심장하다.

련한 '포함삼교'는 이러한 최치원의 의도 혹은 인식을 반영한 표현이었다.

이에 비하면 유가 관련 서술은 달리 해석할 여지가 거의 없다. 이를 유학자로서 최치원의 의식과 연관하여 판단할 수도 있지만, 7세기 무렵부터 신라의 금석문에서는 국왕과 역사적 인물의 행적을 유가적 이상형에 가깝게 묘사, 평가하는 경우가 일반화되고 있었다.[14] 그리고 다음에 살펴볼 『삼국유사』에 소개된 명주(溟州) 비문에서도 이미 유가 중심의 시각에서 화랑단의 효용을 기대했던 전례가 있었다.

> 나라를 일으키려면 반드시 풍월도를 먼저 해야 한다고 생각한 왕은 또다시 영을 내렸다. 양가의 남자 중에서 덕행이 있는 자를 뽑아 그 명칭을 고쳐 화랑이라 했다. 처음으로 설원랑을 받들어 국선을 삼으니 이것이 화랑 국선의 시초다. 그래서 명주(溟州)에 비를 세우고 이로부터 사람들로 하여금 악한 것을 고쳐 착한 일을 하게하고, 윗사람을 공경하며 아랫사람에게 순하게 하니 오상(五常), 육례(六藝)와 삼사(三師), 육정(六正)이 왕의 시대에 널리 행해졌다.[15]

이 기록이 풍류 관념과 직접적인 관계가 있냐는 의문이 제기될 수 있지만, 첫 줄부터 일단 '풍월도'라는 표현이 등장한다. 그런데 '풍월'과 '풍류'는 혼용되면서 화랑단과 관련하여 곳곳에 나타나 있다. 『삼국유사』에

---

14) 김홍규, 「정복자와 수호자 · 5~7세기 한국사의 왕립 금석문과 왕권의 수사」, 『고전문학연구』 44, 한국고전문학회, 2013, 358~382면; 서철원, 「향가의 제재로서 화랑 형상의 문학사적 의미」, 『향가의 유산과 고려시가의 단서』, 새문사, 2013, 93~97면.

15) 『삼국유사』 제4 탑상, 미륵선화 미시랑 진자사(『삼국유사』의 번역은 박성봉 · 고경식 역, 『역해 삼국유사』, 서문문화사, 1992에 따른다. 이 부분은 233~234면).

는 화랑단의 명부를 『풍류황권』이라 부른 사례[16]가 있으며, 『삼국사기』에서 화랑단을 "풍월의 뜰[風月之庭]"이라 했던 적[17]도 있다. 따라서 이 글 역시 화랑단의 설립 근거로서 풍류에 대한 서술이라는 점에서 「난랑비서」와 같은 성격이다.

게다가 앞서 살핀 「난랑비서」는 화랑의 위상이 쇠퇴한 후대의 것으로서 개인적, 사적인 성격을 지녔지만, 여기 소개된 명주의 비문은 그 당시의 국가적, 공식적 입장을 드러낸 것이었다. 밑줄 친 부분은 「난랑비서」의 해당 부분과 유사하면서도 차이가 있다. 가령 '악한 것을 고쳐 착한 일을 하게 하는 것'을 불가를 끌어들이지 않고 설명하였으며, 도가와 관계된 표현은 찾아볼 수 없다. 반면에 유가적 덕목과 강상 윤리를 한결 더 구체적으로, 유가의 용어를 통해 직접 제시하였다. 요컨대 「난랑비서」와 유사한 방식과 내용으로 풍류의 실천적 요소를 열거하고 있지만, 도가와 불가를 배제하고 유가만을 토대 삼은 것이다. 또한 충효와 권선 대신 강상(綱常)이 표면에 드러나 있어 그 지향점도 더욱 유학에 집중되었다.

『삼국유사』의 기록에 의하면 이 비문은 9세기의 최치원보다 앞선, 7세기 당시 화랑단 조직의 것이다. 따라서 이 기록이 풍월도, 곧 화랑의 풍류를 유가의 용어와 구도를 통해 설명하고 있다는 사실은, 1회적 사건이 아니라 7세기 무렵 비문에 공통적으로 나타나는 유가 지향성[18]과 연계하여 이해할 문제이다. 최치원의 시각 역시 풍류의 유가적 효용에 관심을 기울이고 있다. 그러나 상하 복종 윤리보다는 가족과 사회 각각의 측면을 고려하였으며, 유가뿐만이 아닌 도 · 불의 실천적, 윤리적 요소를

---

16) 『삼국유사』 기이 제2, 효소왕대 죽지랑.
17) 『삼국사기』 권48, 「열전」 제8, 검군(정구복 외, 앞의 책, 814면).
18) 주 14)와 같은 곳.

함께 존중하고자 했다. 그래서 최치원의 풍류 관념은 7세기 무렵의 시각과는 분명한 차이가 있다.

여기서 이 차이를 빚어낸 도가, 불가적 요소를 어떻게 바라볼지가 문제이다. 이들이 본래 풍류에 포함되어 있었지만 7세기 무렵 잠깐 약화하다가 다시 9세기의 최치원에 의해 '재발견'되었는지, 아니면 애초에는 없었던 요소가 최치원에 의해 '발명'된 것인지 의문이다. 그러나 앞서 말했듯이 최치원이 도가적 요소로 내세웠던 자랑 없는 일과 말 없는 가르침, 불가적 요소로 주장했던 악을 짓지 않고 선을 행하는 것 등은 굳이 도가와 불가가 아니더라도, 일반적으로 긍정될 만한 덕성이기도 하다. 그러니까 풍류의 실천으로서 화랑의 행적에 도가, 불가 나아가 유가적 요소가 어떻게 구현되었는지 확인할 필요가 있다. 최치원의 풍류 관념이 재발견인지 발명인지 여부는 이 과정에서 확인될 것이다.


## 3. 화랑단의 행적에 나타난 풍류의 여러 양상

도가와 불가 나아가 유가와 관련한 요소들은 『삼국사기』와 『삼국유사』에 나타난 화랑과 낭도, 화랑단에 소속된 승려 집단이었던 승려낭도들의 행적을 통해 풍부하게 드러나고 있다. 그러나 최치원의 풍류 관념이 '그대로' 드러나는지는 더 따져볼 문제이다.

여기서는 화랑단의 행적을 크게 4가지로 나누어 각각 살펴보려 한다. 해당 자료들은 『삼국사기』에서 화랑단의 설립 목적이었던 인재 천거의 실상, 「열전」에서의 충(忠)이 극단화한 방향, '포함삼교'와 직접 관계된 교와 교 사이의 이론적 교섭 혹은 혼융의 양상, 그리고 최치원은 다루지 않았지만『삼국유사』에서 비중 있게 등장했던 가악과 예술론의 토대로서 풍류의 역할 등을 내용으로 하였다.

　　1) '유오산수(遊娛山水)'를 통한 인재 발굴
　　2) 유가 윤리의 극단화 경향
　　3) 교(敎)와 교의 교섭 혹은 혼용
　　4) 예술론으로서 풍류의 본질

　1)로는 진흥왕 37년 조의 [A]와 [B]에서 제기되었던 인재를 찾는 모습과 관계된 일화들이 있다.『삼국유사』·「효선」편의「빈녀양모」에서 효종랑의 부하 낭도가 효녀를 찾아 도와주는 일이나,『삼국유사』·「기이」편의「48대 경문대왕」에서 응렴이 겸손한 사람을 찾아다니는 모습 등이 여기에 해당한다. 이렇게 미덕을 갖춘 사람을 찾아 표창하고 본받기도 했지만,『삼국유사』·「탑상」편의「미륵선화 미시랑 진자사」에서는 화랑과 미륵신앙의 상징이 되어줄 인물을 모셔오기 위한 여정을 떠나기도 한다. 이렇게 보면 '유오산수'라는 행동을 통해 다양한 인물을 만나는 것이 모든 시기에 걸쳐 풍류의 가장 기본적인 역할이었다. 최치원이 제시했던 '접화군생'의 실천을 묘사한 사례들이다.

　다음으로 2)는 3교 가운데 유가의 층을 극단화, 절대화한 사례이다. 흥미로운 점은 도가와 불가는 이렇게 단독으로 나타나는 경우보다는 다른 사상과 교섭, 혼용하는 방식으로 주로 나타나는 데 비해,『삼국사기』·「열전」이라는 문헌의 지향점 탓도 있겠지만 유가는 이렇게 단독으로 나타나는 경우가 많았다. 그것은 2장에서 [C]의 ⓐ를 먼저 살피면서 밝혔듯이 죽음을 무릅쓰는 극단적인 모습으로 나타나고 있다. 특히『삼국사기』·「열전」 가운데 「검군」을 보면 "죽어야 할 바가 아닌데 죽은" 결과까지 나타나 있다. 이것은 의(義)에 대한 극단적인 선택에서 비롯된 것이었다. 후대 문헌 편찬자의 의식지향도 한 이유가 되겠지만, 신라인의 죽음에 대한 독특한 미의식은 이러한 유가 윤리의 극단적 지향과도 관계가 있다. '충'이라는 윤리가 강조된다는 점에서는 최치원의 입장과 같아 보인다. 그러나 최치원의 충이 가족적 의미의 효와 대칭되는 사회적인 원리였다면, 여기서 충은 죽음을 극단적으로 선택하는 의리와 결과적으로 겹쳐 있다는 차이를 지닌다.

   1)의 유형은 『삼국유사』에, 2)의 유형은 『삼국사기』에 주로 나타나 있는데, 3)은 『삼국사기』와 『삼국유사』에 함께 나타나고 있다. 『삼국사기』·「열전」의 「김유신」에서는 국가에 대한 충성을 실현하기 위해 도가풍의 신비한 존재에게 도움을 얻는 화소가 등장하고 있으며, 『삼국유사』·「의해」편 「이혜동진」에서는 도가적으로 윤색된 듯한 전직 낭도였던 승려의 활동이 드러나 있다. 유가와 도가, 도가와 불가 사이의 조화가 보인만큼, 유가와 불가 또는 3교 전체의 공존 역시 떠올릴 만하다. 그러나 최치원의 구상은 유가의 일부분, 도·불의 일부분을 풍류와 1:1로 대응시키려는 의도가 큰 것이었다. 이에 따라 이들 설화에서는 1:1대응이라는 단선적 병렬보다는 사상과 사상이 그 자체로 교섭, 혼융하는 양상을 띠고 있다. 그러므로 도·불은 「난랑비서」처럼 말 없는 실천, 권선징악이 아니라, 신비한 존재와 그로부터의 도움이라는 형태로 등장하고 있다. 도·불이 등장하기는 하지만, 최치원이 강조했던 지점과는 미묘하게 달랐다.

   끝으로 4)는 예악이 지닌 신비함에 초점을 맞추고 있으며, 최치원이 구상한 사상으로서의 풍류와는 다소 거리가 있다고 볼 여지도 있다. 그러나 후술하겠지만 가악을 통한 풍류의 작용이야말로 3교의 모든 요소에 걸친 포괄적 요소였다.

## 3.1. '유오산수(遊娛山水)'를 통한 인재 발굴

화랑의 '유오산수'는 국토와 풍속에 대한 지리적 관심의 발현이기도 했지만, 인재를 찾거나 어려운 이를 도와주고 본받을 이를 찾고 배우는 여러 가지 역할을 두루 포함한 것이었다. 풍류의 가장 기본적인 기능이었다고 할 수 있는 만큼, 유·도·불 각각 관련된 사례가 모두 있었다. 우선 유가의 효(孝)와 관련된 이야기를 보겠다.

효종랑이 남산의 포석정에서 노닐고자[遊] 하니 문객들은 모두 달려왔으나 두 사람이 뒤늦게 왔다. 효종랑이 그 까닭을 묻자 그들이 대답했다. "분황사 동쪽 마을에 20세쯤 된 여인이 있었습니다. 그녀는 눈이 먼 어머니를 껴안았는데 서로 통곡하고 있었습니다. 그래서 그 마을 사람들에게 까닭을 물었습니다. (중략: 어떤 여인이 품팔이하여 어머니를 봉양하다가 형편이 어려워져 종이 되었는데, 어머니는 그 사실을 몰랐지만 더 좋아진 음식을 먹으면서도 마음이 편치 않아졌다는 사연) 그러자 여인은 자신이 다만 어머니의 구복(口腹)의 봉양만을 하고 마음을 편하게 하지는 못함을 탄식하여 서로 껴안고 울고 있다는 것이었습니다. 이걸 구경하느라 늦었습니다." 이 말을 듣고 효종랑은 측은하여 곡식 1백곡을 보냈다. 낭의 양친도 옷 한 벌을 보냈으며, 수많은 낭들도 조 1천석을 거두어 보내 주었다. 왕에게 이 일이 알려지자, 진성왕은 곡식 5백석과 집 한 채를 내려주고 군사를 보내어 그 집을 호위하여 도둑을 막게 했다. 또 그 방리를 표

창해서 효양리라 했다. 그 뒤에 그 집을 희사해서 절로 삼고 양존사라 했다.[19]

효종랑이 남산 포석정에서 벌인 활동은 유흥으로서의 놀이라기보다는 화랑이 '유오산수'하는 활동의 일환으로서 이루어진 것이었다.[20] 화랑단의 선행이 제도적으로 얼마나 갖추어졌는지를 이 자료만으로 판단하기는 어렵다. 그러나 사연을 듣고 낭도들과 친족, 임금까지 동참하여 도와주는 모습에 구체적인 숫자까지 나왔으므로, 이런 선행이 우연히 1회적으로만 이루어지지는 않았던 것 같다. 그리고 구복의 봉양과 색양(色養)을 구분한다는 점에서 유가 윤리로서 효의 개념에 대한 깊은 이해도 보여준다. 따라서 '유오산수'의 관습이 유가 윤리의 실현 매개로서 적극적으로 활용되고 '접화군생'의 효과에 이를 만한 단서를 보여준다. 굳이 효녀의 집을 절로 만들었다는 후일담이 부연된 점은 『삼국유사』라는 문헌의 불교 지향성 탓에 빚어진 것으로 볼 수 있다.

또한 다음 자료는 겸손한 사람을 찾아 교훈을 얻었다는 사례인데, 이 겸손은 도가에서 말하는 수덕(水德)을 떠올리게 한다.

왕의 이름은 응렴이다. 나이 18세에 국선이 되었으며, 약관에 이르자 헌안대왕이 그를 불러 궁중에서 잔치를 베풀면서 물었다. "낭은 국선이 되어 사방을 두루 돌아다녔는데 무슨 이상한 일이라도 본 건 없는가?" / "신은 행실이 아름다운 세 사람을 보았습니다." / "그 말을 나에게 들려주게."

---

19) 『삼국유사』 효선 제9, 빈녀양모(박성봉 · 고경식 역, 앞의 책, 1992, 382~383면).
20) 포석정은 경애왕이 술자리를 벌이다가 견훤에게 죽은 곳이라는 부정적 이미지가 있는데, 이 기록은 포석정의 원해 기능과 '유(遊)'의 본래 뜻에 다가갈 단서가 된다.

"남의 윗자리에 있을 만한 사람이면서도 겸손하여 남의 밑에 있는 이가 그 하나요, 세력이 있고 부자이면서도 옷차림은 검소하게 하는 사람이 둘이요, 본래부터 귀하고 세력이 있는데도 그 위력을 부리지 않는 사람이 그 셋입니다." 그 말을 들은 왕은 그들의 어짊을 깨닫고는, 자기도 모르게 눈물을 흘리며 말했다. "나에게 두 딸이 있는데 낭을 사위로 삼겠네." 낭이 일어나 자리를 피하여 절하고 머리를 조아리며 물러갔다. (후략)[21]

응렴이 사방을 돌아다니며 찾아낸 아름다운 행실은 곧 겸손이었다. 높고 귀하고 부유하지만, 낮고 천하고 검소한 곳을 찾아가는 사람들은 헌안왕이 눈물을 흘리게 할 정도였다. 이들은 『도덕경』8장과 34장에 나오는, 낮은 곳으로 임하는 물의 덕을 닮았다.

가장 높은 선은 물과 같다. 물은 만물을 이롭게 하면서 다투지 않고, 남들이 싫어하는 곳에 머무르니 거의 도에 가깝다.[22]

큰 도는 넓어서 이쪽저쪽 어디에나 있다. 만물이 기대어 살더라도 사양하지 않고, 공을 이루어도 이름을 내세우지 않는다. 만물을 길러내지만 주인 노릇을 않고, 늘 욕심이 없기에 작다고 할 수 있다. 만물이 모여도 주인 노릇을 않으니, 크다고도 할 수 있다. 끝내 스스로 크다고 하지 않기에 그 큼을 이룰 수 있다.[23]

---

21) 『삼국유사』 기이 제2, 48대 경문대왕(박성봉・고경식 역, 앞의 책, 1992, 127면).
22) 上善若水, 水善利萬物而不爭, 處衆人之所惡, 故幾於道. (『道德經』8장).
23) 大道氾兮! 其可左右, 萬物恃之而生而不辭, 功成不名有. 衣養萬物, 而不爲主, 常無欲, 可名於小. 萬物歸焉, 而不爲主, 可名爲大. 以其終不自爲大, 故能成其大. (『道德經』34 장).

응렴이 『도덕경』에 대한 독서 경험이 있었는지 분명치 않고, 겸손을 미덕으로 여기는 태도가 반드시 도가에만 연결된다고는 보기 어렵다. 그러나 이들 사이에 보이는 서술 방식의 유사점 이외에도, 이렇게 겸손한 이를 알아보는 안목이 부마가 될 요건이 되고 나아가 왕위에 오를 단서가 되었다는 결과에 주목할 필요가 있다. 결국 이 대화는 왕으로서 응렴, 후일의 경문왕이 지녔던 사상을 드러내는 것이므로, 당대의 보편사상 가운데 하나였던 도가와의 관련성도 유념할 여지가 있다는 것이다.[24] 그리고 여기서 겸손은 물론 최치원이 강조했던 도가의 실천과 가르침에 포함되는 것이다.

끝으로 불가와 관련한 사례로는, 일반적인 의미의 '유오산수'와는 그 성격이 다소 다르지만, 백제 땅으로 보이는 웅천[25]으로 가 미륵의 화신인 국선을 모셔온다는 이야기가 있다. 화랑도와 불교의 결합은 '무불습합'이라는 주제로 많이 거론되기도 했고, 화랑단 소속의 '승려낭도'라는 존재를 설정[26]하는 등의 흥미로운 가설을 낳기도 하였는데, 다음 이야기는 화랑과 미륵 사이의 직접적인 연결을 시도하고 있다.

---

24) 인용하지 않은 후반부는, 범교사의 조언을 들은 응렴이 아름답지 않은 첫째 공주를 혼인 상대로 선택함으로써 왕위도 계승하고 둘째 공주까지 얻으며 선왕 부부의 마음을 편케 하는 과정을 서술하고 있다. 이렇게 역설적인 교훈을 내세우는 우화는 노장 계통의 저술에 다수 보이는 것이다.

25) '웅천'을 당시의 신라 영토에 해당하는, 현재의 합천 지역으로 보아야 한다는 견해도 있다. 그러나 이 책 3부 「다른 세상에 속한 이들을 만나는 체험」 2장에서 밝히겠지만, 백제의 웅진일 가능성이 훨씬 크다.

26) 김영태, 「승려낭도고—화랑도와 불교와의 관계」, 『불교학보』 7, 동국대 불교문화연구소, 1970, 255~274면; 류효석, 「풍월계 향가의 장르성격 연구」, 성균관대 박사논문, 1992, 66~87면.

진지왕 때에 와서 흥륜사의 중 진자가 언제나 당(堂)의 주인인 미륵상 앞에 나가 발원하여 맹세했다. "우리 대성께서는 화랑으로 화해 이 세상에 나타나 내가 항상 미륵불의 얼굴을 가까이 뵙고 받들어 시중을 들 수 있도록 하시옵소서!" 그 정성스러운 간절한 기원의 마음이 날로 더욱 두터워지니, 어느 날 밤 꿈속에 한 중이 나타나 말했다. "웅천 수원사에 가면 미륵선화를 볼 수 있을 것이다." (중략: 진자가 이 계시를 좇아 웅천에 갔지만 동자 한 사람 외에는 만나지 못하여 실망했는데, 산신령이 이미 동자로 나타난 미륵선화를 만났음을 알려주고는 그 행적을 찾아나서는 내용) 그때 영묘사 동북쪽 길가 나무 밑에서 편안히 앉은 소년을 만났다. 화장을 갖추었는데 얼굴이 수려했다. 진자는 그를 보자 놀라 말했다. "이분이 미륵선화다." 그는 나가서 물었다. "낭의 집은 어디 있으며, 성은 누구신지 듣고 싶습니다." / "내 이름은 미시입니다. 어렸을 때 부모를 모두 잃어 성은 무엇인지 모릅니다." 진자는 그를 가마에 태워 들어가 왕께 뵈었다. 왕은 그를 존경하고 사랑하여 받들어 국선으로 삼았다. 그는 화랑도들이 서로 화목하게 하였으며, 예의와 풍교(風敎)가 보통 사람과 달랐다. 그는 풍류를 세상에 빛내더니 7년이 되자 갑자기 어디로 갔는지 알 수 없었다.[27]

윗글에 따르면 화랑의 우두머리 국선은 백제 땅 웅천에 나타났다가 잠시 사라지고, 다시 경주에 나타난 미륵선화이다. '시(尸)'는 '력(力)'과 모양이 비슷하기에, 미시랑이라는 이름이 곧 미륵을 뜻한다는 설명도 첨언하고 있다. 특히 이 이야기는 진흥왕의 화랑단 설립에 바로 이어서 서술되어 있으므로, 화랑단의 초기 역사에 대한 불교계의 시각을 보여

---

27) 『삼국유사』 제4 탑상, 미륵선화 미시랑 진자사(박성봉 · 고경식 역, 앞의 책, 233~234면).

주기도 한다. 앞서 2장에서 살펴본, 같은 자료에 나란히 소개된 명주 비문에서는 화랑단의 활동 원리를 유가의 용어에 의지하여 서술하고 있지만, 불가에서는 '미륵'이라는 나름의 상징물을 통해 그 유래를 해명하고 있다는 점이 매우 흥미롭다. 이러한 입장의 차이는 결국 신라인들끼리도 풍류의 기원에 대하여 일치된 합의에 이를 수 없었음을 뜻하는 것은 아닐까? '포함삼교'는 최치원 나름대로 이끌어낸 이에 대한 합의는 아니었을까?

아무튼 인재를 찾아 유람하는 화랑의 모습은 유가 윤리의 효, 도가적 성격을 지닌 겸손, 불가적 성격을 띤 미륵 등으로 다채롭게 나타나 있다. 효종랑이 목격한 효는 최치원이 구상했던 가족 윤리로서 효의 좋은 사례라 할 수 있으며, 응렴랑이 겪었던 겸손 역시 최치원이 생각했던 (비록 직접 표현하지는 않았지만) 도가적 실천과 가르침에 속할 수 있을 것이다. 그에 비해 화랑의 기원을 미륵신앙에서 찾고자 했던 불교계의 시각은, 5상과 6례를 화랑단의 효과로서 기대했던 명주 비문의 국가적 관점과는 차이가 있었다. 그리고 최치원의 시선과도 완전히 같지는 않아 보인다. 다만 모두 '접화군생'의 일환으로 볼 가능성은 충분하다는 점에서, 이들 사례는 최치원의 풍류 관념과 대체로 같은 맥락을 지닌 것으로 판단한다.


## 3.2. 유가 윤리의 극단화 경향

3교 가운데 어느 한 쪽만을 내세우는 사례는 유가에서의 충, 의와 관련하여 『삼국사기』·「열전」에 주로 나타난다. 이들은 죽음을 통한 충·의의 성취를 추구한다는 점에서 효와 충을 각각 선후로 보았던 최치원의 태도와는 매우 다르다. 사다함과 관창을 비롯한 화랑의 죽음을 비롯하여, 앞서 거론했던 이른바 전란의 시대상에 따른 죽음의 미학에 가까운 양상이다.

태종대왕 7년 경신(660)에 당나라 고종이 대장군 소정방에게 명하여 백제를 치게 하였을 때 흠춘이 왕명을 받들어 장군 유신 등과 함께 정예 군사 5만을 이끌고 나갔다. 가을 7월 황산벌에 이르러 백제 장군 계백을 만나 싸움이 불리하여지자 흠춘이 아들 반굴을 불러 말하였다. "신하로서는 충성이 제일 중요하고 자식으로서는 효가 제일 중요하다. 위험을 보고 목숨을 바치면 충과 효가 모두 이루어진다." 반굴이 "예! 그렇게 하겠습니다." 하고는 적진에 들어가 힘껏 싸우다 죽었다.

반굴의 아들 영윤은 대대로 고관을 지낸 집안에서 태어나 성장하였으므로 명예와 절개를 자부하였다. 신문대왕 때에 고구려의 남은 세력 실복(悉伏)이 보덕성(報德城)에서 반란을 일으키자 왕이 토벌을 명할 때에 영윤을 황금서당(黃衿誓幢)의 보기감(步騎監)으로 삼았다. (중략: 다른 장수들이 적의 기세가 떨어지길 기다리자는 계책을 세움) 오직 영윤만이 홀로 이를 받아들이지 않고 싸우려 하니 그 따르는 자가 말하였다. "지금 여러 장수가 어찌 다 살기를 엿보는 사람으로 죽음을 아끼는 무리이겠습니까? 지난번 말을 수긍한 것은 장차 그 틈을 기다려 그 편함을 얻고자 함인데 그대가 홀로 곧바로 진격하겠다고 하니 그것은 올바르지 못합니다." 영윤이 말하였다. "전쟁에 임하여 용기가 없는 것은 예기에서 경계시킨 바요, 전진이 있을 뿐 후퇴가 없는 것은 병졸의 떳떳한 분수이다. 장부는 일에 임하여 스스로 결정할 것이지 어찌 반드시 무리를 좇을 필요가 있겠는가?" 드디어 적진에 나가 싸우다가 죽었다. 왕이 이를 듣고 슬퍼하여 눈물을 흘리면서 말하기를 "그런 아버지가 없었으면 이런 자식이 있을

수 없다. 그 의로운 공이 가상하다." 하고는 벼슬과 상을 후하게 추증하였
다.[28]

앞서 2장에서 언급했던, 효를 충에 종속된 가치로 파악했던 말은 여기
흠춘의 것이다. 널리 알려졌듯 신라군은 계백의 군사보다 10배 정도 우
위를 지니고 있었음에도, 전세를 뒤집기 위해 청년들이 비장한 각오 속
에 죽어야만 했다. 이런 희생을 막연히 고귀하다고만 할 수는 없다.

둘째 단락에서 영윤이 실복의 반란을 진압하는 과정을 보자. 다른 장
수들은 희생을 최소화하기 위해 적의 기세가 떨어지기를 기다리며 장기
전을 준비했다. 손실을 최소화하는 것은 일반적으로 틀린 전략이 아니
다. 그러나 영윤은 자신의 용기를 보여주기 위해 무리해서 싸우다가 죽
었다. 혼자만 죽지 않고, 다른 장수와 부하들 역시 마찬가지로 크고 작게
피해를 입었을 게 뻔하다. 이 상황에서 적의 기세가 떨어지기를 기다렸
더라면 인명 피해가 없었을 수도 있다. 보덕성의 전황과 전세를 섣불리
판단할 수는 없지만, 영윤의 희생은 군사적 이익보다는 자신과 가문의
명예와 절개를 우선한 것이었다. 국가에 대한 충성은 맞지만, 더 큰 의미
에서 국익을 위한 것인지는 선뜻 판단하기 어렵다. 이를 「난랑비서」의
충과 동일시할 수도 없다.

반굴과 영윤의 충성은 가문에 영예를 안겨 주었다. 그러나 죽지 않아
도 될 상황에 죽은 것은 아닌지 따져볼 필요는 있다. 그런 의미에서 다음
의 「검군」을 주목해 본다. 검군은 자신의 의를 입증하기 위해 죽었는데,
그 평결에서조차 "죽어야 할 바가 아닌데 죽었다."고 할 정도로 극단적

---

28) 『삼국사기』 권47, 「열전」 제7, 김영윤(정구복 외, 앞의 책, 797~798면).

인 태도이다.

　검군(劍君)은 대사 구문(大舍 仇文)의 아들로 사량궁(沙梁宮)의 사인(舍人)이 되었다. 건복 44년 정해(진평왕 49: 627) 가을 8월에 서리가 내려 여러 농작물을 말려 죽였으므로 다음 해의 봄으로부터 여름까지 큰 기근이 들어 백성들이 자식을 팔아 끼니를 때웠다. 이때 궁중의 여러 사인들이 함께 모의하여 창고의 곡식을 훔쳐 나누었는데 검군만이 홀로 받지 않았다. 여러 사인들이 말하기를 "뭇 사람이 모두 받았는데 그대만이 홀로 물리치니 어떤 이유에서인가? 만약 양이 적다고 여긴다면 청컨대 더 주겠다!" 하였다. 검군이 웃으면서 말하기를 "나는 근랑(近郞)의 낭도로서 화랑의 뜰[風月之庭]에서 수행하였다. 진실로 의로운 것이 아니면 비록 천금의 이익이라도 마음을 움직일 수 없다." 하였다. 당시 이찬 대일(大日)의 아들이 화랑이 되어 근랑이라 불렸으므로 그렇게 말하였다. (중략: 다른 이들이 홀로 뇌물을 받지 않은 검군을 죽일 것을 의논하고, 검군은 피하지 않겠다고 결심하는 내용)
　검군이 말하기를 "자기의 죽음을 두려워하여 뭇 사람으로 하여금 죄에 빠지게 하는 것은 인정상 차마 할 수 없습니다."라고 하였다. "그렇다면 어찌 도망가지 않는가?" 하니 "저들이 굽고 나는 곧은데 도리어 스스로 도망가는 것은 대장부가 할 일이 아니다." 하고, 드디어 모임 장소에 갔다. 여러 사인들이 술을 차려 놓고 사죄하였다. 몰래 약을 음식에 섞었는데 검군이 이를 알고도 꿋꿋하게 먹고 죽었다. 군자가 말하기를 "검군은 죽어야 할 바가 아닌데 죽었으니 태산을 기러기 털[鴻毛]보다 가벼이 본 사람이라고 할 수 있다." 하였다.[29]

---

29) 『삼국사기』 권48, 「열전」 제8, 검군(정구복 외, 앞의 책, 813~814면).

검군은 '풍월의 뜰(風月之庭)'에서 수행한 낭도였다. 이 설화는 죽음에 대한 독특한 인식을 보여주고 있다. 자신을 살해하려는 사람들에게 의를 지켜 고발하지 않고, 자신의 마음에 품은 떳떳한 의를 해치지 않기 위해 독약을 먹고 꿋꿋이 죽었다. 이렇게 융통성 없는 태도를 유가 윤리에서의 '의'와 꼭 동일한 것으로 보아도 좋을까? 화랑의 낭도로서 검군의 죽음은 전쟁터에서 죽음을 맞이한 이들의 선택과 크게 다르지 않다. 이들에게 목숨은 지켜야 할 어떤 것이 아니라, 오히려 적극적으로 수용함으로써 자아를 높일 계기로 삼는 것처럼 보인다. 이것 역시 풍류의 한 실천이라면, 그 풍류는 최치원이 구상한 것과는 완전히 같지 않다.

이러한 죽음 인식은 무사로서 화랑이 지니고 있었던 것임은 분명하다. 그러나 최치원은 굳이 강조하지 않았으며, 현존하는 화랑을 제재로 한 향가 두 편에서도 애써 내세우지 않았다. 따라서 이와 같은 죽음에 대한 극단적인 입장은 어느 시기에나 있었다기보다는, 7세기 중·후반 백제와의 전쟁이라는 특정 시기에 나타났던 현상으로, 충과 의라는 유가 윤리 덕목에 대한 극단적 해석의 모형으로 평가하는 편이 실상에 가깝겠다. 풍류에 포함되지 않았던 유가 윤리를 화랑들이 곡해하여 이런 결말을 야기했다기보다는, 최치원의 해석과는 다소 다른 층위의 충과 의를 이 무렵의 화랑들이 실천했던 것으로 보겠다.

## 3.3. 교(敎)와 교의 교섭 혹은 혼융

3교 가운데 2개 이상의 사상이 결합한 사례는 『삼국사기』와 『삼국유사』에 두루 나타나 있다. 일단 『삼국사기』·「열전」의 1/3 분량을 차지하고 있는 「김유신」에서는 도가적 속성을 지닌 인물에게 도움을 받아 국가에 대한 충성심을 성취하는 내용이 등장하고 있다.

공은 나이 15세에 화랑(花郞)이 되었는데, 당시 사람들이 기꺼이 따랐
으니, 그 무리를 용화향도(龍華香徒)라고 불렀다. (중략: 17세의 노인이
중악 석굴에서 수련하던 중에 한 노인을 만나게 됨) "어른께서는 어디서
오셨습니까? 존함을 알려 주실 수 있겠습니까?" 노인이 말하였다. "나는
일정하게 머무르는 곳이 없고 인연 따라 가고 머물며, 이름은 난승(難勝)
이다." 공이 이 말을 듣고 그가 보통 사람이 아닌 것을 알았다. 두 번 절하
고 앞에 나아가 말하였다. "저는 신라 사람입니다. 나라의 원수를 보니, 마
음이 아프고 근심이 되어 여기 와서 만나는 바가 있기를 바라고 있었습니
다. 엎드려 비오니 어른께서는 저의 정성을 애달피 여기시어 방법을 가르
쳐 주십시오!" 노인은 묵묵히 말이 없었다. 공이 눈물을 흘리며 간청하기
를 그치지 않고 여섯 일곱 번 하니 그제야 노인은 "그대는 어린 나이에 삼
국을 병합할 마음을 가졌으니 또한 장한 일이 아닌가?" 하고, 이에 비법을
가르쳐 주면서 말하였다. "삼가 함부로 전하지 말라! 만일 의롭지 못한 일
에 쓴다면 도리어 재앙을 받을 것이다." 말을 마치고 작별을 하였는데 2리
쯤 갔을 때 쫓아가 바라보니, 보이지 않고 오직 산 위에 빛이 보일 뿐인데
오색 빛처럼 찬란하였다.[30]

김유신의 조력자 역할을 하는 노인이 방술을 가르쳐준다는 점에서 도
가적 속성을 표방한 것으로 볼 수 있지만, '난승'이라는 명칭은 불교의
난승보살에서 유래한 것이기도 하다. 그리고 김유신의 낭도를 '용화향
도'라 한 것 또한 미륵신앙과 연관된 표현이다.[31] 충성심이 반드시 유가

---

30) 『삼국사기』 권41, 「열전」 제1, 김유신 상(정구복 외, 앞의 책, 702~703면).
31) 그러나 불교적 명칭은 후대의 윤색에 따른 것일 가능성 또한 유념해야 한다. 예컨대

윤리에 귀결되는 것은 아니지만, 김유신의 활동기는 앞서 3.2.에서 살핀 극단적 충과 의가 횡행했던 시기이기도 하다. 그러나 정작 무신(武神)에 가깝게 추앙받았던 김유신은 다른 화랑이나 낭도들처럼 극단적 죽음으로써 자신을 증명하는 대신, 어떤 전쟁에서도 살아남는 모습을 보이고 있다. 김유신이 유가만을 절대화하거나 극단적 충의를 표방하는 대신, 도가와 불가의 속성을 겸비하고 있었던 점이 이와 연관되었다.

또한 승려 혜숙은 대중적 성격이 짙은 성자로 알려져 있는데, 그의 행적을 보면 일반적인 승려 혹은 낭도와는 거리가 있다.[32] 혜숙은 죽은 다음 한 짝의 짚신만 남겨두고 사라졌는데[33], 신선들의 시해(尸解) 과정과 유사하다. 동시에 여러 곳에 존재할 수 있었다거나, 자신의 살점과 고기를 바꿔치기하는 재주 등은 신선 설화에 주로 나타나는 모습이다. 이렇게 승려와 신선의 형상이 결합한 사례는 혜숙이 낭도 집단에서 수행했던 경험과도 관련이 있을 것이다.

김유신과 혜숙은 모두 유가, 도가, 불가 가운데 어느 하나의 사상만을 교조화, 절대화한 인물은 아니었다. 그보다는 여러 사상의 온갖 신비한 요소들이 김유신과 혜숙이라는, 개별 인물 형상을 통해 교섭, 혼융하고 있다. 이들의 행적은 풍류가 지닌 신비주의와 환상적 요소를 잘 드러내고 있으며, 유가의 김유신, 불가의 혜숙이 아닌 글자 그대로의 풍류 자체

---

『동국여지승람』·「고령현」에 소개된 대가야 건국 신화의 등장인물은 모두 차자 표기에 가까운 이름을 지녔는데, 오로지 '정견모주(正見母主)'만 불교식 이름을 갖게 된 사례가 여기에 해당할 것이다.

32) 혜숙은 호세랑(好世郎)의 낭도로서 黃卷[화랑단의 명부였던 풍류황권의 줄임말]에 이름이 올랐다가 삭제된 인물이었다. 따라서 화랑단에 소속된 경험이 있었던 인물이다.

33) 『삼국유사』 제5 의해, 이혜동진(박성봉·고경식 역, 앞의 책, 1992, 292~293면).

를 구현했다.

이를 최치원의 풍류 관념과 비교해 보면, 일단 최치원의 도·불 관계 서술에는 신비, 환상과 관계된 요소가 나타나지 않았다는 차이가 있다. 그러나 더욱 중요한 차이는 최치원의 유·불·도는 '각자가 따로따로', 병렬적으로 열거되었을 따름이라는 것이다. 풍류는 유가, 도가, 불가의 요소 하나씩을 골라 부분적으로 설명되었고, 이들 요소가 한데 모인 단일한 하나의 형상이나 상징으로 뚜렷이 나타나지는 않았다. 그에 비하면 김유신과 혜숙은 유·불·도의 조합만이 아닌, 여러 사상을 혼융한 하나의 뚜렷한 형상, 상징으로 나타나고 있다. 어느 쪽의 풍류가 더 우월하다고 할 수는 없지만, 양자의 차이가 곧 풍류 관념의 차이를 뜻하는 것으로 판단하고자 한다.

## 3.4. 예술론으로서 풍류의 본질

최치원이 구상한 풍류에서는 드러나지 않았지만, 『삼국사기』와 『삼국유사』에 나타난 풍류는, 특히 가악 혹은 예술과 관련하여 거론되었을 때 현실계와 초월계, 하늘과 땅 사이의 조화를 뜻하는 것이기도 했다. 신라에 있었던 예악의 흔적[34]은 그러한 조화를 지향하고 있다. 하늘과 땅, 세계와 세계 사이의 조화는 남아 있는 가장 오랜 향가인 〈혜성가〉에도 등장했던, 어쩌면 화랑단의 직능 가운데 가장 오래되고도 대표적인 것이었다. 그렇다면 이러한 조화 지향이 3교의 조화 나아가 '포함삼교'의 이

---

34) 김상현, 「신라삼보의 불교사상적 의미」, 「만파식적설화의 유교적 정치사상」, 『신라의 사상과 문화』, 일지사, 1999, 55~105면.

론을 연상하는 한 단서가 되었을 것이다.

천수 3년 임진(692) 9월 7일에 효소왕은 대현 살찬의 아들 부례랑을 국선으로 삼았고, 낭도가 1천명이나 되었는데, 그중에서도 안상과는 더욱 친했다. 천수 4년 계사(693) 3월에 부례랑은 무리들을 거느리고 금란으로 놀러갔다. 그런데, 북명(원산만)의 경계에 이르렀다가 말갈에게 사로잡혀 갔다. (낭도 안상이 홀로 말갈을 쫓아가고, 이때 천존고에 있었던 신적(神笛)과 현금(玄琴)이 함께 사라졌다가, 5월 15일 다 함께 나타나서 지난 이야기를 해줌) "이에 스님은 신적을 둘로 쪼개고 우리 두 사람에게 각기 한 짝씩을 타게 했습니다. 그러자 바다 위로 날아서 순식간에 여기에 와 닿았습니다." 이 일을 왕에게 황급히 보고했다. 왕은 무척 놀라 사람을 보내 그를 불렀다. 부례랑은 현금과 신적을 가지고 대궐로 들어갔다. 왕은 금은 그릇 다섯 개씩 두 벌, 각 50량과 가사 다섯 벌, 대초 3천 필, 밭 1만 경을 백률사에 바쳐서 부처님의 은덕에 보답했다.[35]

만파식적은 문무왕과 김유신 '이성(二聖)'의 감응을 통해 나타난 보물로서 성왕이 소리로써 천하를 평화롭게 다스린다는 유가의 예악사상과 관련되었으며, 불가 중심이었던 종래의 국보인 신라 3보(황룡사 9층탑과 장육존상, 진평왕이 하늘에서 받은 옥대 등)를 대체하였다.[36] 그러나 예와 악의 직능이 현실적, 유가적 모습으로 실현되는 대신, 납치되었던 국선, 화랑을 구한다는 주술적 효과로 나타나고 있다. 특히 둘로 쪼개져서 각각 한쪽씩 타고 바다를 날아가는 모습은 『삼국유사』 안에서도 유독

---

35) 『삼국유사』 제4 탑상, 백률사(박성봉 · 고경식 역, 앞의 책, 1992, 221~222면).
36) 김상현, 앞의 글, 97면. 성왕이 소리로써 천하를 다스린다는 유가적 인식은 「만파식적」 본문 구절에 보인다.

신비성이 짙은 장면이다. 게다가 이런 신비로운 성과를 백률사와 관련된 부처님의 은덕으로 표현함으로써 불가까지 개입하고 있다.

요컨대 만파식적은 ① 유가적 예악으로서 종래의 종교적 상징물을 대체하면서, ② 화랑을 직접 구출하는 주술적 성격을 지녔으며 ③ 불가의 은덕이라는 배경 또한 갖추고 있다. 이렇게 본다면 만파식적이야말로 '포함삼교'의 의미를 상징적으로 갖춘 단일 소재가 되는 셈이다. 그러나 이것 역시 최치원의 맥락과는 같지 않다. 우선 유가적으로는 충효 대신에 예악론을 내세우고 있다. 또한 여기서 주술이 도가와 관계를 지닐 수는 있겠지만, 최치원이 제시했던 실천적 가르침은 이런 신비적인 쪽은 아니었다. 끝으로 불가의 은덕은 『삼국유사』에서 여러 사례에 덧붙은 것이므로 최치원과 특별히 관계되었다고 판정하기 어렵다. 그렇다면 만파식적의 '포함삼교'는 오히려, 최치원이 강조했던 국면과는 다른 각도에서의 '포함삼교'론이 존재했을 가능성을 시사하는 것은 아닐까?

원전인 『선사』라는 책이 남지 않은 이상, 모든 것은 추측에 불과할 것이다. 그러나 '접화군생'에 해당하는 사례가 다른 자료에서 두루 확인 가능한 것과는 달리, '포함삼교'는 「난랑비서」의 서술 내용과 일치하는 사례를 찾기 어려웠다는 점을 되새겨볼 필요가 있다. 어느 한 교의 극단화 경향, 교와 교 사이의 교섭을 통해 만들어진 단일한 인물 형상, 가악과 예술을 통한 또 다른 의미의 포함삼교 등은 최치원의 서술에 포함되지 않았던 다양한 풍류 개념의 존재 가능성을 보여준다. 그리고 풍류의 기원에 대한 유가와 불가 중심의 입장, 고유 신앙 공동체로서 원화의 존재 등은 그 기원에 대한 신라인들의 합의 또한 이루어지지 않았음을 암시한다. 이에 대한 접근을 위해서는 화랑의 행적과 신라 문화사의 자취 자체를 더욱 섬세하게 구별해서 바라볼 필요가 있다.

## 4. 하나이며 여럿인 풍류 개념

최치원은 「난랑비서」에서 신라 화랑의 사상적 토양이었던 풍류가 '포함삼교'의 이론을 지니며 '접화군생'의 실천적 역할을 맡았던 것으로 보았다. 이 가운데 '접화군생'의 역할은 『삼국사기』·「신라본기·진흥왕」 37년 조의 기록 전체와도 상통하며, 인재를 찾아 양성하는 화랑단의 활동과도 밀접한 관계가 있다. 그에 비해 '포함삼교'는 현존 자료 가운데 「난랑비서」에서만 확인되는 용어이다. 그런데 최치원의 「난랑비서」가 이루어진 시기보다 앞서, 화랑단 설립 시기 명주에 세웠던 비문에서는 유가 사상의 시각과 용어만을 통해 화랑의 역할을 기대하고 있다. 따라서 9세기 최치원이 생각했던 '포함삼교'와, 7세기 명주 비문의 유가 중심적 태도는 서로 일치하지 않는 것이었다.

'포함삼교'와 유가 중심이라는, 이들의 차이를 유념하면서 풍류의 실천에 해당하는 화랑단의 활동을 살펴보았다. 여러 자료에서 풍류의 기본 역할로 나타났던 '유오산수'를 통한 인재 발굴은 '접화군생'의 역할과 통하는 국면이 있었다. 이들 사례는 유가, 도가, 불가에 걸쳐 다양하게 나타나고 있는데, 정도의 차이는 있어도 최치원의 풍류 관념과 같은 맥락에 놓여 있었다. 그러나 유가 윤리를 극단화하여 비장한 죽음에 집착했던 모습, 그리고 교와 교의 단순 대응을 넘어선 혼융을 시도했던 점 등은 「난랑비서」와 그 맥락은 같더라도 강조하는 지점이 다르다. 한편 가악과 예술의 바탕으로서 풍류의 역할은 다른 자료에서의 비중과 달리 최치원의 설명에서는 직접 드러나지 않았다. 그러나 최치원과는 다른 층위에서 '포함삼교'를 실현하고 있었다.

최치원의 풍류 관념에는 이러한 설명의 공백이 있음에 유의해야 한다. 따라서 그가 제기한 '포함삼교'라는 요약적 특질에만 한정하지 않고 화랑의 행적과 신라 문화사의 자취 자체를 바라볼 필요가 있다.

Ⅱ

삼국유사의
현장 속 사람들

# 바다 저편을 오고 가며 소통한 사람들

## 1. 떠난 자와 들어온 자

바다는 이곳에서 이향(異鄕)을 향해 떠나는 과정인 동시에 저편으로부터 도래(渡來)하는 통로가 된다. 『삼국유사』에 실린 설화 가운데 「수로부인(水路夫人)」의 수로 이야기는 전자에, 「처용랑 망해사(處容郎 望海寺)」의 처용 이야기는 후자에 해당한다. 이들 사이의 공통점과 차이점을 지적하고, 다른 설화와의 비교를 통해 '바다' 형상의 두 유형을 분석하고자 한다. 바다가 나오는 설화 중에 유독 이들을 해당 유형의 대표적인 사례처럼 다룬 이유는, 이들이 현존 향가 〈헌화가(獻花歌)〉, 〈처용가(處容歌)〉 등과 직·간접적으로 관계를 맺고 있어 서정과 서사를 아우르는 후속 논의의 장을 마련할 단서가 될 것으로 판단했기 때문이다.[1]

---

1) 논제에 집중하기 위해 바다와 해룡이 나타나는 수로부인 이야기의 후반부에 주목함으로써, 〈헌화가〉와의 연결고리에 충분히 다가가지 못한 감이 있다. 그러나 후속 논의에서는 전반부의 노옹과 후반부의 해룡이 같은 목적을 지니고 있으며, 그것을 예술과 폭력이라는 서로 대립되는 수단으로써 성취하고자 한 존재라는 점에 착안하고자 한다. 그리하여 이들 사이의 동질성과 이질성을 통해 문맥 안에서 향가 및 수로의 역할

「수로부인」은 〈헌화가〉와 견우노옹(牽牛老翁)의 이야기를 이어서 해룡이 수로를 납치한 탓에 〈해가(海歌)〉를 부르게 되는 과정을 설명하고 있다. 향가를 비롯한 언어 텍스트의 대상이 되는 인물이 바다를 통해 이계 체험을 한다는 이야기이다. 한편 「처용랑 망해사」는 바다로부터 출현한 처용이 퇴치 대상에게 〈처용가〉라는 관용의 텍스트[2]를 듣게 함으로써 감화시킨다는 내용이다. 향가의 화자가 되는 인물이 바다로부터 출현했다는 것을 바탕에 깔고 있다. 수로가 이 땅에서 태어나 바다로 떠났다가 돌아온 존재라면, 처용은 바다로부터 이 땅에 들어온 인물이다. 이들은 자신의 출생지와는 다른 세상에 머물게 된 상황에서 그 세상의 모습을 어떻게 받아들일지에 대한 모색에 이어, 그것을 받아들임으로써 이전과는 다른 존재로 평가받게 된다.[3] 여기서는 바다를 통한 인물 형상의 변화 혹은 지속에 집중함으로써 바다를 이 세상과 다른 세상 사이의 매개로 파악하는 소박한 관점을 지양하고자 한다. 본격적인 논의에 앞서 이들 이야기로부터 주목할 만한 요소를 그 공통점과 차이점을 중심으로 거론하겠다.

우선 이 두 편의 이야기는 다음과 같은 공통점을 지녔다. ① 이 이야기는 현실에 영향력을 행사하는 다른 세계의 존재를 언어로써 물러나게 한다. 언어 텍스트의 권능이 인간 세상 바깥의 존재에게도 유효하다고

---

과 그 문화사적 성격을 다시금 조명하기를 구상하고 있다.

2) 이 '관용'의 연원을 신라 건국 초기 석탈해와 호공의 일화에까지 거슬러 올라가는 논의도 있었다. 정상균, 「혁거세, 석탈해, 김알지 신화」, 『한국고대서사문학사』, 태학사, 1998, 149~198면. 그만큼 처용이 보여준 관용의 태도는 우리에게 비일상적인 특이한 것으로 비쳐져 온 셈이다.

3) 처용 이야기를 변신 모티프를 통한 처용의 상승, 완성 과정으로 본 견해는 이와 견주어 검토할 만하다. 임기중, 「처용노래와 그 이야기의 변신 모티프」, 『처용연구논집 II · 문학1』, 역락, 2005, 343면.

생각한 것이다. ② 그러나 그 '물러섬'의 효과는 다른 퇴치 사례와는 달리 이계의 적대적 존재를 포용하려는 태도로부터 유래했다. 수로는 자신을 납치했던 해룡과 나쁘지 않은 사이에 있었던 것으로 보이며[4], 처용은 - 적어도 신라 시대에는 - 역신(疫神)에게 관용을 보임으로써 감화시키는 독특한 모습을 취한다. ③ 이들이 특별한 존재가 된 근거는 바닷속 세상의 체험으로부터 마련된다. 수로가 지니게 된 '이향(異香)'과 처용이 보여주는 '관용'은 이들이 바다를 다녀오거나, 이계에서 출생하였기 때문에 갖게 된 속성이었다.

처용의 관용은 외래자로서의 독특함, 한국문화와는 다른 맥락의 이질성으로서 '처용의 정체'와 관련한 여러 가지 쟁점을 불러일으켰다.[5] 따라서 여기서는 처용 관련 전승에서 상당히 독특한 것으로 기억되어 온 그의 대단한 관용을, 그가 바다를 건너온 외래자였기 때문에 지닐 수 있었던 것으로 추정하고자 한다. 처용의 관용은 그가 바다 너머로부터 애초에 지니고 나타난 것이었다는 뜻이다. 그러므로 신라의 역신이 그에게 감화되어 굴복한 것은 그의 관용이 신라에는 없었던, 바다 너머로부터 온 것이라서 이기도 하다.

정리하면 이들은 '바다'를 통해 얻게 된 체험 또는 '바다'를 거쳐 지니고 온 속성을 근거로 자신의 적대자를 언어 텍스트를 통해 감화시키는 존재라는 공통점을 지닌다.[6] 따라서 이계의 존재에 대한 감화력의 원인

---

4) 용궁의 모습에 대한 수로의 긍정적 묘사와 부인의 옷에 밴 인간세상의 것이 아닌 '이향(異香)'의 설정으로부터 이러한 점이 암시된다.
5) 김진영, 「서동의 정체」, 『한국문학사의 쟁점』, 집문당, 1986, 168~175면.
6) 수로의 경우 〈해가〉만을 수로가 풀려나게 된 직접적 계기로 본다면 이렇게 이해할 수 없을 것이다. 그러나 여기서는 수로가 용궁에서 해룡을 대하는 태도, 해룡과 맺게 된 관계 역시 〈해가〉 못지않은 역할을 했을 것으로 추정한다.

혹은 배경으로서 '바다' 형상의 기능에 주목할 필요성이 있다.

그리고 차이점은 다음과 같다. ① 전승담에서 수로는 텍스트의 효과를 통해 돌아와야 할 대상이었지만, 처용은 애초부터 자신이 직접 텍스트를 창작, 가창한 주체였다. 이동 경로에 착안하면 수로는 강제로 용궁으로 나아가기 위하여 바다를 거친다. 그러나 처용은 밖으로부터 현실의 안으로 도래한 인물이다. 이들은 이동의 방향이 정반대인 이주자들이라서, 그 성격을 구분하여 고찰할 필요가 있다. ② 수로는 바다로 떠났다가 돌아오지만, 처용은 바다로부터 나타나서는 돌아가지 않는다. 본래 왔던 곳으로 귀환하느냐는 서사 구성상 긴요한 요소라 할 수 있다. 따라서 그 의미를 다른 신라 설화와 견주어 다각적으로 검토할 필요가 있다. ③ 이들이 획득 또는 유지한 이질적 요소 가운데 수로가 획득한 이향(異香)의 효과는 구체적으로 드러나지 않았지만, 처용의 관용이 보여준 성과는 속요 〈처용가〉와 각종 처용무 등을 통해 후대에 지속적으로 전승되고 있다. 이것이 수로와 처용의 인물 성격 차이에서 말미암았는지, 아니면 보다 큰 문화사적 의미가 깃들어있는지를 밝혀야 한다. 정리하면 이들에게 '바다'는 미묘하게 다른 의미를 지닌 형상이기 때문에, 2장과 3장으로 구분하여 앞의 ①~③의 요소를 준거로 삼아 서로 비교 검토하고자 한다.

지금까지의 문제 제기를 통해 2편의 설화에 나타난 '바다' 형상의 역할을 전제하였다. 2장과 3장에서는 현존하는 신라 설화의 '바다'와 더불어 그 역할을 비교 검토함으로써 시·공간적 요소이자 『삼국유사』의 현장으로서 '바다' 형상의 의미를 분석할 것이다. 문제 제기를 통해 지적했던 이계의 존재를 감화시키는 권능의 동인 혹은 배경으로서 '바다' 형상의 공통점에 지속적으로 주목하는 한편, 2장에서는 「수로부인」에게 보였던 이향을 향한 공간으로서의 바다를, 3장에서는 「처용랑 망해사」에 등장하는 도래의 통로로서 바다를 다루고자 한다.


## 2. 수로 유형과 이향(異鄕)을 향한 바다

여기서는 수로가 겪은 것과 마찬가지인, 다른 세상으로 떠나기 위해 거쳐 가는 공간으로서 '바다' 형상이 등장하는 사례를 검토하고자 한다. 기실 악신(惡神)이 여주인공을 납치하는 이야기는 너무나 광범위하게 존재하기 때문에,[7] 신화적 모티프로서 수로 이야기는 비교 대상이 매우 많다. 가령 오르페우스 신화와의 비교 검토를 수행한 성과도 있을 정도이다. 이는 "죽음과 희생을 통하여만이 재생될 수 있는, 즉 풍요를 이룰 수 있는 대모신과 우주 창조의 구조의 일부를 이루는 것"으로 「수로부인」을 이해한 것이다.[8] 여느 신화 연구에 흔히 보이듯이 국적과 시대를 불문한 여신 관념을 활용한 한계는 있지만, 수로와 같은 인물형 및 악신의 역할이 범세계적인 보편성을 지니고 있음을 드러냈다는 의의는 있다. 신라 설화 가운데 이와 관련하여 논의할 만한 자료는 다음과 같다.

① 「연오랑 세오녀」:『삼국유사』.
② 아메노히보코(天日之矛) 설화:『고사기』.

---

7) 처용설화에서 처용과 역신의 관계 역시 처용 처를 중심에 놓고 보자면 비슷한 구조를 지녔다.
8) 채숙희, 「Etude comparative entre le mythe d'Orphée et le mythe de Sourobuin de la Corée(오르페 신화와 한국의 수로부인 신화의 비교 연구)」, 『한국프랑스학논집』 40, 한국프랑스학회, 2002, 17~18면.

③ 문무왕릉 관련 전승 : 『삼국유사』.

이 가운데 ①과 ②는 바다를 건너 외국으로 떠나는 주인공이 등장하며, 뒤에 남은 사람(들)이 주인공을 귀환시키기 위해 노력한다는 점에서 「수로부인」과 유사하다. 그러나 주인공이 떠나게 된 계기가 이쪽 공간에서의 어려움 혹은 갈등으로부터 말미암았고, 결국 돌아오지 않는다는 점에서 결정적인 차이가 있다. 비교적 이른 시기의 신화였던 ①과 ②를 통해 수로 이야기의 특징이 드러날 것이다. 한편 ③은 수로 이야기와 비교적 가까운 시기의 것으로서, 주인공이 변신을 거쳐 돌아와 고향을 수호한다[9]는 구성이다. '돌아온다'는 점에서 수로 이야기와 비슷하며, 마찬가지로 해룡이 등장하지만 주인공이 변신한 우호적 존재라는 점에서 미묘한 대조의 가능성을 갖추고 있다.

이제 항목을 나누어 이들을 다음과 같은 준거에 따라 검토하겠다. ⓐ 우선 논제와 관련하여 바다의 의미를 살펴본다. 특히 바다가 서로 다른 세계를 이어주는 매개 역할도 하지만, 이들을 서로 구획 짓고 주인공을 본래 세계로부터 이탈시키기도 했던 역할에 초점을 맞추고자 한다. ⓑ 바다로 떠나는 인물이 구해져야 할 대상에서 텍스트를 이끌어가는 행위의 주체로 변화하는 과정을 살펴볼 것이다. 그러나 이 유형에서는 수로의 경우와 마찬가지로 주인공의 행위성과가 축약 또는 생략되는 경우가 더러 있는데, 그 의미를 더 생각하겠다. ⓒ 앞서 거론했듯이 주인공의 귀환 여부는 이들의 서사 전개에서 중요한 차이를 형성하게 된다.

---

9) 문무왕이 의도한 "호국호법(護國護法)"에서 호국은 몸의 고향을, 호법은 마음의 고향인 진리를 수호한다는 것으로 파악할 수 있다. 고려 후기 불교시에서 진리를 '고향'으로 표현한 사례를 찾아볼 수 있다.

고향과의 관계 그리고 남은 이들의 역할과 관련하여 이 요소를 검토하겠다.

## 2.1. 돌아오지 않는 신들

연오랑 세오녀와 아메노히보코(天日之矛) 설화는 고대 한국으로부터 일본에 문화와 국가 체제가 전파되는 과정을 시사하는 사례로 주목받아 왔으며, 이들을 서로 비교한 연구가 수차례 시도되었다. 근래에는 연오랑 세오녀 설화와 함께 가야 왕자 쓰누가아라시토(都怒我阿羅斯等) 설화, 신라 왕자 아메노히보코(天日之矛) 설화 등을 견주어 그 이동 경로를 분석함으로써 한국에서 일본으로의 이동 경로가 이주 경로가 여러 갈래 존재했음을 밝힌 성과가 있다.[10] 논자는 스사노오노미코토(建速須佐之男命) 설화와 거타지(居陀知) 설화 등의 유형도 이러한 성격의 문화 이동을 반영한 것으로 파악하며, 결국 고대 한국과 일본이 공유하는 '환동해 문화권' 설정의 필요성까지 제기하고 있다.[11] 고대 일본 관련 자료에 등장하는 '시라기[白木]-신라'에 주목한 것도 그 이유 때문으로 보인다.

그런데 일본의 입장에서 보면 한국에서 '도래'한 이들 신은 고국으로 돌아가지 않으려 한다. 이는 3장에서 살펴볼, 한국으로 도래한 이들에게도 마찬가지로 보인다. 널리 알려진 다음 「연오랑 세오녀」 역시 고향의 일월(日月)이 광채를 잃었어도 도래 이후의 삶에 충실할 따름이다.

---

10) 김화경, 「연오랑 세오녀 설화의 연구 · 환동해문화권의 설정을 위한 고찰을 중심으로」, 『인문연구』 62, 영남대 인문과학연구소, 2011, 59~84면.
11) 김화경, 위의 글. 61~62면.

제8대 아달라왕(阿達羅王) 즉위 4년에 동해 바닷가에 연오랑과 세오녀 부부가 살고 있었다. 하루는 연오가 바다에 가서 해조(海藻)를 따고 있는 중 홀연히 한 바위(혹은 어떤 물고기라 함)가 있어 그를 싣고 일본으로 가버렸다. 그 나라 사람들이 보고 이는 비상한 사람이라 하여 왕을 삼았다(『일본제기(日本帝紀)』를 보면 이 무렵 신라인으로 왕된 이가 없으니 이는 변두리 작은 왕이고 진짜 왕은 아닐 것이다). 세오가 그 남편이 돌아오지 않는 것을 괴이히 여겨 가 찾아보니 남편이 벗어놓은 신이 있는지라 그 바위 위에 올라가니 바위가 또한 전과 같이 그를 싣고 갔다. 그 나라 사람들이 보고 놀라 왕에게 아뢰니 부부가 서로 만나 귀비가 되었다. 이때 신라에서는 일월(日月)이 광채를 잃었다. 일관이 아뢰되 일월의 정(精)이 우리나라에 있던 것이 지금 일본으로 간 때문에 이런 변이 일어났다고 하였다. 왕이 사자를 일본에 보내어 두 사람을 찾으니 연오가 가로되 <u>내가 이 나라에 온 것은 하늘이 시킨 것이라 이제 어찌 돌아갈 수 있으랴. 그러나 나의 비가 짠 세초(細綃)가 있으니 이것으로 하늘에 제사를 지내면 좋으리라</u> 하고 인하여 그 비단을 주었다. 사자가 돌아와 아뢰고, 그 말대로 제사를 지내니 과연 일월이 전과 같았다. 그 비단을 어고(御庫)에 두어 국보를 삼고 그 창고를 귀비고(貴妃庫)라 하며 제천(祭天)한 곳을 영일현(迎日縣) 또는 도기야(都祈野)라고 하였다.[12]

이 이야기에서 바다는 바위를 탄 단 한 사람에게만 세계와 세계를 이어줄 뿐, 다른 이들에게는 단절의 기능을 한다. 연오랑을 찾아 헤맨 세오녀에게 역시 당초의 바다는 단절을 뜻했다. 「수로부인」에서의 바다 역시 수로 1인에게만 용궁을 향해 열려 있을 뿐, 다른 이들에게는 〈헌화가〉에

---

12) 일연, 『삼국유사』 권1, 「기이 제1 · 연오랑 세오녀」.

서의 절벽과 마찬가지로 넘을 수 없는 장벽이었다. 다만 여기서는 절벽의 역할을 바위가 대신한다는 차이가 있을 따름이다.

수로는 남은 이들의 노력에 부응하여 용궁의 호사를 떨치고 돌아왔지만, 연오랑·세오녀 부부는 돌아오지 않는다. 돌아온 수로는 구출해야 할 대상이었다가 순정공의 순행이라는 앞으로의 서사 전개에서 행위를 주도할 주인공의 역할이 덧붙었다. 수로는 이 세상에서 할 일이 남았기에 돌아와 주인공이 되었다. 그러나 연오랑과 세오녀는 고국에 돌아간들 해조(海藻)나 따는 궁핍한 삶이 기다리고 있다. 이들은 일본에 남아야만 계속 주인공이 된다. 따라서 돌아오지 않는다. 다만 세초(細綃: 비단)를 보내어 고국과의 관계를 망가뜨리지 않으려고 노력하는데, 이 정도가 고국에서의 고난 요인이 해소되지 않은 이들이 보일 수 있는 성의였을 것이다. 그런데 그나마 이 이야기에서는 비단의 효과가 비교적 명료하게 서술되어 있는데, 「수로부인」도 그렇거니와 앞으로 볼 사례들은 주인공이 갖춘 능력의 효과가 분명하게 언급되지 않는다.

한편 아메노히보코 설화는 남녀 주인공이 바다를 건너는 순서가 연오랑·세오녀와는 다르고, 남녀 주인공의 사이가 원만치 않다는 큰 차이가 있음에도 불구하고 한일 문화 교류의 사례라는 점에서 등가로 취급되었다. 이 설화는 『고사기』에 전하는데,[13] 앞서 신라 건국 신화에서 사라진 여신들을 거론하며 다루었다.[14]

설화의 후반부는 도일 이후의 아메노히보코를 중심으로 전개되어 있지만, 실상 중심 인물은 구슬에서 변신한 아카루히메(阿加流比賣)라고

---

13) 이 인물은 정사인 『일본서기』에는 천일창(天日槍)이라는 이름으로 등장하며, 덴노에게 바친 온갖 물품의 목록과 더불어 다소 간략하게 나온다.

14) 이 책 1부, 「한 왕국 속 서로 다른 시조들과의 만남」 5장.

볼 수 있다. 다만 신라 왕자였던 주인공의 거만함 탓에 여주인공이 바다를 건너 떠났으며, 남주인공은 여주인공이 떠난 곳으로 온전히 다다르지도 못한 상태에서 어정쩡하게 일본에 정착한다. 특이한 것은 신라에서 구슬로 태어난 아카루히메가 일본을 '조국'으로 표현하고 있다는 점이다. 이 상황을 그대로 풀이한다면 아카루히메를 일본계 신라인의 자손으로 이해할 만하지만, 그보다는 자신의 불만을 비롯한 주위 환경과의 갈등이 해소될 수 있는 정신적 고향으로 일본을 선택한 건 아닐까 한다.

여기서 바다 역시 여주인공 1인에게만 열려있는 공간이다. 여주인공은 남주인공이 노력해서 찾아야 할 대상이기도 하지만, 연오랑과 세오녀와 마찬가지로 자신이 행위의 주체가 될 수 있는 공간에 정착하게 된다. 따라서 돌아오지 않을 뿐만 아니라, 남주인공이 자신에게 동참하는 것조차 거부한다. 그럼에도 남주인공은 인근의 다른 지역에 정착하고, 물품의 목록을 통해 문화 전파의 흔적을 보인다. 정사인 『일본서기』에도 아메노히보코가 가져온 물품의 목록이 나오는 것을 보면 이는 일본에서도 매우 중시된 성과인데, 정작 이 이야기에서 주인공의 성격이 더 짙은 아카루히메의 행위 또는 그 결과에 대한 언급은 분명치 않다.

## 2.2. 변신을 거쳐 귀환하기

상고 신화에서 신라를 떠난 이들은 고국에 대한 불만 또는 고국에서 받아야 했던 푸대접을 참을 수 없었던 것으로 보인다. 그러나 「수로부인」과 비교적 인접한 시기의 문무왕대에는 다소 달라진 성격의 이야기가 전래된다. 다음의 문무왕 대왕암에 얽힌 이야기는, 해룡으로 변신한 선대의 왕이 고향을 수호한다는, 다소 비장한 내용으로 진행된다.

> 대왕이 재위 21년 영륭 2년 신사에 붕(崩)할새 유조(遺詔)하여 동해 안
> 의 큰 바위 위에 장사 지내었다. 왕이 평시에 항상 지의(智義) 법사에게
> 이르되, "내가 죽은 후에 호국대룡(護國大龍)이 되어 불법(佛法)을 숭상
> 하고 나라를 수호하려고 한다." 하매 법사 가로되, "용은 짐승인데 어쩌려
> 고 그러십니까?" 왕이 말하되, "내가 세간의 영화를 싫어한 지 오래라 거
> 칠게라도 갚을 수 있는 짐승이 된다면 나의 뜻에 합당하다"고 하였다.[15]

이 이야기에서 바다의 역할이 구체적으로 드러나지 않았다고 생각할
수도 있지만, 바로 앞에 사천왕사(四天王寺)에서 문두루비법(文豆婁秘
法)으로 당(唐)의 함대를 바다에 수장(水葬)시킨 일화와 후일담 다음에
이 이야기가 나온다는 점에 주목하면, 문무왕이 호국호법을 위해 바다
를 장지(葬地)로 선택한 이유가 더 분명해진다. 문무왕은 바다를 호국호
법의 힘을 얻을 근거로 생각한 것이다. 게다가 이 이야기는 다음의 「만파
식적(萬波息笛)」 항목으로 이어져 물에서 도래한 존재의 신비성을 계속
이어가고 있다.

> 제31대 신문대왕(神文大王)의 휘는 정명(政明)이요 김씨니 개요 원
> 년 7월 7일에 즉위하였다. 성고(聖考) 문무대왕(文武大王)을 위하여 동
> 해 바닷가에 감은사(感恩寺)를 세웠다. (「사중기(寺中記)」에 문무왕이 왜
> 병(倭兵)을 진압하려 하여 이 절을 짓다가 마치지 못하고 돌아가 해룡(海
> 龍)이 되고, 그 아들 신문(神文)이 즉위하여 개요 2년에 마쳤는데, 금당

---

15) 일연, 『삼국유사』 권2, 「문호왕 법민」.

아래를 파헤쳐 동쪽으로 한 구멍을 내었으니 그것은 용이 들어와 서리게 하기 위한 것이다. 생각건대 유조(遺詔)로 장골(藏骨)케 한 곳을 대왕암 (大王岩)이라 하고 절은 감은사(感恩寺)라 하였으며, 그 후에 용의 현형 (現形)을 본 곳은 이견대(利見臺)라 하였다). (후략: 이하 만파식적 관련 설화)[16]

앞서 아메노히보코 설화에서 여주인공은 구슬에서 인간으로 변신했 지만, 문무왕은 죽어 바다에서 용이 되었다. 「수로부인」에서의 해룡을 떠올려 보면, 이는 곧 용왕이 되었다는 의미일 것이다. 연오랑, 세오녀, 아메노히보코, 아카루히메와 마찬가지로 다른 세상의 왕 또는 신에 해 당하는 인물이 되었다. 그러나 고국을 지키기 위하여 돌아온다는 점에 서 앞서 살펴본 인물들과는 본질적인 차이가 있다. 사실 문무왕의 변신 과 귀환은 이 이야기 다음에 나오는 '만파식적(萬波息笛)' 설화와 맞물 려 이해해야 한다. 3장에서 상술하겠지만 만파식적은 낮에는 둘, 밤에는 하나로 '변화'하는 대나무로 만들었고, 이 피리는 문무왕과 김유신 이성 (二聖)의 '귀환'으로 간주했다. 만파식적의 '변화'와 '귀환'은 문무왕 대왕 암의 '변신-귀환'이라는 화소의 본질을 되풀이하고 있는 셈이다. 만파식 적은 사람이 아닌 사물이지만, 이성이 함께 귀환했다는 상징이라는 점 에서 넓은 의미에서 도래자로 이해해도 무방할 것이다.

만파식적 이야기가 필요했던 원인은 해룡으로서 문무왕의 능력이 「연 오랑 세오녀」를 제외한 이 유형의 다른 설화에서와 마찬가지로 구체적 성과를 통해 강조되지 못했기 때문이다. 그 대신 만파식적의 효과는 어

---

16) 일연, 『삼국유사』 권2, 「기이 제2 · 만파식적」.

떤 도래자보다 정성 들여 기록했으며, 후대에 일본이 이 피리를 얼마나 두려워했는지까지 언급하고 있다. 문무왕의 왜구 퇴치가 상세히 언급되지 않은 것에 비하면, 만파식적의 효과는 그 무엇이나 아주 확실하다.

문무왕 대왕암 설화는 바다로의 떠남과 바다로부터의 돌아옴이라는 두 가지 방향이 함께 서술되었다는 독특함을 지닌다. 다만 떠나가서 돌아오지 않았던 다른 주인공들처럼 그 능력의 성과를 구체적으로 보일 수 없었는데, 이는 다음 세대에 바다로 떠났다가 돌아온 「수로부인」의 경우에도 마찬가지였다. 다만 뒤에 나오는 만파식적의 '도래'를 통해 이러한 제약이 어느 정도 극복되었다고 할 수 있는데, 도래와 관련된 사례를 몇 개 더 검토하고 만파식적에 대하여 더 서술하기로 한다.


## 3. 처용 유형과 도래의 통로로서 바다

2장에서 살펴본 '바다' 형상은 고국과 외국을 주인공에게만 연결해 주면서 다른 이들에게는 단절시키는 장벽의 의미를 지니고 있었다. 고국에서는 소외된 존재로서 불만을 지닌 이들이 다른 곳에 가 행위의 주체가 되는 한편, 죽음으로부터 돌아와 고국을 지키는 존재에게는 변신의 장소로 기능하기도 했다. 그러나 대체로 주인공의 행위 결과와 효용이 간접화 또는 취약해지는 모습을 보이는데, 이에 따라 이들은 신화적 인물 또는 신격이기는 하지만, 그에 맞는 영웅적 면모는 다소 취약한 편이다.

이에 반하여 바다를 도래의 통로로 삼아 등장했던 다음 설화의 주인공들은 충분한 정도의 권능을 보여주고 있다. 앞서 이 유형의 검토를 위한 출발점으로 삼았던 처용 역시 무조(巫祖)로서 존중받아 왔지만, 선도산 성모, 소서노[17], 허황옥, 탐라의 3을나(乙那) 등 많은 – 산이 아닌 바다로부터 온 – 도래인이 시조 또는 시조와 나란히 놓이게 된다.

    ① 선도산 성모 설화 :『삼국사기』,『삼국유사』.
    ② 석탈해 신화 :『삼국사기』,『삼국유사』.
    ③ 만파식적 설화 :『삼국유사』.

이제 항목을 나누어 이들을 다음과 같은 준거에 따라 검토하겠다. 먼저 앞서와 마찬가지로 '바다'의 역할을 살펴본다. 일단 공간과 공간을 잇는 역할을 한다는 점에서는 2장의 바다와 크게 다르지 않은 듯하지만, 주인공이 도래한 통로라는 점에서 본질적인 차이가 있다. 다음으로 도래자로서 주체의 인식이 주변에 끼친 영향력을 살펴본다. 이 '영향력'은 2장의 사례에서는 축약 또는 암시에 그쳤다는 점에서 3장의 사례와 구별된다. 끝으로 도래 이전에 지닌 소질 또는 도래를 거쳐 획득한 능력을 살펴본다. 특히 ①~③을 거쳐 신 또는 인간으로서의 소질, 능력이 물질적 기능 또는 종교적 권능으로 발전하는 과정에 주목하고자 한다.

## 3.1. 바다로부터 온 영웅들

신라 시조 박혁거세의 신화는 널리 알려진 천마가 알을 낳는 유형 이외에도, 앞서 여러 차례 다룬 선도산 성모와 관련된 사례 또한 곳곳에 보

---

17) 신채호는 소서노를 비류와 온조 계통을 아우르는 백제 전체의 시조로 간주하기도 하였다.

인다. 김부식에 의하면 송나라에까지 알려질 정도였다고 하는데, 정작 김부식의 입장에서는 어느 국가의 왕과 관련된 것인지는 판단을 유보하고 있다. 그러나 『삼국유사』는 선도산 성모가 혁거세와 알영의 어머니였음을 지적하고 있으며, 그 이름을 사소(娑蘇)라 밝혔다.

[A] 설자(說者)는 이르되 이는 서술성모(西述聖母)의 탄생한 것이니 중국 사람들이 선도성모(仙桃聖母)를 찬양하여 "현자를 낳아 나라를 세우게 했다(娠賢肇邦)."는 말이 있는 것도 이 까닭이라 하였다. 그리고 보면 계룡이 상서를 나타내고 알영을 낳았다는 이야기도 서술성모의 현신을 말한 것이 아닐까?[18]

[B] 신모(神母)는 본시 중국제실의 딸로 이름을 사소(娑蘇)라 하여 일찍이 신선의 술법을 배워 해동에 와 머물고 오랫동안 돌아가지 아니하였다. 처음 진한에 오자 성자를 낳아 동국의 처음 임금이 되었으니, 아마 혁거세와 알영의 2성의 나온 바일 것이다. 그러므로 계룡·계림·백마등의 칭이 있으니, 계(鷄)는 서쪽에 속하는 까닭이다.[19]

[A]와 [B]는 그 계통이 다소 다른 자료처럼 보이는데, [A]는 선도산 성모를 알영의 어머니로 간주하고 있지만, [B]에서는 혁거세와 알영 모두를 낳았다고 한다. 그런데 여러 연구에서 지적했듯 선도산 성모 설화가 박혁거세 신화의 초기 형태였을까? [A]가 [B]보다 선행 자료라면, 혁거세의 이름은 [B]에 처음 언급되므로 이 설화와 혁거세의 직접적 관련성

---

18) 일연, 『삼국유사』 권1, 「기이 제1·신라시조 혁거세왕」.
19) 일연, 『삼국유사』 권5, 「감통 제7·선도성모수희불사」.

은 취약해진다. 따라서 그보다는 이 설화의 화소 자체가 신라 건국 초엽부터 널리 퍼졌던 것으로, 굳이 신라에만 한정되지 않았음을 고려할 필요가 있다. 비슷한 유형이 대마도에도 있고, 신라와 가야, 탐라가 모두 공유하고 있음[20]을 앞서 살폈다. 여기서 여주인공의 형상은 동아시아 전체에 퍼진 동질적 인물 유형이었다.

바다는 이들이 시조를 낳아 나라를 세우게 하는 계기를 마련케 했다. 이것만으로도 2장의 사례들에 비하면 주인공이 바다를 통해 얻은 성과가 분명한 편이다. 선도산 성모는 주체로서 역할이 다른 이들보다 구체적이지는 못해도, 시조를 낳아 건국의 토대를 마련한다는 점에서 주체로서의 모습은 상대적으로 뚜렷하다. 이 무렵 바다를 건넜던 다른 건국 시조의 어머니들이 모두 마찬가지였다.

나아가 한두 세대 이후에 이루어진 『삼국사기』의 석탈해 신화는 바다로부터 온 영웅의 형상이 더욱 분명하다. 신라의 건국은 박혁거세로부터 유래했지만, 『삼국사기』의 기록을 보면 혁거세는 건국 영웅다운 정복 활동보다는 유교의 성군에 더 부합하는 이미지를 지니고 있다. 그에 비하면 탈해는 처음부터 자신이 직접 서사 문맥의 주체로 활동하고 있으며, 교육을 통한 성장 그리고 지혜를 통한 출세를 거쳐 대외 지향적인 모습이 묘사되었다.[21] 탈해 신화의 복합성을 '알'에서의 탄생과 '궤'를 통한 이동으로 풀이하여, 알을 천강 화소에, 궤를 해양 도래에 연결시킨 성과[22] 역시 탈해가 건국 영웅으로서 완성형이었음을 지적한 것이다.

---

20) 노성환, 「대마도 천도신화에 관한 연구」, 『일어일문학연구』 43, 대한일어일문학회, 2002, 325~327면.
21) 시조로서 혁거세와 탈해의 면모에 대한 비교는 이 책 1부, 「한 왕국 속 서로 다른 시조들과의 만남」.
22) 양성필, 「난생신화와 궤짝신화의 상관성 고찰」, 『탐라문화』 35, 제주대 탐라문화연구

그의 능력이 학문을 배워 '지리'에 통달했기 때문에 완성되기는 했지만, 출생과 도래 과정에 대한 상세한 서술은 그의 비범함을 강조하는 서술인 "특이한 골상"의 유래를 설명하기 위한 것이기도 하다. 석탈해 신화는 『삼국유사』에도 나오는데, 내용은 대동소이하지만 탈해의 양육자인 아진의선을 박혁거세와 연결하고, 석씨의 유래가 예전에 살았던 집을 빼앗았기 때문이라는 등의 이설이 소개되었다. 다소 부정적인 모습이기는 하지만 석탈해는 「가락국기」에서 수로왕과 경쟁하는 등 그 도래의 여정에 대한 자취가 많이 남아 있는데, 1985년에 채록된 설화에도 탈해의 상륙 과정이 설명되었을 정도이다.[23]

선도산 성모와 석탈해는 건국의 토대를 마련한 도래자였다는 점에서 무조(巫祖)로서 처용과 견줄 만한 요소가 있다. 그러나 처용의 시대는 건국 영웅이 활약하던 때와는 매우 멀다. 또한 설화에서의 처용은 건국 초기의 도래자와 같은 신성성이 나타나기보다는, 국외자로서의 소외를 감당해야 했던 것처럼 여겨지기도 한다. 그러나 9세기라는 문화적 변혁기[24]에서 처용이 보인 화해의 능력은 그 자체로서 신화적 성격을 추출할 여지를 남기고 있다. 처용이 무속의 신이라서가 아니라, 그가 지닌 이질적 관용을 비롯한 이국적인 면모가 새로운 시대의 신으로서 필요한 덕목일 수도 있었기 때문이다.

요컨대 처용은 새 시대에 알맞은 신성성을 제기하기 위하여 건국 초

---

소, 2002, 75~104면.
23) 아진포의 홈바위 전설에 관해서는 윤철중, 「탈해왕의 도래지·'아진포'의 위치 변증」, 『한국도래신화연구』, 백산자료원, 1997, 140면 참조.
24) 9세기는 빈공제자의 귀국과 독서삼품과의 설치 등으로 관료가 되는 방법이 변화하고, 한문문화의 활성화에 따라 고유문화의 역할이 달라지는 등 변혁기의 모습이 충분하다.

도래자 유형을 재해석한 인물 형상이 아니었을까 한다. 이들은 바다로부터 도래하여 종래에는 없었던 이질적 재능[25]을 통해 신라 사회에 문화적 충격을 던졌다는 점에서 서로 닮았다. 사실은 처용보다 2세기쯤 앞선 시기에 앞서 언급했던 만파식적 설화를 통해 '도래'라는 관념은 새로운 전환을 맞이했지만, 그것을 사물이 아닌 사람, 신화의 시대가 아닌 당시 현실에 귀착시킬 수 있었던 인물이 처용이었다. 그러면 처용 형상의 실마리이기도 했던 만파식적을 더 살피기로 한다.

## 3.2. 상징물로서 도래자

바다로 떠났다가 돌아온 해룡으로서 문무왕의 치적이 불투명했기 때문에, 변형과 귀환을 통해 더욱 직접적 효능을 보이는 신물(神物)로서 만파식적의 역할이 필요했다.[26] 그리고 만파식적이 인격체가 아닌 물질이 된 이유는 바로 '변형'과 '귀환', 그리고 문무왕과 김유신 이성(二聖)의 속성을 함께 그대로 갖추고 있어야 했으며, 당대뿐만 아니라 대대손손 국가 수호의 역할을 부여받아야 했기 때문이었다. 따라서 만파식적은 사람을 초월한 사물, 신비로운 상징의 모습으로 도래했다.

> (전략: 문무왕 사후 관련 기록) 이듬해 5월 초1일에 해관파진찬(海官
> 波珍飡) 박숙청(朴夙淸)이 아뢰되, "동해에서 작은 산이 떠서 감은사(感

---

25) 여기서 이질적 재능이란 탈해의 경우 호공의 집을 빼앗은 trickster로서의 모습으로, 처용의 경우 역신을 용서하여 제압하는 관용의 면모로 드러난다고 할 수 있다. 그리고 석탈해와 처용의 유사성에 대한 논의는 주2)의 정상균의 글 참조.

26) 만파식적은 신라의 풍류 관념을 예술론과 연결해주는 역할을 맡기도 했다. 이 책 1부, 「고유 사상과 동아시아 여러 사상의 만남」 3장 참조.

恩寺)로 향하여 오는데 물결을 따라 왕래한다." 하였다. 왕이 이상히 여겨 일관(日官) 김춘질(金春質)을 시켜 점을 치니 가로되, "성고(聖考)가 지금 해룡(海龍)이 되시어 삼한을 진호(鎭護)하시고 또 김유신 공은 33천의 1자로 지금 하강하여 대신이 되었다. 두 성인[二聖]이 덕을 같이하여 수성(守城)의 보배를 내주시려 하니, 만일 폐하가 해변에 가시면 반드시 무가(無價)의 대보(大寶)를 얻으시리라." 하였다. 왕이 기뻐하여 그달 7일에 이견대에 행차하여 떠오는 산을 바라보고 사람을 보내어 살펴보니 산세가 거북 머리[龜頭]와 같고 위에는 한 줄기 대나무가 있는데, 낮에는 둘이 되고 밤에는 합하여 하나가 되었다. (혹은 말하되 산도 대와 같이 밤낮으로 열렸다 닫혔다 한다 하였다). 사자가 돌아와 그대로 아뢰었다. 왕이 감은사에서 숙박하였는데, 이튿날 오시에 대가 합하여 하나가 되매 천지가 진동하고 풍우가 일어 7일이나 어둡더니 그달 16일에 이르러서야 비로소 바람이 자고 물결이 평온해졌다.

왕이 배를 타고 그 산에 들어가니, 용이 검은 옥대(玉帶)를 받들고 와서 바치는지라, 왕이 영접하여 같이 앉고 물어 가로되, "이 산과 대가 혹 나누어지기도 하고 혹 합해지기도 하는 것이 무슨 까닭이냐?" 용이 말하되, "비유컨대 한 손으로 치면 소리가 없고 두 손으로 치면 소리가 나는 것과 같으니 대[竹]란 물건은 합한 후에야 소리가 나는 법이라, 성왕이 소리로써 천하를 다스릴 상서로운 조짐이니 이 대를 취하여 저(笛)를 만들어 불면 천하가 화평할 것이다. 지금 왕의 선고(先考)가 해중대룡(海中大龍)이 되고 유신이 다시 천신이 되어 두 성인이 동심(同心)하여 이 무가(無價)의 대보(大寶)를 내어 나로 하여금 갖다 바치게 한 것이라." 하였다. 왕이 놀라고 기뻐하여 오색 무늬 비단과 황금, 옥을 주고 사자를 시켜 대를 베어 바다에서 나오매, 산과 용이 갑자기 보이지 아니하였다.

왕이 감은사에서 자고 17일에 기림사(祇林寺) 서쪽 시냇가에 와서 수

레를 멈추고 점심을 먹었다. 태자 이공(理恭, 효소대왕: 孝昭大王)이 대궐을 유수(留守)하고 있다가 이 소식을 듣고 말을 달려 와서 하례하며 서서히 살펴보고 아뢰기를, "이 옥대의 여러 쪽이 다 진짜 용입니다." 왕이 가로되 "네가 어찌 아느냐?" 태자 아뢰되, "쪽 하나를 떼서 물에 넣어 보소서" 하였다. 이에 왼편 둘째 쪽을 떼서 시냇물에 넣으니 곧 용이 되어 하늘로 올라가고 그 땅은 못이 되었다. 인하여 그 못을 용연(龍淵)이라 하였다. 왕이 돌아와서 그 대로 저를 만들어 월성 천존고(月城 天尊庫)에 두었는데, 이 저를 불면 적병이 물러가고 병이 낳고 가뭄에는 비가 오고 비올 때는 개며 바람은 가라앉고 물결도 평정(平靜)해졌다. 그래서 이 저를 이름하여 '만파식적(萬波息笛)'이라 하고 국보로 지칭되었다. 효소대왕 때에 이르러 천수 4년에 부례랑(夫禮郎)이 생환한 기이한 일로 인하여 다시 '만만파파식적(萬萬波波息笛)'이라 이름하니 자세한 것은 그 전기에 보인다.[27]

「만파식적」에서 "부래(浮來)하는 소산(小山)" 이야기에 주목하여 본 설화를 도래신화의 관점에서 논의한 성과가 있다.[28] 논자는 이 유형을 선도산 성모와 석탈해를 거쳐 처용에까지 이르는 도래신화의 근본 유형으로 파악하고 있다.[29] 만파식적은 바다로부터 직접 도래하지는 않았으나, 만파식적의 기능이 해룡 문무왕의 권능을 보완 혹은 대체하고 있으므로 함께 다루겠다. 만파식적의 효과가 얼마나 대단했는지 다음 이야기를 통해 부연한다.

---

27) 일연, 『삼국유사』 권2, 「기이 제2 · 만파식적」.
28) 윤철중, 「만파식적설화연구」, 『한국도래신화연구』, 백산자료원, 1997, 2~3면.
29) 윤철중, 위의 책 전체에 걸쳐 그에 대한 예증이 이루어졌다.

대왕이 인생의 궁달(窮達)의 변리(變理)를 잘 알았으므로 〈신공사뇌가(身空詞腦歌)〉를 지었다. (노래는 없어져 알 수 없다.) 왕의 아버지 대각간 효양(孝讓)이 조종(祖宗)의 만파식적을 간직해 왕에게 전하여 왕이 얻게 되었으므로, 두터이 천은(天恩)을 받아 그 덕이 멀리 빛났다. 정원 2년 10월 10일에 일본왕 문경(文慶: 『일본서기』를 보면 제55대주 문덕왕(文德王)인 듯하다. 그밖에 문경은 없다. 어떤 책에는 이 왕의 태자라 한다)이 군사를 일으켜 신라를 치려다가 신라에는 만파식적이 있어 적병을 물리친다는 말을 듣고 사자(使者)를 보내어, 금 50냥으로 그 저(笛)을 청하였다. 왕이 사자에게 이르되 내가 듣기에는 선왕 진평왕 때에 있었다 하나 지금은 그 소재를 알 수 없다 하였다. 익년 7월 7일에 왜왕이 다시 사자를 보내어 금 1천 냥으로 청해 가로되, "과인이 신물을 얻어보기만 하고 돌려보내겠다."고 하였다. 왕은 또한 전과 같이 대답하여 거절하고 그 사자에게 은 삼천 냥을 주어, 금은 받지 않고 돌려보냈다. 8월에 일본 사신이 돌아가자, 피리를 내황전(內黃殿)에 숨겨두었다.[30]

일본이 만파식적을 간절하게 알고 싶었다는 위의 이야기는 이 피리의 효과가 특히 일본에게 강력한 것이었음을 보여준다. 사실은 문무왕이 대왕암을 통해 보여줬어야 했던 권능이 이것이었다. 여기서 바다는 문무왕의 활동 공간이자 만파식적의 효용이 미치는 범위로 볼 수 있는데, 이렇게 구체적이고도 한정된 의미 부여는 2장에서의 바다와는 확연히 구별되는 것이다. 그리고 본문에서 '소리'의 효용을 유가 사상과 결부시켜 강조한 것이나, 부가 기록에서 〈신공사뇌가(身空詞腦歌)〉가 나온 것 등은 만파식적의 권위가 해룡이 지녔을 초월적 권능만이 아닌, 가창

---

30) 일연, 『삼국유사』 권2, 「기이 제2 · 원성대왕」.

을 통해 규범과 윤리를 표현하는 측면도 함께 지니고 있었음을 보여주는 것이다. 이 시대의 영웅에게는 해룡으로서 문무왕이 지녔을 신화적 맥락의 초월성과 더불어 예악과 윤리의 속성이 함께 요구되었다.[31] 따라서 해룡인 문무왕만으로는 당대 신라 사회의 요구를 반영하기에 부족했기에, 신성성과 규범성을 두루 갖춘 만파식적이라는 상징물이 필요했다. 이러한 상징성의 성과를 유산 삼아, 2백 년 후 바다에서 온 처용은 '관용'이라는 윤리적 덕목을 통해 역신을 제압할 수 있었으리라.

요컨대 도래의 통로로서 바다는 신화시대의 영웅적 권능과 더불어, 만파식적을 통해 부연된 윤리적 요소를 겸비한 공간이었다. 처용이 신화시대에나 있을 법한 신통력과 더불어, 변혁기에 요청되는 윤리성과 포용력을 함께 찾을 수 있었던 근거가 여기 있다. 신라문화에서 신앙의 대상으로서 바다-물은 이런 양면성을 갖추었다.

고대 한국은 물과 관련된 신앙의 비중이 산악신앙 못지않았다. 이러한 전제에서 건국 초기 정(井) · 천(川) 중심이었던 신라의 국가 제사가 영역 관념의 확대 및 유교의 산천규범 도입에 따라 해(海) · 빈(瀆) 중심으로 확장되었다는 견해가 있다.[32] 삼한을 통일하면서 오악(五岳) 관념이 성립한 것은 신문왕대로 알려져 있는데[33], 이 무렵 물과 관련한 제의 역시 변화했다는 논자의 관점은 흥미롭다. 게다가 이 무렵은 앞서 만파식적을 통해 '신라삼보(新羅三寶)'를 대체하는 유가적 이념을 반영한 국

---

31) 통삼 이후 신라의 '영웅' 관념이 이런 방식으로 변모하는 과정은 서철원, 「향가의 제재로서 화랑 형상의 문학사적 의미」, 『한국시가연구』 29, 한국시가학회, 2010, 97~101면의 「문무대왕릉비문」 분석 참조.

32) 채미하, 「신라시대 四海와 四瀆」, 『역사민속학』 26, 역사민속학회, 2008, 7~40면.

33) 이기백, 「신라 오악의 성립과 그 의의」, 『신라정치사회사연구』, 일조각, 1974, 207면.

가 상징물이 출현한 시기[34]이기도 하다. 따라서 유가적 천자관념과 산천 규범이 불교의 상징성과 병행 또는 경쟁한 것으로 보아도 무방하겠다.

## 4. 다시 찾는 해양 문화

수로가 이동하며 그 성격이 달라지는 대상이었다면, 처용은 처음부터 행위의 주체였다. 전자는 연오랑·세오녀, 아메노히보코(天日之矛)와 해룡이 된 문무왕 등을 통해, 후자는 선도산 성모와 석탈해, 만파식적 등을 통해 그 속성을 다채롭게 규정할 수 있었다.

수로와 처용에게 '바다'는 대칭적인 의미이다. 수로에게 바다는 색다른 체험의 공간이었지만, 처용에게는 그곳 자체가 고향이었다. 그러나 이들에게 바다는 다른 세상을 향한 진취성과 더불어, 해룡이나 역신과 같은 타자가 주는 이질감을 수용·포용할 단서를 함께 마련해줄 계기도 되었다. 그러므로 이들에게 '바다'는 실상 같은 의미이기도 했다. 이러한 의미를 온축한 '바다'라는 현장으로부터 한국적 해양성을 찾아낼 수 있을까? 만일 그것이 가능하다면, 그렇게 찾아낸 해양성을 토대로 신라가 지녔던 주술, 종교, 신화의 가치를 새로이 발견할 수도 있을 것이다.

---

34) 김상현, 「만파식적설화의 유교적 정치사상」, 『신라의 사상과 문화』, 일지사, 1999, 91~103면.

# 다른 세상에 속한 존재들을 사랑한 동아시아 사람들

## 1. 이류를 만나 교유하기

한·중·일 동아시아 각국의 고대 설화에 나타난 다른 세상에 속한 존재들과의 사랑, 말하자면 '이류 교유'의 양상에 주목함으로써 이류의 서사적 역할과 '인간적'[1]인 것을 향한 갈망을 검토하고, 그들 사이의 '애

---

[1] 여기서 '인간적'인 것을 그 자체로 닫힌 개념으로 파악한다면 인간적인 것과 비인간적인 것 사이의 대척점이 명확하게 드러나고, 우리의 논의 또한 더 큰 설득력을 갖출지도 모른다. 그러나 '인간적'인 것의 범주를 애초부터 닫힌 모양새로 규정·한정하기보다, 각각의 설화를 전승해온 사람들이 오랜 세월에 걸친 전승을 통해 모색하고 꾸려나갔던 상황을 귀납적으로 살피고자 했다. 이들 설화는 인간적인 것, 굳이 달리 말하자면 '인성(人性)'을 배타적인 개념으로 탐구한 결과물이 아니다. 그보다는 한 공동체가 정한 규정과 관습이 통하지 않는 다른 공동체의 존재들과 더불어 살아갈 수 있을지 없을지, 더불어 살아갈 수 있다면 이류와 공감할 수 있는 인간적인 범주란 무엇인지를 나름의 방식대로 찾아 이야기로 푼 것이었다. 따라서 이들 설화의 인간적 요소에 대한 탐색은 보기에 따라 단순하게 보일 수도 있겠고, 체계화되지 않은 경험과 인식에서 말미암은 탓에 설화들끼리 긴밀성이나 일관성이 결여된 모습을 지닐 수도 있다. 이를 인간적인 것에 대한 논쟁처럼 풀이한다면, 설화 문학이 갖춘 역동성과 풍부한 해석의 가능성을 놓치거나 단순 도식에 빠지지 않을까 우려한다.

욕'이 지닌 의미를 재평가하고자 한다. 이 글을 통해『삼국유사』의 애정
담이 차지할 위치를 동아시아 초기 서사 문학의 여정 속에서 살피려고
한다.

이를 위해 기존 연구에서 이 유형의 중심처럼 여겨졌던 '명혼소설(冥
婚小說)', '인귀교혼[환](人鬼交婚[歡])', '시애설화(屍愛說話)' 등의 용
어 대신, 보다 넓은 범위의 '이류 교유'라는 범주를 설정하였다. 이 범주
에서 이류와의 애욕은 양자 사이의 공감, 학문적 소통, 퇴치, 동화, 귀속
등 여러 유형 가운데 하나에 해당한다. 다만『요재지이(聊齋志異)』를 비
롯한 특정 문헌이 애정 관계에 많은 관심을 기울였고[2], 특히 이 부분에
편찬자의 창의적 재구성이 많이 개입되었던 만큼[3] '애욕'이라는 화소의
중요성을 부인하지는 않는다. 그러나 인간과 이류 사이의 애정뿐만 아
니라, 그 이외의 관계 형성에도 주목해야 한다. 이로써 귀신 · 요괴담 속
의 이류와 이계를 낯선 존재에 대한 욕망 또는 합리적 세계로부터의 일
탈로 해석하거나[4], 명혼 화소를 불우(不遇)의 울분과 지우(知友)에 대한
갈망[5]으로 분석했던 관점과는 다른 시선이 가능해질 것이다. 이는 어느

---

2) 배병균, 「애정소설의 한 양상 -『요재지이(聊齋志異)』의 경우」, 『인문학지』 11, 충북대
   인문학연구소, 1994, 29면에 따르면, 490여 편의『요재지이』 전체 작품 가운데 100여
   편이 애정을 제재로 삼았는데, 이는『수신기』 460편 가운데 남녀관계를 다룬 것이 20
   여 편에 불과한 것과는 대조적이라 한다.
3) 김혜경, 「『요재지이』에 나타난 포송령(蒲松齡)의 작가의식 · 인귀교혼소설(人鬼交婚
   小說)을 중심으로」, 『중국학보』 35, 한국중국학회, 1995, 120면.
4) 김정숙, 「17,18세기 한중 귀신 · 요괴담의 일탈과 욕망」, 『민족문화연구』 56, 고려대 민
   족문화연구원, 2012. 5~35면에서 귀신 · 요괴담을 즐기는 심리적 요인을 낯선 세계에
   대한 불안한 호기심 또는 금기에 대한 유혹으로부터 찾아, 이 불안과 금기를 인간의
   가학적 · 피학적 욕망으로부터 찾고 있다. 또한『천예록』·『요재지이』 등의 귀신 · 요
   괴담이 창작된 배경으로 편찬자의 여유로운 삶의 처지를 강조하였다.
5) 정환국, 「나말여초 전기의 '욕망의 형식화'에 대하여」, 『초기 소설사의 형성과정과 그
   저변』, 소명출판, 2005, 24면.

정도 타당성을 갖춘 기존 이해를 부정하자는 것이 아니라, 개별 작품이나 문헌 또는 소설사 전체의 거시적 논의에서 포착하지 않았던 지점에도 유의하여 방법론을 확충하자는 뜻이다.

논의 대상은 중국의 『수신기(搜神記)』와 『요재지이(聊齋志異)』, 한국의 『삼국유사(三國遺事)』와 『수이전(殊異傳)』 일문(逸文), 일본의 『일본영이기(日本靈異記)』 등에 수록된 설화 가운데 이류가 서사 전개의 동인 혹은 계기를 제공했다고 파악한 일부 작품이다. 논제를 '고대 설화'라고 다소 범박하게 잡기는 했어도, 이들 문헌이 각국의 설화집 가운데 비교적 초기에 해당하는 것들이기는 해도 그 수록된 텍스트를 형성 당시의 모습으로 간주하기에는 다소 무리가 따른다.[6] 그러나 이런 성격의 의혹 탓에 논의를 멈춘다면, 고대의 문학과 문화유산에 달리 다가갈 방법이 현재로서는 없다. 또한 개별 문헌의 국적과 시기에 따른 차이 또한 크게 유념하지 않았는데, 이는 한 · 중 · 일 공통의 유산을 차별 없이 다루고자 하는 문제의식에 먼저 충실하기 위해서였다.

앞으로의 논의 순서는 다음과 같다. 우선 중국의 사례를 중심으로 이류 교유에서 벌어지는 학문적 소통, 퇴치, 이류 사이의 동화 등 다양한 양상을 구분할 가능성을 검토함으로써 '교유'라는 전체적 틀 안에서 '애욕'의 화소가 갖는 위치를 파악하고자 한다. 다음으로 한국과 일본에서 이류의 행위와 사고를 중심으로 '애욕' 관련 작품을 분석하고, 그 성과를 인간을 서사의 중심으로 보는 관점으로 확장시킬 가능성을 모색하고자 한다. 한 · 중 · 일을 한자리에서 아울러 비교하는 대신 2장에서 중국 설

---

6) 한국의 문헌들은 적어도 설화 유통과 문헌상의 정착 사이에 4, 5세기 이상의 시기적 차이가 있으며, 현존하는 『수신기』는 명대 중엽 호응린(胡應麟: 1551~1602)에 의한 집록본(集錄本) 20권으로 원작의 30권과는 분량의 차이가 크다.

화를, 3장에서 한 · 일 설화를 주 대상으로 삼았다.[7]

## 2. 이류 교유의 제 양상과 구분

### 2.1. 교유 혹은 퇴치의 대상으로서 이류

고대 설화에서 인간은 귀신을 비롯한 이류를 이계의 존재로서 멀리하고자 하지만, 이류는 인간과 어떤 방식으로든 관계를 맺고 싶어 하는 것으로 나타난다. 때로는 잡아먹거나 해를 끼치기도 하지만, 때로는 순수한 방식의 학문적 소통을 지향하기도 한다. 그러나 그 동기의 선악 여부를 떠나 늘 상처 입는 쪽은 이류인 경우가 많다.

무귀론을 주장했던 학자에게 나타나 귀신의 진면목을 보여 병으로 죽게 만드는 사례(『수신기』: 378번 작품)도 드물게는 있지만, 대개의 경우 귀신을 비롯한 이류는 퇴치당하거나, 사람에게 상처를 입는다.[8] 심지어 어리숙하게 자신의 약점을 알려주고는 붙잡혀서 시장에 팔려가는 굴욕(『수신기』: 393번 작품)을 겪기도 한다. 그 가운데 다음과 같이 이류에

---

7) 이러한 논지 전개를 취한 이유는 중국의 사례는 이류 교유의 제 양상이 '인간적'인 것에 대한 본질적 문제를 제기하는 성격이 다소 짙은 반면, 한국과 일본은 각국의 문화적 취향에 따라 이류의 상징적 성격에 다소 차이가 있다는 점을 고려한 것이었다. 본론에서 드러나겠지만, 중국의 『수이전』과 『요재지이』는 인간의 공동체에 편입하려는 이류와 그에 대한 인간의 시각이라는 서사 전개 자체가 눈길을 끈다. 반면에 『삼국유사』와 『일본영이기』는 이류가 특정 집단을 표상하거나, 이류의 관심이 문화사의 특정 요소에 머무는 등 이류 교유가 다른 무언가의 상징 역할을 하는 것처럼 해석되어 왔다.

8) 원양(袁陽), 박미라 옮김, 『중국의 종교문화(原題: 生死事大)』, 길, 2000, 41면 참조.

대한 인간의 편견 때문에 벌어지는 비극도 있다.

그때 연소왕(燕昭王) 능묘 앞에 너무 오래 묵어 변술을 아는, 털이 얼룩덜룩한 여우 한 마리가 있었는데, 하루는 글 읽는 선비로 둔갑하여 장화(張華)를 찾아가려고 하였다. 그래서 연소왕 능묘 앞에 서 있는 화표(華表)한테 물었다. "이같은 용모와 재간이면 장사공을 만날 만하겠지?"

"임자는 말이 변설이어서 못해내는 일이 없지만 총명하고 박학다식한 장화를 속여 넘기기는 어려울 걸세. 오히려 모욕을 당하든지 자칫 돌아오지 못할 수도 있네. 잘못하면 공연히 천년 넘은 임자의 본체를 잃게 되고 또 그 재앙이 나에게도 미칠 수 있네. 그러니 가지 않는 것이 좋을 걸세." 화표가 이렇게 말렸지만 여우는 듣지 않고 명함을 들고 장화를 만나러 갔다. (…… 장화는 소년의 재주와 학식이 너무도 비상한 것에 놀라 귀신이나 여우인 것으로 의심하고는, 사냥개로 식별하려다가 실패하자 천년 묵은 여우를 식별할 수 있는 천년 넘는 신목을 찾아 연소왕 능묘의 화표를 꺾어오게 한다. 그 전에 소년이 묵자(墨子)의 겸애설(兼愛說)을 들어 이러한 행동의 부당함을 주장하지만, 듣지 않는다.)

사자가 그 화표를 찍어 넘기니 천년 묵은 마른나무 화표에서 피가 흘렀다. 화표를 가져다 불을 피우고 그 빛으로 소년을 비추자 여우의 정체가 드러났다. "내가 없었더라면 이 두 괴물은 천년이 넘어도 잡지 못할 것이다." 장화의 말이었다. 그리고는 여우를 끓는 물에 삶아 죽였다.[9]

---

9) 於時燕昭王墓前, 有一斑狐, 積年能爲變幻. 乃變作一書生, 欲詣張公. 過問墓前華表曰: "以我才貌, 可得見張司空否?" 華表曰: "子之妙解, 無爲不可. 但張公智度, 恐難籠絡, 出必遇辱, 殆不得返. 非但喪子千歲之質, 亦當深誤老表." 狐不從, 乃持刺謁華. (……) 使乃伐其木, 血流, 便將木歸. 燃之以照書生, 乃一斑狐. 華曰: "此二物不値我, 千年不可復得." 乃烹之. (『수신기(搜神記)』, 권 18-421. 『수신기』 번역은 이원길 역, 『수신기』 I · II, 연변인민출판사, 2007에 따랐으며, 이하 같다).

이 설화에서 여우는 아무런 잘못도 저지르지 않았고, 사람을 해치지도 않았다. 다만 장화라는 사람과 학문적 소통을 맺고 싶었을 따름이다. 그러한 욕망이 불우한 처지에서 지우를 만나고 싶어 했던 여느 전기소설의 주인공과 달랐던 점은, 욕망의 주체가 인간이 아니었다는 것뿐이었다. 일시적인 기분으로 당대의 명사를 사귀고 싶었던 것도 아니었다. 여우는 천년 넘게 살아오면서 그동안 축적된 인간의 교양을 모두 익혔다. 그것을 당대의 명사를 통해 검증받고 싶었을 정도로, 여우는 '인간적'인 것에 대한 갈망을 지니고 있었다.

그러나 장화는 자신보다 더 뛰어난 재능을 갖춘 여우를 요괴라고 단정한다. 자신보다 뛰어난 존재에 대한 시기심에 가까운 것이었을지도 모른다. 요괴를 퇴치해야 한다는 사명감 때문인지, 또는 얄팍한 시기심 탓인지는 분명치 않지만, 장화는 여우에게 가혹한 시험을 요구한다. 사냥개와 천년 묵은 고목을 통해 여우를 살해할 근거를 마련하고자 한다. 여우는 묵자의 '겸애설'이라는, 인간이 만든 인간적인 논리를 통해 반박하지만 아무 소용이 없었다. 장화가 마녀사냥에 가까운 맹목을 앞세웠지만, 그에 대한 여우의 저항은 인간적인 논리와 감성에 호소하고 있다. 그러나 장화는 여우를 사정없이 참혹하게 죽인다. 장화에게 이류는 학문적 소통의 대상이 아니었으며, 그 선악 여부와는 관계없이 발견하는 족족 잡아 죽여야 하는 적대의 대상인 것이다.

이 이야기에서 눈에 띄는 점은 요괴인 여우가 '인간적인' 논리와 감성에 더 강하게 호소하는 것과 달리, 인간 사회의 최고 지식인이라 할 만한 장화는 낯선 존재에 대한 포용보다는 무조건적 배제와 '비인간적' 학대를 앞세우고 있다는 것이다.[10] 요컨대 이 설화는 이류가 추구한 인간적인 것을 과연 정녕 인간으로부터 찾을 수 있을까에 대한 문제를 제기하고 있는 셈이다.

인간이 지닌 '인간적' 요소에 대한 의문은 다음 요괴 퇴치담에도 간접적으로 드러난다.

왕생(王生)이 또 극력 발뺌하니까 그는 발길을 옮기면서 다시 한마디를 덧붙였다. "어리석은지고! 세상에는 죽을 길로 들어서고도 그걸 모르는 사람이 정말로 있긴 있구나!" 왕생은 도사의 말이 심상치 않았으므로 자신이 데리고 온 여자에 대해 더럭 의구심이 생겼다. 하지만 곰곰이 씹어볼수록 ⓐ그토록 아름다운 여자는 절대로 요괴일 리가 없다고 생각되었다. 이리하여 그는 도사가 재앙을 물리쳐준다는 구실로 돈을 뜯어내려 수작을 부렸다고 속 편하게 해석하고 말았다.

얼마 후 왕생은 서재의 문 앞에 이르렀다. 문은 안쪽에서 잠겨있어 들어갈 수가 없었으므로 그는 어쩌다 문이 잠겼을까 의아해하면서 무너져 있는 모퉁이 담장을 뛰어넘어 안으로 들어갔다. 그런데 뜻밖에도 내실의 문까지 잠겨 있었다. 그가 살금살금 걸어가 창문 틈으로 방안을 엿보았더니 얼굴색이 푸르뎅뎅하고 톱니처럼 날카로운 이빨이 돋은 흉측한 귀신 하나가 눈에 들어왔다. ⓑ귀신은 사람 가죽을 침상 위에 펴고 여러 가지 색깔의 붓으로 그 위에 그림을 그리고 있는 중이었다. 이윽고 그림이 다 완성되자 귀신은 붓을 내던지고 가죽을 들어 올려 마치 옷자락의 먼지를

---

10) 장화가 지닌 '배제'의 논리는 이주민이 원주민의 신앙 대상을 요괴나 마귀로 몰아붙이는 모습을 닮았다. 이주민에게 원주민은 인간적 교유나 이해의 대상이기보다는 지배하거나 멸망시켜야 할 대상이었으며, 때로는 '인간'의 범위에 속하지 않는 존재이기도 했다. 이와 유사한 성격의 갈등에 대해서는 본고의 3.1. 참조.

털 듯 흔들어 몸에 걸친 뒤 완벽하게 아름다운 여자로 변신했다.

왕생은 이 광경을 목도하자 간이 콩알만 해져서 짐승처럼 엎드려 살금 살금 그 자리를 빠져나왔다. 서둘러 도사를 쫓아갔으나 그는 어디로 갔는지 도무지 알 수가 없었다. 여기저기 찾아다니다 마침내 벌판에서 도사와 마주친 왕생은 꿇어앉아 그에게 살려달라고 애걸했다.

"제가 그 요물을 쫓아드리지요. ⓒ이놈도 고생을 많이 해서 이제야 겨우 제 본모습을 감출 수 있는 몸뚱이를 갖게 되었답니다. 저도 차마 그놈의 목숨까지는 빼앗고 싶지 않군요."[11]

이 설화에서 남주인공 왕생은 어느 날 근본을 알 수 없는 미녀를 만나 집으로 데려온다. 도사가 이 사실을 짐작하고 경고하지만, 왕생은 위의 ⓐ에서처럼 미녀가 요괴일 리 없다는 확신을 고수한다. 왕생에게 '인간적'인 것의 기준은 외모의 아름다움일 따름이다. 그러나 그 기준은 ⓑ에 의해 부정된다. 이 부정은 외모가 인간적인 것의 판별 기준이 될 수 없다는 의미일 뿐만 아니라, 인간이 내세우고 생각하는 '인간적' 요소의 기준이란 이렇게 튼실하지 못한 기반 위에 섰다는 지적이기도 하다. 그런데 ⓒ에 따르면 그 튼실하지 못한 요건이나마 갖추려고 이 요괴는 극한적 고생과 고난을 거쳐야 했다는 것이다. 그 고생의 정도가 얼마나 막심했으면 이렇게 인간에게 위해를 가하는데도 "차마 목숨까지 빼앗고 싶

---

11) 生又力白, 道士乃去, 曰: "惑哉! 世固有死將臨而不悟者!" 生以其言異, 頗疑女. 轉思明明麗人, 何至爲妖, 意道士借魔禳以獵食者. 无何, 至齋門, 門內杜不得入, 心疑所作, 乃逾垝坦, 則室門已閉. 躡足而窗窺之, 見一狞鬼, 面翠色, 齒巉巉如鋸, 鋪人皮于榻上, 執彩筆而絵之. 已而擲筆, 舉皮如振衣狀, 披于身, 遂化爲女子. 睹此狀, 大惧, 兽伏而出. 急追道士, 不知所往. 遍迹之, 遇于野, 長跪求救, 請遣除之. 道士曰: "此物亦良苦, 甫能覓代者, 予亦不忍伤其生." (「畵皮」, 『聊齋志異』. 『聊齋志異』 번역은 김혜경 옮김, 『聊齋志異』 1~6, 민음사, 2002에 따랐으며, 이하 같다.)

지는 않을" 정도라고 한다. 설화의 주제를 해치는 듯한 대사지만, 요괴의 입장에 대한 일말의 이해심이 있다.

이 설화가 인간의 적대적 관점만을 유지하자면, 식인귀를 퇴치하는 이야기로만 구성되어야 한다. 그런데 식인귀 퇴치와는 무관하고 불필요한 요소가 두 가지 나온다. 첫째, 식인하기까지 과정이 식인귀에게는 번거롭고 불필요하다. 가령 왕생은 침상에서 뱃가죽을 찢겨 살해당하는데, 이때 식인귀는 본모습으로 왕생을 죽인다. 굳이 '화피(畵皮)'를 입고 미녀로 둔갑해서 자신을 은폐할 이유가 없었다. 고생을 많이 하여 획득한 '화피'라는 기술이 굳이 등장한 이유는 무엇일까? 요괴가 인간으로 둔갑하기가, 다시 말해 요괴가 사람과 관계를 맺으려면 인간의 모습을 유지하는 어려움을 감내해야 한다는 것이었다. 둘째, 후반부는 걸인의 침을 받아먹어 그것을 남편의 심장으로 탈바꿈시킨 아내의 헌신으로 남주인공이 부활하는 내용인데, 식인귀는 남주인공의 심장을 빼앗아갔지만 퇴치당하지도 않고 더 등장하지도 않는다. 후반부만 놓고 보면 바람기 많은 남편에 대한 아내의 헌신을 주제로 삼고 있다. 이렇게 전반부와 후반부 서사의 축이 달라지는 일탈을 어떻게 보아야 할까?

이 설화에는 세 가지 유형의 캐릭터가 등장한다. 극단적인 방법으로 인간과 관계를 맺으려는 요괴, 요괴의 욕망에 휘둘리는 남주인공, 그 남자를 위해 끝없이 헌신하는 여주인공 등이 그들이다. 전·후반부의 맥락 일탈은 이들의 '인간적'인 것에 대한 이해 방식의 차이를 통해 해소할 수도 있다. 요괴와 남주인공은 먹고 먹히는 관계이기는 하지만, 욕망의 성취를 위해 살아간다는 점에서 동질적이다. 요괴가 욕망의 성취를 위해 인간으로 살아갈 것을 결심했다면, 남주인공은 그 요괴의 욕망에 편승하여 자신의 욕망도 해소하려고 한다. 그들의 욕망은 서로를 향한 '애욕'의 형태로 이루어졌다. 이들은 똑같은 '심장'을 갖게 되는, 실상 같은 존재가 된다. 그러나 요괴가 가져간 남주인공의 심장은 여주인공의 인욕(忍辱)과 희생을 통해 다시 태어난다. 여기서 여주인공의 인욕과 희생 이야말로 저들의 욕망과는 별개의 고귀한 '인간적' 가치로 제시된 것이다. 그렇다면 여우와 남주인공이 같은 유형이므로 이 설화의 인물 유형은 사실 두 가지로, 두 인물의 애욕을 통한 본능으로서 '인간적' 가치가 여주인공의 헌신을 통한 윤리로서의 또 다른 '인간적' 가치와 충돌하고 있다.

이상 두 편의 설화를 통해 이류의 속성은 균일하지 않고, 이류가 추구한 '인간적' 가치의 의미 혹은 상대 인간과의 관계에 따라 상대적이라는 점이 드러났다. 그런데 위의 설화에 등장한 이류는 본래부터 인간에 속하지 않은 존재들이었는데, 원래 인간이었다가 나중에 귀신이 된 존재의 경우도 고려할 필요가 있다. 다음은 이러한 '명혼' 모티프의 전형적인 사례라 할 수 있다.

3년이 지나 집으로 돌아온 한중(韓重)은 부모들에게 자옥(紫玉)의 일을 물었다. "오왕(吳王)이 대노(大怒)해 허락하지 않는 바람에 속을 썩이다 병이 들어 죽은 자옥은 땅에 이미 묻힌 신세가 되었느니라." 부모들의 말에 한중은 통곡을 하면서 짐승을 잡고 폐백 등 제물들을 준비해 자옥의 묘 앞으로 가서 제를 지냈다. 그런데 자옥의 혼령이 무덤에서 나와 한중을 보고 눈물을 흘리며 이렇게 말했다. "당신이 간 다음 당신의 부모님들이 저희 부왕에게 청혼을 하였어요. 그래서 우리 둘의 소망이 꼭 이루어지는 줄로 알았는데, 생각 밖으로 이렇게 갈라지는 운명이 되었네요. 이제야 무슨 방법이 있겠어요." 자옥은 주위를 돌아보더니 슬프게 노래를 불렀다. (……)

　　노래를 마친 자옥은 흐느끼며 울다가 한중의 손목을 꼭 잡고 ⓓ자기 무덤으로 들어가 보자고 하였다. 그러나 한중은 "생과 사는 부동(不同)한 세상인데 이러다가 오히려 화를 불러올까봐 두렵소. 미안하지만 그 말은 따를 수 없소." 하고 저어하니 자옥은, "생과 사가 부동한 세상임은 저도 알고 있어요. 그렇지만 이번에 갈라지면 영영 만날 수 없을 거예요. ⓔ제가 귀신이기에 당신을 해칠까봐 그러서요? 성심으로 권하는 걸 믿지 못하겠어요?" 하고 말하였다. 한중은 그 말에 감동되어 자옥을 따라 무덤으로 들어갔다.[12]


　　이 설화의 남주인공 한중은 오왕의 딸 자옥과 서로 사랑하는 사이였지만, 학업 때문에 한 이별이 그대로 사별이 되어버린 처지이다. 한중은 애달픈 마음에 무덤 앞에서 제를 올리고, 죽은 자옥이 이에 감응하여 나타난다. 여기서 살아남은 이가 과연 망자의 감응을 '진심으로' 바라는 것일지도 생각해볼 문제이지만, 한중은 '생사부동(生死不同)'의 원칙을 앞세우며 ⓓ의 간청을 거부한다. 앞서 살펴본 장화와 왕생이 각각 극단적 태도로 이계와 교유를 거부하거나 받아들였다면, 한중의 반응은 여느 인간의 태도에 한결 가까운 것이다. 망자의 묘 앞에서 통곡하는 생존자는 망자를 한없이 그리워하지만, 망자가 귀신으로 나타난다면 공포에 질릴 것이다. 더군다나 망자와 함께 저승으로 떠나 머물기를 진심으로

---

12) 三年, 重歸, 詰其父母, 父母曰: "王大怒, 玉結氣死, 已葬矣." 重哭泣哀慟, 具牲幣往弔於墓前. 玉魂從墓出, 見重流涕, 謂曰: "昔爾行之後, 令二親從王相求, 度必克從大願, 不圖別後遭命, 奈何!" 玉乃左顧, 宛頸而歌曰: (……) 歌畢, 歔欷流涕, 要重還冢. 重曰: "死生異路, 懼有尤愆, 不敢承命." 玉曰: "死生異路, 吾亦知之, 然今一別, 永無後期. 子將畏我爲鬼而禍子乎? 欲誠所奉, 寧不相信." 重感其言, 送之還冢. (『搜神記』, 권 16-394).

바랄 리도 없다. 이 설화는 이처럼 살아남은 자의 망자에 대한 그리움이 지닌 양면성에 관한 이야기이기도 하다. 그런 의미에서 망자를 앞에 둔 슬픔은 재회에 대한 갈구라기보다는 자기연민에 더 가깝다. 그래서 남주인공은 여주인공과의 재회를 기뻐하기보다는 망설이고 두려워하며 계산할 따름이다.

살아남은 자의 자기연민에 비하면 망자의 그리움과 반가움은 그저 진솔하다. ⓓ처럼 순진한 마음에 자신이 머물게 된 공간으로 남은 자를 부르는가 하면, ⓔ처럼 자신이 이류가 되어서도 우리 사이는 달라진 게 없다며 남주인공을 감동하게도 한다. 남녀 주인공 사이의 이와 같은 관계를 적극적인 여주인공과 수동적인 남주인공이라는 애정소설 일반의 구도에 따라 이해할 수도 있겠다. 그러나 그보다는 인간으로 살아남은 자보다 한결 더 '인간적'인, 이제 이계의 존재가 되었다는 제약을 넘어선 '인간적'인 애정을 지니게 된 망자의 모습을 떠올린 것으로 보면 더 적절할 것이다.

'명혼' 화소의 애정이 지닌 성격은 기존 연구에서 여러 차례 지적해 왔으므로, 여기서 굳이 새로운 내용을 추가할 필요는 없겠다. 그러나 이들의 사랑을 앞서 살펴본 이류의 존재들이 추구한 인간과의 교유에서 제기된 '인간적'인 것에 대한 탐색으로 규정하겠다. 이들 설화에는 인간답지 못한 매정한 인간과, 인간적인 것을 추구하는 이류라는 속성이 나란히 포함되었다. 특히 인간과 이류의 애정 실현에 제약을 주는 갖가지 요소로부터 '인간적'인 것의 개념에 대한 고민은 더욱 짙어진다. 그런 관점에서 애정의 문제를 그에 대한 제약에 초점을 맞추어 더 살펴볼 필요가 있다.

## 2.2. 이류와의 동화

여기서는 애정 관계로 맺어진 인간과 이류가 상대방의 공동체 속에
동화되는 사례를 살펴보고자 한다. 이류 사이의 교혼은 토테미즘의 반
영 또는 족외혼을 상징화한 것처럼[13] 해석되기도 했지만, 어쩌면 신분상
격차보다 더한 혼사 장애 요인이기도 하다. 이에 따라 이들의 관계가 사
회적 동의를 구하기란 불가능에 가깝다. 대부분의 '명혼' 화소가 비극적
결말을 갖게 되는 것도 이 때문이다. 그러나 『요재지이』에는 인간이 이
류 사회에, 귀신이 인간 사회로부터 인정을 받게 되는 사례가 드물게 나
타난다. 먼저 인간이 이류 사회에 포함되는 과정을 보겠다.

　　하루는 황보(皇甫) 공자가 무척이나 수심에 찬 기색으로 공생(孔生)
　　에게 말했다. "하늘이 우리 집안에 재앙을 내리려고 하는데, 우리를 구해
　　줄 수 있으신지요?" 공생은 무슨 영문인지 몰랐으나 선뜻 나서면서 자신
　　이 그 일을 맡겠다고 자원했다. 공자는 급하게 밖으로 나가더니 온 집안
　　식구들을 불러 모았다. 그리고 다 같이 공생의 방으로 들어와서는 나란히
　　늘어서서 그에게 큰절을 올리게 하였다. 깜짝 놀란 공생이 숨넘어갈 듯한
　　어조로 도대체 무슨 일이냐고 물었더니, 공자는 다음과 같이 설명하는 것
　　이었다. ⓕ"우리는 사람이 아니라 여우입니다. 오늘 하늘이 저희들에게
　　벼락을 치려고 하는데, 당신이 만약 온몸으로 재난에 맞선다면 우리 일
　　가족은 목숨을 보존할 수 있지요. 하지만 이 일을 떠맡고 싶지 않으시다
　　면 당신마저 연루되게 할 수 없으니 얼른 아들을 안고 떠나십시오." ⑧공

---

13) Claude Levi-Strauss, 류재화 옮김, 『오늘날의 토테미즘』, 문학과지성사, 2012, 25~26
　　면 서문 참조.

생이 그들과 생사를 함께 하겠노라고 맹세하자, 공자는 그에게 칼을 들고 대문 앞을 지키게 하면서 당부했다. "천둥번개가 치더라도 절대 움직이면 안 됩니다." 공생은 공자가 시키는 대로 했다. 곧이어 정말로 먹구름이 몰려들어 해를 가리더니 사방이 칠흑처럼 깜깜해졌다. (…… 괴물이 나타나 여주인공 교나(嬌娜)를 납치하려는 것을 공생이 칼로 저지하다가 숨이 끊어지는데, 교나가 붉은 구슬을 그 입에 넣어 되살려주고는 함께 공생의 고향으로 돌아가서 살게 된다.).[14]

위의 설화는 인간 남성이 이류 사회의 구성원으로 용인되기 위해 ⑧에서 일종의 입사식(入社式)과 비슷한 과정을 거쳐 죽음과 재생의 체험을 겪는다는 내용이다. 그러나 여기서 보다 중요한 것은 ⑥의 대사이다. 여기서 입사식은 반드시 거쳐야 할 과정이 아니라, 피할 수도 있는 선택의 문제로서 제기되었다. 이 시점에서 여주인공인 교나는 남주인공의 아내도 아니었으며, 오히려 남편이 따로 있었다. 남주인공인 공생은 책임질 이유가 전혀 없는 상태에서 목숨을 건 선택을 즉시 한다는 점에서 신화의 주인공들보다 더 과감해 보인다. 이렇게 더 과감한 선택의 결과 덕분인지, 공생은 귀환의 과정에서 이계의 존재들까지 한꺼번에 데리고 오게 된다. 때마침 교나의 남편도 죽어서 이들은 공생의 고향에 정착하지만, 여우의 기색을 완전히 감추지는 못한 채 살아가게 된다.

이 설화에서 남주인공과 여우 일족은 신의로써 함께 싸우게 된다. 이 신뢰는 공생과 교나 사이의 애정이 공동체의 차원에까지 확장된 결과라

---

14) 一日, 公子有憂色, 謂生曰: "天降凶殃, 能相救否?" 生不知何事, 但銳自任. 公子趨出, 招一家俱入, 羅拜堂上. 生大駭, 亟問, 公子曰: "余非人類, 狐也. 今有雷霆之劫, 君肯以身赴難, 一門可望全生, 不然, 請抱子而行, 無相累." 生矢共生死, 乃使仗劍於門, 囑曰: "雷霆轟擊, 勿動也!" 生如所教, 果見陰雲晝暝, 昏墨如磐. (「嬌娜」, 『聊齋志異』).

할 수 있으며, 이 설화에서 인간과 이류가 공존할 수 있는 '인간적' 근거로서 마련된 것이었다. 한편 이러한 공동체적 신의에까지 이어지지 못한 애정 관계를 뒤에 살펴볼 『삼국유사』의 「김현감호(金現感虎)」에 등장한 호랑이 일족으로부터 볼 수 있다.

또한 이류가 인간 사회에 동화되는 과정 역시 다음의 「소천(小倩)」에서 단계별로 상세히 묘사되었다.

소천(小倩)은 매일 새벽 어머니께 문안을 드리고 대야에 세숫물을 받아 시중을 든 뒤 다른 방으로 물러가 집안일을 했는데, 어느 하나 어머니의 뜻에 거슬리는 것이 없었다. 황혼 무렵이 되면 그녀는 언제나 어머니에게 인사를 드리고 물러나와 서재로 왔다. 그리고 등불을 밝히고 불경을 읽다가 영채신(寧采臣)이 잠자리에 들려는 기색을 보이면 참담한 모습이 되어 (무덤으로) 물러가곤 하였다.

소천이 오기 전에는 영채신의 아내가 오랜 병으로 누워 있는 바람에 어머니의 고생은 이루 말할 수가 없었다. 그런데 소천이 온 뒤부터 신세가 매우 편해졌으므로 어머니는 마음속으로 그녀를 몹시 기꺼워하고 있었다. 날이 갈수록 그녀에게 익숙해지다 보니 소천을 친자식처럼 사랑하게 되었고, ⓗ심지어는 그녀가 귀신이라는 사실조차 잊어버리고 말았다. 이렇게 되자 저녁에 그녀를 혼자 떠나가게 할 수가 없어 마침내는 자기와 한 방에서 기거하게 하였다. 소천은 막 왔을 당시는 아무것도 먹지 않았지만, ⓘ반년쯤 지나서 차츰 묽게 쑨 죽을 마실 수 있게 되었다. 어머니와 아들은 모두 소천을 사랑하여 그녀가 귀신임을 밝히지 않았기 때문에 주위의 다른 사람들은 아무도 그 사실을 알지 못했다. 오래지 않아 영채신의 아내가 죽었다. 어머니는 소천을 며느리로 들일 마음이 있었지만 아들에게 이롭지 않을까봐 걱정스러운 마음이 없지 않았다. 소천은 어머니의 염려를 눈치 채고 틈을 보아 이렇게 아뢰었다. (…… 자손 걱정하는 어머니에게 영채신은 아들 셋을 가질 운명이 있다고 하여 안심시킴)

　어머니는 그녀의 말을 믿고 아들과 상의했다. 영채신은 매우 기뻐하면서 잔칫상을 차려놓고 친척들을 초대한 다음 그들에게 결혼을 알렸다. 어떤 사람이 신부를 보고 싶다고 말하자, 소천은 대담하게도 화려하게 단장한 모습으로 그 자리에 나타났다. 모든 사람들은 눈을 동그랗게 뜨고 소천을 쳐다보았는데, ⓘ그녀를 귀신이라고 의심하는 게 아니라 선녀가 아닌가 의심하는 것이었다.[15]


　여주인공 소천은 나무귀신의 부림을 받아 본심과는 달리 사람들을 해치다가 남주인공 영채신에 의해 구원받고 그 은혜를 갚기 위해 첩이 되려 하지만, 영채신과 그 어머니의 만류로 여동생 역할을 일단 맡는다. 첫째 단락에 나와 있듯이 영채신 모자를 각별하게 섬긴 끝에 ⓗ와 같이 그녀가 귀신임을 자각하지 않게 되는 경지에 이른다. 그 증거로서 ⓘ에서 그녀가 인간의 식량을 섭취할 수 있게 되었음을 밝히고 있다. ⓘ와 같은

---

15) 女即入廚下, 代母尸饔. 入房穿戶, 似熟居者. 日暮, 母畏懼之, 辭使歸寢, 不為設床褥. 女窺知母意, 即竟去. 過齋俗入, 卻退, 徘徊戶外, 似有所懼. 生呼之. 女曰: "室有劍氣畏人. 向道途中不奉見者, 良以此故." 寧悟為革囊, 取懸他室. 女乃入, 就燭下坐. 移時, 殊不一語. 久之, 問: "夜讀否?妝少誦『楞嚴經』, 今強半遺忘. 浼求一卷, 夜暇, 就兄正之." 寧諾. 又坐, 默然, 二更向盡, 不言去. 寧促之. 愀然曰: "異域孤魂, 殊怯荒墓." 寧曰: "齋中別無訂寢, 且兄妹亦宜遠嫌." 女起, 眉顰蹙而欲啼, 足恇㦬而懶步, 從容出門, 涉階而沒. 寧竊憐之, 欲留宿別榻, 又懼母嗔. 女朝旦朝母, 捧匜沃盥, 下堂操作, 無不曲承母志. 黃昏告退, 輒過齋頭, 就燭誦經. 覺寧將寢, 始慘然去. 先是, 寧妻病廢, 母劬不可堪, 自得女, 逸甚, 心德之. 日漸稔, 親愛如己出, 竟忘其為鬼, 不忍晚令去, 留與同臥起. 女初來未嘗食飲, 半年漸啜稀饘母子皆溺愛之, 諱言其鬼, 人亦不之辨也. 無何, 寧妻亡. 母隱有納女意, 然恐于子不利. 女微窺之, 乘間告母曰: (……) 母信之, 與子議, 寧喜, 因列筵告戚黨. 或請覿新婦, 女慨然華妝出, 一堂盡眙, 反不疑其鬼, 疑為仙.. (「聶小倩」,『聊齋志異』).

성과가 가능했던 것은 ⓗ에서 영채신 모자가 소천을 진심으로 믿었기 때문이다. 이 '믿음'이 앞서 「교나」에서 공생이 여우 공동체에 들어갈 수 있는 근거였으며, 맨 처음 살펴본 『수신기』 421번 설화의 여우가 장화로부터 간절히 얻고 싶었지만 얻을 수 없었던 것이었다. 이들 두 편의 설화에서 서로를 향한 믿음은 인간과 이류의 존재가 서로의 이질성을 극복하고 하나의 공동체를 이루어 살아갈 수 있는 조건이며, 두 존재가 함께 지켜가야 할 공동의 '인간적' 가치였다.

인간과 이류 사이에 신의가 형성되었을 때, 그 성과는 ⓘ와 같이 나타난다. 소천은 여전히 의심스러운 존재이지만, 귀신일까 의심스러운 게 아니라 선녀일까 의심스럽다는 것이다. 주지하듯 중국에서는 망자가 혼과 백으로 나뉜다고 보았으며, 이들을 선한 존재인 신과 악한 존재인 귀로 대칭시키기도 했다. 소천은 본래 귀에 속하는 존재였는데, 신의의 관계가 완성됨으로써 인을 넘어서 신의 영역에 속하는 존재인 것처럼 보이게 되었다는 것이다. 이류의 존재가 인간의 믿음을 얻기란 망자가 음식을 섭취하는 것만큼 희박한 일이지만, 일단 그러한 관계가 형성되었을 때의 아름다움을 귀로부터 인을 거쳐 신의 영역에 이르는 것으로 극찬하고 있다.[16]

이상 두 편의 사례에서는 인간과 이류 사이의 신뢰 관계 형성을 무엇보다 중요한 가치로 내세우고 있다. 그것은 자신의 공동체에 무조건 편

---

16) 이류가 남성으로서 인간 사회에 편입되기를 희망하는 경우 역시 인간과의 차이가 문제시되며, 이 차이는 끝내 극복되지 못하거나 인간 여성이 이류의 사회에 편입됨으로써 해소된다. 「소천」에서 이류가 인간성을 획득하고 신성에 이르는 모습은 이에 비하면 상당히 이채로운 것이다. 인간과의 차이가 문제시된 사례는 이우학, 『인디언설화』, 한국학술정보, 2006에 수록된 「갈까마귀와 할머니」(75~81면), 「올빼미 남편」(59~63면) 등 참조.

입하기를 강요하는 것이 아니라, 상대방에게 선택할 기회를 주는 것, 요컨대 이질성에 대한 배려로부터 출발했던 것으로 보인다. 「교나」에서는 남주인공에게 여우 무리와 함께 싸우거나 떠날 것을 자유로이 선택하도록 하였으며, 「소천」의 여주인공은 성불의 기회를 마다하고 남주인공의 곁에서 보은하여 자신의 애정을 성취하기를 기다린다. 그 과정이 설령 어렵고 가혹하더라도 주체적인 선택이었으며, 공동체의 다른 구성원들은 진정한 의미의 정착과 공생을 이루기까지 그 곁에 머문다. 그저 믿음으로 다 이루어진다는 것이 아니라, 믿음이 자연스럽게 형성되고 완성되기까지 시간적 여유를 갖고 지켜본다는 것이다. 애정 화소는 이러한 믿음과 기다림의 계기를 여유롭고 너그러운 방식으로 만들어간다는 점에서 그 가치가 크다.

## 3. 이류와의 애욕의 의미

### 3.1. 인간을 향한 이류의 애욕과 결연

앞서 살펴본 중국의 사례에서 애정은 이류 교유의 제 양상 가운데 '인간적'인 것에 대한 탐색에서 중요한 역할을 맡았으며, 그 역할은 상대방의 사회에 동화되기 위하여 믿음을 얻어가는 공동체적 가치로 확장될 가능성을 내포하고 있기도 하였다. 그런데 한국과 일본은 인간을 향한 이류의 애정과는 약간 결이 다른 육체적 욕망으로서 '애욕'이 서사의 계기가 되는 사례가 있어 주목된다. 일본의 사례를 먼저 본다.

소메도노 황후에게 모노노케[物怪]가 씌었다. 고승의 수법도 효험이 없어, 영험력이 출중하다고 소문이 자자한 곤고산[金剛山]의 스님을 불렀다. 스님은 늙은 여우로 정체가 밝혀진 모노노케를 보기 좋게 퇴치한다. 그런데 한 줄기 바람에 휘장의 장막이 접혀진 순간, 황후의 아름다운 자태를 틈 사이로 보고 애욕에 사로잡혀 버린다. 애욕을 주체하지 못한 스님은 황후를 껴안았고, 곧 스님은 시의(侍醫)인 다이마노 가모쓰구에게 제압당해 감옥으로 압송되었다. 요시후사가 천황에게 간해, 스님은 용서를 받고 산으로 돌아오지만, 애욕은 더해질 뿐이었다. 스님은 결국에는 굶어 죽어 오니[鬼]가 되어, 다시 궁중에 나타나 황후의 마음을 사로잡아 애욕의 원을 푼다. 주위의 사람들은 우왕좌왕할 뿐 특별한 방책도 없다. 오니는 가모쓰구를 저주해 죽이지만, 기도가 효과가 있었는지 3개월 정도 출몰하지 않는다. 천황도 안도해서 황후의 처소로 다시 돌아오는데, 바로 그때 또 오니가 갑자기 출몰해서 황후와 동침을 한다. 천황도 비탄할 뿐이었다고 한다.[17]

이 설화의 원형은 『상응화상전(相應和尙傳)』이며, 그 기원은 10세기 초엽까지 올라간다고 한다. 그 원형은 불교에 의한 토속신앙의 악신 퇴치담에 가까운데[18], 위에 인용한 『금석물어집』의 사례에는 후일담이 대폭 추가된 모습이다. 추가된 후일담은 고승도 육욕을 이기지 못하여 물리칠 수 없는 악귀가 되었다는 내용이므로 불교를 모독하는 쪽에 가깝다. 따라서 이 설화의 전승은 외래신앙인 불교와 일본 토속신앙이 서로의 이질성을 용납하지 못하고 각각 상대방을 이류, 요괴로 취급하며 벌

---

17) 『금석물어집(今昔物語集)』, 권20-7화. 한국어 번역은 小峯和明, 이시준 옮김, 『일본 설화문학의 세계』, 소화, 2009에 따름.
18) 小峯和明, 위의 책, 60~61면.

인 갈등의 한 국면으로 이해할 수 있다.[19]

한국의 설화에서도 이류가 갖는 애욕은 서사 전개의 계기로서 중요한 역할을 한다. 그런데 이들은 상대방과 맺은 약속을 비롯한 언어적 구속에 이끌리는 공통점을 보이기도 한다.

> 이 해에 왕이 임금 자리에서 쫓겨나 죽었다. 그 후 2년 만에 도화녀(桃花女)의 남편도 또한 죽으니, 죽은 지 열흘 되는 밤중에 홀연히 왕이 옛날의 평상시 같이 여인의 방에 들어와 말하기를, "네가 예전에 허락하였고 지금은 너의 남편이 없으니 잠자리를 같이할 수 있겠느냐?"라 하자 그녀는 가벼이 허락하지 않고 부모에게 여쭈어보았다. 부모가 말하기를, "임금님의 말씀인데 어떻게 어기겠냐?" 하고 딸을 왕의 방으로 들어가게 했다. 왕이 머무른 7일 동안 항상 5색 구름이 집을 덮고 향기가 방안에 가득하더니 7일 후에 홀연히 왕의 자취가 없어졌다. 여인이 이로 인해 태기가 있다가 달이 차서 해산하는데 천지가 진동하면서 사내아이 하나가 태어났으니 이름을 비형(鼻荊)이라 했다.[20]

도화녀는 남편이 있다는 이유로 왕의 청을 거절하지만, 왕은 그녀에게 남편이 없다면 괜찮겠냐는 질문을 해서 약속을 받아낸다. 옛 백제 한

---

19) 이러한 종교 갈등은 한국의 설화에서도 쉽게 찾을 수 있지만, 불교의 고승에 의한 악룡의 퇴치 또는 감복의 사례는 있어도 이렇게 화해 또는 퇴치 불가능한 양상으로 드러나는 경우는 찾기 어렵다.

20) 王放而遣之. 是年, 王見廢而崩, 後二年其夫亦死. 浹旬忽夜中, 王如平昔. 來於女房曰: "汝昔有諾, 今無汝夫, 可乎?" 女不輕諾, 告於父母, 父母曰: "君王之教, 何而避之." 以其女入於房, 留御七日, 常有五色雲覆屋, 香氣滿室, 七日後, 忽然無蹤. 女因而有娠, 月滿將産, 天地振動, 産得一男, 名曰鼻荊. (「桃花女 鼻荊郎」, 『三國遺事』. 『三國遺事』 번역은 이범교, 『삼국유사의 종합적 해석』 상・하, 민족사, 2005를 따랐으며, 이하 같음).

성 지역의 도미설화(都彌說話)에서는 왕이 곧 남편을 해치지만, 여기서 왕은 살아서 기다릴 뿐 아니라 죽은 뒤에도 계속 기다린다. 도화녀의 '약속'에 구속되어 죽음을 넘어선 애욕을 이어가는 것이다. 이렇게 등장인물이 약속을 비롯한 언어적 요소로부터 구속받는 측면은 『삼국사기 · 열전』에도 「온달(溫達)」과 「설씨녀(薛氏女)」, 「검군(劍君)」 등 여러 편이 남아 있는 것으로 미루어, 언어에 의한 구속은 역사와 설화 전반에 걸쳐 한국의 삼국 시대에 매우 인기 있었던 화소로 짐작할 수 있다. 게다가 『삼국유사』의 다른 설화에서도 이런 구속은 다양하게 나타나고 있다.

처녀가 들어와 김현(金現)에게 말하기를, "처음에 저는 낭군이 저의 족속에게 욕스럽게 오시는 것이 부끄러워 사양하고 거절하였으나, 이제는 더 감출 것이 없으니 감히 속에 품은 마음을 말씀드리겠습니다. 또 천첩이 낭군과 비록 같은 종족은 아니지만 하루저녁의 즐거움을 함께 했으니 그 의리가 부부의 정만큼 소중한 것입니다. 세 오빠의 악행을 하늘이 이미 미워하니 온가족의 재앙을 제가 지려고 합니다만 다른 사람의 손에 죽는 것이 어찌 낭군의 칼날에 죽어 은덕을 갚는 것만 하겠습니까? 제가 내일 저자에 들어가 심하게 사람을 해치면 사람들이 저를 어찌할 수 없으므로 대왕께서 반드시 높은 벼슬을 걸고 저를 잡을 사람을 모집할 것입니다. 당신은 겁내지 말고 저를 좇아 성의 북쪽 숲속까지 오시면 제가 거기서 기다리겠습니다."[21]

---

21) 女人謂郎曰: "始吾恥君子之辱臨弊族, 故辭禁爾, 今旣無隱, 敢布腹心. 且賤妾之於郎君, 雖none非類, 得陪一夕之歡, 義重結褵之好. 三兄之惡, 天旣厭之, 一家之殃, 予欲當之, 與其死於等閑人之手, 曷若伏於郎君刃下, 以報之德乎! 妾以明日入市爲害劇, 則國人無如我何, 大王必募以重爵而捉我矣, 君其無怯, 追我乎城北林中, 吾將待之." (「金現感虎」, 『三國遺事』).

앞서 살펴본 「교나」에서 남주인공과 여우 가족이 서로에 대한 믿음을 충분히 성장시킬 시간을 지녔던 것과는 달리, 「김현감호」의 남녀 주인공은 하룻밤 탑돌이를 통해 짧은 인연을 맺었을 따름이었다. 「교나」에서의 종족간 신의에 비하면 하룻밤의 애욕에 이끌린 설익은 인연인 것처럼 보이기도 한다. 그러나 여주인공인 호랑이 처녀의 '약속'을 통해 이들의 인연이 갖는 의미는 증폭된다. 호랑이 처녀는 김현과의 이질성을 자각하고 함께 했던 시간의 짧음도 인정하지만, 그 '의'가 부부의 인연과 맞먹는 것임을 역설한다. 이들의 시작은 하룻밤의 애욕이었을지라도, 그 성과로서 헌신의 크기는 누구의 사랑에도 뒤지지 않을 것이었다. 호랑이 처녀는 세 오빠를 대신하여 희생하되, 반드시 김현의 손에 죽겠다고 약속한다. 왕이 2급의 벼슬을 현상금으로 걸기까지 호랑이의 횡포는 엄청났을 것이며, 다른 사람들의 포획 시도도 대단했을 것이다. 그러나 호랑이는 그 참혹한 과정에서 죽을 지경의 고통을 받더라도 죽을 수가 없었다. 왜냐하면 반드시 김현의 손에 죽기로 약속했기 때문이었다. 죽어도 죽지 않는 맹세의 강렬함이야말로 언어로써 맺은 약속의 힘이었다.

그리고 『대동운부군옥』에 인용된 『수이전』 일문 가운데 다음 자료는 특이하게 남주인공이 망자로 등장한다. 이들의 관계를 꼭 '애욕'에 한정시킬 필요는 없겠지만, 언어와 정표가 중요한 역할을 맡는다는 점에서 앞의 사례와 상통한다.

신라 최항(崔伉)은 자를 석남(石枏)이라 했다. 그가 사랑하는 첩을 부모가 허락하지 않아 만나지 못하더니 몇 달 후 죽고 말았다. 8일 후에 최항의 혼이 첩의 집에 갔는데, 첩은 최항이 죽은 줄 모르고 반가이 맞았다. 항이 머리에 꽂은 석남가지를 나누어 첩에게 주며 말하기를 "부모가 그대와 살도록 허락하여 왔다."고 하기에 첩은 항을 따라 그의 집까지 갔다. 그런데 항은 담을 넘어 들어간 뒤로 새벽이 되어도 다시 나오지 않았다. 아침에 그 집 사람이 그녀가 온 까닭을 물으매, 그녀는 사실대로 대답하였다. 그러나 그 집에서는 "그게 무슨 말이냐? 항이 죽은 지 이미 8일이 지났으며 오늘이 장삿날이다."라고 대답하자, 그녀는 "석남가지를 나누어 머리에 꽂았으니 가서 확인해 보라." 하였다. 이에 관을 열고 보니 정말 항의 머리에 석남가지가 꽂혀 있었다. 그리고 옷은 이슬에 젖어 있었고 신발이 신겨져 있었다. 그것을 보고 첩이 죽으려 하자, 항이 다시 살아나서 백년해로하였다.[22]

이러한 사례들을 통해 보면 한국에서 '명혼' 화소는 약속과 그 성취를 보여주는 서사 구조와 결부되어 나타나는 경향을 띤다고 볼 수 있겠다. 약속을 비롯한 언어의 구속은 삶과 죽음의 경계, 이 세상과 다른 세상의 경계를 넘어서는 위력을 지닌 것이었다. 이러한 경향을 딱히 원시·고대문화의 주술적 사유와 연관시킬 필요성은 없다. 그보다는 고대 한국문화에서 인간만이 지닌 의사소통 수단인 '언어'가 인간만이 아닌 이계와 이류의 존재에까지 그 영향력을 끼친다고 본 점을 특기하고자 한다. 더군다나 망자와 요괴에 속한 존재들까지 언어로 약속하는 모습을 보인다. 달리 말하자면 바로 향가의 효과였던 "감동천지귀신"이었다.

---

22) 新羅崔伉字石南. 有愛妾, 父母禁之, 不得見數月. 伉暴死, 經八日, 夜中伉往妾家. 妾不知其死也, 顚喜迎接, 伉首揷石枏. 枝分與妾曰: "父母許與汝同居, 故來耳." 遂與妾還, 到其家, 伉踰垣而入, 夜將曉, 久無消息. 家人出見之, 問來由. 妾具說, 家人曰: "伉死八日, 今日欲葬, 何說怪事?" 妾曰: "良人與我, 分揷石枏枝, 可以此爲驗." 於是, 開棺視之, 屍首揷石枏, 露濕衣裳, 履已穿矣. 妾知其死, 痛哭欲絶, 伉乃還蘇, 偕老三十年而終. (「首揷石枏」, 『大東韻府群玉』).

그런데 앞서도 보았던 수로부인과 해룡의 사례[23]를 보면 이와 같은 '언어'의 힘은 본디 '아름다움'의 힘과 같은 성질의 것이었던 듯하다. 앞서 살핀 이류의 약속과 언어에 대한 집착은 굳이 고대 한국에만 해당하는 것은 아니었겠지만, 언어의 힘을 여성의 아름다움이 갖춘 권능 또는 위세와 연결한 점은 고대 한국문화의 한 특색으로 보아도 무방하지 않을까 한다.

다시 이틀간 길을 가다가 또 바닷가 정자에서 점심을 먹던 중에 바다의 용이 갑자기 부인을 낚아채 바다 속으로 들어가 버렸다. 순정공(純貞公)이 엎어지고 자빠지며 발을 굴렀으나 어쩔 수가 없었다. 또 한 노인이 나타나 말하기를, "옛사람의 말에 여러 사람의 입은 쇠도 녹인다 했는데, 지금 그까짓 바다 속의 미물이 어찌 여러 사람의 입을 두려워하지 않겠습니까? 마땅히 지역 내의 백성들이 나아가 노래를 지어 부르면서 막대기로 언덕을 치면 부인을 볼 수 있을 것입니다."라 했다. 순정공이 그 말대로 하였더니 용이 바다로부터 부인을 모시고 나와 공에게 인도했다.

공이 부인에게 바다 속의 일을 물었더니 부인이 말하기를, "칠보(七寶)로 꾸민 궁전의 음식이 맛있고 기름지며 향기롭고 깨끗하여 인간세상의 음식이 아니었습니다."라 했다. 부인의 옷에 스며든 이상한 향기는 이 세상에서 맡아보지 못한 것이었다. 수로부인의 용모가 세상에서 견줄 사람이 없었으므로 깊은 산이나 큰못을 지날 때마다 여러 차례 귀신이나 영물에게 붙들려갔다.[24]

---

23) 이 책 2부, 「바다 저편을 오고 가며 소통한 사람들」.
24) 便行二日程, 又有臨海亭. 晝饍次, 海龍忽攬夫人入海, 公顚倒躄地, 計無所出. 又有一老人, 告曰: "故人有言, 衆口鑠金, 今海中傍生, 何不畏衆口乎. 宜進界內民, 作歌唱之, 以杖打岸, 則可見夫人矣." 公從之, 龍奉夫人出海獻之. 公問夫人海中事, 曰: "七寶宮

위 설화에서 '신기한 향기(異香)'란 앞의 「도화녀 비형랑(桃花女 鼻荊郎)」에서 이류교혼을 빗대어 비유한 것이기도 하다. 마지막 문장은 이런 일이 꽤 자주 일어났음을 보여주고 있는데, 그 계기는 수로부인이 지닌 '아름다움' 탓이다. 그녀의 아름다움 탓에 이류에 속하는 존재들이 몰려들고 있다는 것인데, '뭇 사람들의 입'을 통한 언어의 발현이 이류의 욕망을 제어하고 있다. 이렇게 이류의 존재를 끌어들이는 '아름다움'의 사례는 또 있다.

　　왕은 아름다운 여인을 그[處容]의 아내로 삼게 하고 그를 머물러 있게 하고자 다시 급간(級干)이라는 관직도 주었다. <u>그의 처는 매우 아름다워 역신(疫神)이 그를 흠모하여 사람으로 변한 뒤 밤이면 그의 집으로 가서 몰래 그녀와 잤다.</u> 처용이 밖에 나갔다가 집에 들어와 두 사람이 누워있는 것을 보자 이에 노래를 부르고 춤을 추면서 물러나왔다.[25]

　　위 설화는 처용의 무조(巫祖)로서의 권능이 관용의 정신에 있었음을 보여준다는 점에서 주목받아 왔지만, 실상 처용 부인과 역신의 관계는 앞서 수로부인과 해룡의 사이와 크게 다르지 않았다. 두 편의 설화는 시대적 배경이 '약속' 화소가 나오는 사례들과 비슷하거나 더 후대였다. 그렇지만 더욱 직접적인 무속과 주술적 사유가 반영되어 있으므로, 단순히 해당 설화의 배경 시기만으로 그 선후를 판정할 수는 없겠다.

　　일본에는 외래신앙과 고유신앙이 서로의 이질성을 극복하지 못하고

---

殿, 所饍甘滑香潔, 非人間煙火." 且夫人衣襲異香, 非世所聞, 水路姿容絶代, 每經過深山大澤, 屢被神物掠攬. (「水路夫人」, 『三國遺事』).

25) 王以美女妻之, 欲留其意, 又賜級干職. 其妻甚美, 疫神欽慕之, 變爲人, 夜至其家, 竊與之宿. 處容自外至其家, 見寢有二人, 乃唱歌作舞而退. (「處容郎 望海寺」, 『三國遺事』).

대결하는 사례에서 적대적인 이류가 등장하는가 하면, 한국은 인간의 언어를 통한 '약속'과 인간 여성으로서의 '아름다움'을 통해 이류의 존재와 인간이 서로 소통하는 경우를 찾을 수 있었다.

제한적인 사례만으로 이것이 한·일 양국의 속성에 연결된다고 말할 수는 없다. 게다가 이 반대급부에 해당하는 사례 또한 얼마든지 찾을 수 있을 것이다. 따라서 일본의 이류는 적대적이고, 한국의 이류는 우호적이라는 식의 단순한 지적은 불필요하다. 또한 이것이 무불습합 또는 신불습합 과정에서 양국이 겪은 문화사적 전개의 차이점이라는 거대한 논리를 주장하지도 않겠다. 다만 일본에서처럼 외래신앙 또는 보편문화에 대한 적대자로서 퇴치 불가능한 이류가 한국에도 있었는지, 한국에서처럼 언어적 약속 또는 인간적 아름다움을 좇고 따르려는 이류가 일본에도 흔한지, 그것을 보다 적극적으로 찾아 비교할 필요가 있다는 것이다. 만일 그런 사례를 많이 찾기 어렵다면 이는 양국의 차이를 보여주는 것이고, 많이 찾을 수 있다면 양국의 교류에 따른 값진 성과로 평가할 만하다.

## 3.2. 이류를 향한 인간의 시각과 애욕

앞서 살펴본 한·일의 사례는 이류의 인간을 향한 애욕이 서사의 중심축이었다. 여기서는 이와 다른 방향에서 이류를 향한 인간의 감정이 중심축이 된 사례들을 살펴본다. 먼저 일본의 사례이다.

옛날 흠명(歆明) 임금이 다스릴 때, 삼내국(三乃國)의 대내군(大乃郡) 남성이 아내로 삼을 만한 여인을 구하려고 말을 타고서 길을 나섰다. 그리하여 너른 들판에서 아리따운 여인을 만났다. 여인이 사내에게 눈길을 보내어 따를 듯이 하자, 사내가 눈짓을 하며 말하였다. "낭자는 어디로 가시오?" "좋은 인연을 구하려고 가는 여인입니다." 사내가 또 말하였다. "내 아내가 되겠소?" "그러겠습니다." 사내는 곧바로 여인을 집으로 데려가서 서로 정을 통하고 함께 살았다. 이윽고 여인이 아이를 배었고, 사내아이를 하나 낳았다. 그때 그 집에는 개가 있었는데, 12월 15일에 새끼를 낳았다. 그 개의 새끼는 언제나 안주인을 향해서 덤벼들 듯이 노려보면서 으르렁 거리며 짖어댔다. 안주인은 놀라고 두려워하며 남편에게 말하였다. "이 개를 때려죽이세요." 그렇지만 남편은 가엾게 여겨서 죽이지 않았다. 2월 인가 3월인가 즈음에 그해의 곡식을 빻을 때, 이 안주인이 곡식을 빻는 여인들에게 갖다 줄 새참을 준비하려고 디딜방앗간에 들어갔다. 그때 그 개가 안주인을 깨물려고 쫓아다니면서 짖어댔다. 그러나 안주인은 놀랍고 두려운 나머지 여우의 모습이 되어서는 닭의 머리 위로 올라갔다. 이를 본 남편이 말하였다.

"너와 나 사이에 자식이 생겼기 때문에 너를 잊지는 않겠다. 언제든지 와서 자고 가라."

그리하여 남편이 한 말을 외워두었다가 와서 함께 자곤 하였다. 그래서 그 이름을 키츠네[岐都禰: '와서 자다'와 '여우'를 함께 뜻함]라고 한다. 그때 그 아내는 붉은 색의 치마를 입고 있었는데, 요조숙녀처럼 우아하게 치맛자락을 끌고서 갔다고 한다. 남편은 그 떠나는 모습을 보고는 애틋한 마음으로 노래하였다.[26]

---

26) 昔欽明天皇御世, 三乃國大乃郡人應爲妻, 覓好孃乘路而行. 時曠野中遇於姝女. 其女 媚壯, 馴之壯睇之. 言: "何行稚孃?" 孃答: "將覓能緣而行女也." 壯亦語言: "成我妻耶?" 女: "聽." 答言, 卽將於家, 交通相住. 此頃懷妊, 生一男子. 時其家犬, 十二月十五日生 子. 彼犬之子每向家室, 而期剋睚皆噑吠. 家室驚惶, 告家長: "此犬打殺." 雖然患告, 而 猶不殺. 於二月三月之頃, 設年米春時, 其家室於稻春女等, 將充間食於碓屋. 卽彼犬將

이 설화는 앞서 보았던 한국과 중국의 사례와는 그 서술 태도가 놀라울 만큼 다르다. 우선 남녀가 만나 결연하기까지의 과정이 과감하게 압축·생략되었다. 그 대신 여주인공의 정체가 밝혀지고 이별하기까지의 과정은 매우 상세하고, 남주인공의 와카(和歌)가 첨부되어 있기도 하다. 서사적 중요성에 따라 긴 시간을 짧게 줄이는가 하면, 짧은 시간을 길게 늘였다.

그런데 실은 이러한 구성의 특징보다 밑줄 친 부분이 본 설화에서 더욱 눈에 띈다. 이류인 여우라도 자기 자식의 어미이니까 다시 돌아오라고 말한다. 이들의 인연은 여느 명혼담처럼 끝나지 않은 것이다. 사실 남주인공은 여주인공의 간청에도 개를 죽이지 않은 순박한 존재였다. 따라서 『수신기』와 『요재지이』의 주인공들은 상상도 하지 못했건, 아니면 오랜 시간을 거쳐 믿음이 성숙한 다음에야 가능해질 표현을 망설임 없이 외치고 있다. 이와 같은 남주인공의 마음씨야말로 진정한 '인간적' 포용력을 갖추었다고 할 만하다.

다른 한편으로 앞의 「화피」에서 남주인공과 식인귀가 공유했던, 부정적인 욕망으로서 '인간적'인 요소에 대한 설화도 있다.

화천(和泉) 지방의 천군(泉郡)에 있는 혈순산사(血淳山寺)에 길상천녀(吉祥天女)의 소상(塑像)이 있었다. 성무(聖武) 임금 시절에 신농(信濃) 지방의 한 우바새(優婆塞)가 그 산사에 와서 머물고 있었는데, 이 천

---

斫家室而追吠. 卽驚澡恐, 成野干, 登籠上而去. 家長見, 言: "汝與我之中子相生, 故吾不忘. 每來相寐." 故誦夫語而來寐. 故名爲岐都禰也. 時彼妻著紅襴染裳而窈窕裳襴引逝也. 夫視去容, 戀歌曰: (「弧爲妻令生子緣」,『日本靈異記』, 上 2.『日本靈異記』해석은 정천구 역,『日本靈異記』, CIR, 2011을 따랐으며, 이하 같음).

녀의 소상을 흘끗 보고는 마음에 애욕이 일어났다. 그 마음에 끄달려서 사모하더니, 하루 6시(六時)마다 바람을 세워서 말하였다. "천녀와 같이 아리따운 여인을 저에게 주십시오." 우바새는 꿈에 천녀의 소상과 동침하였는데, 이튿날 깨어나서 그 소상의 치마를 보니 허리춤이 깨끗하지 못하고 얼룩이 져 있었다. 이 우바새는 그걸 보고서 무척 부끄러워하며 말하였다. "내 천녀와 같은 여인을 바랐을 뿐인데, 어찌 천녀께서 스스로 정을 통하셨는지…" 부끄러워서 남에게는 말을 못하였다. 그러나 그 제자가 몰래 들었다. (중략)

참으로 알아라. 깊이 믿는 자에게는 감응이 반드시 있다는 것을. 이는 정말 기이한 일이다. 『열반경(涅槃經)』에서도 "음탕한 생각이 많은 사람은 그림 속의 여인을 보고도 애욕이 일어난다."고 하였는데, 이를 두고 한 말이리라.[27]

승려가 애욕으로 인해 파계한다는 설정은 한국에서 『삼국유사』의 조신(調信)에게도 비슷하게 나타났지만, 여기서는 한결 파격적이고 직접적인 내용으로 묘사되어 있다. 설화가 지닌 화소의 기원을 불전으로부터 소개하여 교훈적 기능을 강조하고 있는 점도 특이하다. 정리하면 『일본영이기』 역시 2장에서 살펴본 중국 설화처럼 '인간적'인 것에 관한 문제를 제기하기도 했는데, 중국에 비하면 더 간결하고 직접적인 내용이었다.

---

27) 和泉國泉郡血淳山寺, 有吉祥天女像. 聖武天皇御世, 信濃國優婆塞, 來住於其山寺. 睇之天女像, 而生愛欲, 繫心戀之, 每六時願云: "如天女容好女賜我." 優婆塞夢見婚天女像, 明日瞻之, 彼像裙腰不淨染汙. 行者視之, 而漸愧言: "我願似女, 何忝天女專自交之?" 媿不語他人, 弟子偸聞之. (中略) 諒委! 深信之者, 無感不應也. 是奇異事矣. 如涅槃經云: "多婬之人, 畫女生欲"者, 其斯謂之矣. (「生愛欲戀吉祥天女像感應示奇表緣」, 『日本靈異記』, 中 13).

한편 한국에서는 이류를 퇴치하는 한편, 또다른 종류의 이류와 결연하는 내용의 설화가 있다. 『삼국유사』의 ·「거타지(居陀知)」 설화가 그 사례인데, 이 화소는 고려 태조 왕건의 조상 가운데 작제건(作帝建)이라는 인물의 설화와 거의 같은 내용이기도 하다.

> 거타지(居陀知)가 수심에 잠겨 섬에 서 있노라니 홀연히 한 노인이 못에서 나와 말하기를, "나는 서해 용왕인데 해 뜰 때마다 늘 젊은 중이 하늘로부터 내려와 다라니(陁羅尼)를 외우면서 이 못을 세 번 돌면 우리 부부와 자손들이 모두 물 위로 뜨게 됩니다. 젊은 중은 내 자손의 간과 창자를 빼먹고 오직 남아있는 것이라곤 우리 부부와 딸 하나뿐이오. 내일 아침에도 반드시 올 것이니 그대는 활을 쏘아주시오."라 했다. (중략) 이에 노인이 나타나 사례하면서 말하기를, "공의 덕택으로 내 생명을 보전하게 되었소. 청컨대 내 딸을 아내로 삼아주길 바라오." 하니 거타지가 말하기를, "따님을 주시고 저를 버리지 않는다면 그것은 참으로 제가 바라던 바입니다."라 했다. 노인이 <u>그의 딸을 한 가지 꽃으로 변화시켜 그의 품속에 넣어주고 또다시 두 용에게 명령하여 거타지를 모시고 사신이 탄 배를 따라가도록 했다.</u>[28]

다라니를 외우는 중으로 둔갑한 여우를 퇴치하는 한편, 어족임이 분명하고 꽃으로 변신할 수도 있는 다른 이류와 결연하고 있다. 그러나 다

---

28) 居陀愁立島嶼, 忽有老人, 從池而出, 謂曰: "我是西海若, 每一沙彌, 日出之時, 從天而降, 誦陁羅尼, 三繞此池, 我之夫婦子孫, 皆浮水上, 沙彌取吾子孫肝腸, 食之盡矣, 唯存吾夫婦與一女爾. 來朝又必來, 請君射之." (……) 於是老人出而謝曰: "受公之賜, 全我性命, 請以女子妻之." 居陀曰: "見賜不遺, 固所願也." 老人以其女, 變作一枝花, 納之懷中, 仍命二龍, 捧居陀, 越及其使舡. (「眞聖女大王 居陀知」, 『三國遺事』).

른 설화의 여주인공에 비해 서해 용왕의 딸은 서사적 전개에 아무런 역할도 하고 있지 않다. 여러 종류의 이류가 등장하여 주인공과 다채로운 관계를 맺고 있다는 점은 흥미롭지만, 이들의 정체가 비유 또는 상징하는 바를 구체적인 현실 맥락에서 찾기란 어렵다.

한국과 일본의 사례를 통해 중국에서 제기되었던, 인간과 이류 사이의 관계에서 '인간적'인 것에 대한 탐색의 문제가 변용 또는 심화한 사례를 찾아보았다. 한국에서는 '인간적'인 요소가 언어를 통한 약속이나 여성적인 아름다움으로 변용되어 나타나는가 하면, 일본에서는 더 간명하고 직접적인 서술 태도로 이 문제를 표현한 사례가 있었다. 아울러 '인간적' 요소의 탐색이라는 구도에는 다소 어울리지 않는 자료도 나타났는데, 이에 대한 본격적인 고찰은 해당 자료의 문화사적 상징성을 충분히 조사한 이후의 과제로 남기고자 한다.


## 4. 인간적인, 너무나 인간적인

이류 교유의 화소를 지닌 한 · 중 · 일 고대 설화 가운데 일부는 서사의 주인공으로 설정된 인간보다는, 서사의 동인 · 계기를 부여하는 이류와 이계의 존재들에게 초점을 맞추어 이해했을 때 그 주제를 보다 입체적으로 이해할 수 있으리라 전제하였다. 이 전제를 입증하기 위해 명혼, 인귀교환, 시애 등으로 불리어 온 제한된 범위 대신에 이류 교유라는 보다 넓은 범위를 선택하였다. 이로써 때로는 만남의 대상이 되거나 퇴치해야 할 존재가 되는가 하면, 서로의 세계에 동화되고자 하는 등 인간과 이류가 맺는 다양한 관계망을 포함했다.

이러한 비교는 각국 설화의 공통점과 차이점을 밝힘으로써 각국의 문화가 지닌 고유성과 상대성의 특질을 제기하는 방향에까지 나아가야 마땅하겠다. 그러나 각국 설화의 형성 연대가 다양하고, 또 설화가 수록된 설화집의 형성 연대가 비교적 긴 시기에 걸쳐 있어 그러한 점을 체계적으로 고려하기란 쉽지 않았다. 다만 중국의 경우 이류와의 교유 자체가 서사문학으로서 의미를 지녔다면, 한국과 일본은 이류 또는 그 교유가 문화사적 맥락에서 해석될 여지를 내포하고 있었다. 한국의 경우 그것은 언어의 권능에 대한 존중으로, 일본의 경우 그것은 보편신앙에 대한 적대자로서 고유신앙의 구체적 활동으로 드러나기도 했다. 그러나 이러한 차이가 유의미한 것인지 판정하기 위해서는 보다 많은 설화를 통해 논증해야 한다.

우리의 성과가 모든 설화에 두루 통한다고는 하기 어렵겠지만, 한·중·일 설화의 공통 유산으로서 오늘날의 우리에게 끼칠 영향력을 생각해 본다. 각국 문화의 이질성을 넘어선 공감대를 이루려면, 이류를 바라보는 각국의 시선이 갖는 동질성과 이질성을 면밀하게 파악해야 할 것이다. 이를 위해 특히 이계의 존재로부터 촉발되는 '애욕'의 화소에 집중하였다. 이계의 존재에게 애욕이 유래했다면 그것은 인간과의 교유를 바라는 욕망이기도 하지만, 어떤 문헌에서는 해당 문화권의 특성과 관련하여 인간 중심의 서사에까지 확장되고 있었다. 그러나 '애욕'의 성격을 '교유'라는 보다 큰 맥락에서 살핀다면, 우리는 인간보다 더 '인간적'인 이류의 존재들이 인간으로부터 상처 입고 쇠락해가는 모습을 확인하게 된다. 이 상처는 다른 문화의 이질성을 받아들이지 않으려는 인간들로부터 말미암은 것이다. 더욱 넓은 이해와 포용으로 이류를 받아들였을 때, 그들은 인간과 그리 다를 것도 없이 사랑하고 미워했던 존재였다.

이것이 같으면서 다르고, 하나이면서 여럿이라는 동아시아를 위한 단서가 될 수도 있지 않을까 생각해 본다.

# 번역과 대중화를 통해
# 현장을 재현하는 사람들


## 1. 현대인이 『삼국유사』의 현장에 가려면

현대인이 『삼국유사』 속 공간을 방문하자면 유물, 유적을 찾아야 하겠지만, 일찍이 아는 만큼 보인다고 했듯이 번역된 『삼국유사』를 먼저 펼쳐 읽어야 하기도 하다. 그러므로 꼭 10년 전인 2010년대 초반을 기준 삼아, 『삼국유사』 현대역과 대중화 사이의 관련 양상을 검토하고 그 바람직한 관계를 전망하겠다. 여느 고전과 마찬가지로 『삼국유사』의 현대역 역시 당대적 가치와 현재적 의의 중 어느 쪽을 우선할지 번역자마다 고심해 왔다. 여기서 『삼국유사』 자체의 분과 통합적 성향 탓에 '당대적 가치'는 분과 통합적 방향 혹은 특정 분과에서의 중요성이라는 두 갈래로 세분된다. 번역의 향방을 대략 정리하면 아래와 같다.


　① 당대적 가치를 위주로 분과 통합적 방향을 우선시함.
　② 당대적 가치를 위주로 특정 분과에서의 중요성을 강조함.
　③ 현재적 의의를 위주로 원전의 자료를 선별하거나 현대화시킴.

여기서 ③은 엄밀한 의미에서 '번역물'은 아닐 것이다. 그러나 번역과 대중화의 연관성이라는 우리의 논제를 고려하면 가장 중요한 부분이며, 『삼국유사』를 아동물 혹은 교육 자료로 활용하는 경우 빈번하게 이루어진다. 따라서 넓은 의미의 번역 또는 번안에 해당하는 성과로 인정하여 포함하겠다.

①과 ②의 구별은 번역 자체보다는 주석을 붙이는 태도에서 더욱 잘 드러난다. 가령 ①을 지향하는 번역은 특정 용어와 관련한 정보를 전공 불문하고 모두 모아 소개하거나, 정보의 깊이는 부족하더라도 빠뜨리지 않으려고 한다. 반면에 ②는 번역자의 전공 또는 경험과 관련된 사항 위주로 한결 심화한 정보를 보여준다. 그렇다면 ①에서『삼국유사』가 여러 전공을 포괄하는 공통의 고전이었듯,『삼국유사』전체를 여러 매체에 두루 통용될 수 있는 공통의 문화원형으로 구축해야 하는가? 아니면 ②에 의해 향가, 처용, 이사부 등 특정 시간과 공간[지역]을 대표할 만한 특징적 소재들을 먼저 콘텐츠로 개발해야 하는가? 이 차이가 번역의 유형에서만 말미암았다고 볼 수는 없지만, 이와 같은 복합적 시선이 번역과 대중화 작업에 두루 걸쳐 영향력을 행사하는 것도 사실이다. 한편 ③에는 『삼국유사』를 교육이나 창작을 비롯한 특정한 목적의 가치에 부합하는 자료를 선별하여 가공하는 성과도 포함된다.

앞으로의 논의는 현대어 번역과 대중화의 해당 성과를 각각 구분하여 위의 ①~③의 준거에 따라 검토하는 순서로 이루어질 것이다. 2장에서 현대역, 3장에서 대중화와 관련된 성과를 다룰 텐데, 각 항목의 연계는 다음과 같이 이루어질 것이다.

|  | 현대역 (2장) | 대중화 (3장) |
|---|---|---|
| ① 당대적 가치 위주의 통합적 방향 | 종합적 주석의 지향 | 새로운 '원전' 창작 |
| ② 특정 분과에서의 중요성 | 주석의 특화와 관련 자료 추가 | 시대, 지역 중심의 종합적 문화원형 구축 |
| ③ 현재적 의의 위주의 선별 | 특정 텍스트를 선별하여 원전 재구성 | 개별적 요소의 콘텐츠화 |

여기서 2장과 3장의 관계를 먼저 설명해야겠다. 일단 ①에서는 전공을 불문한 백과전서 방식의 주석은 결국 『삼국유사』 이외의 정보와 『삼국유사』 수록 정보 사이의 망 구축을 통해 삼국과 신라에 대한 '온전한' 시각을 만들어내는 것에 목표가 있다고 보았다. 이는 시인 서정주가 여러 편의 시와 시집을 통해 『삼국유사』가 말한 것과 말하지 않은 것을 모두 포함시켜, 나름의 '신라' 형상을 만들어내고자 추구했던 방법론을 닮아 있다. 또한 ②에서는 특정 전공 분과의 목적과 필요를 우선하여 특수한 성격의 주석이나 관련 시청각 자료를 덧붙여왔던 양상에 주목하였다. 그리고 이렇게 특수성을 토대로 『삼국유사』에 접근하는 방식을, '신라'라는 특정 시대, '경주'라는 특정 지역에 대한 한정된 수요 또는 지역인의 애호와 밀착하여 『삼국유사』를 이해하는 형국과 같은 것으로 파악했다. 끝으로 ③에서는 일부 유명한 텍스트를 중심으로 『삼국유사』의 모든 텍스트를 서열화하여 선택 또는 배제하면서도 자신들은 '새로운 『삼국유사』'를 만들고 있다는 태도를, 몇몇 캐릭터 또는 개별적 요소를 선택하여 콘텐츠화함으로써 삼국·신라 시대 전체를 구현할 수 있다는 발상과 동질적인 것으로 간주한다. 이렇듯 현대역은 대중화의 토대로서 원전에 대한 이해와 접근 방법을 규정하는 한편, 대중화의 성패 여부에 따

라 자신의 존립 근거를 평가받기도 하는 것이다.

그리고 논의 대상은 항목별 특징이 뚜렷한 것들일 뿐, 그 성과의 가치가 여기서 빠진 다른 것들보다 우월하다고 평가한 것은 아니라는 점을 강조하고 싶다.

## 2. 주석에 따른 현대역의 유형

### 2.1. 종합적 주석의 지향

『삼국유사』에 종합적 주석을 덧붙이는 작업은 일본에서 먼저 완성되었다. 미시마-무라카미의 『삼국유사고증(三國遺事考證)』[1]은 '원문-역문-주해'의 순서로 『삼국유사』 정보를 모두 정리하였다. 특히 주해에서 각각의 구절마다 해설하고, 해당 부분과 유사 기록이 나오는 문헌의 원전을 인용하고 관련 연구성과를 소개하는 등, 『삼국유사』를 어떻게 활용하더라도 본서의 수록 정보를 피하기 어려울 지경이다.

국내에서는 한국학중앙연구원에서 출간한 『역주 삼국유사』[2]가 문학과 역사학, 사상사 등 각 분야를 대표하는 연구자들이 모여 이루어진 성과이다. 개인적 성과에 비해 방대한 주석과 문헌 변증으로부터 학계의 최근 쟁점에 이르기까지 포함하고 있다.

---

1) 본서의 상·중은 三品彰英 遺撰으로 1975년과 1979년에 塙書房에서, 하는 3권으로 분책되어 村上四男에 의해 같은 출판사에서 하-1은 1994년, 하-2와 3은 1995년에 각각 출간되었다.
2) 강인구·김두진·김상현·장충식·황패강, 『역주 삼국유사』 I~V, 이회문화사, 2002·2003. 본서는 3권까지는 2002년, 4권부터는 2003년에 출간하였다.

14) 薛原郞 : 郭東珣의 「八關會仙郞賀表」(『동문선』 권 31), 『해동고승전』, [史(『삼국사기』에 대한 略號)] 권 32에는 '原郞'이라고 하였다. 이 때문에 '薛'을 성으로 본 경우도 있으나(이기백, 『신라정치사회사연구』, 일조각, 1974, p.40), 성으로 보기 어렵다는 견해도 있다(노태돈, 「羅代의 門客」, 『한국사연구』21~22, 1978, p.5). 설원랑은 진흥왕 때 활동한 최초의 화랑이었다. 思內奇物樂을 지었다는 原郞徒([史] 권 32 樂志)는 원랑의 낭도였던 것 같다.[3]

개인의 저술에서는 '설원랑'을 진흥왕 무렵의 화랑 정도로 간략하게 주석을 달고 있는 것에 비하여, 본서는 종합적 주석을 지향한 만큼 '설원랑'의 용례를 『해동고승전』, 『삼국사기』, 『삼국사기 · 악지』 등으로부터 더 찾아 소개하고 있으며, 나아가 성씨와 관련한 학계의 쟁점까지도 소개하고 있다. 포함된 정보의 양은 미시마-무라카미에 크게 뒤떨어지지 않을 수도 있다. 그러나 문제는 이들 정보가 명료하게 정리되지 않고, 마치 서둘러 작성한 것처럼 다소 뒤죽박죽 뒤섞여 있다는 점이다. 그리고 바로 다음 쪽을 보면, 작성 방식 혹은 태도의 일관성 문제를 반드시 짚고 넘어가야 하지 않을까 싶다.

24) 國史 眞智大王大建八年丙申 始奉花郞 : 이 기사에 따르면 『국사』에서는 진지왕 때 화랑을 받들었다고 한다. 기사의 대건 8년 병신은 576년으로 이 해는 진흥왕의 말년이자 진지왕의 즉위년에 해당한다. 그런데 [史] 권4 신라본기 진흥왕조에는 진흥왕 말년인 37년(576) 조에 화랑

---

3) 강인구 · 김두진 · 김상현 · 장충식 · 황패강, 『역주 삼국유사』 Ⅲ, 이회문화사, 2002, 208면.

제 창설에 관한 기사가 있다. 이 때문에 본 기사의 진지왕 즉위년에 비로소 화랑을 받들었다는 『국사』가 [史]를 가리킨 것인지는 의문이다. 또 진지왕대 화랑제 창설에 대한 근거는 불명확하나, 혹시 [史]의 관련기사 연도(576)가 진지왕 즉위년에도 해당하기 때문에 잘못 전해진 것이 아닌지 의문스럽다는 견해가 있다([品(미시마-무라카미 고증의 略稱)] 下之一, p.285) [중략] 화랑의 설치 연대에 관해서는 다음 논문을 참조. 김상현, 앞의 논문, 1991, p.140. 정운룡, 「신라 화랑제 성립의 정치사적 의의」, 『화랑문화의 재검토』, 경상북도, 1995, pp.131-134.[4]

이 주석은 전체적으로 보면 화랑의 설치 연대에 대한 학계의 쟁점을 소개하고 있다. 그러나 서술 초반부에서는 이 기록이 『삼국사기』와 비교하여 차이가 있다는 점을 보여주다가 다른 주석서의 주장을 소개한다. 이어서 『삼국사기』 내부에서도 화랑의 설치 연대에 대한 이설이 있음을 덧붙이고는, 참고할 만한 연구성과 목록이 나온다.

문헌 관련 설명과 연구성과에 대한 소개가 뒤섞여 있는 점은 앞의 주석과 공통적인 문제점인데, 앞에서는 해당 부분마다 괄호로 주장의 출처를 밝혔는데, 여기서는 마지막에 모아서 밝힘으로써 어디까지가 해당 성과의 인용인지 알기 어렵게 되었다. 결국 서술의 논점을 파악하며 읽기가 어렵고, 본문에 대한 주석인지 연구사의 쟁점에 대한 간략 소개인지 그 성격이 모호해진 느낌이다.

본서는 인접한 부분에서, 사소한 요소끼리도 일관성을 갖추지 않았다. 공동 번역의 제약을 양해하더라도 이 성과에 대한 모든 영역 전공자들

---

4) 강인구 · 김두진 · 김상현 · 장충식 · 황패강, 『역주 삼국유사』 Ⅲ, 이회문화사, 2002, 209면.

의 기대 수준을 헤아리면 다소 아쉬운 부분이다. 그러나 개인 번역물과는 차원이 다른 방대한 주석과 비교적 근래의 성과까지 포함한 쟁점 항목의 안내가 『삼국유사』 번역의 수준 향상에 이바지한 점은 상당하다.

위와 같은 종합적 주석을 지향하는 공동 연구가 나오기 이전에도, 역사학계를 중심으로 모든 전공 영역을 포함하는 번역과 주석을 향한 시도가 이루어져 왔다. 그 대표적인 성과는 이병도의 번역[5]이다. 이 무렵 그의 저술이 대개 그러하듯, 민속학과 인류학까지 포함하는 직관 혹은 통찰을 시도했다. 다음으로 박성봉 · 고경식에 의한 번역도 역사학 전공자에 의한 성과이다.[6] 이들은 일반 국민 누구나 읽을 수 있는 번역을 지향하되, 너무 어렵거나 간략하지 않은 방향을 추구한다고 머리말에 밝혔다. 특히 이들의 주석은 고사(故事)와 지리(地理) 관련 정보가 간략하면서도 치밀하고 그 수량 또한 많다. 그러나 간명한 점은 분명한 매력이지만, 그로 인해 깊이 있는 정보는 담지 못하게 된 느낌 역시 있다.

## 2.2. 주석의 특화와 자료 추가

『삼국유사』를 불교계의 유산으로 보는 쪽에서는 불교적 색채가 짙은 번역물을 지향하였다. 일찍이 권상로의 성과[7]가 그러한데, 불교 용어에 대한 해석이 비교적 정확하다는 평이다. 김영태도 불교학의 입장에서 『삼국유사』에 대한 전면적 고증을 시작하여, 「왕력」과 「기이」 편의 해제

---

5) 이병도 역, 『역주 삼국유사』, 동국문화사, 1956.
6) 박성봉 · 고경식 역, 『역해 삼국유사』, 서문문화사, 1992.
7) 권상로 역, 『삼국유사』, 동서문화사, 1978.

에 고조선과 위만조선 항목만으로 단행본을 이루었다.[8] 『삼국유사』 편찬자의 신분으로부터 불교와의 연고를 강하게 의식한 성과이다. 그러나 불교 특유의 진입 장벽 탓에 대중적으로 큰 영향력을 발휘하기에는 어려움이 있어 보이는데, 후술할 이범교의 노력[9]에 따라 해결되어가고 있다.

『삼국유사』에 중국 문헌이 다수 인용되고 있으므로 중문학 전공자가 나설 필요성이 제기되어 왔는데, 그 성과가 김원중의 번역[10]이다. 본서는 방송에 소개되기도 했고, 주석이 간략하면서도 요령이 있어 판형을 바꾸며 꾸준히 읽힌다.

도화녀와 비형랑 :
1) 고운기는 이 조의 내용을 야래자 설화라고 했는데, 삼국 시대 신라인의 정조에 대한 개방된 정서를 통해 우리나라 고유의 정서를 엿볼 수 있다. '후백제와 견훤' 조에도 이런 유형의 설화가 있다(100면).

위의 주석은 「도화녀와 비형랑」이 야래자 유형에 속하며, 「후백제와 견훤」에 같은 유형이 있다는 간략한 정보로 구성되었다. 그리고 그것이 "신라인의 정조에 대한 개방된 정서"를 보여준다는, 대중에 호소할 만한 설명을 덧붙이고 있다. 관련된 쟁점은 소개하지 않고, 역사적 · 지리적 정보에는 지면을 할애하지 않았다.

---

8) 김영태, 『자세히 살펴본 삼국유사』 1, 도피안사, 2009.
9) 이범교, 『삼국유사의 종합적 해석』 상 · 하, 민족사, 2005.
10) 김원중 옮김, 『삼국유사』, 을유문화사, 2002.

경덕왕 충담사 표훈대덕 :

10) 경덕왕 말년에 지은 것으로 '찬기파랑가'보다 후대의 작품이며 호
국의 정성이 깃들어 있다. 조지훈 교수는 충담사의 신분이 단순한
승려가 아니고 화랑도의 양면을 띤 인물로 보았다.

11) 김상억 교수는 '讚'이 偈頌類의 '찬'이 아니고 한시의 '頌讚'류와 맥
이 같다고 하였다. 양주동 박사는 이 작품의 기상천외한 시법에 감
탄해 하면서 문답체의 구조로 보았다(166면).


10)은 〈안민가〉에 대한 설명인데, 호국의 정성과 화랑도와의 관련성
을 암시하고 있을 뿐, 창작 배경과 사상에 대한 설명은 과감하게 생략했
다. 충담사가 단순한 승려가 아닌 화랑도의 양면을 띠었다는 내용은 이
보다는 많은 설명이 필요한데, 승려이면서 화랑도와 유관한 인물이라는
단적인 인상으로 그 성격을 규정했다. 11) 역시 김상억과 양주동의 〈찬
기파랑가〉 감상은 복잡한 문학사와 수사법에 대한 분석을 배경으로 도
출된 것이지만, 일반적인 독자 대중이 이 항목에서 기억할 만한 내용은
'기상천외'라는 말뿐이 아닐까? 그래도 단정적 진술과 중간 과정의 생략
은 별다른 고민 없이 『삼국유사』를 접하기에 효과적일 수 있다.

한편 국문학자인 고운기 역시 간략한 주석을 보여주고 있는데, 원주
와 역주를 구별했다.[11] 그리고 번역 당시 일본 유학 중이었던 점을 서문
에서 밝히고 강조한다.


홍법편 : 염종... - 덕 있는 이름은 '천구'의 나무에 쓰이고...
[역주] 도쿄대학 배인본에서는 金+具를 鎭의 오자가 아닌가 보고 있

---

11) 고운기 옮김, 『삼국유사』, 홍익출판사, 2001.

고, 일본의 『국역일체경』에서는 金+廷으로 보았다. 정은 庭과 같다고 하여, '하늘나라의 정원'이라 번역하였다(191면).

위의 주석이 일본 유학의 경험을 반영한다. 그리고 다음과 같이 편목의 서두마다 간략한 설명을 덧붙임으로써 이해를 도모하고 있는 점 역시 다른 번역물에는 찾아보기 어려운 특징이었다.

[역주] 탑상. 이 편에서는 불교의 사찰·탑·경전·사리 등을 적고 있다. 그러나 단순히 유물의 현황만을 소개하는 데 그치지 않고, 이를 통해 삼국의 불교가 어떤 성격을 가지고 발전했는지를 알게 해준다(201면).

이러한 방식의 설명은 독자의 「탑상」 편 이해에 선이해(先理解)를 조장하지 않으면서도, 유물 현황보다는 삼국 불교의 전체적인 성격을 고려해야 한다는 이해의 조건을 덧붙이기에 효과적이다.

대중에의 호소력을 얻기 위해 기존의 북역본(北譯本)[12]에 4년간 찍어 온 사진을 곁들인 성과도 있다. 경주 지역의 유물·유적을 『삼국유사』에 곁들여 소개한 경우는 어렵지 않게 찾을 수 있지만, 『삼국유사』가 주(主)가 되고 경주가 부(副)가 되는 모양새는 흔치 않다. 따라서 중심을 잃지 않으면서도 경주라는 공간을 심도 있게 대할 수 있다.

이범교[13]는 여기서 나아가 사진뿐만 아니라 원전에 대한 각종 주변 정보를 더욱 꼼꼼하게 수록하였다. 직역과 의역을 적절하게 섞은 해석에 어려운 한자의 독음, 주석, 사진과 지도, 어려운 용어에 대한 연구성과 요

---

12) 리상호 옮김, 강운구 사진, 『사진과 함께 읽는 삼국유사』, 까치, 1999.
13) 이범교, 『삼국유사의 종합적 해석』 상·하, 민족사, 2005.

약 등 가장 많은 범위의 독자에게 호응을 얻어낼 수 있는 구성이다. 가령 「이혜동진」 조의 체제를 보면 아래와 같다.

> ① 「이혜동진」 조의 번역
> ② 어려운 한자의 독음, 오각이 있는 부분의 간략 설명.
> ③ '동진'을 '화광동진'의 의미로 풀이하며, 다른 책에 의존하여 설명함.
> ④ 혜공의 이적과 관련하여 오어사 대웅전의 사진 첨부.
> ⑤ '吞魚'의 의미를 김원주(경주박물관회 고문)의 의견을 인용하여 설명.
> ⑥ '卷矢川'의 어원을 김부식, 강헌규의 의견을 대립하여 표로 설명함.
> ⑦ 이혜동진 조 전체의 구성과 의미를 표로 정리하여 보여줌[14]

번역하고, 독음과 주석을 달고, 어려운 말을 해설하고, 관련 사진을 첨부하며, 관련 권위자의 말이나 연구를 요약한 다음, 전체적인 내용을 다시 한번 표로 정리한다. 『삼국유사』 전체를 빠짐없이 이렇게 처리하였다. 그 과정에서 불교학계의 입장도 충실하게 원용하며 밝히고 있다.

## 2.3. 원전의 재구성

논의의 집중을 위해 『삼국유사』 전체의 재구성을 표방한 일부 성과만을 대상으로 삼겠다. 일찍이 김열규를 중심으로 『신삼국유사』를 표방한 성과가 있었다. 다음 서문에 따르면 집필 원칙이 비교적 명료하게 드러난다.

---

14) 이범교, 위의 책, 하 302~311면.

『삼국유사』는 한국인이 영원히 꿈꿀 선망과 동경을 비추어 보이는 거울이다. 해서 여기 세 사람의 필자는 이 거울에 ⓐ오늘을 살고 있는 우리 당대인들의 현실과 생활을 투사해 보고자 했다. 그래서 책 이름을 감히 '신' 삼국유사라고 한 것이다. 『삼국유사』를 오늘의 처지에서 고쳐 읽되, ⓑ첫째, 원전에 충실하게 읽기 / 둘째, 시대를 넘어서 간직하게 될 의미 읽기 / 셋째, 오늘의 현실에서 되돌아보면서 읽기 / 등 세 갈래로 읽고자 했다. [중략] 그리하여 이것들로 해서 피를 못 속일 그 무엇이, ⓒ씨도둑은 못할 그 무엇이 『삼국유사』와 오늘의 우리 사이에 있음을 감동 깊게 확인할 수 있는 작은 동기가 되기를 바란다.[15]

ⓐ와 ⓒ에 의하면 저자들의 의도는 오늘날의 현실이 투영된 『삼국유사』를 새롭게 창작하되, "씨도둑은 못할 그 무엇"으로부터 영속적 민족 문화의 원형을 찾고자 한다. 그리하여 ⓑ에서 그 서술 방법으로 원전과 시대적 보편성, 오늘날의 특수성 등을 아울러 고려하고자 한다. 본서는 3장으로 구성되었는데, 1장은 '시대를 뛰어넘어 읽어보는 『삼국유사』'라 하여 기호학 이론에 따른 독법으로 읽기를 시도하였다. 그리고 2장은 '오늘에 비춰 보는 『삼국유사』'라 하여 과거와 현재를 서로 통하도록 하려는 시도를 보인다. 가령 다음과 같은 방식으로, 본서의 출간 시점인 IMF 직후의 시대상을 백제 멸망 설화와 연관 지어 논의하고 있다.

나라에 위기가 닥치면 민심이 요동친다. 세간에 떠도는 해괴한 풍문들이 바로 그 반증이다. IMF 환란 직후 경남에서는 밀양 표충사의 비석이 땀을 흘리고 삼랑진 만어사의 미륵불 바위에 땀방울이 맺힌다는 소문이 나

---

15) 김열규 · 김정하 · 곽진석, 『신삼국유사』, 사계절, 2000, 6~7면.

돌았다. 소문은 바람결에 점차 곁가지가 늘어나고 구체성이 더해졌다. 그
러다간 또 어느 결엔가 잦아들었다.

『삼국유사』 역시 그런 소문을 빌려 망국의 징조를 전하고 있다. 백제가
망할 즈음 크고 붉은 말이 나타나 밤낮으로 절에서 돌아다니고 궁중의 홰
나무가 사람처럼 울더라 했다. [중략]

그런 망조사(亡朝史)에서 예나 지금이나 달라지지 않은 점이 있다. 어
느 나라고 지도층의 부패와 분열, 향락과 무질서가 망국지본(亡國之本)
이라는 점이다. [중략: 이하 의자왕과 현재의 세태를 비교하는 내용](208
면).

부분적인 유사성을 통해 오늘날과 삼국 시대가 공유한 멸망의 징후를
찾아내고 있다. 이 서술이 서문에서 지적한 ⓐ와 ⓒ의 의도에 얼마나 부
합할지 생각해 보자. 밀양 표충사와 만어사 미륵불의 이적(異蹟)은 오늘
날의 현실 생활인가, 아니면 "씨도둑은 못할 그 무엇"인가? 본서는『삼국
유사』전체의 재창작을 의도했던 것으로 보이지만, 구체적인 서술은 당
대와 현재의 유사성 찾기에 주력하는 듯하다. 그마저도 "IMF는 국민의
사치 탓에 왔다. = 그러므로 백제와 똑같은 것"이라는 등식 만들기에 그
치고 있는데, IMF나 백제 멸망이나 그렇게 쉽게 파악하고 단정할 역사는
아닐 것이다. 마지막 3장은 원전 따라 읽어보는『삼국유사』라 했는데, 주
제별로 원전을 재구성하여『삼국유사』에 대한 기억을 되새기게 하는 효
과를 의도했다.

다음으로 고운기는 다음과 같은 목차에 따라『삼국유사』를 쉽게 풀이
하고, 사진뿐만 아니라 동영상 해설까지 첨부함으로써『삼국유사』의 현

장을 시각화(視覺化)하였다.[16]

기이(20) : 이 땅의 첫나라 / 고구려와 북방계 / 신라와 남방계 / 탈해
왕을 둘러싼 갈등 / 연오랑 세오녀, 첫 설화의 주인공 / 신
라는 왜 일본과 앙숙일까 / 밤에 찾아오는 손님 / 신라가 통
일을 할 수 있었던 이유 / 문희, 그 아름다운 여자의 이름 /
만파식적 만만파파식적 / 권력의 끝 / 수로부인, 미시족의
원조 / 첫 성전환증 환자 / 왕이 되는 자 / 나라가 망하는 징
조 / 지는 해 뜨는 해 / 백제와 일본, 그 근친의 거리 / 서동
은 정말 선화공주를 꾀었을까 / 견훤, 비운의 영웅 / 신비의
왕조, 가야

홍법(2) : 불교로 보는 역사 / 순교의 흰 꽃 이차돈

탑상(5) : 신라의 중심 세계의 중심, 황룡사 / 문수신앙의 근거지, 오대
산 / 작은 절들에 서린 삶의 애환 / 노힐부득과 달달박박 / 낙
산사의 힘

의해(5) : 운문사 이야기 / 원효, 해동 불교의 자랑 / 의상, 화엄의 마루
/ 순례자를 위해 부르는 노래 / 스승에서 제자로 이어지는
어떤 것

신주(1) : 밀교의 한 자락

감통(3) : 평범한 사람들의 감동적인 이야기 / 호랑이 처녀와의 사랑 /
무엇이 진정한 믿음인가

피은(1) : 숨어 사는 이의 멋

효선(1) : 불교가 보는 효도

향가, 가장 고귀한 것의 정화

---

16) 고운기 글 · 양진 사진, 『우리가 정말 알아야 할 삼국유사』, 현암사, 2002.

일연, 혼미 속의 출구

『삼국유사』 목차에 따른 편목 명을 그대로 사용하고 있는 점이 눈에 띈다. 또한 「기이」 편과 여타 편 사이의 양적 균형도 20:18로 어느 정도 갖추었으며, 향가와 편찬자 관련 항목을 추가하여 전체 40개를 맞추었다. 세부 항목의 이름은 현대적 흥미 요소를 고려했는데, 「기이」 편에서 수로부인을 '미시족'으로, 「경덕왕 충담사 표훈대덕」을 혜공왕 탄생설화로, 혜공왕을 '첫 성전환증 환자' 운운한 점 등이 독특하다.

저자는 비교적 상세하게 자신의 집필 의도를 밝히고 있다. 다음은 그 서술에 해당하는 부분을 발췌, 요약한 것이다.

첫째, 그 배경을 설명해 주되, '내가 만일 『삼국유사』를 썼다면 이런 식으로 했을 것'이라는 기분으로 하였다. 둘째, 『삼국유사』에 실린 전체 조목 수는 약 140여 개, 그것을 『삼국유사』의 순서대로 40개의 제목으로 분류하여 기술했다. 셋째, 일본에서 정리해 놓은 여러 자료가 많은 도움이 되었다. 넷째, 일연의 생애와 저술 의도를 이해하는 것이 『삼국유사』 본체를 이해하는 데 요긴하다.[17]

"만일 자신이 썼다면 이렇게 썼을 것"이라는 기분을 중시하고 있는데, 이는 단순 번역과 전달을 넘어선 창작의식의 발현까지도 염두에 두고 있었다는 뜻이다. 따라서 140개 조목을 40개로 줄이되, 원전의 양적 분배 기준과 최대한 유사하게 대표작을 선정하였다.

고운기의 성과는 비교적 분명한 관점에 따라 『삼국유사』를 재구성한

---

17) 고운기, 위의 책, 9~10면 참조.

본격적인 시도라는 점에 의의가 있다. 그리고 그의 번역과 재구성의 노력이 3장에서 살펴볼 대중화의 다채로운 성과에 이어지고 있다는 점에서 여전히 진행형이라 하겠다.

## 3. 현대역 유형에 따른 대중화 경향

### 3.1. '미당 유사'와 새로운 원전의 창작

근래의 연구에 따르면 서정주의 『질마재 신화』는 시인이 구상한 이상향 또는 이상적 시기로서 신라를 복원한 것으로 보아야 할 듯하다. ①초기의 『신라초』에서는 설화의 줄거리를 직접 수용, 압축하다가, ②중반기의 『동천』에서는 불교적 상상력이라고 부르는 비유법을 창출하기 위한 근거로 활용하였으며, ③후반기의 『질마재 신화』에 이르면 신라 정신에 기초한 자신만의 새로운 설화를 창조하는 방향에 이른다. 이를 서정주에 의해 재창작된 '미당 유사'로 부를 만하다고 한다.[18] 서정주는 절망적인 현실을 정신의 힘으로 이겨내는 자세로서 『삼국유사』와 신라 정신에 주목하였으며, 그의 교수 자격 청구논문인 『신라연구』 역시 그의 시적 변모의 과정을 반영한다는 것이다.

이러한 징후는 다시금 주목받기도 했는데[19], 현실을 위해 필요한 방향으로 고전을 재창작하는 자세는 앞서 살펴본 김열규의 『신삼국유사』에

---

18) 조은정, 「『삼국유사』의 시적 수용과 '미당 유사'의 창조」, 연세대 석사논문, 2005, 84~85면.
19) 진창영, 『우리 시의 신라정신과 노장의 생태주의』, 국학자료원, 2007.

서 시도되기도 하였다. 그런데 고운기에 이르러서는 '현실'이 극복하거나 이겨내야 할 대상이라기보다는 시간적인 '일상으로서의 현재'에 가까워진 듯하다. 아무튼 창작과 번역·해석이라는 기본적인 차이는 있지만, 현재를 통한 과거의 재창조라는 점에서 서정주의 성과 또한 『삼국유사』번역과 관련하여 다시 평가할 필요가 있겠다.

다만 여기서 서정주의 성과를 3.2.의 '종합적 문화원형의 구축'과는 구별해야 한다. 왜냐하면 '미당유사'는 실전(失傳)된 신라의 형상까지 시인에 의하여 오롯한 작품 속 세계로 구현된 성과이므로, 3.2.에서 현재라는 시간 또는 특정 지역의 관심사에 한정하여 부분적으로 『삼국유사』라는 텍스트를 풀이하려는 시도와는 구별되어야 하겠다.

## 3.2. 종합적 문화원형의 구축

삼국유사와 관련한 문화원형의 유형으로서 '심성원형'과 '행위원형'이라는 개념이 제시되기도 했다.[20] 이 논의는 심성과 행위 사이의 표리 관계를 귀납적으로 제시함으로써 문화원형의 의미를 재정립하고 『삼국유사』의 가치를 부각하기에 적절해 보인다.

그러나 지금까지의 성과를 보다 효과적으로 정리하기 위해 여기서는 ⓐ'시기'로서 신라의 심상(心象)에 주목한 사례와 ⓑ'지역'으로서 경주의 형상(形相)에 치중한 성과로 약간 변형하여 정리하겠다. 이들은 '지금 여기'의 시선을 통해 과거의 유산을 바라본다는 점에서는 동질적이

---

20) 고운기, 「문화원형의 의의와 『삼국유사』」, 『한문학보』 24, 우리한문학회, 2011, 11~21면.

다. 그러나 굳이 세분한 까닭은 '지금'의 원형·원류로서 '과거'에 주목하느냐, '여기'와의 연고를 중심으로 그 '유산'의 소재와 현장에 치중하느냐, 이에 따라 문화원형의 공급처로서 『삼국유사』의 역할은 달라지기 때문이었다.

### 3.2.1. 과거와 현재의 대화

고운기는 앞서 살펴본 원전 번역과 재구성의 성과를 바탕으로 일연의 행적을 따라 '백제→경주→동해 바다→강원도'[21]의 순으로 이루어진 『삼국유사』 답사기[22]를 출간하기도 하였다. 나아가 '스토리텔링 삼국유사' 시리즈라는 기획물을 결심한다. 1권 『도쿠가와가 사랑한 책』(현암사, 2009)에서 유통과 관련된 외부적 사실들을 설명한 성과를 토대로, 2권에서는 『삼국유사』의 형성 과정에 드러난 일연의 글쓰기 방식을 본격적으로 다룬다. 『삼국유사』 서술 방법에 관한 연구는 단편적으로 이루어진 바 있지만, 편찬자의 생애와 정치적 감각을 이와 연결하여 이해한 성과는 흔치 않다. 전란을 겪은 일연이 전쟁에 임한 자의 허점을 보여주는 방식으로 「태종 춘추공」 조를 구성했다거나, 일본 원정을 1년 앞둔 경주에 와서 살며 일본에 적대적인 김제상 형상을 만들어냈다는 서술[23] 등은 흥미롭다. 게다가 학술논문, 서적, 포털 사이트 등을 두루 섭렵하는 포괄

---

21) 본서의 개정판으로 보이는 저자의 스토리텔링 삼국유사 시리즈 셋째 권인 『삼국유사 길 위에서 만나다』, 현암사, 2011에서는 강원도·경주·경상도(동해 바다) – 전라도(백제)로 그 순서가 달라졌다. 그리고 경상도 항목에 김수로왕이 추가되고 각 장의 끝마다 '원문 읽기' 항목이 4개씩 추가되었다.

22) 고운기, 『길 위의 삼국유사』, 미래M&B, 2006.

23) 고운기, 「일연의 글쓰기에서 정치감각·삼국유사 서술방법의 연구·2」, 『한국언어문화』 42, 한국언어문화학회, 2010, 29면.

적인 소통 방식을 시도했다.

그런데 '일연의 글쓰기'에 대한 저자의 심도 있었던 관심은 2011년의 3권에서 선회한다. 당초에는 2권의 계획의 연장선상을 추구[24]했던 듯한데, 기존 저서를 '삼국유사 길 위에서 만나다'라는 제목으로 다시 출간했다. 뒤이어 '신화, 리더쉽을 말하다'라는 제목의 4권은 지금까지와는 맥락을 달리하여 '신화의 리더쉽'을 거론하고 있다. 리더쉽의 명칭과 내용 자체도 대중적이거니와, 4권의 출판사 제공 책 소개에 따르면, 본서는 대선 정국에 발맞추어 기획된 것이다. 대중성을 지향하는 서적이 시류에 편승하는 것을 반드시 바람직하지 못하다고 할 수는 없다. 그러나 1권에서 원전의 외면, 2권에서 내면을 본격적으로 다루면서 출발했던 기획이 3권에서는 기존 기획의 재구성이 되고, 4권에 이르러 시사적 관심사에 부응하는 방향으로 전환한 것은 생각할 여지가 있다.

다음으로 이도흠은 자신의 저술을 통해 이른바 '화쟁기호학'의 원리에 따라 운행하는 우주(cosmos)로서 신라의 심상을 재구성하였다.

> 나는 『삼국유사』에 나온 어휘들을 모아 일종의 삼국유사 어휘사전을 만들었다. [중략] 이를 종합하였더니 신라인이 은유와 상징을 만든 원리를 유추할 수 있었다. [중략] 이런 바탕에서 의미의 원리와 대응양식을 종합해보니 신라인의 세계관을 어렴풋이 짐작할 수 있었다. 고대 신라인은 '신라적 신선사상이자 샤머니즘'이라 할 풍류도의 세계관을 가지고 있었으며, 불교가 들어오자 이를 융합하여 '풍류만다라'라는 세계관을 지향하였다. 대략 1세기경부터 신라에 불교가 들어왔으나 풍류만다라의 세계관

---

24) 2권의 속표지에 있는 근간 안내에 따르면 당초 3권은 '삼국유사 글쓰기 기술'로 기획된 듯한데, 실제로는 기존 저서였던 『길 위의 삼국유사』 개정판이 출간되었다.

이 지배적 세계관이 되는 것은 불교를 공인한 법흥왕대인 6세기 이후다. 그리고 선덕여왕 대에 전제왕권을 강화하고 통일을 이룰 원리로 화엄사상을 수용하고, 이어 성덕왕대에 와서 <u>화엄만다라</u>를 지배적 세계관으로 삼는다. 그리고 하대에 접어들면서 이 세계관은 분열과 침체의 길로 접어들게 된다.[25]

이도흠은 신라인의 은유와 상징을 자신의 화쟁기호학적 원리에 따라 사전식으로 분류하였으며, 그 성과에 따라 신라인의 세계관과 신라 문화사의 흐름을 오늘날에 복구, 재현하고자 한다. 본서는 특히『삼국유사』에서 신라인의 세계관을 머금은 신화집이라는 속성을 부각, 강조하고 있는데, 이 발상에 따라 3.3.3.에서 거론할『이사부』라는 장편소설을 직접 창작하기도 하였다. 자신의 관점에 따라 재구성된 '신라'를 오늘날의 인문학적 관점에 비추어 이상향 또는 이상적 시대로 판단하고 있다.

### 3.2.2. 지역에 대한 관심의 바탕

이재호는 경주 지역에 거주하게 되면서 자신의 답사 체험을『삼국유사』와 연결시킨다. 다음 인용문에서 ①은『삼국유사』를 인용한 부분인데, 더러는 원전에 없는 감상문 투의 묘사, 서술을 덧붙이기도 한다. 그리고 ②는 답사한 내용이며, ③은 교훈, 교설에 가까운 표현인데, 경우에 따라 서로 섞이기도 한다.

[③] 세상에 달이 없었다면 얼마나 삭막했을까. 풋풋하게 부풀어 오르는 사랑, 설레며 가슴 조이는 사랑, 슬프고 애절한 사랑, 눈물짓는 애타는

---

25) 이도흠,『신라인의 마음으로 삼국유사를 읽는다』, 푸른역사, 2000, 18~19면.

그리움, 아름다운 사랑의 시도 없었을 것이다. [중략]

[①] 『삼국유사』의 기록에 따르면 신라 풍속에 해마다 음력 2월 8일에서 보름까지 서라벌의 남녀들이 다투어 흥륜사의 전탑을 돌면서 복을 빌었다고 한다. [중략: 「김현감호」 줄거리] 세상 어느 누구라도 감미로운 사랑만을 계속할 수는 없다. 냉정한 현실이 기다리고 있다. 처녀가 집으로 돌아가려 하자 미련이 남은 김현은 처녀를 따라가려 한다. [중략]

[②] 지금 경주의 봄은 숨 막히게 아름답다. 온통 하얀 벚꽃이 흐드러지게 피어 점점 삭막해져가는 우리네 가슴을 촉촉이 적시고 마음을 부풀게 한다. [중략] 옛 흥륜사였다는 경주공고에 갔다. 바람이 훈훈해 가슴에 안을 만했다. 중국의 심한 황사 때문에 달을 완전히 가려 호랑이 사랑을 재현할 분위기가 아니었다. 내일을 기약해야겠다. [하략]²⁶⁾

앞서 살펴본 3.2.1.은 과거와 현재의 대화를 시도하고 있기는 하지만, 과거의 관점에 비추어 현재를 개선, 재평가하려는 시각이 다소 보이게 된다. 그러나 3.2.2.에서는 한 지역 안에서 과거와 현재가 공존하고 있으며, 『삼국유사』의 내용은 한결 일상적인 것으로 받아들여진다.

## 3.3. 개별적 요소의 특화

여기서는 향가, 처용, 이사부를 중심으로 『삼국유사』에서 개별적 요소를 뽑아 대중적 매체로 다시 창작한 성과를 살펴본다.²⁷⁾

---

26) 이재호, 「호랑이처녀의 숭고한 사랑 · 호녀(虎女)의 목소리, 달빛 아래 부서지고」, 위의 책, 157~161면.
27) 이들은 이른바 '문화콘텐츠'의 영역에 속하므로, 본격적인 논의를 위해서는 별고로 다루는 편이 합당하다. 그러나 이들 자체가 분석 대상이라기보다는 번역을 통한 현

### 3.3.1. 향가

향가의 대중화와 관련하여 한때 소설 향가 연작을 발표하기도 했던 김장동[28]의 성과가 두드러진다. 김장동은 최근의 저서에서 소설, 오페라, 뮤지컬 등의 이른바 '멀티플랫폼'의 형태로 향가를 다시 창작할 것을 촉구하였다.

① 소설 : 저 자줏빛 바위 가에 / 아, 잣가지도 높아라
② 오페라 혹은 뮤지컬 : 수로부인 / 가랄이 네히러라 / 원왕생
③ 향가를 소설로 쓰기까지 : 「헌화가」의 경우

③이 이루어지는 과정을 보면 저자는 「헌화가」의 경우 두 번째 해룡 관련 기사의 비현실성, 두 늙은이와 해룡 사이의 관계 등을 어떻게 '현실적'으로 처리할 것인가의 문제 등에 고심하였다고 하며, 결국 몇 가지 학설을 참조한 끝에 '실명노인(失名老人)'으로 처리하여 수로의 옛사랑으로 처리하였다. 고대사회의 자유분방한 사랑 이야기로 처리하면서도 또 한편으로는 수로부인의 윤리성을 새삼 강조한다.[29]

김장동이 추구했던 '멀티플랫폼'과 직접적인 관계는 없어 보이지만,

---

대화의 사례로서 거론하는 쪽에 초점을 맞추겠다.

28) 김장동, 『향가를 소설로, 오페라로, 뮤지컬로』, 북치는마을, 2010.

29) 〈헌화가〉와 관련 전승은 애정 주제의 보편성 덕분에 여러 차례 공연된 바 있다. 근래의 공연으로 인각사 삼국유사문화제의 뮤지컬과 국립극단의 삼국유사 프로젝트 〈꽃이다〉 등이 있다. 안산예총 사이트에 따르면 이 가운데 〈꽃이다〉는 삼국통일이라는 정치사적 배경을 함께 다루었다. 그런데 2012년 삼국유사문화제의 뮤지컬 〈도화녀와 비형랑〉도 관련 사이트 소개에 따르면 '삼국통일의 꿈'을 그 배경으로 삼고 있다. 여느 사극과 마찬가지로 삼국통일이라는 정치사적 과제가 각종 뮤지컬의 주제에 영향력을 행사하는 듯한 모습인데, 이에 대한 분석과 평가는 추후의 과제로 삼겠다.

향가는 현대무용으로 각색된 적도 있다.

> 「헌화가」는 현대인에게 가장 사랑받는 시로 아름다움을 위해 생명을 내거는 예술가의 사랑을, 「서동요」는 국경과 이념을 초월하는 젊은 남녀의 용기 있는 사랑을, 「찬기파랑가」는 이승과 저승을 잇는 형이상학적인 사랑을 이야기하고 있습니다. 이 세 작품은 한국 무용계의 일가견이 있는 세 명의 안무가에 의해 공간적으로 창조됩니다. [중략]
> 무대미술에서는 향가라는 시의 세계를 순금으로 상징화했으며 무대에서 빛이 사라지면 앙상한 뼈만 남는 나뭇잎은 삶과 죽음의 이미지로 하였습니다. 「서동요」에서는 벽의 이미지를 부각시키는 잎사귀와 내면이 비춰지는 거울구조물을 설치하였고, 「찬기파랑가」에서는 땅속에 뿌리를 박지 않은 나무가 극의 절정을 유도하며 공중으로 비상하게 하였습니다. 「헌화가」는 바다를 배경으로 노인이 있는 돌무덤이 있고 높은 절벽의 철쭉꽃들은 머리 위 낙엽에 영상으로 투사되었다가 마지막에는 하늘에서 내려는 산화(散花)로 땅에 떨어지게 됩니다.[30]

현존 향가 가운데 '사랑'을 제재로 삼은 것은 흔치 않음에도 불구하고, 이 무용극은 3편의 향가를 각각 예술가, 남녀, 형이상학적인 사랑으로 재해석하여 무대에 올려놓았다. 이어지는 단락을 보면 그러한 사랑의 주제를 배우들의 연기와 각종 소품을 통해 관객에게 뚜렷한 인상으로 전달하기 위해 고심하였다. 향가의 추상적 시상(詩想)을 효과적으로 드러내는 방안으로 반드시 언어를 매개로 한 주제의 전달 또는 신라 당

---

30) 서울예술단, 『서울 예술단 공연자료집 2 · 향가, 사랑의 노래』, 서울예술단, 2002, 8면.

대의 재구성을 시도하기보다는, 무언(無言)의 무용을 활용하는 것도 고려할 만하다.

### 3.3.2. 처용

허혜정[31]은 일찍이 한국문화의 정체성과 울산 지역을 위한 관광 자원의 개발을 위해 무형문화재 처용에 주목하였으며, 입체영상의 저장 및 보존, 현대의 시 · 소설과 처용무, 무용극, 오페라 등 다양한 장르에 걸친 콘텐츠화의 가능성[one source-multi use]을 강조하였다. 본서의 목차를 통해 본 저자의 계획은 아래와 같다.

4. 처용'의 문화와 실크로드 · 아랍인으로서 처용.
5. '처용'의 정체와 캐릭터 콘텐츠 · 울산 토박이로서 처용.
6. 「처용가」와 달의 에로티즘 - 아랍의 후벌(달) 신앙과 바람난 아내, 접신 모티프.
7. '처용'의 문화와 수피즘(Sufism) - 포르노그래피와 여성성.
8. 「처용가」와 문학콘텐츠 · 간통과 번뇌, 나약한 남성상.
9. '처용무'와 현대의 공연물 콘텐츠 - 울산 처용제(향토문화제), 가요, (게임).
10. 현대의 오르지(Orgie) 문화와 '처용' 관련 영화 · 음악 콘텐츠 · 성적 아노미, 대중가요, 영화.
11. 디지털 처용 : 멀티포엠 · 애니메이션 개발 현황

---

31) 허혜정, 『「처용가」와 현대의 문화산업』, 글누림, 2008.

위의 내용은 ①처용의 '이국성'을 '국제성'으로 판정하고[32], ②처용이 처한 문제 상황이 지닌 성적 상징성을 강조함에 따라 처용 처의 비중이 높아지며, ③그에 따라 처용은 이러저러한 인물이라기보다는 이러저러한 인물이 처용이라는 인식의 전도(轉倒)가 벌어진다. 결국 처용과 그 처를 우리 캐릭터로서 다시금 주목했다기보다는, 기존에 존재했던 여러 유형의 캐릭터에 처용 또는 처용 처로 치환시킨 것은 아닐까 싶다. 그러나 이러한 한계에도 불구하고 영원한 수수께끼인 처용의 정체를, 현대적 · 국제적으로 새로이 규정하고자 한 점은 의의가 크다.

### 3.3.3. 이사부

이도흠은 자신의 이상을 온전히 실현한 인물로서 '이사부'를 장편소설을 통해 형상화한다. 다음 서문에서도 보이듯 이 작품은 3.2.1.에서의 저술의 연장선상이다.

『신라인의 마음으로 삼국유사를 읽는다』를 출간한 후 조금만 살을 붙이면 소설이 될 듯하다며 『삼국유사』를 소재로 소설을 써보라고 권하는 이들이 여럿이었다. 어떤 신문은 몇 년째 연말마다 연재를 제안한다. [중략] 향가와 『삼국유사』와 풍류도를 연구하는 인문학자인 내게 신라 중대 사회, 특히 불교와 풍류도가 맞서다 하나가 되는 과정은 오랫동안 관심사이자 수수께끼였다. 화쟁기호학을 이용하여 역사적 사실이 거울처럼 반영된 텍스트인 반영상과, 프리즘처럼 상상과 무의식으로 굴절된 텍스트

---

32) 처용의 국제성은 다음 논문에서도 밝혀진 바 있는데, 그 성격과 지향점은 허혜정과는 거리가 있다. 김명준, 「서역(아랍)과 고려속요」, 『중세 동서시가의 만남』, 단국대 출판부, 2009, 161~182면.

인 굴절상을 종합하면서 세계관과 사회문화와 역사와 주체를 아우르며 살폈다. 그러자 그 시대의 비밀들이 오십칠 년간이나 권력의 정점에 있던 이사부를 계기로 술술 풀렸다. 그때의 황홀감은 무당에게 신이 내리고 춤꾼이 흥의 정점에 이르는 그 순간과 같으리라.[33]

이사부를 소설의 주인공으로 삼은 까닭은 "불교와 풍류도가 맞서다 하나가 되는 과정"을 보여주기에 최적의 인물이었기 때문이다. 따라서 이사부는 여느 현대소설의 주인공처럼 고뇌에 빠지거나 갈등을 겪기보다는, 고뇌와 갈등의 대상을 포섭하여 조화를 이루는 방향을 취한다. 그렇게 되는 근거는 화쟁기호학에 있다. 이사부가 아버지 지대로왕의 명으로 고령가야 군사를 월성에서 물리치는 장면을 보자.

"일식을 두고 흉조라 하는데, 장막과 같은 것으로 가려졌을 뿐이다. 혜성도 마찬가지다. 혜성을 빗자루처럼 생겼다 해서 길쓸별[道尸掃尸星]이나 소성(掃星)으로도 부르니, 이 별은 우리가 가는 앞길을 쓸어주는 길한 별이다. 저 혜성이 우리 군영에서 빛나며 우리가 진군할 길을 밝히고 있으니, 이는 필히 우리의 승전을 예고하는 하늘의 계시니라. 자, 하늘의 계시를 받아 적들을 물리치자. 길쓸별 만세! 신라 만세! 지대로 대왕 만세!"(67면).

흉조인 혜성을 길조로 해석하는 모습은 「혜성가」 전승담과 일치한다. 그리고 「혜성가」 전승담에서 폭력과 전쟁이 생략되었듯, "사람을 죽이지 않고 이기기" 위하여 탈해이사금 시절 거도(居道)의 전략을 응용

---

33) 이도흠, 『이사부』, 자음과모음, 2010, 7면.

하여 128명의 마희(馬戱)로써 위협하여 항복을 받아낸다. "사람을 죽이지 않고 이긴다."는 원칙은 본서를 관통하는 이사부의 신념이며, 저자가 생각한 신라 문화의 이상에도 부합하는 듯하다. 이 때문에 본 작품의 군담은 그렇게 현실적으로는 비치지 않는 대신, 이사부가 제자 지몰혜와의 대화에서 『장자(莊子)』의 '물고기를 잡으면 통발을 버린다(得魚而忘筌)', 『금강경』의 「능정업장분(能淨業障分)」 등을 통해 언어와 업의 의미를 서술하는 장면은 매우 실감 나는 토론처럼 구성되었다. 주인공 이사부에게 저자가 기대하는 것은 전쟁 영웅으로서의 속성이 아니라, 신라 사상이 체현된 모습이었기 때문이다.

본서의 후반부는 백제와 고구려와의 전투가 비중 있게 서술되었다. 그러나 더 중요한 것은 불살(不殺)의 원칙이다. 이사부는 백제와의 전투에서는 방어전이므로 불살의 원칙을 지키기 어렵다고 하지만, 역시 백제와 고구려의 싸움에서도 사상자는 거의 없었음을 강조한다. 여·제와의 전면전이라는 대국(大局)보다는 이사부의 원칙이 지켜졌는지가 이 작품에서는 훨씬 더 중요하다. 이사부는 전쟁 영웅이 아닌 성인이기 때문이다. 이렇게 보면 이사부의 모습은 향가의 제재로서 화랑의 형상[34]과도 자못 통하는 부분이 많은 것처럼 보인다. 그러나 뒤표지의 해설에 따르자면, 이사부는 그보다 훨씬 더 큰 존재이다.

화쟁기호학을 통한 신라 중대의 사회문화, 정치, 이데올로기, 세계관의 총체적 재구성! [중략] 광개토대왕보다 더 너른 땅을 사람을 죽이지 않고 아우른 대장군, 장보고에 앞서서 동해를 다스린 해상왕, 백성과 부하들을

---

34) 서철원, 「향가의 제재로서 화랑 형상의 문학사적 의미」, 『한국시가연구』 29, 한국시가학회, 2010, 93~119면.

신바람 나서 일하고 싸우고 어울리게 하는 이상적인 한국형 지도자, 신라 최고의 꽃미남이면서도 오로지 지소태후하고만 천년에 남을 사랑을 한 정절남(貞節男)! 무엇보다도 그는 내 몸 안의 신과 밖의 신이 하나로 어우러져 지극한 흥(興)에 이르는 풍류랑이었다.[35]

저자가 구상한 이사부는 광개토대왕의 대륙성, 장보고의 해양성, 신바람 나게 하는 한국형 지도자, 내·외면의 아름다움을 모두 갖춘 꽃미남[=花郞?]이다. 이것이 저자가 연구해 온 신라의 흥(興), 풍류이며, 화쟁 기호학이 사람으로 태어난 모습이었다.

이사부라는 인물 형상의 소설적 가치는 여기서는 논외로 하겠다. 그런데 『삼국유사』에 대한 학술적 접근이 대중성과 더불어 호흡하게 된 성과물로서 이런 시도의 가치는 크다고 본다. 또한 본 작품은 「소설화의 역사적 근거」를 부록으로 제시하고 있는데, 이사부와 옥진의 사랑 내용을 구성하면서 논란이 컸던 『화랑세기』를 과감하게 활용하기도 했다.[36]

지금까지의 논의를 바탕으로 현대역과의 바람직한 상호작용을 위한 대중화의 과제로서 유념할 요소는 다음과 같다.

첫째, 『삼국유사』 원전에 대한 부담을 벗어날 필요가 있다. 현대적 관점에서 해당 시기와 지역 그리고 역사적 인물 등에 대한 재평가와 새로운 형상화는 더 다채롭게 이루어질 필요가 있다. 고운기가 지적했던 김춘추, 김제상 이야기에서 드러난 일연의 글쓰기 감각 역시 그와 같은 성과로 볼 필요가 있다.

---

35) 이도흠, 앞의 책, 2010, 뒷표지.
36) 이도흠, 앞의 책, 2010, 406면.

둘째, 『삼국유사』 전체를 대상으로 구축된 종합적 문화원형의 성과를 토대 삼아 신라 혹은 경주라는 시간대와 현장을 온전히 복원하리라 기대하기란 아직 요원해 보인다. 이 부담을 벗어나기 위해서라도 어느 정도의 상상력은 불가피하다. 상상력을 통한 과거와 현재의 대화를 위해서는 치밀한 학술적 탐색과 함께, 경주 지역의 문화재와 현장에 대한 이해가 아울러 필요하겠다.

셋째, 『삼국유사』 가운데 개별적 요소를 특화할 때, 특정 부분이 지나치게 과장 또는 축소되지는 않았는지 검토해야 한다. 가령 향가를 콘텐츠화하는 과정에서 일부 논저의 독특한 관점이 지나치게 강조되곤 하는데, 학술과 대중의 만남이 이런 식의 억지 접붙이기가 된다면 바람직한 방향의 대중화는 요원한 일이 될 것이다.


# 4. 또 다른 『삼국유사』를 만들자

『삼국유사』의 현대역은 크게 원전을 그대로 따르는 흐름과, 많은 독자층에 호소하기 위하여 원전의 내용을 재구성하는 두 가지 흐름이 있었다. 전자의 경우 학계의 모든 영역에서 필요한 세부 사항 관련 주석을 종합하거나, 일부 전공에 특화된 정보를 중심으로 시각 자료까지 포함하여 첨부하는 모습을 보인다. 이를 각각 '종합적 주석의 지향', '주석의 특화 및 관련 자료 첨부', '원전의 재구성'이라 하여 원전 번역의 세 가지 유형으로 구분하였다. '종합적 주석의 지향'은 결국 『삼국유사』 이외의 정보와 『삼국유사』 수록 정보 사이의 망 구축을 통해 삼국과 신라에 대한 '온전한' 시각을 만들어내는 것에 그 목표가 있다. 또한 '주석의 특화 및 관련 자료 첨부'는 특정 전공 분과의 목적과 필요를 고려하여 특수한 성격의 주석이나 관련 시청각 자료를 덧붙여왔던 양상이다. '원전의 재구성'은 일부 유명한 텍스트를 중심으로 『삼국유사』의 모든 텍스트를 서열화하여 선택 또는 배제시키면서도 '새로운 『삼국유사』'를 만들고 있다는 태도에 해당한다.

이 가운데 '원전의 재구성'은 이른바 '미당 유사'라 불리기도 했던 서정주에게서 찾을 수 있다. 그가 여러 편의 시와 시집을 통해 『삼국유사』가 말한 것과 말하지 않은 것을 모두 포함시켜, 나름의 '신라' 형상을 만들어내고자 추구했던 방법론을 닮아있다. 다음으로 '주석의 특화 및 관련 자료 첨부'와 관련하여 '신라'라는 특정 시대, '경주'라는 특정 지역에 대한 한정된 수요 또는 지역인의 애호와 밀착된 특수성으로 『삼국유사』를 이해하는 형국에 주목했다. 끝으로 ③에서는 일부 유명한 텍스트를 중심으로 『삼국유사』의 모든 텍스트를 서열화하여 선택 또는 배제시키면서도 '새로운 『삼국유사』'를 만들고 있다는 태도를, 몇몇 캐릭터 또는 개별적 요소를 선택하여 콘텐츠화함으로써 삼국·신라 시대 전체를 구현할 수 있다는 발상과 동질적인 것으로 판단한 것이다.

아울러 향가, 처용, 이사부 등 개별적인 요소를 특화시키고 시각 예술로 변용해가는 과정에서도 전통 시대의 이상향으로서 신라의 재현이라는 과제를 향한 압박은 끊임없이 지속된다. 이렇듯 현대역은 대중화의 토대로서 원전에 대한 이해와 접근 방법을 규정하는 한편, 대중화의 성패 여부에 따라 자신의 존립 근거를 평가받기도 하는 것이다.

# Ⅲ

# 삼국유사의
# 세상 속 체험

# 다른 세상에 속한 이들을 만나는 체험

## 1. 신님, 부처님, 여신님

이 글은 『삼국유사』를 중심으로 비현실적 존재들과 현실 속 주인공의 만남이 지닌 가치를 검토하고자 한다. 비현실과 현실의 만남은 전근대 서사문학에서 자주 등장하는 소재로서, 한국 서사문학의 원형질을 이루는 『삼국유사』를 통해 그 초기 양상을 살필 수 있을 것이다. 나아가 낯선 다양성을 대하는 당시 사람들과 오늘날 우리의 시선을 견주어봄으로써, 그 초기 양상이 오늘날의 우리에게 던지는 문제의 소재까지 파악할 수 있을 것이다.

『삼국유사』는 사실상 연표에 해당하는 왕력편을 논외로 한다면 건국 신화와 정치적으로 중요한 이야기가 주로 실린 기이편과, 중국 고승전과 비슷한 체제를 지닌 그 밖의 다른 편들이 각각 비슷한 분량으로 구성되어 있다.[1] 기이편을 제외한 다른 편들은 불교의 전래 및 수용과 밀접

---

1) 김문태, 「삼국유사의 체제와 성격」, 『삼국유사의 시가와 서사문맥 연구』, 태학사,

한 관계를 지니고 있거나[홍법, 탑상, 의해], 불교적 요소와 다른 요소 사이의 소통[감통, 피은, 효선]을 중심으로 전개되고 있다. 특히 감통편은 우리가 속한 현실 세계와 이계의 존재들 사이의 신비로운 만남을 다루고 있으며, 다수의 향가가 실리기도 하여 주목받았다.[2] 또한 피은편이나 효선편은 유교의 출처관[3]이나 윤리, 도가의 은둔 지향을 떠올리게 하여 불교와 다른 사상의 교류를 상징하는 제목처럼 비치기도 한다.

이렇게 놓고 보면 비현실적 존재와의 기이한 만남은 『삼국유사』 전체를 관통한다고 할 수 있다. 그렇지만 이 책의 1, 2부에서 정치사적 해석이 개입할 여지가 있는 기이편의 자료들을 선별하여 다루었으므로, 일단 홍법편 이하에 등장하는 현실과 비현실적 존재 사이의 만남에 집중하겠다. 또한 『삼국유사』가 불교 내적인 깨달음의 주제와 불교 외적인 신비 체험을 골고루 다룬 문헌이라는 점을 고려하여, 신앙의 대상을 만나는 체험과 그 밖의 비현실적 존재와 접촉하는 경우를 구별한다. 이상

---

1995, 24~30면에서는 이를 기이편과 기타 편으로 구분하기도 하였는데, 불교적 성격의 유무에 따라 그 성격을 규정한 것이었다. 그러나 기이편 이하의 편들을 '기타'라고 묶기에는 양이 지나치게 많고 그들 사이의 질적 차이를 무시하기도 어렵다.

2) 김창원, 「삼국유사 감통의 서사적 특수성 속에서 모색해 본 향가의 접근 논리」, 『국제어문』 29, 국제어문학회, 2003, 177~199면. 한편 윤예영, 「삼국유사」 감통편의 담화기호학적 연구」, 『구비문학』 32, 한국구비문학회, 2012, 285~307면에서는 "감응을 주제화한 토포스적 구조"로서 그 원리 자체에 관한 이론적 접근이 시도되기도 하였다.

3) 다만 피은편 소재 설화들이 은둔과 참여 사이의 고민에 대한 것들이기는 하지만, 그 자체가 승려들의 은둔 인식에 내재한 것이라는 평가도 있으며(김수태, 「삼국유사 피은편의 저술과 일연 · 은거와 참여의 관계를 중심으로」, 『신라문화』 49, 신라문화연구소, 2017, 153~178면), 불교계 문헌인 『법원주림』을 비롯한 일련의 사례(신선혜, 「삼국유사 편목 구성의 의미 · 피은편을 중심으로」, 『보조사상』 37, 보조사상연구원, 2012, 149~185면)에서 그 근거를 마련하고 있기도 하다. 그러나 이 글에서는 이런 성향이 다른 사상과 구별되는 불교만의 것이라기보다는 사상사적 교섭에 따라 불교 역시 유사한 태도의 인물전 서술과 평가 방식이 마련된 것으로 판단한다.

의 사항을 전제한 이 글의 논의 대상은 다음과 같다.


    1) 신불(神佛)과의 만남

       ① 토속신과 승려의 인연: 원광서학(의해편)

       ② 백제와 신라의 만남: 미륵선화 미시랑 진자사(탑상편)

    2) 여신(女神)을 잊은 역사

       ③ 여신과의 만남과 부정(否定): 욱면비 염불서승(감통편)

       ④ 잊었던 희생을 회상: 김현감호(감통편)

       ⑤ 사라진 신화를 만남: 선도성모수희불사(감통편)


  논의의 순서는 『삼국유사』 원전을 따르는 대신, 신불(神佛)과 여승(女神)을 중심 축으로 삼은 이 글의 논지를 고려하였다. 여기서 신불과 여신이라는 두 형상이 『삼국유사』의 기이한 만남 전체를 대표한다고 주장하지는 않겠다. 다만 이들을 통해 불교와 고유신앙의 관계를 재정립하고, 우리가 잊고 지낸 또 다른 신화를 되새길 수 있다는 효과가 있다. 이들 이외의 또 다른 비현실적 존재와의 만남 역시 이들을 기초로 삼아 기이편의 정치사적 맥락까지 고려하여 파악할 수 있을 것이다.

  1)에서 신불과의 만남은 토속신앙과 불교, 백제와 신라 사이의 조화로운 공존 문제를 화두로 삼고 있다.[4] ①은 토속신이었던 여우신과 고승

---

4) 원효, 의상, 자장(慈藏) 등 다수의 고승전 성격을 지닌 설화에서는 자신의 성과에 집착한 오만함 탓에 신앙의 대상을 만나고도 알아보지 못하는 인물들이 등장한다.(이 책 3부, 「성자와 범인의 경계를 넘나드는 체험」) 이렇게 깨달음과 오만함의 길항 관계를 다룬 이야기들이 불교 내의 문제점을 다룬 것이라면, 여기서 다룰 ①~③은 불교를 포함한 사상계 전체에 적용될 유형이 아닐까 한다. 최치원이 '풍류'라는 개념 속에 유불선 3교를 포함하고자 했던 시도 역시 이러한 조화와 공존을 염두에 둔 것일 수 있다.(이 책 1부, 「고유 사상과 동아시아 여러 사상의 만남」.)

원광(圓光) 사이의 평생에 걸친 우정을 묘사하고 있는데, 우리가 흔히 '무불습합'이라는 용어로 불렀던 토속신앙과 불교의 관계를 시사한 것이다. 여기서 원광이 당나라에 가서 대승불교를 배워오는 계기를 이 여우신이 마련해준다는 점은 불교에 끼친 토속신앙의 기여라는 점에서 주목된다. ②는 신라의 수도 경주에 속한 승려 진자(眞慈)가 백제 웅천(熊川) 지역[5]에서 미륵의 화신 미시랑(未尸郞)을 만나 새로 창건한 화랑단의 우두머리로 삼는 이야기인데, 서로 적국이었던 백제와 신라 사이의 문화 교류와 입체적 관계를 암시하고 있다. 이렇듯 이 유형은 새로운 신앙의 대상을 신라의 현실 속에 모시고 공존했던 경험을 반영하였다.

2)는 여성의 깨달음[욱면], 여성의 희생[김현의 아내], 여성의 건국 참여[선도산 성모] 등 여성의 활동을 잊게 되어가는 역사의 과정과 결과를 서술하였다. 모두 감통편에 수록되었고, ④와 ⑤는 신라의 서악(西岳) 선도산(仙桃山)을 배경으로 삼았다는 공통점이 있다. 신불은 아닌 초월적 존재들을 대상으로 하되, 범위가 지나치게 넓어지지 않도록[6] 여성의 역할이 잊혔던 사례에 한정한 것이다. ③은 깨달음을 얻은 하층 여성인 욱면의 성과를 상층 남성들이 지켜보고 그 의미를 부정하게 되는 과정을 서술하였는데, 수행의 방법에 대한 시각 차이와 하층 여성에 대한 편견이 싹트는 과정도 더불어 보여준다. 이러한 부정과 재인식의 양

---

5) 웅천을 백제의 수도였던 웅진으로 비정한다.(주 16) 참조.) 한편 창원의 옛이름 역시 熊川이었는데, 그렇다면 옛 가야 지역에서 미륵을 모시고 온 셈이 된다. 어떻게 보더라도 다른 지역의 신을 경주 지역의 신으로 새로 모신 것이라는 점에는 변함이 없지만, 여기서는 웅진으로 비정하겠다.

6) 기이편에 등장하는 건국 신화의 여러 만남이나 도화녀 비형랑, 처용 등의 이야기도 2)에 포함될 수 있지만, 앞서 언급했듯 정치사적 해석이 뒤따라야 하므로 이 글에서는 다루지 않는다.

상을 통해 불교 내·외의 다채로운 군상에 대한 신앙인의 태도를 알아보겠다. ④는 남성과 가족을 위한 여성 희생의 서사로서 주목받아 왔고, "가부장적 성격이 강화된 젠더화된 플롯"[7]으로까지 평가받기도 했다. 여기서는 여성 호랑이를 은폐하였다가, 끝내 서술자로서 그 행적을 세상에 드러낼 수밖에 없었던 남주인공의 역할도 함께 생각해 보겠다. ⑤ 역시 망각되었다가 다시 세상에 드러난 여성들에 관한 기록인데, 기이편의 신라 건국설화에서는 소외되었던 신라의 여성 시조와 그 모신(母神)이 다시 등장하는 사례라 하겠다. 정리하면 2)는 여성의 역할을 전체적 혹은 부분적으로 잊거나 부정하는 태도를 공유하고 있다.

머리말에서 말했듯 『삼국유사』 제목의 '유(遺)'에는 잊거나 빠뜨린 존재에 대한 기억의 보전이라는 성격도 있었다. 여기서는 이렇게 망각했던 여성의 역할을 다시 기억에 떠올리고 되새기는 이유에 대하여 살피고자 한다.


## 2. 신불(神佛)과 현실의 만남

### 2.1. 토속신과 승려의 인연, 〈원광서학(圓光西學)〉

〈원광서학〉은 당나라 『속고승전』의 기록과 현존하지 않는 『고본 수이전』의 〈원광법사전〉을 나란히 인용하고 그에 대한 간략한 교정으로 이

---

7) 김경미, 「가부장적 서사 장치의 강화, 〈김현감호〉의 플롯 연구」, 『한국고전연구』 45. 한국고전연구학회, 2019, 221~249면.

루어져 있다. 이러한 방식은 『삼국유사』의 고증에 대한 태도를 드러내는 사례로서도 주목할 만하다고 한다.[8] 여기서 다룰 대상은 원광과 여우신에 관한 이야기에 해당하는 『고본수이전』 인용 부분이다. 여기서 여우신의 역할은 원광이 신승(神僧)의 경지에 이르는 데 기여한 신격(神格)으로 평가되기도 하였다.[9]

그런데 좀 더 유의할 점은 여우신의 주술과 불교에 대한 태도이다. 원광은 나이 30이 되어 삼기산(三岐山)에 머무르며 수행을 했는데, 이웃에 주술을 배우려는 중이 시끄럽게 굴자 여우신이 그것을 막으려고 원광에게 조용히 시켜달라고 부탁한다. 그렇지만 그 중이 듣지 않고 모욕하자, 여우신은 산사태를 일으켜 주술을 연마하던 중을 죽이고 만다. 여우신은 원광을 처음 만나 칭찬할 때 "수행하는 자는 많으나 법대로 하는 이는 드물다."라고 하여 나름 불법(佛法)에 대한 이해가 있음을 보이는데, 다음 대화에 따르면 대승과 소승의 차이, 당시 신라 불교의 한계에 대해서도 뚜렷이 자각하고 있다.

또 신이 나타나 말했다. "법사가 보기에는 어떻습니까?" / "심히 놀랍고 두렵습니다." / "내 나이가 거의 3천 세에 이르고 신통력 또한 무한하지요. 이런 일이야 지극히 작은 일인데 무엇이 놀랄 게 있겠습니까? 나는 앞으로의 일도 모르는 게 없으며 온 천하의 일에 다 통달해 있습니다. 이제 생각해 보니 법사가 오직 이곳에만 있으면 비록 자신을 이롭게는 하겠으나

---

8) 정환국, 「삼국유사의 인용 자료와 이야기의 중층성」, 『동양한문학연구』 23, 동양한문학회, 2006, 127면.

9) 박대복, 「여우의 초월적 성격과 변모 양상」, 『동아시아고대학』 23, 동아시아고대학회, 2010, 279~315면에서 〈원광서학〉과 〈전우치전〉, 〈이화전〉 등에 등장하는 여우의 역할을 조명하였다.

남을 이롭게 하는 공로는 없을 것이니, 이제 높은 이름을 내지 못한다면 미래에 승과(勝果)를 취하지 못할 것입니다. 어찌하여 중국에서 불법을 취하여 이 나라의 혼미한 모든 중생을 제도하려 하지 않습니까?" / "중국에 가서 도를 배우는 것은 본래 나의 소원입니다. 그러나 바다와 육지가 멀리 막혀 있으므로 스스로 가지 못할 따름입니다." 법사가 대답하자 신은 중국으로 가는 길과 여행에 필요한 사항을 자세히 일러 주었다. 법사는 그에 의해 중국에 갈 수 있었으며 11년을 그곳에 머무르며 삼장에 널리 통달하였고, <u>유교의 학술도 아울러 배웠다.</u>[10]

산을 무너뜨린 주술의 힘도 여우신 자신의 통찰력에 비하면 별것 아닌 일이라고 했다. 비현실적인 주술보다는 지능과 정신의 힘을 우선하는 것이다. 그런데 그 통찰력에 따르면 중국에 가서 대승불교를 배워 "남을 이롭게 하는 공로"를 이룰 기반을 마련하여 "이 나라의 혼미한 모든 중생을 제도"해야 한다고 했다.[11] 여기서 "모든 중생"에는 여우신 자신까지도 포함된다. 여우신의 죽음을 원광이 전송하는 장면이 이어서 나오기 때문이다. 그리고 마지막 문장의 "유교의 학술도 아울러 배웠다"라는 점 역시, 본문의 후반부에서 수나라에 외교문서를 보내 신라를 위해 고구려를 침략하게 하는 과정에 대한 복선이었다.[12] 특히 여우신은 신통력

---

10) 神亦來曰: "師見如何?" 法師對曰: "見甚驚懼." 神曰: "我歲幾於三千年, 神術最壯, 此是小事, 何足爲驚. 但復將來之事, 無所不知, 天下之事, 無所不達. 今思法師, 唯居此處, 雖有自利之行, 而無利他之功, 現在不揚高名, 未來不取勝果. 盍採佛法於中國, 導群迷於東海?" 對曰: "學道中國, 是本所願, 海陸迥阻, 不能自通而已." 神詳誘歸中國所行之計, 法師依其言歸中國. 留十一年, 博通三藏, 兼學儒術. (『삼국유사』 번역은 박성봉, 고경식, 의 『역해 삼국유사』, 서문문화사, 1985를 따르며, 이하 같다.)

11) "신라불교사에서…대중교화를 처음 행한 승려는 원광이다." (신종원, 「원광과 진평왕대의 점찰법회」, 『신라초기불교사연구』, 민족사, 1992, 212면.)

12) 법사가 처음 중국에서 돌아왔을 때 신라에서 임금과 신하들이 그를 존경하여 스승

으로 원광을 신승으로 만드는 대신, 현실 속의 원광이 중국 유학의 경험을 통해 신라 사상사와 외교사의 현실에서 뚜렷한 공적을 거두게 하였다. 중국 유학을 준비하는 과정에도 신비로운 윤색은 거의 보이지 않고, 그저 여행 경로와 필요한 사항을 알려주고 준비해 줄 따름이다. 이런 역할은 후대의 설화에 나오는 요술 부리는 여우 형상과는 확연히 다르다. 이쯤 되면 이 여우신은 실제로 원광의 유학을 도와준 어느 독지가를 가탁한 존재가 아닐까 하는 생각도 들지만, 이들의 우정은 좁은 의미의 불교 신앙만이 아닌 그야말로 대승적(大乘的)인 방향을 지향하고 있다.

진평왕 22년 경신(660)에 법사는 행장을 갖춰 중국에 왔던 조빙사를 따라 본국으로 돌아왔다. 그리하여 신께 감사를 드리고자 법사는 전에 거주했던 삼기산의 절로 갔다. 밤이 되자 역시 신이 나타나 그의 이름을 부르고 말했다. "해륙의 먼 노정에 왕복이 어떠하였습니까?" / "신의 크신 은혜를 입어 편안히 다녀왔습니다." / "내 또한 스님에게 계를 드리겠습니다." 하고는 생생상제(生生相齊)의 약속을 맺었다. 그리고 법사는 청했다. "신의 진용을 뵐 수 있습니까?" / "만일 법사가 내 모양을 보고자 하거든 내일 아침 동쪽 하늘 끝을 바라보십시오." 이튿날 아침이 되어 법사가 동쪽 하늘을 보니 커다란 팔뚝이 구름을 뚫고 하늘 끝에 닿아 있었다. 그날

---

으로 모시자 법사는 늘 대승 경전을 강의했다. 이때 고구려와 백제가 늘 변방을 침범하였다. 이에 왕은 몹시 걱정하였고 수나라(당나라)에 군사를 청하고자 법사를 청하여 걸병표(乞兵表-구원병을 청하는 글)를 짓게 했다. 그 글을 본 수나라 황제는 친히 30만 군사를 내어 고구려를 쳤다. 이로 하여 법사가 유술(儒術)까지도 두루 통달함을 세상 사람들은 알게 되었다. 향년 84세로 세상을 떠나자 명활성 서쪽에 장사했다. (法師始自中國來, 本朝君臣敬重爲師, 常講大乘經典. 此時高麗百濟, 常侵邊鄙, 王甚患之, 欲請兵於隋[宜作唐.], 請法師作乞兵表. 皇帝見, 以三十萬兵, 親征高麗, 自此知法師旁通儒術也. 享年八十四入寂, 葬明活城西.)

밤이 되자 신이 나타나 또 물었다. "법사는 내 팔뚝을 보았습니까?" / "보
았는데 매우 기이하고 이상했습니다." / 이 때문에 삼기산을 속칭 비장산
(臂長山)이라고도 한다. "비록 이 몸이 있다 하여도 무상의 해(害)는 면할
수 없습니다. 그러므로 나는 앞으로 얼마 후에 그 고개에 사신(捨身)할 것
입니다. 그러니 법사는 거기 와서 영원히 떠나는 내 영혼을 전송해 주십
시오." 그리고 신은 그 날짜를 일러 주었다. 약속한 날이 되자 법사는 그곳
에 갔다. 늙은 여우 한 마리가 옻칠한 것처럼 검게 변해 숨도 쉬지 못하고
헐떡거리기만 하더니 마침내 죽었다.[13]

원광과 여우신은 다시 태어나도 서로를 구원해 주자는 '생생상제(生
生相齊)의 약속'을 맺는다. 불교의 원력(願力)으로 원광이 여우신을 인
도하는 일면도 있겠지만, 원광의 역량은 여우신의 권능에 힘입었기도
하므로 이들의 약속은 수평적 인과 관계에 따랐고, 서로 대등하게 이어
진 인연이었다. 하지만 여우신은 자신의 본모습을 죽기 직전에야 보여
주고, 팔뚝 모양을 거짓으로 만들어 둔갑하는 등의 솔직하지 못한 일면
을 보이기도 한다. 여우신이 그나마 죽기 직전에라도 솔직함을 갖게 된
것을 원광의 원력 또는 둘 사이의 우정의 힘이라고도 할 수 있겠지만, 여
우신이 자신의 본모습을 부끄럽게 생각하게 된 상황이 당시 토속신앙에
속한 존재들의 운명이라 할 수도 있다. 앞서 등장했던 주술을 닦는 승려

---

13) 眞平王二十二年庚申[三國史云: 明年辛酉來.], 師將理策東還, 乃隨中國朝聘使還國.
法師欲謝神, 至前住三岐山寺, 夜中神亦來呼其名曰: "海陸途間, 往還如何?" 對曰: "蒙
神鴻恩, 平安到訖." 神曰: "吾亦授戒於師." 仍結生生相齊之約. 又請曰: "神之眞容, 可
得見耶?" 神曰: "法師若欲見我形, 平旦可望東天之際." 法師明日望之, 有大臂貫雲, 接
於天際. 其夜神亦來曰: "法師見我臂耶?" 對曰: "見已甚奇絶異." 因此俗號臂長山. 神
曰: "雖有此身, 不免無常之害. 故吾無月日, 捨身其嶺, 法師來送長逝之魂." 待約日往
看, 有一老狐黑如漆, 但吸吸無息, 俄然而死.

가 신통력이 강한 여우신을 무시하고 모욕했던 태도가 그런 상황을 암시하고 있다.

또한 우리가 '무불습합'을 이야기할 때면 흔히 불교 특유의 포용력 덕분에 토속신앙의 존재들이 사찰의 한구석을 차지한 모습을 떠올리기 마련이다. 토속신앙은 불교보다 소극적이고, 그 일부가 될 미약한 존재인 것처럼 말이다. 그러나 〈원광서학〉의 이 부분은 토속신앙에 속한 존재인 여우신이 원광의 성장에 이바지하며, 토속신앙과 신라 초기 불교가 함께 지닌 소승적(小乘的) 한계를 극복하기 위해 해외 문화를 수용해야 한다는 능동적인 자세를 지향하고 있다. 어쩌면 우리가 생각하는 '무불습합'의 선입견에는 더욱 들어맞았을, 주술하는 승려를 잔혹하게 살해함으로써 기복신앙에 가까운 절충을 배격하고 있다. 또한 자신은 무시당하는 상황에서도 원광에게는 대승불교와 유술(儒術)의 문장력을 함께 익히게 함으로써 사상적 깊이와 실용적 효과 가운데 어느 쪽도 놓치지 않으려는 식견을 발휘하고 있다. 이 이야기는 원광이 주인공이기는 하지만, 그 못지않게 토속신앙에 속한 존재가 지닌 위대함과 그 비극적 운명을 나란히 묘사하였다. 이는 신라 불교의 성장에서 토속신앙이 끼친 영향력에 대한 증언일 수도 있으며, 토속신앙과 불교 사이의 대등한 교섭을 나름의 방식으로 시도했다는 가치가 있다.

## 2.2. 백제와 신라의 만남, 〈미륵선화 미시랑 진자사(彌勒 仙花 未尸郞 眞慈師)〉

백제와 신라의 만남은 기이편의 〈서동요〉 전승담에서 미륵사 창건으로 귀결되는 서동과 선화공주의 사랑 이야기로 묘사되기도 하였다. 『삼국유사』에는 백제 관계 기록이 상당히 드문 편이지만, 미륵사와 당시 백제-신라 관계의 중요성 덕분에 비교적 비중 있게 서술되었다.

미륵사 창건 동기와 과정도 그렇지만, 국보 78호 미륵반가사유상이 백제와 신라 가운데 어느 나라의 것인지를 둘러싼 논쟁도 있었다. 이렇듯 백제와 신라의 관계는 '미륵'을 둘러싼 공통의 배경을 지니는 경우가 많은데, 여기서 논의할 미륵과의 만남도 백제와 신라의 교류와 연관되었을 가능성이 있다.

〈미륵선화 미시랑 진자사〉의 전반부에는 원화의 몰락과 화랑의 창건 이야기를 하고, 화랑단의 순기능에 대한 평가까지 일단락되어 있다. 남모와 준정이라는 두 미인에 대한 연정(戀情)과 복수심이라는 사적, 개인적 차원의 윤리의식 탓에 원화가 몰락하는 모습과, 충성과 희생이라는 공적, 국가적 차원의 윤리를 지향하는 새로운 화랑단의 차이를 대비한다. 이런 차이가 생겨난 배경을 전반부의 기록만으로는 알기 어렵지만, 후반부에서는 미시랑이 빛낸 풍류 덕분이라고 한결 구체적으로 제시하여 서술의 공백을 나름대로 메꾸고 있다.[14] 따라서 미시랑과 진자사가 등장하는 후반부는 곧 화랑단 창건에 대한 또 다른 보충적 성격의 기록이다.

---

14) 미시랑이 백제 출신임을 인정할 수 있다면, 백제 불교의 미륵신앙은 계율(戒律)과 논리를 중시했다는 점에 유의할 필요가 있을 것이다. 한국불교에 계율이 들어온 것은 백제 침류왕 원년(384)의 일이며, 백제 성왕 때 율부(律部) 원전을 인도에서 들여와 번역했다는 후대의 기록도 있다.(신성현, 「한국불교 계율학의 연구성과와 전망」, 『한국불교학』 68, 한국불교학회, 2013, 674면.) 화랑의 계율인 '세속오계'는 2.1.의 주인공이었던 원광이 마련해준 것이지만, 미시랑의 출신지에 따라 그의 풍교, 풍류에 백제에서 유래한 계율이 포함되었을 가능성도 생각할 수 있다.

진지왕 때에 와서 흥륜사의 중 진자가 언제나 당(堂)의 주인인 미륵상 앞에 나가 발원하여 맹세했다. "미륵불께서 화랑의 몸으로 이 세상에 나타나 내가 항상 그 높으신 얼굴을 가까이 뵙고 받들어 시중을 들 수 있도록 하시옵소서!" 그 정성스러운 간절한 기원의 마음이 날로 더욱 두터워지니, 어느 날 밤 꿈속에 한 중이 나타나 말했다. "네가 <u>웅천 수원사</u>에 가면 미륵선화를 뵐 수 있을 것이다."[15]

화랑은 미륵의 화신처럼 여겨지곤 했는데, 여기서는 화랑단 조직의 시발점 자체가 그런 발상에 기원한 것이라 한다. 그러나 경주 일대나 옛 사로국 지역에서 미륵의 형상을 찾지 못하고, 웅천 수원사라는 다른 지역으로 떠나야 했다. 일반적으로 여기서의 '웅천'은 당시 백제의 수도였던 웅진 지역으로 추정한다.[16] 그러나 적국이었던 백제의 수도를 너무 순조롭게 오고 가는 부자연스러움 탓에 신라 영토였던 현재 창원 지역의 옛 이름 웅천으로 볼 수도 있겠지만, 승려들이 삼국의 국경을 느슨하게 오갔던 사례는 일일이 열거하기 어려울 정도로 많았다는 점도 고려할 필요가 있다.[17]

---

15) 及眞智王代, 有興輪寺僧眞慈[一作貞慈也.], 每就堂主彌勒像前, 發願誓言, "願我大聖化作花郎, 出現於世, 我常親近晬容, 奉以 周旋." 其誠懇至, 禱之情日益彌篤, 一夕夢有僧謂曰: "汝往熊川[今公州]水源寺, 得見彌勒仙花也."
16) 웅진이 웅천으로 표기된 사례는 『삼국사기』 · 「백제본기」 온조왕 11년 8월과 24년 7월, 그리고 『삼국유사』 왕력편 문명왕[문주왕](文明王[文周王])의 웅진 천도 등에 보인다. 따라서 웅천을 웅진의 이칭(異稱)으로 보아도 무리가 없다.
17) 고구려 승려인 도림이 적국인 백제를 오간 것, 원효와 의상이 고구려 영토를 거쳐 중국 유학을 시도했던 것, 서동이 승려와 비슷한 차림을 하고 신라 국경을 넘은 것 등이 그런 사례이다.

진자는 꿈에서 깨자 놀라 기뻐하며 그 절을 찾아가는데 열흘 동안 발자국마다 절을 하며 그 절에 이르렀다. 문밖에서 복스럽고 섬세하게 생긴 눈매가 어여쁘고 아름다운 남자가 맞이하여 작은 문으로 데리고 들어가 객실로 안내했다. 진자는 올라가면서도 읍하며 말했다. "그대는 평소에 나를 모르는데도 어찌하여 나를 대접함이 이렇듯 은근한가?" / "나도 또한 서울 사람입니다. 스님이 먼 곳에서 오신 것을 보고 위로했을 따름입니다." 잠시 후 소년은 문밖으로 나갔는데 간 곳을 알 수 없었다. 진자는 속으로 우연한 일이라고만 생각하고는 별로 이상히 여기지 않았다. 다만 절의 중들이 자기가 이곳에 온 뜻과 지난 밤의 꿈을 얘기하고는 말했다. "잠시 저 아랫자리에서 미륵선화를 기다리려고 하는데 어떻겠소?" 절의 중들은 그의 마음이 흔들리고 있음을 알았지만, 그의 근실한 모습을 보고 말했다. "여기서 남쪽으로 가면 천산이 있는데 예로부터 현인과 철인이 살고 있으므로 명감(冥感)이 많다고 하니 그곳으로 가보는 게 좋을 거요." 그 말을 좇아 진자가 산 아래에 이르니 산신령이 노인으로 변하여 나와 맞으며 말했다. "여기에 무엇 하러 왔는가?" / "미륵선화를 보고자 합니다." 진자가 대답하자 노인이 또 말했다. "저번에 수원사 문밖에서 이미 미륵선화를 보았으면서 다시 무엇을 구하는 것인가?" 진자는 이 말을 듣고 놀라 깨달아 이내 달려서 본사로 돌아왔다.[18]

---

18) 慈覺而驚喜, 尋其寺, 行十日程, 一步一禮, 及到其寺. 門外有一郞, 濃纖不爽, 盼倩而迎, 引入小門, 邀致賓軒, 慈且升且揖曰: "郞君素昧平昔, 何見待慇勤如此?" 郞曰: "我亦京師人也, 見師高踏遠屆, 勞來之爾." 俄而出門, 不知所在, 慈謂偶爾, 不甚異之, 但與寺僧, 叙曩昔之夢, 與來之之意, 且曰: "暫寓下榻, 欲待彌勒仙花何如?" 寺僧欺其情蕩然, 而見其懃恪, 乃曰: "此去南隣有千山, 自古賢哲寓止, 多有冥感, 盍歸彼居?" 慈從之, 至於山下, 山靈變老人出迎曰: "到此奚爲?" 答曰: "願見彌勒仙花爾." 老人曰: "向於水源寺之門外, 已見彌勒仙花, 更來何求?" 慈聞卽驚汗, 驟還本寺.

일단 미시랑을 알아보기도 쉽지 않았다. 그런데 타지에서 만난 미시랑은 자신이 "서울 사람"이라는 단서만 남기고 종적을 감추었다. 영 깨닫지 못하는 진자에게 남쪽 천산(千山)의 산신령이 도움을 주는데, 이 장면은 웅천의 위치를 파악하는 단서가 될 수 있다. 창원은 남해안에 인접해 있으므로 남쪽 산으로 간다는 점은 어색하고, 창원 북쪽 함안 인근에 천주산이라는 비슷한 이름의 산이 있지만, 방향이 다르다. 충남 지역에서 저 천산에 비정할 만한 산을 찾아야 하겠지만, 웅천이 창원일 가능성은 그리 크지 않아 보인다.

미시랑이 서울 사람이라는 기록은 타지에서 온 미륵신앙이 신라 화랑의 것으로 온전히 내재화되었다는 뜻일 수도 있고, 널리 찾아 헤맨 대상이 사실은 바로 곁에 있었다는 서사적 장치에 해당할 수도 있다. 따라서 "서울 사람"이란 실제 그렇다는 뜻이라기보다는, 이상과 같은 성격의 상징적 표현에 가까워 보인다.

그 후 한 달이 넘어 진지왕이 이 말을 듣고는 진자를 불러 그 까닭을 묻고 말했다. "그 소년이 스스로 서울 사람이라고 했으니 성인은 거짓말을 안 할 텐데 어찌 성안을 찾아보지 않았소?" 이에 진자는 왕의 뜻을 받들어 무리를 모아 두루 마을을 돌면서 찾았다. 그때 영묘사 동북쪽 길가 나무 밑에서 편안히 앉은 소년을 만났다. 화장했는데 얼굴이 수려했다. 진자는 그를 보자 놀라며 말했다. "이분이 미륵선화다." 이에 그는 나가서 물었다. "낭의 집은 어디 있으며, 성은 누구신지 듣고 싶습니다." / "내 이름은 미시입니다. 어렸을 때 부모를 모두 잃어 성은 무엇인지 모릅니다." 진자는 그를 가마에 태워 들어가 왕께 뵈었다. 왕은 그를 존경하고 사랑하여 받들어 국선으로 삼았다. 그는 화랑도들이 서로 화목하게 하였으며, 예의와 풍교(風敎)가 보통 사람과 달랐다. 그는 풍류를 세상에 빛내더니 7년이 되자 갑자기 어디로 갔는지 알 수 없었다. 진자는 몹시 슬퍼하며 그리워했다. 그러나 미시랑의 자비스러운 혜택을 많이 입었고, 맑은 덕화를 입어 스스로 뉘우치고 정성을 다해 도를 닦았는데 만년에는 그 또한 어디서 세상을 마쳤는지 알 수가 없다.[19]

진자는 미시랑을 알아보지 못했고, 미시랑이 준 단서도 기억하지 못했다. 그 단서를 일깨운 사람은 진지왕이었다. 그런데 진지왕은 전제왕권을 추구하다 폐위된 인물이라 다른 기록에서 부정적으로 그려지는 경우가 일반적이었지만, 여기서는 그 능력을 존중하는 흥미로운 태도를 보인다. 아마 진지왕의 손자 김춘추가 훗날 무열계 진골 왕통의 시조격인 인물이므로, 그런 점을 고려한 서술이 아닐까 한다.

여기서 미시랑은 부모가 없다고 했다. 불분명한 혈통은 신화의 주인공을 신성하게 만들어줄 수도 있을 텐데, 다른 지역에서 이주해 온 세력역시 그런 경향을 지니게 된다. 신화적 속성을 지녔던 다른 존재들처럼 미시랑은 처음 왔을 때 그랬듯 알 수 없이 사라지고, 진자 역시 마찬가지로 그 뒤를 따라 종적을 감춘다.

설명하는 이는 말했다. "미(未)와 미(彌)는 음이 서로 같고 시(尸)는 력

---

19) 居月餘, 眞智王聞之, 徵詔問其由曰: "郎旣自稱京師人, 聖不虛言, 盍覓城中乎?" 慈奉宸旨, 會徒衆, 遍於閭閻間, 物色求之, 有一小郎子, 斷紅齊貝, 眉彩秀麗, 靈妙寺之東北路傍樹下, 婆娑而遊, 慈迓而驚曰: "此彌勒仙花也." 乃就而問曰: "郎家何在? 願聞芳氏." 郎答曰: "我名未尸, 兒孩時爺孃俱歿, 未知何姓." 於是肩輿而入見於王, 王敬愛之, 奉爲國仙, 其和睦子弟, 禮義風敎, 不類於常, 風流耀世, 幾七年, 忽亡所在, 慈哀壞殆甚. 然飮沐慈澤, 昵承淸化, 能自悔改, 精修爲道, 晚年亦不知所終.

(力)과 글자 모양이 서로 비슷하므로 그 가까운 것을 택해서 바꾸어 부르기도 한 것이다. 부처님이 유독 진자의 정성에 감동된 것뿐만 아니라 이 땅에 인연이 있었으므로 가끔 나타났다." 지금까지도 나라 사람들이 신선을 가리켜 미륵선화라 하고, 중매하는 사람을 미시라 하는 것은 모두 진자의 유풍이다.[20]

그들은 비록 몇 년 지나지 않아 종적을 감추었지만, 미륵선화[=신선]와 미시[중매인]라는 말 속에 여전한 자취를 남기고 있다고 한다. 특이하게 '尸=力' 설을 제시하여 미시가 '미륵'으로도 읽힐 가능성을 암시하여, 미시랑이 미륵의 화신임을 새삼 강조하고 있다. 덧붙여 '尸'는 향찰에서 'ㄹ'로 읽히곤 하는데, 그렇다면 미시랑은 미리, 미르 등으로 읽혔을 가능성도 있다. 마치 토속신앙의 용(龍)을 떠올리게 하는가 하면, 김유신이 거느렸던 용화향도(龍華香徒)[21]를 연상하게 한다.

미시랑의 성격은 여전히 불투명하고 상상력을 자극하는 요소가 많다. 그러나 웅천을 백제 수도 웅진으로 인정할 수 있다면, 백제의 미륵신앙이 신라에 도입되는 일련의 흐름[22]을 화랑도 창건의 과정과 맞물려 이해할 수 있을 것이다. 이는 화랑을 미륵에, 미륵의 시대에 나타난다는 전륜성왕을 신라 임금에, 화랑과 신라인들이 살아가는 신라 영토를 불국토에 빗대는 발상으로 연결되었다.

---

20) 說者曰: "未與彌聲相近, 尸與力形相類, 乃託其近似而相謎也." 大聖不獨感慈之誠款也, 抑有緣于玆土, 故, 比比示現焉. 至今國人稱神仙, 曰彌勒仙花, 凡有媒係於人者, 曰未尸, 皆慈氏之遺風也.
21) 일반적으로 용화향도라는 명칭은 미륵이 하생(下生)할 때 머무는 용화수(龍華樹)에서 기원한 것으로 본다.
22) 田村圓澄, 「백제와 미륵신앙」, 공저, 『백제불교문화의 연구』, 서경문화사, 1994, 392~398면; 신종원, 『신라초기불교사연구』, 민족사, 1992, 118~119면.

# 3. 여신을 잊은 역사

## 3.1 깨달은 여성에 대한 재평가, 〈욱면비 염불서승(郁面婢 念佛西昇)〉

원광은 토속신앙과, 진자는 백제의 미륵신앙과 신라 불교 사이의 교류와 조화를 추구했으며, 그 양상은 그들이 경험했다는 기이한 만남을 통해 나름의 비유와 상징으로 전승되었다. 그러나 이제부터 살필 욱면 이야기는 약간 다른 구도에서 전개되고 있다. 욱면의 이야기는 『삼국유사』에 두 가지 이본이 나란히 소개되어 있는데, 서술하는 주체에 따라 욱면에 대한 내용이 다르고 그 입장이 대조적이다.

[A] 경덕왕 때 강주의 남자 신자 수십 명이 서방정토를 정성껏 구하여 주의 경계에 미타사란 절을 세우고 10,000일을 기약하여 계(契)를 만들었다. 그때 아간 귀진의 집에 계집종 하나가 있었는데 욱면이라 불렸다. 욱면은 주인을 모시고 절에 가 마당에 서서 중을 따라 염불했다. 주인은 그녀가 자신의 직분에 맞지 않는 짓을 하는 것을 못마땅히 여겨 곡식 두 섬을 하룻밤 동안에 다 찧게 했는데, 욱면은 초저녁에 다 찧어 놓고 절에 가서 염불했으며 밤낮으로 조금도 게을리하지 않았다. 그녀는 뜰 좌우에 긴 말뚝을 세우고 두 손바닥을 뚫어 노끈으로 꿰어 말뚝 위에 매고는 합장하면서 좌우로 흔들어 자신을 스스로 격려했다.

그때 하늘에서 '욱면랑은 당(堂)에 들어가 염불하라.'는 소리가 들렸다. 절의 중들이 이 소리를 듣고 계집종을 권해서 당에 들어가 전과 같이 정진하게 했다. 그러자 미구에 하늘의 음악소리가 서쪽에서 들려오더니, 욱면은 몸이 솟구쳐 집 대들보를 뚫고 올라가 서쪽 교외로 가더니 해골을 버리고 부처의 몸으로 변하여 연화대에 앉아 큰 빛을 발하면서 천천히 가 버렸는데, 음악 소리는 오랫동안 하늘에서 그치지 않았다. 그 당에는 지금도 구멍이 뚫어진 곳이 있다고 한다.[23]

[B] 승전을 살펴보면 이러하다. 동량 팔진은 관음보살의 현신이었다. 무리를 모으니 천명이나 되었는데, 두 패로 나누어 한패는 노력을 다하고, 한패는 정성껏 도를 닦았다. 그 노력하던 무리 중에 일을 맡아보던 이가 계를 얻지 못하고 축생도에 떨어져서 부석사의 소가 되었다. 일찍이 소가 불경을 등에 싣고 가다가 불경의 힘을 입어 아간 귀진의 집 계집종으로 태어났는데, 이름을 욱면이라 했다. 욱면은 일이 있어 하가산에 갔다가 꿈에 감응해서 마침내 불도를 닦을 마음이 생겼다. 아간의 집은 혜숙 법사가 세운 미타사에서 그리 멀지 않았다. 아간은 언제나 그 절에 가서 염불했으므로 계집종인 욱면도 따라갔고 뜰에서 염불했다고 한다. 이같이 9년 동안을 했는데, 을미년 정월 21일에 부처에게 예배하다가 집의 대들보를 뚫고 올라갔다. 소백산에 이르러 신발 한 짝을 떨어뜨렸으므로 그곳에 보리사란 절을 지었고, 산 밑에 이르러 그 육신을 버렸으므로 그곳에는 제2 보리사를 지었다 그 전당에는 표시하기를 '욱면등천지전(勖面登天之殿)'이라 했다. 집 마루에 뚫린 구멍은 열 아름이나 되었는데도, 폭우나 세

---

23) 景德王代. 康州[今晋州, 一作剛州, 則今順安.], 善士數十人, 志求西方, 於州境創彌陀寺. 約萬日爲契. 時有阿干貴珍家一婢, 名郁面, 隨其主歸寺, 立中庭, 隨僧念佛, 主憎其不職, 每給穀二碩, 一夕春之, 婢一更春畢, 歸寺念佛, [俚言己事之忙, 大家之春促, 蓋出乎此.], 日夕微怠. 庭之左右, 竪立長橛, 以繩穿貫兩掌, 繫於橛上合掌, 左右遊之激勵焉. 時有天唱於空: "郁面娘入堂念佛." 寺衆聞之, 勸婢入堂, 隨例精進. 未幾天樂從西來, 婢湧透屋樑而出. 西行至郊外, 捐骸變現眞身, 坐蓮臺, 放大光明, 緩緩而逝, 樂聲不徹空中. 其堂至今有透穴處云. [已上鄕傳.]

찬 눈이 아무리 내려도 집안이 젖지 않았다. 후에 호사가들이 금탑 1좌를 그 구멍에 맞추어서 승진(承塵)위에 모시고 그 이적(異跡)을 기록했는데, 지금도 그 방과 탑이 그대로 남아 있다.[24]

[A]는 향전이고, [B]는 승전이다. 두 편을 아울러 고려하여 욱면의 전생애를 '수행승-부석사의 소-귀진의 여종-부처'로 재구성하기도 하지만,[25] 양자의 주제와 지향점은 상당히 다르다. 이들의 차이점을 편의상 표로 정리하면 다음과 같다. 마치 양자가 서로를 의식하듯, 한 쪽에 있는 내용이 다른 쪽에는 없는 모습이다.

|  | [A] 향전 | [B] 승전 |
| --- | --- | --- |
| 욱면의 전생 | 없음 | 관음보살 수하의 수행승<br>-부석사의 소 |
| 주인과의 관계 | 욱면의 염불을 방해함 | 주인을 따라 미타산에서 염불 |
| 하늘의 소리 | 들림 | 없음 |
| 깨닫는 기간 | 비구체적(또는 순식간) | 9년 |
| 깨닫는 모습 | 솟구쳐 뚫고 오르는 과정 묘사 | 없음 |
| 이후 사찰 창건 | 없음 | 보리사, 제2 보리사 |

---

24) 按僧傳, 棟梁八珍者, 觀音應現也. 結徒有一千, 分朋爲二, 一勞力, 一精修. 彼勞力中知事者, 不獲戒, 墮畜生道, 爲浮石寺牛, 嘗馱經而行, 賴經力, 轉爲阿干貴珍家婢, 名郁面, 因事至下柯山, 感夢遂發道心. 阿干家距惠宿法師所創彌陀寺不遠, 阿干每至其寺念佛, 婢隨往, 在庭念佛云云. 如是九年, 歲在乙未正月二十一日, 禮佛撥屋梁而去. 至小伯山, 墮一隻履, 就其地爲菩提寺, 至山下棄其身, 卽其地爲二菩提寺, 榜其殿曰, 勖面登天之殿. 屋脊穴成十許圍, 雖暴雨密雪不霑濕. 後有好事者, 範金塔一座, 直其穴, 安承塵上, 以誌其異, 今榜塔尙存.

25) 김승호, 「삼국유사에 보이는 시간관과 과거구성」, 『삼국유사 서사담론 연구』, 월인, 2013, 257면에서 김대성의 환생설화와 함께 본 작품의 윤회 전생담으로서 의미에 주목하였다.

[A]는 주인과의 관계가 비우호적이다. 욱면이 노끈으로 두 손을 묶은 고행을 주인이 욱면에게 내린 처벌[26]로 생각할 수 있을 정도이다. 그러나 진심 어린 염불 하나만으로 욱면은 자신을 못마땅하게 여겼던 상류층 남자 신도 수십 명보다 깨달음을 먼저 얻어 하늘의 소리를 듣는다. 그 과정은 차근차근 단계를 밟지 않고 순식간에 이루어졌다. 그리하여 "몸이 솟구쳐 집 대들보를 뚫고 올라가"는 구체적 상황 묘사는 욱면이 현실의 모든 신분, 지식, 성별의 굴레를 떨친 통쾌함과 후련함을 나타내기에 충분하다. 굴레를 떨친 모습에 집중하기 위해, 욱면의 전생이나 훗날 그 자리에 어떤 절이 생기는지 등은 구태여 적지 않았다. 이렇게 본다면 욱면은 신라 불교 교단에 제한적이나마 존재했던, 신분을 넘어선 평등의 구현자라 평가할 수 있겠다.[27]

그러나 [B]는 하층 여성인 욱면의 순간적 초월을 인정하지 않고, 9년의 소요 기간을 정한 다음 전생의 굴곡을 더하고 관음보살 수하에서 수행했던 승려의 소질까지 보태었다. 욱면의 깨달음은 하층 여성이 온갖 굴레를 떨친 사건이 아니라, 원래 수행승이었던 존재가 자신의 본성을 되찾아 열매 맺은 것으로 재평가되었다. 한때는 관음보살의 현신과 함

---

26) 신종원, 「계집종 '욱면'의 염불왕생 설화와 역사」, 『삼국유사 새로 읽기 (2)』, 일지사, 2011, 180~181면에서 백제에 있었던 손바닥을 꿰는 형벌 등을 언급하며 이를 "욱면의 처형 광경"으로 간주했다.

27) 현송, 『한국 고대 정토신앙 연구 – 삼국유사에 나타난 신라 정토신앙을 중심으로』, 운주사, 2013, 247면에서 욱면의 깨달음을 당시 민중불교의 동향과 관련하여 긍정하였다. 그러나 『淨土十疑論』에서 여인과 불구자가 깨달음의 가능성을 지녔음을 인정하면서도 여인과 불구자의 몸 자체가 정토에는 존재하지 않는다고 서술했던 점 등을 고려한다면, 결국 여인과 불구자를 완전히 평등한 존재로 인식하지는 않았다.(서철원, 「화엄불국과 신라 · 여초 시가의 이상세계」, 『한국시가연구』 51, 한국시가학회, 2020, 50면.) 따라서 이 시기의 평등은 깨달음의 가능성과 소질에 국한된 제한적인 것이었다.

께 수행했던 존재를 구박하고 벌을 내리면 곤란하다고 생각한 탓일까? 승전의 욱면은 향전과는 달리 힘겨운 노동에 시달리지도 않았다. 하늘의 소리도 듣지 못했고, 자유롭게 날아가는 장면 대신에 2개의 절이 건립되어 후세 사람들이 추앙하는 후일담이 남았을 따름이었다.

[B]는 승전으로서의 맥락이 매우 조직적이므로 귀중한 문학사적 가치가 있다. 그러나 향전 [A]에서 간명하게 드러낸 욱면의 개성은 사라졌고, 그 기저에는 무식한 하층 여성이 그런 깨달음을 얻을 수 없다는 편견이 자리하고 있을지도 모르겠다. 두 설화의 선후 관계를 쉽게 판정하기는 어렵지만, 욱면이라는 인물의 성과에 대한 대립적인 시선과 논쟁을 엿보기에 충분하다.

여하튼 상류층 수도자들은 원광과 진자처럼 기이한 만남을 순전히 포용할 준비는 아직 하지 못했다. 그래도 여신이 된 욱면의 깨달음을 기억하고 존중했지만, 또 한편으로는 윤회전생을 통해 그것을 욱면이라는 하층 여성 개인이 아닌 관음보살의 영향력에 말미암은 윤회 덕분인 것으로 치환하였다. 그들의 관점에 따라 비천한 욱면은 잊히고, 위대한 관음보살이 전면에 나서게 된 것이다. 다음 3.2.에서 살필 김현의 아내 호랑이와 선도산 성모 역시 비슷한 방식으로 잊히고 치환된 존재들이라 할 수 있다. 그들은 욱면에 비하면 종교적 색채가 그리 강하지 않지만, 이런 방식의 '잊힘'과 관련한 서사가 종교계 안팎을 막론하고 폭넓게 창작, 향유되었을 가능성을 떠올릴 수도 있다.

여기서 욱면을 '신'으로 지칭하는 것이 좀 지나치다고 생각할 수도 있다. 그러나 깨달은 사람을 신격(神格)으로 지칭하는 사례[28]가 이왕 있기

---

28) 『삼국유사』의 〈남백월이성 노힐부득 달달박박〉에서 깨달은 이들을 각각 미륵불, 미

도 하다. 그리고 종교에서 말하는 유한한 존재로서의 한계뿐만 아니라, 신분과 성별의 사회적 제약까지 단박에 뛰어넘은 욱면의 성취를 존중한 다면 그리 지나친 대접은 아니리라 생각한다.

## 3.2. 잊었던 희생에 대한 회고, 〈김현감호(金現感虎)〉

불교에 따르면 사람과 사람의 인연은 100년마다 한 번 물 위로 머리를 내미는 거북이가 때마침 구멍 뚫린 널빤지 조각에 그 머리를 넣고 쉴 정 도의 희박한 확률로 발생한다.[29] 사람과 사람이 그저 만나는 것도 그렇 다면, 만나서 사랑할 확률은 더욱 헤아리기 어렵다. 그래서인지 사람을 만나기 어려운 사람들은, 사람이 아닌 존재를 만나 이류교혼(異類交婚) 의 비극적 사랑을 꿈꾸기도 한다.[30]

〈김현감호〉는 그렇게 탑돌이에서 사람을 만나지 못한 남성 김현이 비 인간 여성 호랑이의 희생을 바탕으로 출세하는 줄거리이다. 여성 호랑 이의 희생을 종교적 성격으로 파악할 수도 있지만, 가부장제에서 이루 어지는 여성 희생의 서사로 간주[31]하는 쪽도 매우 설득력이 있다.

여기서는 여성 호랑이의 희생이 남주인공 김현에 의해 은폐되었다가, 마지막에 언급된 〈논호림(論虎林)〉의 서술자 김현에 의해 재현된다는

---

타불이라 부른다.

29) 『잡아함경』 15권 盲龜遇木.

30) 이 심리와 〈김현감호〉에 대한 평가는 이 책 2부, 「다른 세상에 속한 존재들을 사랑한 동아시아 사람들」 참조.

31) 김경미, 앞의 글 222~225면의 연구사 정리 참조. 정출헌, 「삼국의 여성을 읽던 일연 의 한 시각: 〈김현감호〉의 경우」, 『문학과 경계』 13, 문학과 경계사, 2004, 313면에서 이런 시각을 제시하였다.

점에 주목하고자 한다. 여성 호랑이는 김현을 위해 목숨을 잃고 잊혔지만, 또 김현 덕분에 기록에 남아 후세에 전하게 된 아이러니한 상황에 처해 있다. 따라서 형식상 서술자로 되어있는 김현의 의식과 지향, 강조하고 싶었던 부분 등을 짚어볼 필요가 있다.

　　처녀가 김현에게 돌아와 말했다. "처음에 낭군이 저희 집에 오시는 것이 부끄러워 짐짓 사양하고 거절했으나 이제는 숨김없이 감히 진실을 말씀드리겠습니다. 그리고 저와 낭군은 비록 유는 다르지만 하룻저녁의 즐거움을 함께 했으니 중한 부부의 의를 맺은 것입니다. 세 오빠의 악은 이제 하늘이 미워하시니 저희 집안의 재앙을 제가 당하려 하옵니다. 그러나 보통 사람의 손에 죽는 것이 어찌 낭군의 칼날에 죽어 은덕을 갚는 것과 같겠습니까? 제가 내일 시가(市街)에 들어가 사람을 심히 해하면 나라 사람들로서는 저를 어찌할 수 없으므로 반드시 임금께서 높은 벼슬로써 사람을 모집하여 저를 잡게 할 것입니다. 그때 낭군은 겁내지 말고 저를 쫓아 성의 북쪽 숲속까지 오시면 제가 낭군을 기다리고 있겠습니다."
　　김현이 말했다. "사람이 사람과 관계함은 인륜의 도리이지만, 다른 유와 사귐은 대개 떳떳한 일이 아닙니다. 그러나 이미 잘 지냈으니 진실로 하늘이 준 다행함인데 어찌 차마 배필의 죽음을 팔아 한세상 벼슬을 바랄 수 있겠소." / "낭군은 그런 말 마세요. 이제 제가 일찍 죽게 됨은 하늘의 명령이며 또한 제 소원입니다. 낭군께는 경사요, 우리 일족의 복이며, 나라 사람들의 기쁨입니다. 한번 죽어 다섯 가지의 이로움이 오는데 어찌 그것을 어기겠습니까? 다만 저를 위하여 절을 짓고 불경을 강하여 좋은 과보를 얻는 데 도움이 되게 해주신다면 낭군의 은혜는 이보다 더 큰 것

이 없겠습니다." 그들은 마침내 서로 울면서 작별했다.[32]

인용하지 않은 앞부분에서 여성 호랑이의 본가는 서산(西山) 기슭에 자리하였다. 이곳은 서악(西岳) 선도산(仙桃山)으로 앞서 등장했고,[33] 다음 3.3.에서도 다룰 성도산 성모가 머물러 있다는 곳이기도 하다.

여기서 두 사람은 비류(非類) 혹은 이류(異類)라는 비슷한 표현으로 서로를 인식하고 있다. 그러나 여성 호랑이는 자신들의 인연을 "중한 부부의 의[義重結褵之好]"로 간주하지만, 김현은 '떳떳하지 않은 일[非常]'로 평가한다. 그에 앞서 사람과 사람 사이의 통상적인 관계와 비교하여 그 비상함을 더욱 강조하고 있다. 게다가 여성 호랑이의 제의를 한 번 짤막한 말로 사양하기는 하지만, 별달리 대사도 없이 수동적으로 받아들일 따름이다. 여기서 김현의 비정함을 지적하고 여느 애정 전기소설의 남주인공들과 비교하여 비판할 수도 있다. 그러나 김현이 서술자였음에도 유의할 필요가 있다. 구태여 서술자 겸 주인공이었던 자신을 위한 변명을 한마디도 덧붙이지 않았다. 그 대신 상대방의 언행 하나하나를 평생토록 꼼꼼하게 기억해 왔던 자책감을 말없이 표현하려 했다고 볼 여지도 있지 않을까? 우리가 이 장면에서 여성 호랑이와 대비되는 김

---

32) 女人謂郎曰: "始吾恥君子之辱臨弊族, 故辭禁爾, 今旣無隱, 敢布腹心. 且賤妾之於郎君, 雖己非類, 得陪一夕之歡, 義重結褵之好. 三兄之惡, 天旣厭之, 一家之殃, 予欲當之, 與其死於等閑人之手, 曷若伏於郎君刃下, 以報之德乎! 妾以明日入市爲害劇, 則國人無如我何, 大王必募以重爵而捉我矣, 君其無怯, 追我乎城北林中, 吾將待之." 現曰: "人交人, 彝倫之道, 異類而交, 蓋非常也. 旣得從容, 固多天幸, 何可忍賣於伉儷之死, 僥倖一世之爵祿乎?" 女曰: "郎君無有此言, 今妾之壽夭, 蓋天命也, 亦吾願也, 郎君之慶也, 予族之福也, 國人之喜也. 一死而五利備, 其可違乎! 但爲妾創寺, 講眞詮, 資勝報, 則郎君之惠莫大焉." 遂相泣而別.

33) 이 책 1부, 「사라진 건국 신화 속 여신들과의 만남」.

현의 옹졸함이나 비정함을 혹시 읽을 수 있다면, 그것은 그 희생을 돋보이게 하려는 서술적 장치일 수도 있다는 것이다.[34]

말을 마치고 이어 김현이 찬 칼을 뽑아 스스로 목을 찔러 넘어지니 곧 범이었다. 김현이 숲에서 나와 말했다. "방금 내가 쉽사리 범을 잡았다." 그리고 그 사유는 숨긴 채 말하지 않았다. 다만 범이 시킨 대로 상처를 치료했더니 다 나았다. 지금도 민가에서는 범에게 입은 상처에는 그 방법을 쓴다. 김현은 벼슬하자 서천 가에 절을 짓고 호원사라 이름하였다. 항상 범망경을 강하여 범의 저승길을 인도하고, 또한 범이 제 몸을 죽여 자기를 성공하게 한 은혜에 보답했다. 김현이 죽을 때 지나간 일의 기이함에 깊이 감동하여 이것을 붓으로 적어 전하였으므로 세상에서는 이 일을 비로소 알게 되었다. 그래서 그 글 이름을 논호림(論虎林)이라 했는데, 지금도 그렇게 칭한다.[35]

물론 평생토록 혼자만 알고 지내며 출세한 김현의 태도를 긍정할 수는 없다. 그러나 자신이 서술자임에도 불구하고 자신의 내면을 서술하지도, 아내인 여성 호랑이의 마음을 짐작하지도 않았다. 아내의 자결을 말리지도 않았고, 망설임 없이 그 죽음의 곡절을 숨기며 연기했던 자신

---

34) 〈김현감호〉에 이어 등장하는 신도징 이야기는 김현의 아내와는 달리 호랑이로서의 본성을 잊지 않고 돌아가는 여주인공이 등장한다. 일연을 비롯한 기록자들에게는 신의가 없는 존재이겠지만, 오늘날의 관점에서는 가부장제를 극복한 주체적 선택을 했다고 평가할 수도 있겠다.

35) 乃取現所佩刀, 自頸而仆, 乃虎也. 現出林而託曰: "今玆虎易搏矣." 匿其由不洩, 但依諭而治之, 其瘡皆效. 今俗亦用其方. 現旣登庸, 創寺於西川邊, 號虎願寺, 常講梵網經, 以導虎之冥遊, 亦報其殺身成己之恩. 現臨卒, 深感前事之異, 乃筆成傳, 俗始聞知. 因名論虎林, 稱于今.

의 모습을 여과 없이 그저 적었을 따름이다. 흥륜사의 효험이나 호원사의 건립 배경에 대한 꼼꼼한 설명 덕분에, 〈김현감호〉가 원작과는 다소 거리가 있을 것처럼 보일 여지도 생겼다. "그러나 지금도 그렇게 칭한다."라는 마지막 문장을 통해, 이 이야기의 배경과 근본적인 주제는 일연 당대까지도 크게 달라지지 않고 김현의 저작으로 인정받지 않았을까 짐작해 본다.

김현은 서사물 속 주인공으로서는 성공적이거나 본받을 만한 인물은 아니겠지만, 서술자로서는 자신의 비정함을 숨기지 않고 변명도 하지 않음으로써 신뢰할 만한 서술자가 되었다고 평가할 수 있다. 간접적으로 암시된 김현의 후회와 자책감이 곧 동조나 공감의 대상은 아니겠지만, 그의 체험과 회상은 인간과 동물의 구별을 넘어선 여성적 존재의 헌신과 희생에 대한 문제 제기를 가능하게 하였다.

## 3.3. 사라진 신화와의 만남, 〈선도성모 수희불사(仙桃聖母 隨喜佛事)〉

『삼국유사』 기이편에도 실려 있는 고대 한국의 건국 신화는 대개 남성을 주인공, 주체로 한 것들이다. 그러나 일찍이 신채호에 의해 백제의 시조로 지목되었던 소서노(召西奴)나, 여러 차례 다루었던 신라의 선도산 성모, 그리고 대가야의 정견모주(正見母主) 등 한반도 남부에는 성모 혹은 여신에 대한 전승[36]이 풍부하게 남아 있다. 이들은 모두 '성모에 의한

---

36) 박상란, 『신라와 가야의 건국 신화』, 한국학술정보, 2005, 140~149면에서 신라와 대가야에 한하여 논의했다. 설문대할망과 다른 나라의 성모 신화와의 관계도 언급되었다.

형제 혹은 남매 출산'이라는 공통점이 있으며, 백제의 경우 형제 갈등을, 신라의 경우 남매 결연을, 대가야의 경우 형제 공존을 보여 각각 해당 국가의 속성과 고대국가로서의 지향점을 반영하고 있다.[37]

이 이야기의 배경인 선도산은 신라 초기 사로국 단계에서부터 서악에 해당했던 곳으로,[38] 앞서 거론한 〈김현감호〉의 여성 호랑이의 원 거주처이기도 하다.

기록의 전반부는 선도산 성모가 황금 160냥으로 불전(佛殿) 수리를 도와준다는 줄거리이다. 여기서의 선도산 성모에게서 건국 시조의 성격은 눈에 잘 띄지 않고, 앞서 살핀 원광의 친구 여우신처럼 대국적인 안목을 지니고 있지도 못하다. 비구니 지혜와 성모의 만남은 그저 불교적일 따름이다. 편찬자 일연이 관심을 지닌 이유 가운데 하나 역시, 한때 건국의 주체였던 여신이 불교 안에서 보조 신격 비슷한 지위로 포섭된 모습 때문이 아니었을까 한다.

그러나 후반부에 따르면 선도산 성모는 중국에까지 신라 시조의 어머니로 알려진 존재였고, 김부식도 그 존재를 알게 되었지만 모른 척하는 듯한 인상이다. 김부식은 중국의 유적과 문헌을 통해 선도산 성모를 만났지만, 그 만남을 부정하는 셈이다. 관련 내용을 다시 한번 인용하겠다.

신모는 본래 중국 제실의 딸이었는데 이름은 사소였다. ① 일찍이 신선의 술법을 배워 신라에 와서 머물러 오랫동안 돌아가지 않았다. 이에 부

---

37) 이 책 1부, 「사라진 건국 신화 속 여신들과의 만남」.
38) 서악의 성격 변화에 따라 본 자료에 나타난 불사의 의미를 평가한 성과가 있었다. 김선주, 「선도성모 수회불사의 형성 배경과 의미」, 『신라사학보』 43, 신라사학회, 2018, 37~66면.

황은 편지를 솔개의 발에 매달아 그에게 보냈다. "솔개가 머무는 곳에 집을 지으라." 사소가 편지를 보고 솔개를 날려 보내자, 이 선도산에 날아와 멈추므로 마침내 그곳에서 살아 지선(地仙)이 되었다. 그래서 산 이름을 서연산이라고 했다. 신모는 오랫동안 이 산에 머무르며 나라를 진호하니 신령스럽고 이상한 일들이 매우 많았다. 그러므로 나라가 세워진 이래로 항상 삼사(三祀)의 하나로 삼았고, 그 차례도 여러 망제(望祭)의 위에 있게 하였다. (중략) 그가 처음 진한에 와서 성자를 낳아 동국의 처음 임금이 되었으니 아마 ② 혁거세와 알영 두 성군을 낳았을 것이다. 그러므로 ③ 계룡, 계림, 백마 등으로 일컬으니 이는 닭이 서쪽에 속해 있기 때문이다.

(중략) 또 국사에 보면 사신이 말하기를, 김부식이 정화 연간에 일찍이 사신으로 송나라에 들어가 우신관에 나갔더니 한 당(堂)에 여선(女仙)의 상이 모셔져 있었다. 관반학사 왕보가 말하기를 "이것은 귀국의 신인데 공은 알고 있습니까?" 했다. 이어서 말하기를 "옛날에 어떤 중국 제실의 딸이 바다를 건너 진한으로 가서 아들을 낳았더니 그가 해동의 시조가 되었고, 또 그 여인은 지선이 되어 길이 선도산에 있습니다. 이것이 바로 그 여인의 상입니다."라고 했다. 또 송나라 사신 왕양은 우리 조정에 와서 동신성모를 제사 지낼 때 그 제문에 "어진 사람을 낳아 비로소 나라를 세웠다."라는 글귀가 있었다. 성모가 이제 황금을 주어 불타를 만들게 하고, 중생을 위하여 향화법회를 열어 진량(津梁)을 만들었다. 어찌 다만 오래 사는 술법만을 배워 저 아득한 것에만 얽매일 것이냐.[39]

---

39) 神母本中國帝室之女, 名娑蘇, 早得神仙之術, 歸止海東, 久而不還. 父皇寄書繫鳶足云: "隨鳶所止爲家." 蘇得書放鳶, 飛到此山而止, 遂來宅爲地仙. 故名西鳶山, 神母久據玆山, 鎭祐邦國, 靈異甚多, 有國已來, 常爲三祀之一, 秩在群望之上. (중략) 其始到辰韓也, 生聖子爲東國始君, 蓋赫居關英二聖之所自也. 故稱雞龍雞林白馬等, 雞屬西故也. (중략) 又國史, 史臣曰: 軾政和中, 嘗奉使入宋, 詣佑神館, 有一堂, 設女仙像. 館伴學士 王黼曰: "此是貴國之神, 公知之乎?" 遂言曰: "古有中國帝室之女, 泛海抵辰韓, 生子爲海東始祖, 女爲地仙, 長在仙桃山, 此其像也." 又大宋國使王襄到我朝, 祭東神聖母, 文

첫째 단락은 선도산 성모의 본명을 '사소'라 밝히고, 신라에 정착하여 수호신이 되는 과정을 그리고 있다. ①을 보면 도교의 신인 것도 같지만, 마지막 문장에서 편찬자는 도교에 국한된 존재가 아니라고 힘써 말한다. ②에서 혁거세와 알영을 함께 '이성(二聖)'이라 하여 동등한 존재로 인식한 점이 눈에 띈다. 이는 김부식의 『삼국사기』·「신라본기」 혁거세왕 부분에서도 확인된다.[40] 혁거세와 알영을 동등한 신라의 시조로 볼 수도 있다는 것인데, 그렇다면 알영은 우리가 잊고 지냈던 신라의 건국 시조이기도 하다. 다시 말해 선도산 성모는 알영을 혁거세와 동등한 신라의 시조로 인식할 근거를 마련해 주는 존재이다. 그런데 김부식이나 일연이나 혁거세를 신라의 유일한 시조로 확정했으므로, 선도산 성모에서 이어지는 남매 결연 화소까지 선뜻 인정하기는 어렵지 않았을까 한다.[41] 그러나 ③을 보면 왜 서쪽의 선도산이 성산인지 이유가 분명히 밝혀져 있으며, 계룡[알영의 모계], 계림[김알지의 탄생지], 백마[박혁거세의 모계] 등 신라 건국 초기와 관련된 명칭의 배열은 이 전승의 오랜 뿌리를 나타내는 것처럼 여겨진다. 도래인인 석탈해를 제외한 왕실의 모든 주체가 나와 있다.

---

有娠賢肇邦之句. 今能施金奉佛, 爲含生, 開香火, 作津梁, 豈徒學長生, 而囿於溟濛者哉.

40) 38년 봄 2월에 瓠公을 마한에 보내 예를 갖추었다. 마한왕이 호공을 꾸짖어 말했다. "진한·변한은 우리의 속국인데, 근년에 공물을 보내지 않으니 큰 나라를 섬기는 예의가 어찌 이와 같은가?" / "우리나라에 두 성인이 일어난 뒤 人事가 잘 닦이고 天時가 순조로워 창고가 가득 차고 인민은 공경과 겸양을 알게 되었습니다. (후략, 『삼국사기』권 1. 신라본기. 혁거세왕.)

41) 이와 연관된 것일지 모르지만 기이편의 〈처용랑 망해사〉에는 동쪽의 처용과 남악, 북악의 신, 궁궐의 지신까지 등장하지만, 서악에 해당하는 선도산 혹은 계룡산에 해당하는 신만 강림하지 않았다.

둘째 단락의 문답은 『삼국사기』를 인용한 것으로, 해당 부분에 이어서 김부식의 반응이 좀 더 분명하다.

> 송의 정화 연간에 고려에서 상서 이자량을 송에 보내어 조공하였을 때 신 부식은 서기 임무를 띠고 수행하여 우신관이란 곳에 가서 여선(女仙)의 상을 모신 당을 본 일이 있었다. (같은 내용 생략)
> 또 송나라의 왕양이 지은 〈동신성모(東神聖母)를 제하는 글〉 속에 '임신한 어진 여인이 나라를 창시하였다.'라는 말이 있는 것을 보았는데 여기 <u>동신(東神)이 곧 선도산(仙桃山)의 신성(神聖)임은 알 수 있으나, 그 신의 아들이 어느 때 왕 노릇을 하였는지는 알 수 없었다.</u>[42]

진한 땅에 와서 아이를 낳아 해동의 첫 임금이 되었다면, 진한을 대체하게 되는 신라를 연상할 만하다. 그렇지만 김부식은 애써 "어느 때 왕 노릇을 하였는지 알 수 없었다."라고 한다. 그러나 앞서 거론했듯이 자신이 편찬한 「신라본기」의 혁거세왕에도 '이성(二聖)'이라는 호칭이 나오므로, 이성의 어머니인 선도산 성모의 존재를 김부식이 몰랐을 가능성은 별로 없었을 것이다.

선도산 성모를 부정하는 자세가 유일한 남성 시조를 중심으로 한 역사 인식을 위해서라고 판단하는 것은 지나치게 단순한 해석일 것이다. 그러나 건국 신화 속 여성에 대한 소외 혹은 배제에 담겨 있는 편찬 의식과 의도를 되새겨볼 필요성은 있다. 그것을 신분이 낮았던 여성 욱면의 성과를 있는 그대로 바라보지 않고 재해석했던 시각, 김현이 자신을 위해 헌신했던 여성 호랑이를 은폐하려 했던 시도와 견주어볼 수도 있을

---

42) 『삼국사기』 권 12. 신라본기. 경순왕.

것이다. 이들을 잊으려 했던 시도에도 불구하고, 여전한 생명력과 목소리를 지니고 있다. 그렇다면 낯설다고 부정하기보다는 그 정당한 자리를 회복하게 해야 할 것이다.

## 4. 다양성, 다원성, 다문화

원광은 불교가 아닌 토속신앙에 속한 존재와 윤회를 넘어선 우정을 나누었으며, 진자는 쉽지 않을 여정을 통해 미륵신앙을 신라 화랑의 상징으로 만들었다. 이들은 비현실적 존재와의 만남을 자신과 사회가 성장하는 긍정적 계기로 삼았다. 신불의 교섭은 이렇게 토속문화와 외래 보편종교의 상호 존중과 문화적 성숙을 상징하는 사건이었다.

반면에 욱면을 만난 상류층 남성들은 하층 여성의 성취에 대하여 논쟁적 태도를 지녔다. 그 결과 깨달음을 대하는 시선이 둘로 나뉘고, 욱면의 성취를 전생부터 있었던 관음보살의 영향력에 따른 것으로 치환하려는 시도가 보이기도 했다. 이렇게 욱면처럼 여성의 역할을 잊거나 부정했던 사례는 또 있었다. 김현의 아내인 여성 호랑이는 그 희생이 잊히고, 신라 건국의 두 시조가 될 남매를 낳았다는 선도산 성모의 행적도 잊히고 평범한 산신이 되고 말았다. 욱면을 비롯한 여성들의 역할을 잊고 부정해가는 과정은 사상사와 신화의 역사에서 의미심장한 부분이기도 하다. 이는 여성의 뛰어난 업적에 대한 역사학자 혹은 사상가들의 복합적 시선을 드러내고 있기 때문이다.

이러한 사례의 문화사적 가치는 오늘날의 우리가 추구하는 다양성, 다원성 혹은 다문화 지향과 어느 정도 관계가 있다. 낯설고 잘 몰랐던 존재들과의 기이한 만남을 배척하지 않아 문화적 발전과 성숙을 이루었는가 하면, '다른' 존재의 성취를 존중하지 않는 편견이 깨달음의 실상에 대한 왜곡과 단선적인 역사 인식에 이르는 모습도 살펴보았다. 서술자 김현처럼 독특한 입장을 갖는 사례도 있었지만, 이는 문학적 장치로서 가치는 있을망정 보편적으로 공감할 만한 것은 아니었다.

# 성자와 범인의 경계를 넘나드는 체험

## 1. 원효의 성과 속 마주보기

『삼국유사』설화 속 원효(617~686)를 향해서는 긍정과 부정의 두 목소리가 공존하여 소박한 의문이 든다. 그러나 역사적 인물의 문학적 형상화에는 어느 정도 과장, 곡해 또는 재해석이 있기 마련이므로, 실존 인물 원효와 설화 속 원효의 차이 역시 부득이한 것이다. 더구나 원효뿐만 아니라 고대 한국의 사료는 대개 설화와 역사의 중간·혼합적 성격이 짙다. 따라서 특정 인물의 설화적 형상과 역사적 실체를 구별하는 작업이 과연 가능할지, 혹은 필요할지도 명확하지 않을 때가 많다. 그러므로 원효를 소박한 민중불교의 화신이자, 가장 화려한 언어를 활용한 유식 학자로 평가하는 두 관점의 공존 역시 불가피한 것이겠다.[1] 원효에 대한

---

1) 〈고선사서당화상비〉,『송고승전』과『삼국유사』·「원효불기」등 3대 전기 자료를 통한 근대적 원효상의 형성 과정은 남동신,「원효의 생애와 사상」,『한국불교연구사입문(상)』, 지식산업사, 2013. 234~270면을 참조할 수 있다. 이 글에 따르면 원효는 교종의 시대에 속한 인물이었지만 선종의 등장 이후 '깨달음의 신화'가 부가된 것이『송고승전』과『삼국유사』에 반영되었다고 한다(247면). 이런 방식의 특정 목적에 따른 성격

이중적 평가는 그 연원이 매우 오래되었다. 가령 같은 『삼국유사』에 나오는 다음의 두 기록에서조차 원효를 바라보는 시선에는 무시하기 어려운 차이가 있다.

[A] 원효가 계율을 어기고 설총을 낳은 이후에는 세속의 옷으로 바꾸어 입고 스스로 소성거사(小姓居士)라고 불렀다. 우연히 광대들이 춤추며 놀 때 사용하는 큰 박을 얻었는데 그 모양이 크고 기이했다. 그래서 그 박의 생김새 때문에 들고 다니는 바가지로 만들고 『화엄경』의 "일체에 걸림이 없는 사람만이 오로지 생사에서 벗어날 수 있다"라는 말에 따라 무애(無碍)라고 그 바가지에 이름을 붙였으며, 그에 맞추어 노래를 지어 세상에 퍼뜨렸다. 일찍이 이 바가지를 지니고 온 마을을 돌아다니며 노래하고 춤을 춰 부처님의 가르침을 베풀었다. 그러므로 못나고 가난한 사람들과 원숭이처럼 몽매한 사람들이 모두 부처의 이름을 알고 나무아미타불을 읊조리게 되었으니 원효의 가르침이 얼마나 위대한가를 알 수 있다.[2]

[B] 그 후에 원효법사가 뒤를 이어 와서 관음보살께 예를 드리려고 남쪽 교외에 이르렀는데, 논 가운데서 흰 옷 입은 한 여인이 벼를 베고 있었다. 법사가 장난삼아 그 볏단을 달라고 하자, 여인도 벼가 잘 아물지 않아 줄 수 없다고 장난삼아 대답했다. 또 가다가 어느 다리 아래 이르렀을 때

---

부여와 형상화가 원효에 대한 두 가지 시선을 만든 한 원인일 것이다.

2) 曉旣失戒生聰, 已後易俗服, 自號小姓居士. 偶得優人舞弄大瓠, 其狀瑰奇. 因其形製爲道具, 以華嚴經一切無碍人, 一道出生死命, 名曰無碍. 仍作歌流于世. 嘗持此, 千村萬落且歌且舞, 化詠而歸. 使桑樞瓮牖擭猴之輩, 皆識佛陀之號, 咸作南無之稱, 曉之化大矣哉. (『삼국유사』권4 제5 의해 「원효불기」). 국역은 일연 저, 박성규 역, 『규장각본 완역 삼국유사』, 서정시학, 2009. 367~368면을 따랐으며, 원전은 『대정신수대장경』 수록본의 전자파일 교감본(Cbeta Reader v.3.8, 2009.4.16)을 따랐다.

한 여인이 생리대를 빨고 있었다. 법사가 물을 청하자 그녀는 그 더러운 물을 떠서 주었다. 법사가 그 물바가지를 엎질러 버리고 다시 냇물을 떠서 마셨다. 이때 들 가운데 있는 소나무 위에 앉아있던 파랑새 한 마리가 그를 향하여 "깨우치지 못한 스님이구려!"라고 말하고는 홀연히 사라져 보이지 않았다. 그 소나무 아래에 신발 한 짝이 있었다. 법사가 얼마 뒤 절에 와 보니 관음보살 좌대 아래에 또 앞서 보았던 신발 한 짝이 놓여 있었다. 그때서야 얼마 전에 만났던 여인이 관음의 진신임을 알았다. 그래서 당시 사람들이 그 소나무를 '관음송'이라 했다. 법사가 관음굴에 들어가 다시 관음의 진신을 친견하려 했는데 풍랑이 크게 일어 들어가지 못하고 떠났다.[3]

두 기록의 화자가 원효를 바라보는 시선에는 큰 차이가 있다. 두 기록은 모두 원효의 생애 후반부에 해당하는 기록이며, 내용상 깨달음의 전후에 따른 차이라고 소박하게 단정하기는 어렵다. 3장에서 자장(慈藏)의 죽음, 망덕사 창건담 등의 사례를 통해 더 논의하겠지만, 이렇게 깨달음을 얻었다고 자부했던 사람이 부처 또는 보살을 알아보지 못하는 정황은 '깨달음' 전후의 차이보다는, '깨달음'을 얻었다고 자만했던 불교계 고위 인사들을 비판하는 시선에 무게중심이 더 실려 있다. 그러므로 이를 시간적 선후에 따른 차이로 보기는 어렵고, [A]의 서술자가 원효에게 우호적임에 반해, [B]의 서술자는 비판적이어서 그렇다고 단순화하여

---

3) 後有元曉法師, 繼踵而來, 欲求瞻禮初至於南郊水田中, 有一白衣女人刈稻. 師戲請其禾, 女以稻荒戲答之. 又行至橋下, 一女洗月水帛. 師乞水, 女酌其穢水獻之. 師覆棄之, 更酌川水而飮之. 時野中松上有一靑鳥, 呼日休醍醐和尙, 忽隱不現. 其松下有一隻脫鞋. 師旣到寺, 觀音座下又有前所見脫鞋一隻. 方知前所遇聖女乃眞身也, 故時人謂之觀音松. 師欲入聖崛更覩眞容, 風浪大作, 不得入而去. (『삼국유사』 권3 제4 탑상「낙산이대성 관음 정취 조신」). 박성규 역, 앞의 책. 293면.

이해할 수도 없다.

여기서는 그보다 [A]와 [B]의 원효의 '분별'에 대한 입장이 상반된다는 점에 주목한다. [A]의 원효는 『화엄경』을 토대 삼아 기층민을 교화하는, 가장 높은 수준의 교리와 가장 낮은 계층의 염불까지 차별하지 않고 평등하게 인식하는 태도를 보인다. 이 분별을 넘어선 평등은 교리의 분별된 지식에 얽매이지 않는다는 뜻의 '원효불기'라는 제목과 연결되어, 원효가 계율을 어기고 설총을 낳은 사건을 종교적 타락으로 매도하지 않는 시각[4]의 근거가 되어 왔다. 그러나 [B]의 원효는 '불기'는커녕 더러운 물과 깨끗한 물을 분별하여 한쪽을 버리고 한쪽을 취하고자 하는 '기(羈)'의 모습을 보이고 있다. 이에 따라 [A]에서 아들을 낳은 파계를 파계로 보지 않았던 서술 태도와는 대조적으로, [B]에서 여인과 주고받은 문답은 불순한 의도에 따른 한낱 희롱으로 치부되고 있다. 이는 널리 알려진 '해골물을 마시고 깨달음을 얻었다'는 원효 형상에게는 기대하기 어려운 모습이며, 보기에 따라 두 원효는 전혀 다른 별개의 인물처럼 느껴지기도 한다.

과연 [A]와 [B]의 원효 형상은 공존 가능한가? 통일 · 통합사상의 상징[5]으로서 원효라는 인물의 상(相)을 한편으로 인정하더라도, 그 인물의 전승이 보여주었던 다면성, 입체성 역시 고려할 필요가 있다. 2장에서 「사복불언(蛇福不言)」, 「이혜동진(二惠同塵)」 등의 자료에 등장하는 원효를 다루면서 더 거론하겠지만, 설화 속 원효는 깨달은 주체로서 위

---

4) 김상현, 「삼국유사 원효 기록의 검토」, 『원효연구』, 민족사, 2000. 78면.
5) 김지견 편, 『원효성사의 철학세계』, 민족사, 1989(이 논문집은 국토통일원이 주최한 학술대회 발표 논문을 모은 것으로서, 원효사상의 통일적, 통합적 성격과 관련한 논의를 다수 포함하고 있다.); 고영섭, 「원효의 통일학」, 『한국의 사상가 10인 – 원효』, 예문서원, 2002. 164~225면.

대함과 더불어, 대조적으로 감정과 욕망 앞에 다소 취약한 모습 또한 비주 있게 등장하고 있었다. 「원효불기」에서 요석공주, 설총과의 관계 역시 그런 면이 종교적으로 해석, 해명되고 있다. 고승전류의 다른 승려 형상과는 확연히 다른 원효의 이러한 이중성은 어디서 유래했을까?

선행 연구에서는 원효 설화를 총 52편에 이르는 것으로 파악하기도 했다.[6] 그러나 이 수치는 원효의 이름이 거론된 것과 선행 자료를 전사한 자료, 근래의 구비전승물까지 모두 포함한 것이다. 따라서 여기서는 편차가 큰 이들 자료 전부를 대상으로 하기보다는,『삼국유사』수록 자료 5편(「洛山二大聖 觀音 正趣 調信」, 「二惠同塵」, 「元曉不羈」, 「蛇福不言」, 「廣德 嚴莊」)[7]과『宗鏡錄』소재 기록,『宋高僧傳』의 원효 관계 기록[8]에 한정하겠다. 현존 자료 가운데 중복·파생된 것들을 배제하고, 비교적 서사적 성격이 분명하면서 당대에 더 가까운 사례를 간추린 것이다. 이로써 설화적 존재로서 원효와 실존 인물로서 원효 사이의 괴리라는 논지의 출발점에 집중하고자 한다.

---

6) 오대혁,『원효 설화의 미학』, 불교춘추사, 1999. 6~7면.

7) 『삼국유사』수록 자료는 이밖에 「낭지승운」까지 모두 6편인데, 「낭지승운」은 의상과 원효가 낭지를 받든 사실에 대한 설명에 해당한다고 보아 일단 논외로 하였다. 또한 원효 당대에 가장 가까운 「고성사서당화상비」(800~808년 사이로 추정)를 논외로 한 이유는 이 비문이 사상가로서 원효의 업적에 대한 찬양 위주로 이루어져 서사적 성격이 거의 없었기 때문이었다.

8) 근래에는 개별 설화만을 대상으로,『금강삼매경론』의 형성과 관련하여『화엄연기』와 『삼국유사』,『송고승전』등을 대비한 성과가 있다(김임중, 「원효의『금강삼매경론』연기설화:『화엄연기』에마키를 중심으로」,『연민학지』21, 연민학회, 2014. 229~277면). 이 연구의 가치는 문헌 편찬자의 인식과 관련하여 원효 설화의 형성 과정을 변증할 단서를 열었다는 것이다. 설화 속 원효 형상의 차이점을 전승자, 편찬자의 차원에서까지 살펴보지는 못했지만(여기에는 사례가 많은『삼국유사』의 원효 형상이 일관되지 못하여, 이들을 단일한 전승자의 것으로 보기 어려웠다는 제약이 한몫을 했다), 앞으로의 연구에서 더 고려할 필요가 있다고 생각한다.

## 2. 깨달음의 주체 혹은 비교의 대상으로서 원효

### 2.1. 깨달음의 주체로서 성자 원효

먼저 원효의 깨달음에 관련된 설화 두 편을 살펴볼 필요가 있다. 이와 관련하여 서로 인접한 10세기 후반의 『종경록』과 『송고승전』에 두 계열 의 설화가 각각 공존하고 있는 점에 주목하고자 한다.

[C] 옛날 동국에 원효 법사와 의상 법사가 있었다. 두 사람은 함께 당 나라에 와서 스승을 찾으려 하였다. 그들은 우연히 밤이 들어 노숙하면서 무덤 속에 머물게 되었다. 원효 법사가 목이 말라서 물을 찾았다. 그는 왼 편에 물이 많은 것을 보고는 몹시도 달게 그 물을 마셨다. 다음날 원효는 그 물을 확인하게 되었는데 원래 그것은 시체의 썩은 즙이었다. 그러자 마음이 불편해 토하려 하다가 크게 깨닫고는 이렇게 말했다. "내 듣기에 부처가 삼계(三界)가 유심(唯心)이고, 만법이 유식(唯識)이라 했다. 좋고 싫은 것은 내게 있으며, 물에 있지 않구나." 마침내 고국으로 되돌아가서 지극한 가르침을 널리 베풀었다.[9]

[D] 원효 법사가 의상과 더불어 같은 뜻으로 서쪽으로 유학을 떠났다. 그들은 본국(신라)의 해문(海門)이자 당으로 들어서는 지경에 다다랐다.

---

9) 如昔有東國元曉法師, 義相法師. 二人同來唐國尋師. 遇夜宿荒, 止於塚內. 其元曉法師, 因渴思漿. 遂於坐側, 見一泓水, 掬飲甚美. 及來日觀見, 元是死屍之汁. 當時心惡, 吐 之, 豁然大悟, 乃曰: "我聞佛言, 三界唯心, 萬法唯識. 故知美惡在我, 實非水乎?" 遂却返 故園廣弘至教 (延壽:904~975, 『종경록』 권11. 『대정신수대장경』 48책). 원전은 Cbeta Reader v.3.8(2009)에 따름. 국역은 오대혁, 앞의 책, 233면에 따름.

그들은 큰 배를 구하여 거친 바다 물결을 넘으리라 계획하여, 길을 가던 도중에 갑자기 험한 비를 만나게 되었다. 그래서 길옆의 토감(土龕) 사이에 몸을 숨겨 의지코자 하였다. 그들은 거기에 들어가서 습하게 몰아치는 비를 피했다.

이튿날 새벽에 보니 오래된 무덤의 해골 곁이었다. 하늘에서는 여전히 부슬부슬 가랑비가 내리고 있었고, 땅 또한 질퍽한 진흙길이었다. 한걸음도 나아가기 어려웠다. 무덤 앞에 머물면서 길을 나서지 못했다. 또 그 무덤굴 벽 가운데 기대어 있었다. 밤이 깊지 않아서 갑자기 귀신이 나타나 놀라기도 하였다. 원효가 탄식하여 말하였다. "전날에는 무덤을 토감이라고 생각하고 잤는데도 편안히 잘 수 있었고, 오늘밤에는 그곳을 피해 잤는데도 귀신이 넘나드는 변을 당했다. 생각 따라 갖가지 일이 생기고, 생각을 없애니[심멸: 心滅] 토굴이니 무덤이니 하는 구별이 없어진다. 삼계(三界)가 유심(唯心)이고, 만법이 유식(唯識)이로다. 이 마음 외에 또 무슨 진리가 있으리오. 나는 당으로 건너가지를 않겠다." 원효는 짐을 메고 다시 신라로 향해 돌아섰다.[10]

두 설화의 선후 관계를 확실하게 밝히기는 어렵지만, [C]가 요약적이라면 [D]는 묘사적 성격이 우세하다. [C]는 달게 마신 물이 시체의 썩은 즙이었다는 유명한 극적인 장치[11]가 있는데 비해, 깨달음의 내용 자체는

---

10) 與元曉法師同志西遊. 行至本國海門唐州界. 計求巨艦, 將越滄波, 條於中塗遭其苦雨. 遂依道旁土龕間隱身. 所以避飄濕焉. 迨乎明旦相視, 乃古墳骸骨旁也. 天猶霶霖地且泥塗, 尺寸難前逗留不進. 又寄埏甓之中. 夜之未央俄有鬼物爲怪. 曉公歎曰: "前之寓宿謂土龕而且安, 此夜留宵託鬼鄉而多崇. 則知心生故種種法生, 心滅故龕墳不二. 又三界唯心萬法唯識. 心外無法胡用別求? 我不入唐." 却携囊返國. (贊寧,『송고승전』(987) 권4「당 신라국 의상전」). 국역은 오대혁, 앞의 책, 242면을 따르되 주 29)와 동일한 어구를 똑같은 해석으로 고쳤음.

11) 覺範: 1071~1128,『林間錄』上 (『續藏經』148책, 590면)에는 '시체의 썩은 즙'이 '해

"삼계유식, 만법유식(三界唯心, 萬法唯識)"이라는 불언(佛言)을 인용하여 짤막하게 처리되었다. 이와는 대조적으로 [D]는 편안히 잠들었던 토감이 무덤 곁이라는 걸 알게 되자 귀신이 나타났다는 서사 전개를 더 구체적으로 보여주며, 깨달음의 내용 역시 원효 자신이 체험을 직접 요약하면서 더 자세히 서술한다. 두 사람의 입당(入唐) 과정은 [D]에서만 나온다. 두 기록을 거칠게 요약하면 대체로 같은 내용이지만, 인접 시기에 이루어졌으면서도 서술 태도는 이처럼 매우 대조적이다.

여기서 [C]와 [D]의 원효의 '깨달음' 역시 대체로는 유심·유식과 그무상함이라는 동질적인 범위에 있지만, 그 표현이 다소 다르다. [C]의원효는 "좋고 싫은 문제가 '나[我]'에게 있고, 물[水]에는 없다"고 했다. 이는 '나'라는 인식 주체의 역할을 제시한 것이다. [D]의 원효는 '나'를직접 내세우지는 않았다. 그보다는 정황의 변화에 따른 '심생(心生)'과'심멸(心滅)'의 시간적 계기 변화에 무게중심을 두고 있다. [C]에 비해[D]의 서술 태도가 훨씬 구체적임에도 불구하고, '나[我]'를 주어, 주체로삼아 현상을 정리하는 모습은 [C]에만 나타나는 것이다. 단순히 문체와표현 방식이 달라 빚어진 사례일 수도 있지만, [C]의 원효가 '나[我]'로표현된 인식 주체를, [D]의 원효는 누구나 지니고 있을 '마음[心]'으로표현하고 있었다는 점에 유의하고자 한다. 그러면서 [C]에서 '나'의 좋고 싫음이었던 감정의 문제가, [D]에서는 '마음[心]'의 생·멸이라는 추상적 문제로 전환한다.

---

골물[得泉甘凉, 黎明視之髑髏也.]'로 나오며, 깨달음의 내용은 거의 같다. 셋 가운데가장 유명한 기록은 『임간록』의 것인 듯하지만, 이 설화는 소개자부터가 "전혀 취할바가 못 된다"(김영태, 「전기와 설화를 통한 원효 연구」, 『불교학보』 17, 동국대 불교문화연구소, 1980. 55면)고 하였다. 그 이유는 [C]의 원효 형상보다 [D]의 원효 형상이 얻은 깨달음의 내용이 원효에게 더 어울린다고 보았기 때문이다.

다시 말하지만 '두' 원효의 깨달음이 그 실질에서 달랐다는 뜻은 아니다. 다만 서술 태도는 [D]가 더 구체적임에도 불구하고, '좋고 싫은 것은 내게 있으며(知美惡在我)'라는 인식의 주체로서 원효의 감각, 감정은 [C]에만 표현된 점이 서술자의 인식 차이를 반영하고 있다. 그리고 그 차이는 원효라는 인물의 구체적 감각·감정과 추상적 사유의 단서를 각각 강조하고 있다는 점에서 대칭적, 상보적이었다. 여기서 구체적 감정이 원효의 인간적 면모와 연결된다면, 추상적 사유는 원효가 보살(菩薩) 나아가 깨달은 자[覺者]의 경지에 이를 단서가 될 것이다. 구체성과 추상성이 이렇게 어우러지듯, 보살이자 인간, 본각(本覺)이자 시각(始覺)으로 원효의 깨달음이 지닌 대칭성과 상보성에 주목한 설화도 있었다.

> 또 일찍이 송사(訟事)로 인해 몸을 100그루의 소나무에 나눌 정도로 매우 바빴으므로 모든 사람들이 이를 두고 그가 보살 수행 과정에 있어 환희지(歡喜地)를 밟았다고 했다. 또 바다용의 권유로 길가에서 조서를 받들어 『금강삼매경소』를 지었는데, 이때에 붓과 벼루를 소의 두 뿔 사이에 놓고 글을 썼다고 해서 각승(角乘)이라 불렀다. 그러나 이것은 본각(本覺)과 시각(始覺)이라는 두 각의 미묘한 뜻을 나타낸 말이었다. 대안(大安) 법사가 종이를 순서대로 배열하여 붙였는데 이것도 원효의 속뜻을 헤아려 서로 화답한 것이었다.[12]

위의 기록은 「원효불기」의 거의 끝부분이다. 여기서 몸을 100그루에

---

12) 又嘗因訟分軀於百松, 故皆謂位階初地矣. 亦因海龍之誘承詔於路上, 撰三昧經疏, 置筆硯於牛之兩角上, 因謂之角乘. 亦表本始二覺之微旨也. 大安法師排來而粘紙, 亦知音唱和也. (『삼국유사』 권4 제5 의해 「원효불기」). 박성규 역, 앞의 책. 368면.

나누어 보살의 첫 단계에 해당하는 환희지를 밟은 원효를, 보살로 볼 수 있는지 여전한 인간으로 보아야 하는지 여부가 종교사 연구의 쟁점이었던 적도 있다. 이 부분을 실존 인물로서 원효에 대한 평가와 결부시키자면 원효가 보였다는 이적(異蹟)의 의미를 다른 고승들의 사례와 견주어 비교하고, 각승 그리고 본각과 시각의 철학적 의미 또한 더 성찰해야 할 것이다. 특히 『금강삼매경론』의 언어관과 관련하여 이는 매우 중요한 주제라 할 것이다.[13] 그러나 여기서는 논제인 설화 속 원효 형상에 한정하여, 「원효불기」의 마무리 부분으로서 이 기록의 의미에 치중하겠다. 이 기록은 원효가 보살과 인간의 면모를 함께 갖추었음을 증언한다. 소의 두 뿔 사이에서 『금강삼매경론』을 집필[14]하는 '각승(角乘)'의 상징적 장면도 그렇다. 이는 원효의 깨달음이 성과 속 어느 한쪽에 귀결된다기보다는, 그 대칭과 상보적 성격에 머물러 있었다는 의미이다. 요컨대 원효에 대한 긍정은 근본적으로 성과 속의 병진, 이른바 '화광동진(和光同塵)'에 있다는 그간의 논점을 다시 확인할 수 있다. 그러나 문제는 원효의 동진과 병진에 대한 전승자들의 시선이, 특히 원효와 다른 인물을 설화 속에서 비교할 때는 그리 일관성이 없었다는 것이다. 이에 대하여 다음 절에서 살피고자 한다.

---

13) 이에 대한 정리는 최유진, 「원효에 있어서 화쟁과 언어의 문제」, 『한국의 사상가 10인 · 원효』, 예문서원, 2002. 364~375면을 참조할 수 있으며, 특히 문학사상과 관련하여 김성룡, 「원효의 글쓰기와 중세적 주체」, 『한국문학사상사 1』, 이회, 2004. 64~90면에서 분석이 이루어졌고, 박태원, 「선불교, 철학적으로 사유하다 : 원효 선관(禪觀)의 철학적 읽기 -선과 언어적 사유의 결합 문제와 관련하여」, 『동아시아불교문화』 16, 동아시아불교문화학회, 2013. 3~34면에서 다른 승려들과의 비교를 통해 그 성격을 더욱 예각화했다.

14) 이 과정에 대한 자세한 기록이 『송 고승전』의 원효전 부분을 이루고 있다.

## 2.2. 비교의 대상이 된 인간 원효

앞서 살펴본 [C]와 [D]는 각각 그 강조하는 지점에 미묘한 차이는 있지만, 모두 깨달음의 주체로서 원효의 위대함을 강조하고 있다. 이는 널리 알려진 「원효불기」에서 원효의 행적 역시 파계로 여겨지기보다는 '화광동진(和光同塵)'의 보살행으로 평가되는 계기가 되었다. 그런데 흥미로운 점은 [C]와 [D]에서는 의상(義相)이, 「원효불기」 마지막 장면에는 대안(大安)이라는 인물이 각각 등장하여 원효의 행적을 더욱 돋보이게 해주는 현상이다. 특히 대안의 모습은 원효와 동질적이었지만, 의상과의 비교는 이 설화 자체를 '2인 성도담(二人 成道譚)'에 가깝게 보이게 할 정도로 원효와 의상의 차이가 컸다.[15]

이처럼 원효 설화는 원효와 다른 인물의 비교로 이루어지는 경우가 많다. 여기서는 그 중에 사복과 혜공을 중심으로 살펴본다. 사복과 혜공은 그간의 연구에서는 앞서 거론한 대안과 함께, 원효처럼 이른바 불교 대중화 또는 대중적 불교에 속하는 인물로 판단했다. 말하자면 원효 계열에 속하는 인물군으로 판단해온 셈이다. 그러나 설화 내용만을 놓고 보면 사복, 혜공은 원효보다 우월한 인물로 묘사된 것처럼 보인다. 그래서 여기서는 사복과 혜공에 주목한다. 먼저 「사복불언」에서의 사복은 원효에게 지나칠 정도로 퉁명스러운 목소리를 낸다.

서울 만선북리에 어떤 과부가 남편도 없이 임신하여 아이를 낳았다. 그 아이가 열두 살이 되어도 말을 못하고 일어나지도 못했으므로 사동(蛇

---

15) 앞서 1의 [B]도 원효가 의상이 세운 낙산사를 찾아가는 도중에 벌어진 사건이라는 점에서 넓은 의미로는 원효와 의상의 관계라는 맥락에서 이해할 필요가 있다.

童)이라 불렀다. 어느 날 그 어머니가 죽었는데, 그때 고선사에 머물고 있던 원효가 사복을 찾아보고 예를 표했으나 사복은 답례도 하지 않고 말했다. "그대와 내가 옛날에 불경을 실어 나르던 암소가 이제 죽었으니, 나와 함께 장사지내주는 것이 어떻겠는가?" "좋소." 같이 집에 도착해서 원효로 하여금 포살(布薩) 의식을 행하고 계를 주게 하였다. 원효가 시신을 앞에 두고 빌었다. ⓐ"태어나지 말지니라, 죽음이 괴로우니. 죽지 말지니라, 태어남이 괴로우니." 사복이 말했다. "말이 너무 번거로우니 다시 하라." 원효가 다시 빌었다. ⓑ"태어나고 죽음이 괴로움이라." 두 사람은 시신을 메고 활리산 동쪽 기슭으로 갔다. 원효가 말했다. "지혜를 가진 호랑이는 지혜의 숲에 장사지내는 것이 마땅하지 않겠습니까?" 사복이 이에 게를 지어 올렸다. "옛날 석가모니부처는 / 사라수 사이에서 열반에 드셨도다. / 지금 그 같은 사람이 있어 / 연화장 세계에 들어가려하네." 게송을 마치고 띠풀의 줄기를 뽑자 그 아래에 밝고 청허한 세계가 나타났는데, 거기에 칠보로 장식한 난간의 누각이 장엄하게 펼쳐져 있어 마치 인간 세상의 그것이 아닌 듯했다. 사복이 시신을 지고 들어가자 그 땅이 갑자기 합쳐지니 원효는 그만 돌아왔다. 후세 사람이 사복을 위하여 금강산 동남쪽에 절을 짓고 도량사라고 이름 했다. 매년 3월 14일이면 그 절에서 『점찰경』을 읽는 법회를 정기적으로 가졌다. 사복이 세상에 감응을 나타낸 것은 오직 이것뿐인데 세상에서 황당한 이야기를 많이 덧붙여 전하였으니 가소로운 일이다.[16)]

---

16) 京師萬善北里有寡女, 不夫而孕, 旣産. 年至十二歲不語, 亦不起, 因號蛇童. (下或作蛇卜, 巴又伏等皆言童也.) 一日其母死, 時元曉住高仙寺, 曉見之迎禮. 福不答拜而曰: "君我昔日馱經牸牛, 今已亡矣. 偕葬何如?" 曉曰: "諾." 遂與到家, 令曉布薩授戒, 臨尸祝曰: "莫生兮其死也苦. 莫死兮其生也苦." 福曰: "詞煩." 更之曰: "死生苦兮." 二公與歸活里山東麓, 曉曰: "葬智惠虎於智惠林中, 不亦宜乎?" 福乃作偈曰: "往昔釋迦牟尼佛, 娑羅樹間入涅槃. 于今亦有如彼者, 欲入蓮花藏界寬." 言訖拔茅莖, 下有世界, 晃朗清虛, 七寶欄楯, 樓閣莊嚴, 殆非人間世. 福負尸共入其地, 奄然而合. 曉乃還, 後人爲創寺

기록자의 증언에 따르면『삼국유사』편찬 당시에는 사복에 대한 신비담이 매우 많았다. 사복은 흥륜사 금당의 10성(十聖) 가운데 한사람으로, 서쪽 벽 원효의 곁에 모셔졌다.[17] 원효의 곁에 봉안되었다는 점은 본 설화에서 두 인물 사이의 관계를 놓고 보면 흥미롭기도 한데, 기록자는 사복과 같은 성인의 거룩함이 말단의 황당한 이야기를 통해서만 전승되는 현실을 개탄한다. 성인 사복에 대한 이런 평판을 떠올리면 위의 기록에서 원효가 사복에게 먼저 예를 표하는 장면이 그리 어색하지만은 않다. 그러나 답례도 하지 않고 말을 짧게 하는 사복의 의식적인 무례함을 놓고 보면, 서술자는 일부러 원효를 사복보다 열등한 존재처럼 묘사한게 아닌가도 싶다. 게다가 포살계를 치르고 지은 시 ⓐ가 너무 번거롭다고 질책을 하고는, ⓑ와 같이 간결하게 고치도록 한다. 그런데 ⓐ에서의 대칭과 부정적 표현을 연상시키는 구절은 원효의『금강삼매경론』에 나온다.

본래 일어난 것은 멸하지 않고, 멸하지 않으면 일어나지 않는다. 멸하지 않으면 일어나지 않으며, 일어나지 않으면 멸하지 않으니, 모든 법상도 또한 이와 같다.[18]

---

於金剛山東南, 額曰道場寺. 每年三月十四日, 行占察會爲恒規. 福之應世唯示此爾, 俚諺多以荒唐之說托焉, 可笑. (『삼국유사』권4 제5 의해「사복불언」). 박성규 역, 앞의 책. 375~376면.

17) 이 자료에서 사복은 '사파(蛇巴)'라는 이칭(異稱)으로 나온다. 같은『삼국유사』안에서도 사복의 명칭은 정리되어 있지 않았다. 흥륜사의 동쪽 벽에는 아도, 염촉, 혜숙, 안함, 의상이, 서쪽 벽에는 표훈, 사파, 원효, 혜공, 자장 등을 모시고 있다. (『삼국유사』권3 제4 탑상「동경 흥륜사 금당 십성」).

18) 本生不滅, 不滅不生. 不滅不生, 不生不滅, 一切法相, 亦復如是. (국역은 원효 저, 은정희 · 송진현 역주, 『금강삼매경론』, 일지사, 2000, 134면을 따름).

이 표현은 마음의 일어남[生]과 멸함을 대칭시키면서 '부정[不]'을 통해 이들의 작용을 연쇄적인 것으로 묘사한다. 마음의 생멸은 앞서 [D]에서 원효의 깨달음의 출발점에 해당한다. 「사복불언」의 ⓐ 역시 대칭과 부정적 표현을 활용하고 있는데, 『금강삼매경론』보다 더욱 구체화된 표현과 극단적인 방향을 선택하고 있다. 삶과 죽음은 '괴로움[苦]'을 통해 구체적인 연속선상에 놓이게 되며, '부정[不]'은 '금지[莫]'를 통해 더욱 극단적인 지경에 이르고 있다. ⓐ는 ⓑ로 교체되지만, 겉으로는 사라진 '금지[莫]'의 강도가 약해진다고 보기 어렵고, 생과 사 사이의 '괴로움[苦]'의 연속성은 오히려 더 심화했다.

이 구절은 원효의 직접적인 저술인 '-론(論)'이 아닌 '-경(經)' 부분에 수록되긴 했지만, 부정문의 연쇄와 대구의 열거는 많은 불교 저술에서 두루 보이는 것으로 원효 역시 자주 활용했다. 그렇다면 사복의 "말이 너무 번거롭다"는 질책은 이 구절 하나에 국한된다기보다, 연쇄와 대칭, 부정과 이중 부정문으로 점철된 문체 자체에 해당하는 것은 아닐까?

요컨대 원효에 대한 사복의 퉁명스러움은 ⓐ 한 구절 때문만은 아니고, 평소 그의 장황한 문체와 연쇄, 부정에 따른 중복과 반복의 언어 습관 자체에 있었을 것이다. 이러한 언어 표현에 대한 집착은 원효가 언어에 여전히 얽매이고 이끌리는 모습을 보여준다는 점에서 큰 문제이다. 사실 불교 대중화에의 기여가 원효의 큰 업적인데, 그의 저술 역시 쉬운 문체와 간결한 표현으로 이루어졌더라면 더욱 좋았겠다. 그러나 원효의 산문은 '화쟁(和諍)'을 위해 모든 논리를 포용하면서 그 의미가 다변화하고 논조가 복합적이었다.[19] 사복의 비판은 말 한마디나 글귀 몇 구절

---

19) 그 의미와 논조의 다변성, 복합성은 '화쟁기호학'의 모형으로 재평가되기도 한다. 이

에만 해당한다기보다, 원효의 장광설 그 자체를 향한 것이었다. 길이만 따지자면 사복의 게송이야말로 도리어 원효보다 더 길다.[20] 따라서 사복이 원효를 비판한 이유는 그의 사상이 아닌 언어와 문체에 있다고 본다. 그리고 방금 했던 말이 길어 번잡한 탓만이 아니라, 더 간결하게 표현할 수 있음에도 부정과 대구의 연쇄로 말미암아 길어지는 평소 원효의 장광설 때문이었다.

그러나 원효는 사복의 질책을 받아들여, "사생고혜(死生苦兮)"라는 짤막한 압축적 표현을 구사한다. 원효가 이러한 문체 하나만 구사할 따름이었다면, 그래서 사복의 지적을 수용하여 고칠 수 없었더라면, 원효는 그저 사복에 비해 열등한 존재에 그치고 말 것이었다. 그러나 압축적 표현 역시 가능했다는 점은 원효를 표현과 문체에 관한 한 능소능대(能小能大)한 인물로 보이게 한다. 그러므로 사복은 예를 전혀 표하지 않고 언어 표현에 질책하는 부정적 태도를 보임에도 불구하고, 원효에게 모친의 시신을 맡겼을 것이다. 원효는 이에 부응하여 사복의 모친이 전생에는 암소였지만, 현생에는 지혜의 호랑이와 같은 상징적 존재로 거듭났음을 알아차린다.

원효는 문제점과 한계를 지닌 인물이지만, 또 한편으로 그 문제점과 한계를 넘어설 수 있는 소양을 갖추었다는 기대와 희망이 이 짧은 설화에 함께 제시되었다. 「사복불언」에는 원효에 대한 이중적 시선이 사복의 태도를 통해 공존하고 있다. 말을 번거롭게 한다는 점에서 원효는 비판받지만, 대조적으로 간결한 표현도 가능했다는 점에서 존중받을 근거를

---

도흠, 『화쟁기호학, 이론과 실제』, 한양대 출판부, 1999 참조.

20) 이 설화에서 사복이 유일하게 진술한 감정을 드러내는 부분이다. 모정이 사상가로서 냉철함을 압도한 장면이었다.

마련한다. 여기서 이중적 시선의 근거는 원효가 구사한 문체의 이원적 가능성에 유래한다. 「사복불언」은 일단 원효라는 사상가의 수준 자체는 긍정하지만, 그 문체와 표현 방식은 수긍할 수 없다는 목소리를 띤다. 그러나 또 한편으로 원효 스스로 자신의 문제점을 고칠 수 있다고 보아 원효의 가능성을 인정한다. 긍정과 비판을 동시에 보여주고는 있지만, 시선의 무게중심은 그래도 긍정 쪽에 한결 가깝다. 사복에 비하면 부분적으로 열등할지 모르지만, 충분히 그와 교유하고 임종을 지킬 만한 존재로 묘사하고 있는 것이다. 그 근거를 복잡한 언어와 간결한 언어를 함께 구사했던 능력에서 찾았다고 이해하고자 한다.

다음에 살펴볼 「이혜동진」은 마찬가지로 원효에 대한 복합적 시선을 보이지만, 그러나 그 귀착점은 긍정보다는 부정에 한결 더 가깝다.

> 만년에는 (혜공이) 황사사(恒沙寺 : 현재의 포항 오어사)로 옮겨 살았다. 이때 원효가 여러 불경에 주를 달고 해설을 덧붙이는 작업을 하고 있었으므로 매번 혜공 스님에게 가서 모르는 것을 묻기도 하고 서로 우스갯소리도 나누었다. 하루는 두 사람이 시냇가에서 물고기와 새우를 잡아먹고는 돌 위에 대변을 보고 있는데, 혜공이 이 모습을 가리키며 희롱해 말했다. "그대가 싼 똥은 내가 잡은 물고기이다."[21] 그로 인해 절 이름을 오어사라 했다. 어떤 사람은 이것을 원효 법사가 한 말이라고 하나 그것은 옳지 않다. 민간에서는 그 시내를 잘못 불러 모의천(芼矣川)이라고 한다.[22]

---

21) 이 부분 "汝屎吾魚"를 "그대는 똥을 누고, 나는 물고기를 누었다"로 달리 해석하거나, 두 마리 물고기를 서로 자기 것이라 한 것으로 풀이하기도 한다.

22) 晚年移止恒沙寺, (今迎日縣吾魚寺諺云. 恒沙人出世, 故名恒沙洞.) 時元曉撰諸經疏, 每就師質疑, 或相調戲. 一日二公沿溪掇魚蝦而唉之, 放便於石上, 公指之戲曰: "汝屎

여기서 원효와 혜공의 관계는 앞서 원효와 사복의 관계에 비하면 더 친밀한 것처럼 보인다. 그러나 친밀하다고 해서 우열 관계를 따질 필요가 없지 않고, 원효를 앞서 「사복불언」만큼 긍정적으로 묘사하지도 않았다. 위의 기록을 보면 원효가 혜공에게 가르침을 받는 일방적 관계처럼 서술되었고[23], 전승자는 "여시오어(汝屎吾魚)"라는 풍부한 상징성을 지닌 표현을 남긴 사람은 혜공이며, 몇몇 사람처럼 원효로 보아서는 옳지 않다는 평을 구태여 덧붙이고 있다. 원효는 혜공과 우스갯소리를 나누고 희롱할 만한 수준의 인물이기는 하지만, 어디까지나 주변적인 위치일 따름이다. 무엇보다 「사복불언」에서 원효가 간결한 표현 역시 구사할 수 있었다고 본 것과는 대조적으로, 「이혜동진」의 화자는 몇몇 사람의 말에도 불구하고 원효에겐 상징적 표현을 구사할 능력이 없다고 판단했다. 여기서 기록자의 원효에 대한 시선은 이중적이면서도 부정적인 쪽에 한결 기울었다.

그러나 몇몇 사람의 주장을 근거가 없다고 하여 빠뜨리지는 않고 함께 소개한 것을 보면, 서술자의 생각과는 별개로 원효에게 이런 상징적 표현이 어울린다는 반응도 꽤 힘을 얻지 않았을까 한다. 상상력을 보태어 「사복불언」이 그러한 시각의 한 근거가 되어주었다고 보면 어떨까? 「사복불언」과 「이혜동진」에는 서술자의 태도 차이는 있지만, 원효에 의해 간결하거나 함축적인 언어 표현이 이루어질 것을 기대했던 사람들의 시선이 공통적으로 담겨 있다. 그것은 「사복불언」에서 사복의 요청을 통

吾魚." 故因名吾魚寺. 或人以此爲曉師之語監也. 鄕俗訛呼其溪曰芼矣川. (『삼국유사』 권4 제5 의해 「이혜동진」). 박성규 역, 앞의 책. 355면.
23) 여기서 살피지 못한 「낭지승운」 역시 낭지의 제자로 원효의 활동을 종속적으로 설명하고 있다. 그러나 낭지는 원효의 스승이었고, 혜공은 낭지의 경우와는 달리 격의 없는 사이였다.

해 실현되었으며, 「이혜동진」에서는 "여시오어"라는 표현을 통해 주체에 대한 희망적인 이설(異說)로서 등장하고 있다. 두 설화는 원효를 부정적으로 볼 가능성을 어느 정도 의식하고는 있지만, 1장의 [B]에서 보이는 정도의 비판에는 이르지 않았다. 그보다는 2.1에서 정리했던 「원효불기」와 그 마무리처럼, 이중성에 따른 다양한 평가 가능성을 원효 형상의 본질처럼 제시하는 것으로 보인다. 그렇다면 1장의 [B]에 나타난 비판의 동기와 목적은 대체 무엇일까? 장을 달리하여 유사한 구성의 다른 설화를 더 살펴봄으로써 추론해 보자.

## 3. 긍정 또는 비판의 시선과 그 의미

1장의 [B]에 나타난 원효의 형상조차도 긍정적으로 보는 관점이 오늘날의 원효 연구에서는 우세하다. 이는 「원효불기」에서 나타난 원효의 '화광동진'이라는 관점을 의식한 성과이기도 하다. 그러나 [B]의 기록은 유사한 구성이 여러 차례 더 나타난다는 점에서 긍정적 형상화로 보기에는 무리가 있다.

이에 석남원을 세우고 문수보살이 내려오기를 기다렸다. 이때 어떤 늙은 거사가 남루한 옷을 입고 칡넝쿨로 만든 삼태기에 죽은 강아지를 담아 가지고 와서 사자에게 말했다. "자장을 만나러 왔다." 문인이 말했다. "내가 스승을 받들어 모신 이후로 아직 스승의 이름을 함부로 부르는 사람을 본 적이 없소. 그대는 어떤 사람이기에 이렇게 정신 나간 짓을 하시오?" "너의 스승에게 아뢰기만 해라." 제자가 들어가서 아뢰니 자장도 미처 깨

닫지 못하고 말했다. "아마도 미친 사람인가보다." 제자가 나와 꾸짖어 내
쫓으니 거사가 말했다. "돌아가리라, 돌아가리라. 아상(我相)을 가진 사람
이 어찌 나를 볼 수 있겠는가?" 그리고 삼태기를 거꾸로 털자 죽은 강아지
가 사자보좌로 변하니 그 위에 올라앉아 광채를 발하며 떠나 버렸다. 자
장이 그 말을 듣고는 위의를 갖추고 빛을 찾아 급히 남쪽 고개에 올랐으
나 이미 까마득하여 쫓을 수가 없어 드디어 그 자리에 쓰러져 죽었다. 화
장하여 유골을 바위 구멍 안에 안장했다.[24]

효소왕 6년 정유년(697)에 낙성회가 열려 왕이 몸소 행차하여 공양을
바쳤는데 그때 차림새가 누추한 어떤 비구가 뜰에 웅크리고 서 있다가 청
했다. "빈도도 이 재에 참여하고 싶습니다." 왕이 자리 끝에 참여하는 것을
허락하였다. 재가 파하려 할 때 왕이 그에게 농담 투로 말했다. "스님은 어
느 곳에 머무시오?" "비파암입니다." "여기서 떠나거든 사람들에게 국왕
이 친히 공양하는 재에 참석했다고 말하지 마오." 스님이 웃으며 대답했
다. "폐하께서도 다른 사람에게 석가 진신에게 공양했다고 말하지 마십시
오." 말을 마치자 몸을 솟구쳐 허공에 떠서 남쪽으로 가버렸다. 왕이 놀라
고 부끄러워하며 급히 말을 달려 동쪽 언덕에 올라가 그가 사라진 방향을
향해 멀리서 절하고 사람을 시켜 가서 찾아보게 하였다. (중략) 그래서 왕
은 비파암 아래에 석가사를 세우고 그의 자취가 사라진 곳에 불무사를 창
건하고는 지팡이와 바리떼를 나누어 안치했다. 두 절은 지금까지 남아 있
지만 지팡이와 바리떼는 없어졌다.[25]

위는 각각 자장(慈藏: 590~658)의 죽음, 효소왕의 망덕사 창건 관계

24) 『삼국유사』 권4 제5 의해 「자장정률」. 박성규 역, 앞의 책. 362~363면.
25) 『삼국유사』 권5 감통 제7 「진신수공」. 박성규 역, 앞의 책. 423면.

기록이다. 자장은 널리 알려졌듯 신라 불교의 초석을 닦은 인물이며, 효소왕의 망덕사 창건 또한 큰 공덕에 해당한다. 그러나 위 설화는 이들이 자신이 업적이 큰 고승이거나 왕이라는 '아상(我相)'에 얽매임으로써 문수보살과 진신 석가를 알아보지 못했던 어리석음을 보여준다. 『삼국유사』는 이와는 대조적인, 미약한 존재들의 큰 성취 역시 여러 장면으로 보여주기도 한다. 말하자면 위대한 사제(자장) 또는 국왕(효소왕)은 교만으로 말미암아 신과 재회하지 못하지만, 기층민(엄장, 달달박박)은 참회하고 수행하여 결국 종교적 성취를 이루는 것이다. 그렇다고 '신과의 갑작스런 만남'이라는 화소에 치중하여 기층민에 대한 긍정과 상층에 대한 비판의식이 투영된 것으로 보아도 좋을지는 더 생각할 문제이다.

그러나 [B]가 이들 설화와 같은 화소를 공유하고 있음을 인정한다면, 참회보다 공덕을 중심으로 교만해진 사람 가운데 하나로 원효가 등장한다는 점은 명백하다. 그렇다면 이 설화를 '만인적(萬人敵)' 원효를 향한 귀족불교의 시샘에 따른 결과로 파악하거나[26], 원효가 관음을 만난 것 자체를 대단한 성과로 간주하는 편의적 해석[27]을 이제는 벗어나야겠다.

그렇다면 원효를 부정적으로 바라본 [B]를 애써 긍정적인 것으로 풀이하기보다는, 이 설화 자체를 당시 불교계에 팽배했던 교만과 아집에 대한 비판의 하나로 이해하는 편이 어떨까 한다. [B]와 동일한 화소를 지닌 위의 설화 두 편에도 불구하고, 자장과 효소왕의 업적에 대한 부정적인 평가는 거의 없었다. 이 유형의 설화는 자장과 효소왕이라는 특정

---

26) 이러한 해석은 특히 원효를 대안(大安)과 같은 류의 민중불교의 성자 또는 체제 비판적 성향을 지닌 6두품 지식인으로 간주하는 입장과 관계가 있다.

27) 특히 [B] 앞에서 의상의 기도는 관음을 직접 영접했다는 암시가 없는 반면 원효가 관음을 친견한 점을 높이 평가하는 시각(김상현, 『역사로 보는 원효』, 고려원, 1994. 157면.)도 있는데, 설화 내용보다는 의상과의 대칭점에만 주목한 견해라 하겠다.

인물을 비판하기에 그 목적을 둔 게 아니라, 그런 인물조차 교만과 아집의 미혹은 쉽게 털어낼 수 없었다는 점에 초점을 맞추었다. 원효에 대한 [B]의 비판은 그런 관점에서 바라보아야 한다. 그리고 다른 인물과의 대비를 통한 긍정 또는 부정은 원효를 우상화하거나 일방적으로 매도하는 단면적 시야를 벗어나, 그 위대한 성자로서 성취와 나약한 한 인간으로서 약점을 고루 바라보고자 했던 균형 잡힌 시각의 소산으로 보아야 할 것이다. 그리고 이와 같은 균형감각과 입체적 시선이야말로 실존 인물로서 원효의 성과와는 별도로, 설화 전승자들이 원효를 형상화하며 지녀온 종교적 깨달음과 현실적 제약의 공존 가능성에 대한 성찰과 모색의 성과였다.

또 한편으로 간결한 언어 표현과 관련하여, 기층민과 소통하는 원효의 역할은 여전히 중요했다. 앞서 살핀 2.2의 설화 두 편은 원효에게 '간결하거나 함축적인 무언가'를 기대했던 것이며, 이는 우연하지 않게 〈원왕생가〉의 전승담으로 알려진[28] 「광덕 엄장」에 더욱 효과적으로 드러났다. 여기서 먼저 왕생한 광덕에 비해 윤리적으로 나약하고 수행의 소질 역시 부족했던 엄장은 원효와의 문답으로 마침내 간결한 수행 방법을 터득한다. 그리고 '쟁관법'이라는 그 수행 방법의 이름조차 함축적이다.

（전략 : 광덕과 엄장은 먼저 왕생하는 쪽이 나중에 올 사람에게 알려주기로 약속한 사이였는데, 광덕의 죽음 이후 엄장은 광덕 처와 동거하고 동침하려 하자 광덕 처가 꾸짖는다.）

---

28) 원전을 놓고 보면 〈원왕생가〉는 마지막 부분에 첨부되었을 뿐, 전승담 안에서의 역할은 따로 없다. 「광덕 엄장」은 그보다는 관법과 수행의 문제에만 주력하는 듯한 인상이다.

"남편과 저는 10여 년을 같이 살았지만 하룻밤도 잠자리를 같이 한 적이 없었으니, 하물며 몸을 더럽혔겠습니까? 다만 매일 밤 몸을 단정히 하고 바르게 앉아 한결같이 아미타불을 염송하여 16관을 지었는데 관에 익숙해지고 밝은 달빛이 문으로 들어오면 그 빛 위에 올라가 가부좌를 하였습니다. 이같이 정진하였으니 비록 서방극락으로 가지 않으려 해도 어디로 가겠습니까? 천리 길을 가고자 하는 사람은 첫걸음에서 알 수 있다는데, 지금 스님의 관을 보니 동쪽으로 간다고 할 수는 있지만 서방극락으로 갈지는 알 수 없습니다."

엄장이 부끄러워 얼굴을 붉히며 물러나와 바로 원효법사가 있는 곳에 나아가 수행의 요점을 간절하게 구했다. 원효가 쟁관법(錚觀法)을 만들어 그를 인도했다. 엄장이 이에 자신을 깨끗이 하고 참회하며 전심전력으로 쟁관법을 수행하니 역시 서방 극락으로 올라갈 수 있게 되었다. 쟁관법은 원효의 본전과 『해동고승전』에 실려 있다. 광덕의 처는 분황사의 노비였는데, 아마 관음보살의 19응신 중 한 분이었던 듯하다. 광덕이 일찍이 지은 노래가 있었다.[29]

사실 광덕이 수행했다는 16관법은 『관무량수경(觀無量壽經)』의 전체 내용에 해당한다. 광덕은 매일 경전을 일독하고 그대로 실천했다는 것이다. 그러나 신비롭고 초월적인 대상을 매일 '관(觀)'할 정도로 광덕이

---

29) "夫子與我同居十餘載, 未嘗一夕同床而枕, 況觸汚乎? 但每夜端身正坐, 一聲念阿彌陀佛號, 或作十六觀, 觀旣熟, 明月入戶, 時昇其光, 加趺於上. 竭誠若此, 雖欲勿西奚往? 夫適千里者, 一步可規, 今師之觀可云東矣, 西則未可知也." 莊愧~而退, 便詣元曉法師處, 懇求津要, 曉作錚觀法誘之. 藏於是潔己悔責, 一意修觀, 亦得西昇. 錚觀在曉師本傳, 與海東僧傳中. 其婦乃芬皇寺之婢, 蓋十九應身之一. 德嘗有歌云 (『삼국유사』 권5 제7 감통 「광덕 엄장」). 박성규 역, 앞의 책. 419면. 박성규 역에서 '정관법'으로 표기된 것을 여기서는 원전에 따라 '쟁관법'으로 고쳐 표기했다.

대단했다는 사실은 이 설화의 핵심이 아니다. 그보다는 16관법의 여러 단계가 쟁관법으로 간략화될 수 있었고, 근기가 낮은 엄장도 16관법과 완전히 같은 성과를 거둘 수 있었다는 점이 더 중요할 것이다.[30] 원효는 「사복불언」에서 보여준 것처럼, 어려운 내용과 복잡한 과정을 쉽고 간결하게 표현할 능력을 충분히 갖춘 인물이었다. 그것이 원효가 지닌 다층적 형상에도 불구하고 역사적 인물로서 그에 대한 오늘날의 평가를 일원화하게 한 근거의 하나였을 것이다.

실존 인물로서 원효의 성과 못지않게 그에 대한 설화적 형상화의 이중적 시선이 중요한 근거가 여기에 있다. 엄장이 광덕보다 주목받았던 이유는 그가 참회를 거쳐 깨달음을 얻은 존재였다는 점에서 순일한 깨달음을 상징하는 광덕보다 더 큰 공감대를 얻을 수 있었기 때문이었을 것이다. 그렇다면 좌절을 겪은 깨달음과 순일한 깨달음 사이에는 우열 관계가 없어야 한다. 그러므로 원효의 간결한 쟁관법은 『관무량수경』과 수준 높은 복잡한 수행과 같은 권위를 지녀야 하며, 균여의 〈보현십원가〉는 『화엄경』과 동질적인 효과를 거두어야 한다. 설화 전승자들이 엄장과 원효를 엮은 것은 이 때문이었다.

원효가 만들었다는 '쟁관법'이 실린 두 문헌은 현존하지 않는다. 그러나 복수의 문헌에 수록되었으며, 엄장과의 만남을 계기로 만들었다[曉作鎙觀法誘之]는 구체적 정황이 언급된 점을 보면, 16관법을 대체하기

---

30) 이런 원리로 『화엄경』의 전체 단계를 간략화한 것이 「보현행원품」이며, 〈普賢十願歌〉이다. 작가 균여는 약본(略本)의 경전일지라도 "이 일부의 경전을 보아도 가없는 법해(法海)를 보는 것이다. 다시 곧 이 일부의 경전이 가없는 법해의 설이니, 모아져서 두루 통하는 글은 분제(分際)가 없었기 때문에 하나를 설한 것이 곧바로 일체를 설한 것이 되기 때문(균여, 『교분기원통초』 권1, 『한국불교전서』 4, 동국대학교 출판부, 1982. 241면 하단)"이라는 생각을 갖고 있었다.

위해 원효가 창안한 간결한 형태의 쟁관법은 실존했음이 명백하다. 그런데 이 부분은 흔히 '정관법'의 오기일 것으로 판정되기도 하는데, 이런 명칭은 문헌에 남길 특수한 수행법을 지칭하기에는 의미 실질이 별로 없이 막연한 것이다. 게다가 원효가 'O관법'이라는 표현으로써 'O을 거쳐 가는 관법'을 의미했던 용례[31]를 고려한다면, 'O'의 자리에 '쇳소리[錚]'와 같은 감각적 대상이 놓이는 것이 그리 어색하지 않다. 나아가 종교적으로 미화된 원음이 아닌 '쇳소리'로 표현된 일상생활에의 충실도를 관법의 전제조건으로 본 원효 사상의 단초를 읽을[32] 여지도 있다.

도식적인 연상일 수도 있겠지만 쟁관법의 효과는 「사복불언」의 "사생고혜(死生苦兮)"처럼 복잡한 사고 과정을 간결하게 만들어주는 표현과 다르지 않다. 또한 '쟁(錚)'이라는 명칭으로부터 연상되는 수행 장면은 "여시오어(汝屎吾魚)"에서처럼 함축적·상징적인 측면이 있다. 이것이 엄장이 필연적으로 원효를 찾은 본질적인 이유였을 것이다.

여기서 엄장과 소성거사로서 원효를 "장엄하지 않으면서도 욕망의 번뇌를 벗어난 재가 수행자의 모습을 구현"[33]한 것으로 보았던 성과를 돌이킨다. 이 가설에는 두 가지 의문점[34]이 있긴 하지만, 여성을 향한 욕망 때문에 고뇌했던 체험은 두 사람의 닮은 부분이다. 그리고 둘의 성과는 한때의 욕망이 깨달음에 이르지 못하는 제약은 될 수 없다는 증거이다.

---

31) 후지 요시나리[藤能成], 『원효의 정토사상 연구』, 민족사, 2001, 134~138면.
32) 서철원, 『향가의 역사와 문화사』, 지식과교양, 2011, 121면.
33) 김성룡, 『한국문학사상사1·중세의 문인과 글쓰기』, 이회문화사, 2004, 84면.
34) 첫째, 원효가 '거사'를 자칭했다고 과연 그를 재가 수행자라 불러도 좋을지 의문이다. 둘째, 엄장은 여성에 대한 욕망을 벗어나서 깨달은 것으로 되어 있는데, 소성거사로서 원효는 여성에 대한 욕망을 성취했다. 따라서 원효의 행적을 엄장과 같은 성격으로 평가할 수 없다.

그렇다면 원효는 엄장과 같은 욕망의 고뇌에 시달렸던 인물이므로, 엄장을 위한 간략화된 수행 방법을 창안할 사람으로는 원효가 적격이다. 어쩌면 욕망의 유혹을 체험한 원효가 아니라면 '쟁관법'과 같은 수행 방법은 설득력을 갖기 어려웠을 것이다. 성자이자 속인이라는 원효의 이중성은, 여기서 엄장과 같은 사람에게 적절한 수행 방법을 창안할 수 있는 근거가 된다. 원효와 엄장을 동류라 단정하기는 망설여지지만, 원효와 엄장은 같은 욕망에 휘둘린 인물들이었기 때문에 서로가 큰 공감대를 느끼고 있었다.

원효 형상의 설화적 이중성은 실존 인물 원효의 사상적 성취와는 별도로, 설화 전승자들이 끊임없이 매달려온 문제에 대한 성찰의 성과이다. 그 문제는 한 인간에게 복잡한 교리의 언어와 간명한 실천의 언어가 공존할 수 있는지, 종교적 깨달음은 순일한 것인지 좌절과 참회를 필연적으로 포함하는 것인지 등과 관련한 여러 가지 문제가 얽혀 있었다. 설화적 인물로서 원효가 「사복불언」, 「이혜동진」 그리고 「광덕 엄장」 등에서 꾸준히 보여온 복합성과 굴곡은 이에 대한 전승자들의 번민을 함께 고려하여 풀어야 한다. 설화 속 인물로서 원효의 유산은 이 문제를 설화 전승자들에게 화두(話頭)로 남겨주었다는 점에 있다.


## 4. 오만과 참회에 관하여

설화 속의 원효는 다층적 방향으로 형상화되었다. 얼핏 파계처럼 보이는 행위를 통해 '화광동진'이라는 소통의 깨달음을 알려주는 위대한 존재인가 하면, 자신의 업적을 과신하여 보살의 응신(應身)을 알아보지 못하는 어리석은 인물처럼 그려지기도 한다. 이를 설화 속 원효의 '분별'에 대한 양면적 태도에서 말미암은 것으로 판단하고, 여러 설화에서 원효에게 깨달음의 주체로서 위대함과 비교당하는 대상에 대한 상대적 취약함을 각각 드러내고 있음에 주목하였다.

원효 연구의 전제는 원효 형상의 이중성은 '화쟁', '화광동진' 또는 더 높은 차원의 통합성과 통일성을 내포·예견하고 있다는 것이었다. 따라서 원효의 모순된 행적과 언어를 이중성 그 자체로 이해하기를 꺼려 왔다. 그러나 여기서는 그 이중성을 그 자체로 이해하고자 했다. 다만 그에 대한 비판 일변도의 시선은 찾기 어렵고, 있더라도 그것은 불교계 일반의 성향과 맞물려 있다는 것이다. 그보다는 「사복불언」과 「이혜동진」에서 원효는 사복 또는 혜공에 비해 상대적으로 열등한 존재처럼 비쳐졌지만, 그럼에도 그의 사상가로서 성취는 인정받고 그에 대한 기대와 존중이 지속된다는 점에 주목하였다.

원효의 깨달음은 두 편의 설화에서 모두 심식(心識)의 무상함을 인식한 것으로 나타난다. 다만 그것을 '나'의 좋고 싫음에 다른 것으로 볼지, 마음의 생과 멸로 간주할지에 따른 표현의 미묘한 차이가 있었다. 원효를 보살이자 인간으로서 평가한 「원효불기」의 태도는 이 두 가지 관점을 모두 고려한 것으로 보인다. 한편 대비의 대상으로서 원효 형상에는 그에 대한 긍정적 시선과 부정적 시선이 공존하고 있다. 「사복불언」에서는 원효를 비롯한 유식사상가들의 지나친 장광설을 경계하는 한편, 그래도 원효에게는 간결하고 압축적인 표현의 능력이 있음을 강조한다. 또한 「이혜동진」에서도 원효의 한계에 비판적이지만, 또다른 전승을 통해 원효의 능력이 긍정되고 있다. 원효에 대한 비판적 시선은 자장과 망덕사 등의 설화에도 보이듯이 자신의 업적에 대한 과신과 교만을 경계하는 불교계 일반을 향하는 성격이 더 짙었다. 「광덕 엄장」에서는 원효가 수행 과정과 방법을 간략하게 압축할 수 있었다는 점을 더 큰 미덕으로 삼고 있다.

원효에 대한 비판이 당대의 불교계 일반을 향한 것이었다면, 그에 대한 존경심은 간명한 언어와 압축적 수행 방법이라는 원효 본인의 개성과 결부되어 있다. 또한 원효에 대한 이중적 시선은 종교의 언어와 깨달음에 대한 설화 전승자들의 끊임없는 고민 과정을 보여주는 것이기도 하다.

# 이승과 저승에 얽힌 종교적 체험[1]

## 1. 내세와 정토 그리고 왕생

사후세계와 내세에 관한 향가를 살펴보고, 이를 『삼국유사』의 일반적인 사례와 함께 살펴 신라인의 내세 관념에 접근하겠다. 향가와 『삼국유사』를 함께 다루는 이유는 고질적인 자료 부족 탓이기도 하지만, 사후세계와 내세 관념에 대한 전반적인 검토를 위해서는 더욱 넓은 범위의 논의 대상이 필요했기 때문이라서였다.

그간의 논의에서 향가의 내세 관념은 불교 교리, 특히 정토[2] 신앙을 통한 왕생의 문제를 중심으로 연구되었다.[3] 그 과정에서 〈원왕생가〉가

---

1) 이 글에는 「(부록) 고대가요와 향가의 이해」에서 향가에 관하여 정리한 내용에 기초한 부분이 있으므로, 해당 부분을 먼저 읽기를 권장한다.
2) 제목과 본문에서 ' '로 묶은 '정토'는 향가에 나타난 정토 관련 용어와 표현, 가령 〈원왕생가〉에서 '왕생' 이후의 세계와 〈제망매가〉의 미타찰 등을 뜻하며, 그렇게 묶지 않은 정토는 불교 교리상의 정토이다. 양자가 언제나 일치하지는 않았다는 의미에서 구별하겠다.
3) 이러한 관점은 김종우, 『향가문학연구』, 이우출판사, 1975, 53~130면에서 본격화되었고, 특히 〈원왕생가〉에 나타난 신앙의 성격에 관한 연구에 많은 영향을 끼쳤다.

논의의 중심을 이루어왔으며, 〈제망매가〉의 서정성을 분석하는 자리에서도 종교와 신앙의 배경을 탐색해 왔다. 그러므로 신라의 정토왕생 설화가 향가의 창작 연대와 거의 같은 궤적을 그리고 있다는 관점[4]을 애써 부정하기도 어렵다. 이에 더하여 사상사 연구에서는 신라 정토 신앙의 유형을 염불, 추선(追善), 공덕 등으로 구별하고 이를 각각 특정 계층의 재정적 형편이 반영된 것으로 파악해 왔다.[5] 또한 정토 신앙 나아가 불교문화의 사회적 역할과 신앙 공동체의 형성 가능성에 관한 연구[6]도 이루어졌음을 고려하면, 대체로 '정토'를 신라 문학에서 내세 관념의 중심으로 전제했다.[7]

이에 따라 '정토'를 통한 내세 관념의 심화와 더불어, 신라의 내세 관념과 '정토' 사이의 관계를 정리하고자 한다. 자료의 수가 향가에 비하면 다소 풍부한 『삼국유사』 소재 설화를 먼저 살펴볼 텐데, 향가와의 대비를 위해 현존 향가와 인접한 7~9세기의 자료에 집중하겠다. 이차돈의

---

4) 김승찬, 「원왕생가」, 『신라향가론』, 부산대 출판부, 1999, 133~138면. 논자에 따르면 신라의 정토왕생설화는 진평왕대 혜숙의 미타사 창건과 〈욱면비염불서승〉 설화에서 비롯되어 문무왕대와 성덕왕, 경덕왕대에 이르러 다수의 사례가 보이고 있는데, 이는 향가의 창작 연대와 거의 동궤에 놓이고 있다.

5) 정토신앙을 향유층의 계층성과 결부시킨 연구 성과는 이기백, 「정토신앙의 제양상」, 『신라사상사연구』, 일조각, 1986, 124~189면에 수록된 논문들 참조. 논자에 따르면 이 가운데 염불은 염세적 경향이 큰 하층민이, 추선은 현세 긍정적 성향을 지닌 귀족층이, 공덕은 6두품·하급 귀족 또는 지방 촌주 출신이 각각 선택하는 특성을 지니고 있다고 한다.

6) 박애경, 「정토신앙 공동체와 향가」, 고가연구회 편, 『향가의 깊이와 아름다움』, 보고사, 2009, 142~164면; 박애경, 「불교문화의 저변화와 〈맹아득안가〉」, 고가연구회 편, 『향가의 수사와 상상력』, 보고사, 2010, 335~353면.

7) 〈원왕생가〉에서 〈도천수관음가〉에 이르는 7세기 후반! 8세기 중엽의 향가 융성기를 '화엄정토만다라 시대'로 부르기도 한다. 이도흠, 「신라 향가의 문화기호학적 연구」, 한양대 박사논문, 1993, 13면.

순교와 불교의 공인을 통해 '정토'에 대한 이해가 갖추어지는 시기이기도 하다. 향가와의 대비는 7세기 중엽의 〈풍요〉와 〈원왕생가〉로부터, 개체의 쇠락과 소멸에 관한 진지한 성찰을 시도한 7세기 후반의 〈모죽지랑가〉, 정토와 죽음에 대한 재해석을 시도한 8세기 중엽의 〈제망매가〉, 〈찬기파랑가〉 등을 대상으로 삼았다. 그 과정에서 내세 관념의 성장과 변모에 대한 시각도 드러날 것이다.

## 2. 『삼국유사』의 내세 관념

『삼국유사』에는 무속, 고유신앙과 불교 전반에 걸친 내세 관념을 드러내는 설화가 풍부하게 실려 있다. 그러나 여기서는 현존 향가의 창작 연대와 가까운 시기에 한정하겠다. 지나치게 단편적인 자료 또는 연대가 먼 자료, 나중에 살필 향가의 전승담은 일단 배제하고 다음과 같이 표를 작성했다.[8]

| 시기 | 편명 | 내용 | 출전 | 동시대 향가 |
|---|---|---|---|---|
| 법흥왕<br>(514~540) | 原宗興法 厭<br>髑滅身 | 이차돈의 순교와 이적(異蹟) | 흥법 | |

---

8) 다만 『삼국사기』의 내세 관념을 거론하지 않은 점은 한계가 될 수도 있겠다. 『삼국사기』 또한 「검군」과 같은 특이한 죽음 인식을 보이는 사례가 있기 때문에, 논의를 풍성하게 해줄 가능성이 있다. 그러나 특이한 죽음 인식이 반드시 내세 관념과 연계된 것이라고 판정하기는 어려웠고, 수록 자료의 성격에도 어느 정도 차이가 있음을 고려하여 일단 포함하지 않았다.

| | | | | |
|---|---|---|---|---|
| 진평왕<br>(579~632) | 圓光西學 | 원광이 여우귀신의 도움을 받아 해<br>외 유학을 하고, 나중에 돌아와 여<br>우귀신이 죽을 때 구원해 줌. | 의해 | 혜성가,<br>서동요 |
| | 二惠同塵 | 혜숙의 거짓 죽음(시해선(尸解仙)과<br>유사함) | | |
| | 慈藏定律 | 관음보살의 현신을 알아보지 못하<br>고 죽는 자장 | | |
| 문무왕<br>(654~661) | 文虎王 法敏 | 축생에 떨어지더라도 호국하리라<br>는 결심을 한 문무왕 | 기이 | 풍요,<br>원왕생가 |
| ?<br>(원효<br>생존시) | 蛇福不言 | 뒷동산의 풀뿌리를 뽑으면 나타나<br>는 사후 공간으로서 연화장세계 | 의해 | |
| ?<br>(의상<br>생존시) | 眞定師孝善<br>雙美 | 불심이 투철했던 진정 모친의 죽음<br>이 후세에 남을 의상의 강의록(「화<br>엄경문답」)을 남기게 함. | 효선 | |
| 신문왕<br>(681~692) | 元曉不羈 | 설총을 돌아보는 원효의 조상(彫像) | 의해 | |
| | 大城孝二世<br>父母 神文代 | 김대성이 윤회, 환생을 통해 불국사<br>와 석굴암을 짓고, 효도와 불사를<br>지속함 | 효선 | |
| 성덕왕<br>(702~737) | 南白月二聖<br>努肹夫得 怛<br>怛朴朴 | 규율을 따지지 않고 여인의 해산을<br>도운 달달박박과 그렇지 않았던 노<br>힐부득의 대조 | 탑상 | 헌화가 |
| 경덕왕<br>(742~765) | 郁面婢 念佛<br>西昇 | 진심이 담긴 염불만으로 정토에 왕<br>생할 수 있었던 욱면 | 감통 | 제망매가,<br>찬기파랑가<br>등 5수 |
| 원성왕<br>(785~798) | 金現感虎 | 배우자의 출세와 가족의 죄 사함을<br>위해 희생하는 호랑이 | 감통 | 우적가 |
| ? | 善律還生 | 부활하여 못다 한 생전의 임무를 다<br>하는 승려 선율 | 감통 | |
| ? | 包山二聖 | 간 곳을 알지 못하게 된 두 성인 | 피은 | |

위의 표에서 제시한 14편에는 모두 죽음 또는 내세에 대한 인식이 포함되었는데, 각기 종교적 요소와 크고 작은 관계를 맺고 있기도 하다. 「원종흥법 염촉멸신」처럼 흥법편에 실려 순교와 기적을 증언하는 경우가 있는가 하면, 감통편의 〈김현감호〉처럼 사찰 창건의 요소가 뒤에 따라붙기도 했다. 수록 문헌의 성격 탓도 있겠지만, 불교의 수용에 따라 죽음 인식과 내세 관념이 갖춰진 결과이기도 하다. 현존하는 가장 오랜 향가인 〈혜성가〉가 불교 공인으로부터 한 세대 정도 뒤에 이루어진 만큼, 향가와 『삼국유사』는 서로 같은 궤적을 그려가고 있었다.

이 가운데 향가의 내세 관념을 논의하는 자리에서 많이 거론되었던 정토 관련 설화를 꼽아 본다. 우선 「문호왕 법민」까지 5편에 나타난 죽음은 순교(염촉), 종교적 구원(여우귀신), 거짓죽음(혜숙), 축생이지만 국가를 수호하는 역할(문무왕) 등으로 매우 다채롭지만, 그에 어울릴 만한 구체적인 묘사는 나타나지 않았다.[9]

위의 예시 가운데 내세 관념이 뚜렷한 사례로는 「사복불언」이 시기상 가장 앞선다. 여기 등장하는 원효는 〈원왕생가〉 전승담 후반부에서 주인공의 정토왕생에 결정적인 역할을 맡았던 인물이다. 「사복불언」에서 눈에 띄는 점은 정토가 즉시 갈 수 있는 공간이었다는 점이다. 뒷동산에 올라 풀을 뽑으니 화엄사상의 정토에 해당하는 '연화장세계(蓮華藏世界)'가 나타났다고 하는데, 평소 생활공간과 이상향 혹은 내세가 그리 멀지 않다는 생각이었다. 이처럼 즉각 정토에 갈 수 있었던 모습은, 다수의 향

---

9) 문무왕이 용이 되어 현세에 귀환하게 된 결과를 〈모죽지랑가〉 전승담에서 죽지령 거사가 미륵불의 화신이 되어 다시 태어난 것에 빗댈 수 있을지도 모르지만, '용'과 '미륵불의 화신(그러나 인간)'이 지닌 상징성의 편차도 걸리고, 문무왕이 어떤 성격의 내세를 어떤 과정을 통해 거치는지 재구성하기 쉽지 않다.

가가 남아있기도 한 경덕왕 시절 다시 한 차례 실현된다. 「욱면비 염불서승」에서 여종 욱면은 염불을 열심히 외운 공덕 단 하나만으로 바로 승천하여 서방정토에 이르렀다.

두 편의 설화는 배경이 되는 시기에 차이는 있어도, 정토에 대한 심리적·물리적 거리감을 순식간에 극복할 수 있다는 믿음을 공유하고 있다. 또한 공통적으로 '계(戒)'와 윤회의 관계에 대한 뚜렷한 인식도 드러내 불교 교리에 대한 신라의 이해 수준을 보여준다.[10]

그러나 이들처럼 정토에 대한 거리감을 일순간에 극복하는 모습을 보여주는 향가는 현존하지 않아 아쉽다. 「사복불언」과 같은 시기 〈원왕생가〉는 꾸준한 수행으로, 「욱면비 염불서승」과 같은 시기의 〈제망매가〉에도 끝 모르게 도 닦아야 '정토'에 갈 수 있었다. 그렇게 현존 향가는 '정토'에 다다르기 매우 어렵고 오랜 시간이 걸린다고 할 따름이었다. 사복의 모친과 욱면이 일순간에 다다를 수 있었던 그 정토가 향가에만 아예 없었으리라 생각하지는 않는다. 그렇더라도 없는 자료는 어쩔 도리가 없겠다.

한편 위 표의 설화 중에는 현세와 내세의 관계, 특히 환생과 관련한 흥미로운 기록도 여럿 있다. 가령 「문호왕 법민」과 「대성효이세부모 신문왕대」는 환생의 문제를 다루고 있는데, 환생한 존재가 환생 이전에 골몰했던 문제(왜구와 사찰 창건)에 대해 환생 이후에도 여전한 관심을 기울이고 있다. 불교에서 이야기하듯, 전생과 내생은 전혀 단절되지 않았다.

---

10) 박미선, 『신라 점찰 법회와 신라인의 업·윤회 인식』, 혜안, 2013, 73~75면. 논자에 따르면 공덕이 뚜렷하지 않았던 사복 모친이 영화장세계에 들어간 근거나, 욱면이 전생에 소로 태어난 이유는 모두 '계'를 받았는지 여부에 있다고 한다. 또한 원효가 사복 모친에게 포살계를 행하는 등, 이들 설화는 불교 교리에 대한 신라의 이해도가 전래 초기부터 상당했음을 보여주고 있다.

대왕은 나라를 다스린 지 21년째인 영융 2년 신사(681)에 세상을 떠났는데, 유언에 따라 동해의 큰 바위 위에 장사를 지냈다. 왕은 평시에 지의 법사에게 항상 말하기를 "짐은 죽은 후 나라를 지키는 큰 용이 되어 불법을 받들어 나라를 지키려 하오." 하거늘, 법사가 아뢰길, "용은 짐승의 응보이니 어찌 용이 되겠습니까?" 하였다. 이에 왕은, "나는 세간의 영화를 버린 지가 오래니 추한 응보로 짐승이 된다면 이는 내가 바라는 바이오."[11]

모량리의 가난한 여인 경조에게 아이가 있었는데 머리가 크고 정수리가 평평하여 성과 같아 이름을 대성이라 하였다. 집이 가난하여 생활할 수 없었으므로 부자인 복안의 집에 가서 품팔이를 하여 그 집에서 준 약간의 밭으로 먹고 입으며 생활했다. 그 때 개사 점개가 육륜회(六輪會)를 베풀고자 하여 복안의 집에 와 보시할 것을 권하자, 복안은 베 50필을 주었다. 점개는 주문을 읽어 복을 빌었다. "시주께서 보시하기를 좋아하니 천신이 항상 보호하실 것이며, 한 가지를 보시하면 만 배를 얻게 되오니 안락하고 장수하실 것입니다." 대성이 이 말을 듣자 뛰어 들어가 그의 어머니에게 말했다. "제가 문간에 오신 스님의 외우는 소리를 들으니 한 가지를 보시하면 1만 배를 얻는다고 합니다. 생각하니 저에겐 전생의 선행이 없어 지금에 와서 곤궁한가 합니다. 그러니 이제 또 보시하지 않는다면 내세에는 더욱 곤란할 것입니다. 제가 고용살이로 얻은 밭을 법회에 보시해서 후일의 응보를 도모하면 어떻겠습니까?" 어머니도 좋다고 하여 밭을 점개에게 보시했다. 얼마 후 대성은 세상을 떠났다. 이날 밤 국상 김문량의 집에 하늘의 외침이 들렸다. '모량리에 살던 대성이란 아이가 네집에 태어날 것이다.' 집안 사람들은 매우 놀라서 사람을 시켜 모량리를

11) 『삼국유사』 권2 기이, 「문호왕 법민」.

조사하게 했다. 대성이 과연 죽었는데 그날에 하늘의 외침이 있었던 날이었다. 그 후 김문량의 아내는 임신해서 아이를 낳았다. 아이는 왼손을 꼭 쥐고 펴지 않더니 7일만에야 폈는데 손바닥에 대성이라고 새겨진 금간자가 있었으므로 이름을 대성이라 하고, 모량리의 어머니를 모셔다 함께 봉양했다.[12]

용이 되어도, 귀족의 아들로 다시 태어나도 이들의 정체성은 변함이 없었다. 그런가 하면 「선율환생」의 선율은, 아예 같은 인물로 부활하여 못다 이룬 전생의 과제를 마저 성취하기도 했다. 환생의 성격은 정토왕생과는 분명 다른 것일 텐데, 이들의 성취는 딱히 열등해 보이지 않고, 오히려 완결의 정도에서는 더 구체적이기까지 하다.

망덕사의 중 선율은 시주받은 돈으로 『육백반야경』을 이루려고 했다. 그러나 공사가 아직 끝나기 전에 저승사자에게 잡혀 명부(冥府)에 이르렀다. 관리가 묻기를 "너는 인간 세상에서 무슨 일을 하였느냐?" "빈도는 만년에 『대품반야경』을 만들다가 공사를 다 마치지 못하고 왔습니다." "너의 수록에 의하면 네 수명은 이미 다했지만, 무엇보다 좋은 소원을 마치지 못했다니 다시 인간 세상으로 돌아가 보전을 이루어 끝내도록 하라." 하고 놓아 보냈다. 돌아오는데 도중에 한 여자가 울면서 그의 앞으로 와서 절을 하며 말했다.[13]

향가는 환생의 문제를 본격적으로 다루고 있지 않지만, 〈모죽지랑가〉

---

12) 『삼국유사』 권5 효선, 「대성효이세부모 신문대」.
13) 『삼국유사』 권5 감통, 「선율환생」.

에서 죽지랑을 죽지령 거사의 환생으로 바라본 전승담이 있다. 죽지령
길을 닦았던 거사의 행동과 부하를 위해 굴욕을 무릅쓴 죽지랑의 행적
을 같은 성격의 선업(善業)으로 파악할 수 있을지는 더 생각할 문제이지
만, 죽지령 거사의 환생 역시 전생과 내생의 연결이라는 점에서는 이들
자료와 그리 다르지 않다.

『삼국유사』에서 환생은 못다 이룬 과업을 마저 성취하기 위한 것이기
도 했지만, 또 한편으로 혈육과 관련된 문제를 비중 있게 다루기도 한다.
「대성효이세부모…」에서 대성이 전생의 부모를 대하는 모습은 혈육의
정이 환생을 거쳤다고 달라지는 것이 아님을 보여준다. 또한 「원효불기」
에서 아들 설총을 돌아보는 원효의 조상(彫像) 역시 당연히 열반에 들었
을 고승조차 혈육의 정을 지속하고 있다는 증거가 된다.

> 그가 세상을 떠나자 아들 총이 그 유해를 부수어 소상으로 진용을 만들
> 고 분황사에 안치하여 공경하고 사모하여 종천(終天)의 뜻을 표했다. 설
> 총이 곁에서 예배할 때, 소상이 갑자기 돌아다보았는데 지금까지도 돌아
> 다 본 그대로 있다.[14]

게다가 「진정사 효선쌍미」에서 남은 주먹밥을 다 싸주고 쫓아내듯 아
들 진정을 출가시킨 그 모친에게서 신앙과 혈육의 정이 구별되지 않는
상황을 느낄 수 있다. 그런 진정의 모친을 추도했던 의상의 강의록『추동
기』가『화엄경문답』이란 이본으로 여전히 남았다.

---

14) 『삼국유사』 권4 의해, 「원효불기」.

법사 진정은 신라 사람이다. 속인으로 있을 때는 군대에 예속해 있었는데 집이 가난하므로 장가를 들지 못했다. 군대에 복역하면서도 여가에는 품을 팔아 곡식을 얻어서 홀어머니를 봉양했다. (중략) 일찍이 그가 군대에 있을 때 의상법사가 태백산에서 설법을 하여 이로움을 준다는 사람들의 말을 듣고는 이내 사모하는 마음이 일어 어머니께 말했다.

"효도를 다한 후에는 의상법사에게 가서 머리를 깎고 도를 배우겠습니다." "불법은 만나기 어렵고, 인생은 너무도 빠르니라. 효도를 다한 후면 또한 늦을 것인데, 어찌 내 죽기 전에 네가 불도를 깨달음만 하겠느냐? 주저하지 말고 서두르는 것이 좋을 것이야." 어머니의 말씀에 진정은 말했다. "어머님 만년에 옆에 있을 이는 오로지 저 뿐인데, 어머님을 버리고 차마 출가할 수 있겠습니까?" "아! 이 어미 때문에 네가 출가하지 못한다면 너는 나를 지옥에 떨어지게 하는 것이다. 비록 생전에 풍성한 음식물로 날 봉양한다 해도 어찌 효도가 되겠느냐? 나는 비록 남의 문전에서 의식을 얻더라도 또한 천수를 누릴 것이니, 네가 기어이 효도를 하려 한다면 그런 말을 말아라." 어머니의 간곡한 말씀에 진정은 깊은 생각에 잠겼다.

어머니는 말씀을 마치자 즉시 일어나서 쌀자루를 털었다. 모두 일곱 되였다. 그날 이 쌀로 모두 밥을 짓고서 어머니는 말했다. "밥을 지어 먹으면서 가자면 네 길이 더딜까 두렵다. 내 보는 앞에서 한 되 밥을 먹고 나머지 여섯 되 밥을 싸가지고 어서 떠나거라. 어서." 진정은 흐느껴 울며 굳이 사양했다. "어머님을 버리고 출가하는 것만도 자식 된 도리로서 차마 할 수 없거늘, 하물며 며칠간의 미음거리마저 모두 가지고 간다면 천지가 저를 무어라 하겠습니까?" 하며 세 번을 사양하자 어머니는 세 번 연거푸 권했다. 진정은 차마 그 뜻을 어기기 어려웠다. 집을 떠나 밤낮으로 걸어 3일 만에 태백산에 도착했다.

의상에게 의탁하여 머리 깎고 제자가 되었는데 진정이라 불렀다. 그 곳에 있은 지 3년 후 어머니의 부고가 이르렀다. 진정은 가부좌로 선정에 들어갔다가 7일 만에 일어났다. (중략) 선정을 마치고 나온 뒤 그 일을 의상에게 고했다. 의상은 문도를 거느리고 소백산 추동에 가서 초가를 짓고 3천 명의 제자를 모아 『화엄대전』을 약 90일 동안 강론했다. 문인 지통이 강론하는데 따라 그 요지를 뽑아 2권의 책을 만들고 이름을 『추동기』라 하여 널리 세상에 폈다. 강을 다 마치자 그 어머니가 꿈에 나타나 말했다. '나는 이미 하늘에 환생하였다.'[15]

이렇게 신앙과 하나 되어 내세에까지 이어지는 혈육의 정은 〈제망매가〉에도 등장했다. 〈제망매가〉는 "미타찰"이라는 초월적 공간을 제시하고 있지만, 그곳은 정토의 개념과 완전히 일치한다기보다는 사별한 누이와의 인연을 위해 계속 도를 닦으며 머물 수 있는 공간이라는 속성이 더 컸다.

이렇듯 『삼국유사』에서 향가와 인접한 시기에 형성된 죽음 또는 내세 관련 설화들은, 비록 정토의 성격 자체는 현존 향가와 다소 거리가 있을지 몰라도 환생을 통한 현세와 내세의 관계, 현세에서의 혈육의 정이 어떻게 내세에까지 이어질지 등의 주제적 측면은 상통하는 부분도 상당히 있었다. 이러한 점들에 착안하여 향가에서 내세 관념의 시기적 변화 양상을 살펴본다.

---

15) 『삼국유사』 권9 효선, 「진정사 효선쌍미」.

## 3. 향가에 나타난 내세 관념의 사례

향가의 내세 관념은 〈원왕생가〉와 〈제망매가〉에 드러났는데, 각각 "왕생"과 "미타찰"로 표현되어 있지만, 그 종교적 성격에 유의하여 '정토'라 할 수 있다. 또한 〈풍요〉에서 공덕으로 설움을 풀어낸 성과 또한 정토왕생을 예고한 것이라 할 수 있다. 한편 〈모죽지랑가〉, 〈찬기파랑가〉 등 화랑을 제재로 삼은 향가에서는 '미륵화생'으로서 죽지랑, "화판(花判)" 등으로 상징이 된 기파랑 등이 나타나고 있는데, 이 또한 쇠락, 소멸 또는 죽음 이후의 정황을 다룬 것으로 간접적인 관계가 있다 하겠다. 이렇게 5편을 대상으로 삼았다. 창작 연대에 따라 7세기 중반의 〈풍요〉와 〈원왕생가〉, 7세기 후반의 〈모죽지랑가〉, 8세기 중엽의 〈제망매가〉와 〈찬기파랑가〉로 각각 나누어 논의를 전개한다.

### 3.1. 7세기 중반, 〈풍요〉의 공덕과 〈원왕생가〉의 왕생

내세 관념을 처음 드러낸 향가는 〈풍요〉와 〈원왕생가〉로 보인다. 그보다 앞선 시기의 향가인 〈혜성가〉와 〈서동요〉에는 내세 관념이라 할 만한 요소가 뚜렷이 드러나지 않았다. 다만 〈혜성가〉에서 이계였던 천상계와 현실로서 지상계 사이의 상호작용이라든가, 미륵사 창건 연기 설화로서 〈서동요〉 전승담의 성격 등이 공간[16]과 시간에 대한 초월적, 종교적 사

---

16) 향가의 '공간'에 대한 논의는 소박한 수준에서 간헐적으로 이루어져 왔으며, 조형호, 「향가의 서정공간 연구」, 서강대 박사논문, 1994에서 본격적으로 제기되어 신재홍, 「향가의 공간적 상상력」,『고전문학연구』31, 한국고전문학회, 2007, 1~30면에서 체계화되었다. 그러나 이들 성과는 '공간' 전반에 대한 심도 있는 지적을 하기는 했지만, 그 '공간' 인식의 문화사적 역할에 대해서까지 관심을 기울이지는 않은 듯하다.

유 체계의 한 단서로서 거론될 수 있을 따름이다. 이들에 비하면 〈풍요〉와 〈원왕생가〉는 불교의 수용에 따른 내세 관념의 심화가 시가에 끼친 영향을 분명하게 드러내고 있다.

〈풍요〉는 다음 [A]와 같은 짤막한 내용으로 이루어졌으며, 편의상 제목처럼 부르는 '풍요'의 뜻 자체가 '민요'일 뿐만 아니라, 후대의 방아타령으로부터 유추, 재구성하기도 한다.[17] 따라서 본 작품을 본격적인 의미의 서정시 또는 종교시로 보기에 주저될 수도 있는데, 반드시 그런 것만은 아니다.

[A]

| | |
|---|---|
| 來如來如來如 | 오다 오다 오다 |
| 來如哀反多羅 | 오다 셜번 해라 |
| 哀反多矣徒良 | 셜번 하늬 물아 |
| 功德修叱如良來如 | 功德 닷그라 오다[18] |

본 작품의 민요적 성격을 애써 부정할 필요는 없지만, 그렇다고 해서 서정시라기에는 원초적, 원시적이라고 단언할 필요도 없다. 〈풍요〉를 둘러싼 된 노동은 미술가 양지가 영묘사 장육존상을 조성할 재료를 공급하는 것이었다. 불교를 잘 몰랐던 대다수의 대중에게는 괴로운 노동이

---

17) 박재민, 「풍요의 형식과 해석에 관한 재고」, 고가연구회 편, 『향가의 수사와 상상력』, 보고사, 2010, 193면.
18) 『삼국유사』 권4 의해, 「양지사석」. 향가 해독은 큰 무리가 없는 한 김완진, 『향가해독법연구』, 서울대 출판부, 1980을 중심으로 김완진, 『향가와 고려가요』, 서울대 출판부, 2000에서 일부 수정된 성과를 따랐으며, 이하 출전이 같은 경우 따로 표시하지 않는다. 향가의 분절은 『삼국유사』 원전을 따랐다. 또한 널리 알려진 향가 전승담은 원문 인용을 생략한다.

내세를 위한 공덕이라는 거룩한 초월적 목적보다는, 공덕의 결과를 좀 더 구체적, 체험적인 영역에서 보여주는 편이 더 효과적일 수 있다. 노동의 현장에서 찾을 만한 공덕의 결과물이란 양지가 만든 장육존상 자체였다. 양지의 미술품은 사천왕사의 녹유사천왕상을 비롯한 몇 점이 현존하고 있는데, 당시 신라미술의 수준을 뛰어넘는 복잡하고 화려한 양식을 보인다. 그에 대한 미술사학 전공자의 평가는 다음과 같다.

그가 영묘사 장육존상을 만들 때 "선정(禪定)에 들어 정수(正受)한대로 불상을 조성했기 때문에 신남신녀(信男信女)들이 다투어 흙을 날랐다."는 사실에서 우리는 그의 작품이 그때까지와는 다른 양식의 불상이었다는 것을 분명히 알 수 있고, 그 양식은 아마도 중국의 것이라기보다 인도나 중앙아시아적인, 이른바 원상의 불상에 가까운 양식이었다고 생각하는 편이 더 타당할 것이다. 일부러 "입정정수(入定正受)"했다는 표현까지 한 것을 보면 심상치 않은 의미가 내포되었을 것인데 그것은 부처님의 원 모습, 가령 가장 정확한 모습일 인도적인 스타일, 가령 "유식(揉式)"이라 표현한 양식을 가리킨다고 할 수 있기 때문이다.

그는 재래의 양식에 이러한 당 내지 인도 굽타의 사르나트 양식을 받아들여 그 나름대로의 독특한 작풍을 완성하였다고 볼 수 있다. 그것은 그의 작품이 결코 당이나 인도적인 스타일만은 아니며, 그렇다고 해서 전대(前代)의 양식도 아니라는 사실에서 충분히 인정할 수 있을 것이다. 말하자면 그는 인도 서역과 중국의 양식을 수용한 바탕 위에 전대 양식을 활용하며 신라적인 이상적인 사실주의를 창조하였다는 말이다.[19]

---

19) 문명대, 「신라 조각장 양지론」, 『원음과 적조미』, 예경, 2003, 32면.

희망적 추론이지만 〈풍요〉의 현장에서 양지가 만든 장육존상이 인도의 '불(佛)'의 원형에 한결 가까웠음을 제시하고 있으며, 현존하는 양지의 다른 작품을 통해 미루어 신라 나름의 양식을 창조한 것으로까지 평가하고 있다.

이렇듯 〈풍요〉의 가창자, 향유자들은 '불'의 원형이 자신들의 노동을 거쳐 이루어지는 과정을 체험한 셈이다. 이 체험이 중요한 이유는, 아미타불을 염송하거나, 48대원을 발원하거나, 선업을 쌓고 깊이 수행 정진을 해서 아름다운 정토에 가야겠다는 동기를 심어줄 수 있었기 때문이다. 대체로 정토를 다룬 글은 그 아름다움의 묘사에 치중하기 마련으로, 어려운 수행의 과정보다는 마지막에 만나게 될 아름다움을 먼저 보여주는 것이다. 그 아름다움을 전혀 어렵지 않은 쉬운 수단으로 전달해야 한다. 다음 글은 '누구나, 파악하기 쉬운 형태로, 피부에 와 닿을' 정도의 묘사가 정토 관념의 전달에 가장 중요했다는 점을 내세운다.

불국토를 공간적으로 설정한다는 것은 이미 유형적인 세계의 묘사를 의미하며, 그러한 세계를 정화한다는 것도 유형적인 것으로 수용하지 않으면 안 된다. 여기서 정불국토(淨佛國土)의 사상은 유형적인 정토를 상징하는 사상으로 받아들여져야 할 필연적인 요청이 형성되는 것이다. 극락정토의 개념은 이러한 정불국토사상을 배경으로 해서 성립하였다. 그리고 극락정토는 모든 대승불교의 정토관의 전형으로 되었다. 위와 같은 유형적이고 감각적이고 구체적인 표현으로 인하여, 대승불교의 정불국토 사상은 누구나 가까이 할 수 있고, 파악하기 쉬운 형태로 나타나게 되었으며, 종교적인 실천 대상으로서도 피부에 와 닿을 수 있게 되었다.[20]

---

20) 강동균, 「신라 정토사상의 성립과 전개」, 김영호 편, 『한국불교의 보편성과 특수성』,

윗글에 따르면 정토를 감각적 대상으로 인지한다는 것은 대승불교사상의 근간을 공간적으로 인지하기 위해서도 중요하다. 그러나 〈풍요〉의 가창자들은 문맹인 경우가 많았을 것이기에, 정토 관련 교학의 풍부한 상징을 문자를 통해 이해할 수는 없었을 것이다. 독서 능력이 없었을 대중을 어떻게 감화할지는 역대의 고승들이 모두 고민하고, 균여도 〈보현십원가〉 창작에서 고심했다. 결국 정토왕생을 향한 감화의 촉매 역할을 양지의 조각과 향가 〈풍요〉가 함께 수행하였다. 정토가 지닌 아름다움을 경전을 읽어 알 수는 없었다 할지라도, 아름다운 미술 작품[21]과 여럿이 함께 부른 향가 가창의 체험이 정토를 향한 마음을 촉발했다.

당대의 신라문화는 정토를 경전 속의 추상적 개념으로만 이해하지 않았고, 노동이나 미술품 감상 같은 일상의 체험을 통해 그 상징적 의미에 접근할 수 있었다는 뜻이다. 경전에 묘사된 정토의 아름다움을 문자를 통해 이해하는 것과 다를 바 없는 성과였고, 조각품과 향가를 통해 비언어와 언어의 매개를 함께 거쳤다는 입체성에서 오히려 더 큰 의의가 있겠다.

〈풍요〉와 그리 멀지 않은 세대에 이루어진 〈원왕생가〉 역시 관법이라는 비언어적 수행과 향가라는 언어적 표현이 함께 작용하여 시적 화자들을 정토로 이끌어 간다. 앞서 원효 설화를 다룰 때 전승담의 후반부를 이미 보았고, 여기서는 향가를 중심으로 살핀다.

한국학술정보, 2008, 171면.

21) 고려 불화에 한정되기는 했지만, 미술 작품을 통한 교리의 형상화와 표현, 전달의 문제와 관련하여 강우방, 『수월관음의 탄생 – 하나의 작품은 하나의 경전이다』, 글항아리, 2013의 도상 분석 과정을 참고할 만하다.

| 月下伊底亦 | ᄃ라리 엇뎨역 |
| 西方念丁去賜里遣 | 西方ᄭ장 가시리고 |
| 無量壽佛前乃 | 無量壽佛前의 |
| 腦叱古音多可支白遣賜立 | ᄀ곰 함ᄌ 솗고쇼셔 |
| 誓音深史隱尊衣希仰支 | 다딤 기프신 ᄆᄅ옷 ᄇ라 울워러 |
| 兩手集刀花乎白良願往生願往生 | 두 손 모도 고조슬바 願往生 願 |
| | 往生 |
| 慕人有如白遣賜立阿邪 | 그리리 잇다 솗고쇼셔 아사 |
| 此身遣也置遣 | 이 모마 기텨 두고 |
| 四十八大願成遣賜去 | 四十八大願 일고실가²²⁾ |

〈원왕생가〉는 〈풍요〉와 마찬가지로 집단적 공감대를 바탕으로 향유, 전승되었다. 본 작품은 광덕이 작가임이 분명함에도 엄장을 작가로 보려는 시도가 끊임없이 있었는데, 그 이유는 참회할 필요가 없었던 작가 광덕보다 참회했던 화자 엄장에게 더 몰입하기 쉬웠기 때문이었다. 참회는 그만큼 종교적으로 중요한 개념이며, 작가보다 화자인 엄장에게 주목할 때 본 작품의 파급력과 공감대의 범위가 더 커진다.²³⁾ 따라서 본 작품은 "원왕생"을 거듭 간절히 빌 수 있는 모든 이들의 것이다.

그런데 '설움 → 공덕 → (정토)'의 인과 관계가 뚜렷한 〈풍요〉에 비하면, 〈원왕생가〉는 인과 관계보다는 정토에 도달하기 위한 수행의 요건에

---

22) 『삼국유사』 권5 감통, 「광덕 엄장」.
23) 서철원, 「풍요 · 원왕생가 수신자의 종교적 감성」, 『향가의 역사와 문화사』, 지식과교양, 2011, 112~115면. 비단 광덕과 엄장에 국한된 것이 아니라, 이인성도담(二人成道譚) 유형이라 할 만한 화소가 등장하는 텍스트에서 한 번 실패를 겪은 사람의 성도 여부에 더 큰 관심이 기울여지는 것은 당연해 보인다.

더 비중을 둔다. 광덕이 여색을 멀리 하고 달빛이 들면 가부좌를 틀며, 16관법을 꾸준히 수행했다는 것이나, 엄장은 그만은 못하여 여색의 욕망을 뿌리치지는 못했지만 원효에게 쟁관법을 배우고 노력함으로써 같은 성과를 거두었다는 점에서 그렇다. 정토에서 다시 태어나리라는 약속의 의미를 광덕과 엄장이 어떻게 이해했는지[24] 뚜렷이 밝히기 어렵지만, 48대원이라는 교리의 약속에 의지한 점은 〈원왕생가〉의 '정토' 관념은 〈풍요〉의 경험적 차원을 넘어선 것으로 여겨지게 한다.

〈풍요〉와 〈원왕생가〉의 향유층은, 『삼국유사』의 기록을 통해 보면 모두 상층에 속하지는 않았다. 그리고 향가 창작과 전승이라는 경험을 공유하고 있기는 하지만, 미술 작품의 창작 상황을 바라보며 정토의 아름다움에 대한 인식을 간접적으로 싹틔운 〈풍요〉를 부른 이들에 비하면, 16관법을 지속하고 쟁관법을 원효에게 터득했던 광덕과 엄장의 노력은 종교적 요소를 온전하게 갖추었다. 종교에 대한 이해의 심화는 현세와 내세에 대한 관념도 풍부하게 했는데, 그 성과를 7세기 후반의 〈모죽지랑가〉와 8세기 중엽의 〈제망매가〉·〈찬기파랑가〉를 통해 정리한다.

## 3.2. 7세기 후반, 〈모죽지랑가〉와 미륵화생

〈모죽지랑가〉의 창작 시기를 죽지랑 사후(死後)로 단정하지 않는다면 내세 관념과 연관 짓기 어려워 보인다. 그러나 그 전승담인 『삼국유사』·「효소왕대 죽지랑」은 또 다른 논의의 단서를 제공해 주기도 하는

---

24) 단언하기는 어렵지만 불교의 최종 목표인 열반을 어느 정도 의식한 수행이 아닐까 한다. 정토와 열반의 문제에 대해서는 〈제망매가〉를 다루면서 다시 언급될 것이다.

데, 죽지랑 본인이 죽지령 거사의 환생이라는 것이다.

　처음에 술종공(죽지랑의 아버지)이 삭주도독사가 되어 그의 임지로 부임하러 가려 하는데, 이때에 삼한(三韓)에 병란이 있었으므로 기병 삼천 명으로 그를 호송하게 하였다. 행렬이 죽지령에 이르자 한 거사가 길을 잘 닦고 있었다. 공이 그것을 보고 매우 탄미하자 거사 또한 공의 위세가 매우 놀라운 것을 보고 존대하게 되어 서로가 마음으로 존경하게 되었다.
　공이 고을의 임소에 부임한 지 한 달이 되었다. 꿈에 거사가 방에 들어오는 것을 보았다. 부부가 같은 꿈을 꾸었으므로 더욱 놀라고 괴이하게 여겨 다음날 사람을 보내어 그 거사의 안부를 물었다. 사람이 말하기를, "거사가 죽은 지 며칠이 되었습니다."라고 하였다. 사자가 돌아와서 그 사실을 고하니 그 날이 꿈꾸었던 날과 같은지라, 공이 말하기를, "아마 거사가 우리 집에 태어날 것 같소."라고 하였다. 다시 군사를 보내어 고개 위 북쪽 봉우리에 장사를 지내게 하고 돌로 미륵불 한 분을 새겨 무덤 앞에 세우게 하였다.
　공의 아내는 꿈을 꾼 날부터 태기가 있더니 아이를 낳았는데 이런 이유로 죽지라 이름 지었다. 이 죽지랑이 커서 벼슬을 하게 되니 유신공을 따라 부원수가 되어 삼국을 통일하였다. 진덕, 태종, 문무, 신문의 4대에 걸쳐 재상이 되어 이 나라를 안정시켰다.[25]

　이 이야기는 후반부에 해당하는데, 전반부에서 득오를 사이에 둔 익선과 죽지랑, 그리고 주변 인물들의 현실적 갈등에 비하면 상당히 신비로운 느낌을 준다. 여기서 내세 관념과 관계된 요소는 죽지령 거사의 죽

---

25) 『삼국유사』 권2 기이, 「효소왕대 죽지랑」.

음과, '죽지'라는 인물로 다시 태어나는 과정이다. 술종이 죽지령에 미륵불을 세워준 사실에 주목한다면, 죽지랑을 미륵불의 화신으로 해석하여 이 설화의 배경을 미륵하생신앙(彌勒下生信仰)으로 보게 하며,[26] 진자(眞慈)와 관련된 화랑과 미륵의 해묵은 인연은 이 가설을 더욱 뒷받침할 수 있을 것이다. 이러한 해석은 이미 상식이라고 할 수 있을 정도로 통용되고 있으며 그 타당성 또한 존중할 만하다.

다만 여기서 죽지랑의 전생인 죽지령 거사를 다른 세상에서 온 존재로 규정해도 좋을지 생각해 보자. 이 이야기의 주제는 술종과 죽지령 거사가 서로의 선업과 위엄에 감동하여 "서로가 마음으로 존경하게 되는", 인간 대 인간으로서의 교감이었다. 이는 〈모죽지랑가〉의 작가 득오와 죽지랑에게도 마찬가지였으며, 〈모죽지랑가〉의 주제 역시 영원한 교감과 우정 그 자체였다. 영원하다는 말은 전생과 내생을 거쳐도 달라지지 않으리라는 뜻이다. 앞서 살핀 문무왕과 김대성의 경우가 그러했듯이 말이다. 전생과 내생이 곧 우리 사는 세상이어도 좋고, 머나먼 미타찰이라도 이런 상황이 달라지지 않겠다.

따라서 죽지령 거사는 전생에는 미륵의 화신이었다가, 거사로서 삶을 거쳐 다시 현생으로 돌아와 통일의 영웅이 되는가 하면, 득오를 구출함으로써 곁에 있는 사람을 소중히 생각하는 '중사(重士)'의 풍미를 갖춘 성자가 될 수도 있다. 죽지랑에게 정토란 〈풍요〉와 〈원왕생가〉의 화자들처럼 궁극적인 목적이 아니라, 미륵의 화신으로서 오갈 수 있었던 공간이었다. 죽지랑에게 '내세'가 이렇듯 고정되지 않은 유연한 성격의 공간이었다는 점을 고려하면서 〈모죽지랑가〉를 살펴보겠다.

---

26) 김종우, 「모죽지랑가의 성격고」, 『한국문학논총』 1, 한국문학회, 1978, 13면.

| 去隱春皆理米 | 간 봄 몯 오리매 |
|---|---|
| 毛冬居叱沙哭屋尸以憂音 | 모둘 기스샤 울 무를 이 시름 |
| 阿冬音乃叱好支賜烏隱 | 두던 두룸곳 됴ᄒ시온 |
| 皃史年數就音墮支行齊 | 즈싀 히 헤나삼 헐니져 |
| 目煙廻於尸七史伊衣 | 누늬 도롤 업시 뎌옷 |
| 逢烏支惡知作乎下是 | 맛보기 엇디 일오아리 |
| 郎也慕理尸心未口[皃]行乎尸道尸 | 郎이여 그릴 ᄆᅀᆞ민 줏 녀올 길 |
| 蓬次叱巷中宿尸夜音有叱下是 | 다보짓 굴헝희 잘 밤 이샤리[27] |

기존 연구 가운데 〈모죽지랑가〉의 의미 구조를 '만남'과 '시름'의 두 축으로 풀이한 성과[28]가 있다. '만남'의 주제는 죽지랑의 외면에서 내면으로의 시선 이동을 통해, '시름'의 주제는 봄에서 밤으로의 시간적 이행을 통해 깊어지고 있다는 것이다. 시선의 이동과 시간의 이행으로 본 작품의 의미 구조를 풀이한 점은 수긍할 만하다. 다만 그 이동과 이행은 단일한 흐름으로 이어진다기보다는, 각각의 시행에 따라 교차하는 속성이 더 크지 않은가 싶다. 본 작품에서 논자에 따라 어석의 차이가 있는 부분을 제외하고, 각 연의 구조를 표로 정리하면 다음과 같다.[29]

---

27) 『삼국유사』 권2 기이, 「효소왕대 죽지랑」. 해독은 김완진, 「모죽지랑가 해독의 반성」, 『향가와 고려가요』, 서울대 출판부, 2000, 117~125면에 따랐다. 실상 〈모죽지랑가〉는 같은 논자의 어석도 몇 년 터울로 전면 수정될 만큼 어석이 명징하지 않은 향가이므로 1인의 어석을 전면 수용하기란 부담스러울 수도 있다. 여기서는 어석자에 따른 차이가 비교적 크지 않은 내용을 위주로 서술한다.

28) 신재홍, 「8행 향가」, 『향가의 미학』, 집문당, 2006, 187면.

29) 이 표는 서철원, 「신라 향가의 서정주체상과 그 문화사적 전개」, 고려대 박사논문, 2006, 76~78면의 내용을 재구성한 것이다.

| 행 | 시어 | 의미 해석 | 시간 | 성격 |
|---|---|---|---|---|
| 1행 | 간 봄 | 흘러갔지만 아름다운 과거 | 과거 | 서술 |
| 2행 | 시름 | 과거와 달라진 현재 탓에 든 시름 | 현재 | |
| 3행 | (좋았던 과거의 모습) | '봄' 무렵의 죽지랑 | 과거 | 묘사 |
| 4행 | (늙어가는 현재의 모습) | 현재의 죽지랑 또는 그 그림 | 현재 | |
| 5행 | 눈을 돌이키는 '나' | 서정주체의 시선 이동 | | 행동 |
| 6행 | 만날 수 있는지 | 내면의 의문(또는 확신) 표출 | 미래 | 내면 |
| 7행 | 그리워하며 가는 길 | 서정주체의 이동 | | 행동 |
| 8행 | 다북쑥 우거진 곳에 잘 밤 | 내면의 신념 표현 | 미래 | 내면 |

〈모죽지랑가〉는 전반부에서는 상황 서술과 죽지랑의 외면 묘사를 통해 과거와 현재를 대조하였고, 후반부에서는 화자의 행동과 미래에 갖출 신념을 통해 현재에서 미래로 나아가는 여정을 보이고 있다. 특히 '과거-현재'에서 '현재-미래'로의 시간 이행이 5행에서의 시선 이동을 통하여 전환되었다는 점이 눈에 띈다.[30]

말하자면 화자가 8행의 '밤'을 감수하는 이유는 '밤'을 지나 1행의 '봄'을 재현하자는 것에 있다는 것이다. 죽지랑으로 현세에 다시 태어나서도 그 이전의 세상에서 지녔던 '미륵'으로서의 정체성이 지속되었듯이, 죽지랑이 다른 세상에 다른 존재로 다시 태어나더라도 지금 이 시절의 정체성을 이어가기를 바라는 믿음이다. 화자의 행동은 죽지랑을 기리려는 희생일 수도 있다. 그러나 그 희생이 한낱 공허하게만 느껴지지 않는 것은 죽지랑의 미덕과 그 영향력이 과거에 잔재로 끝나고 말 것이 아니라서다.

---

30) 이와 같은 조직적 구조가 눈에 띄기에, 〈모죽지랑가〉의 앞 2행이 탈락했을 가능성에 대하여 신중한 입장을 취하고 싶다. 앞 2행의 탈락 가능성은 박재민, 「모죽지랑가의 10구체 가능성에 대하여」, 『한국시가연구』 16, 한국시가학회, 2004, 5~26면 참조.

여기서 죽지랑이 전생에는 미륵의 화신이었다가 죽지령 거사로 태어나 살아가고, 다시 현생의 죽지랑으로 환생했던 일련의 시간적 흐름을 되새겨 본다. 〈모죽지랑가〉의 작자 득오 역시 그런 믿음을 갖고 있었으리라 속단하기는 어렵다. 그렇지만 8행의 '밤'과 1행의 '봄'을 함께 떠올리고 고난을 감내할 수 있는 시적 화자라면, 죽지랑의 위대함은 현세와 내세에 두루 통하는 것이리라는 믿음을 갖고 있었으리라고 추정할 수 있다. 그 근거는 죽지랑이 지닌 '중사(重士)의 풍'이라는 인격적 감화력에 있었으며, 그 감화력은 지난날 죽지령 거사가 술종공을 감동시켰던 '선업'의 그것과도 크게 다르지 않을 것이다.

〈모죽지랑가〉의 창작 연대는 밝혀져야 할 중요한 문학사적 사실이기는 하지만, 여기서는 그보다 죽지랑의 생과 사 모두를 고려했던 해석적 유연함[31]에 동의하려 한다. 이 유연함은 죽지랑이 전생에, 그리고 전생으로서 체험했던 내세가 지닌 유연함과도 통한다. 그런 죽지랑에게 '내세'는 앞으로 다가올 미지의 어떤 것이라기보다는, 예전에 한 차례 겪었던 것이었다. 어쩌면 〈모죽지랑가〉의 시적 상황이나 시점이 그리 명료하지 않았던 이유도 죽지랑에게 내세라는 시간이 지닌 유연하고도 특수한 속성에서 말미암지 않았을까 한다.

---

31) 신동흔, 「모죽지랑가의 시적 문맥」, 『한국고전시가작품론』 1, 신구문화사, 1992, 112~113면.

## 3.3. 8세기 중엽, 〈제망매가〉의 미타찰과 〈찬기파랑가〉의 세계

〈제망매가〉와 〈찬기파랑가〉는 죽음을 넘어선 공간에서의 재회를 기약한다는 공통점을 지닌다. 하지만 〈제망매가〉는 다른 세상 '정토'에서의 재회일지언정 온전한 재회를 꿈꾸고 있는 것과는 달리, 〈찬기파랑가〉는 현생에서의 재회이면서도 그 모습을 비유와 상징으로 처리했다는 차이가 있다. 우선 〈제망매가〉를 살펴본다.

| | |
|---|---|
| 生死路隱 | 生死 길흔 |
| 此矣有阿米次肹伊遣 | 이에 이샤매 머뭇그리고 |
| 吾隱去內如辭叱都 | 나는 가느다 말ㅅ도 |
| 毛如云遣去內尼叱古 | 몯다 니르고 가느닛고 |
| 於內秋察早隱風未 | 어느 フ술 이른 ㅂ라매 |
| 此矣彼矣浮良落尸葉如一等隱枝良出古 | |
| | 이에 뎌에 쁘러딜 닙곤 ㅎ단가지라나고 |
| 去奴隱處毛冬乎丁 | 가논 곧 모다론뎌 |
| 阿也 | 아야 |
| 彌陀刹良逢乎吾道修良待是古如 | |
| | 彌陀刹아 맛보올 나 道 닷가 기드리고다[32] |

〈제망매가〉에서 화자와 누이는 "미타찰"에서 다시 만난다. 그들 사이의 인연, 혈육으로서의 정체성 역시 변함이 없다. 다시 태어난 존재 역시

---

32) 『삼국유사』 권5 감통, 「월명사 도솔가」.

지금의 나와 완전히 다른 존재는 아니므로, 내세에서도 혈육으로서 정체성은 지속되리라는 화자의 확신이다.

앞서 살펴본 7세기의 세 작품을 통해 향가의 내세 관념이 종교적으로 성장해가는 과정은 어느 정도 드러났지만, 현세에서의 인연이 내세에 과연 어떻게 될지에 대한 근본적인 성찰은 여전히 과제로 남았다. 〈원왕생가〉 전승담에서 죽은 광덕이 엄장에게 자신의 왕생을 알려준다거나, 〈모죽지랑가〉의 화자가 훗날 다북쑥 구렁까지도 감당하리라고 한 점 등을 보면 현세와 내세를 잇는 끈이 상징적으로 존재하는 것도 같지만, 향가의 내용이 그것을 확실하게 밝혀준 것은 아니었다.

그러나 〈제망매가〉의 "미타찰"은 사별했던 혈육과의 만남을 확실하게 보장하고 있다. 비록 기다림의 시간은 기약 없을지라도, 화자는 언젠가 찾아올 누이와의 재회를 꿈꾸며 도를 닦는다. 이 "도"는 〈원왕생가〉의 "48대원"처럼 명문화된 서약일 수도 있고, 〈모죽지랑가〉 전승담의 "미륵불"처럼 과거에 확실하게 이루었던 성취의 한 모습일 수도 있다. 그러나 특정한 그 어떤 것에 한정된 것이 아니라, 누이를 다시 만나기 위한 "도"라면 그 어떤 것이라도 상관 없을 것이다.

교리에 따라 열반에도 유여열반과 무여열반이 있고[33], 사상사에 따라 정토의 명칭과 실질도 다양할 것이다. 교리와 사상사를 깊이 파고들어 간다면 〈제망매가〉의 특수성이 어떤 교리와 사상사의 배경을 갖추었는지 확실히 밝혀낼 수 있을지도 모른다. 하지만 〈제망매가〉의 가치를 앞서 살펴본 세 편의 향가와 견주어 본다면, 그것은 죽음 이후의 내세에서

---

33) 열반의 개념과 유형에 대해서는 Th. Stcherbatsky, 연암 종서 옮김, 『열반의 개념』, 경서원, 1994, 143~148면 참조.

현세의 숙연(宿緣)은 어떻게 되는가에 대한 명쾌한 해답을 주었다는 쪽에 있다. 그리고 그 해답이 복잡 미묘한 불교의 교리와도 어긋나지 않는다면, 그것은 복잡한 사상을 간명한 문학적 표현으로 탈바꿈하기에 성공한 것으로도 볼 수 있다. "미타찰"의 의미와 기능을 이해하기 위해 교리와 사상 용어를 모두 이해해야 하는 것은 아니지만, 교리와 사상의 미묘함을 온축한 점[34]이 〈제망매가〉의 내세 관념이 나아간 성과이다.

한편, 〈제망매가〉에 비하면 〈찬기파랑가〉의 내세관은 문면에 드러나지 않았다. 〈제망매가〉의 "미타찰"에 대응할 정도의 내세를 지칭하는 표현도 눈에 띄지 않는다. 그래도 〈찬기파랑가〉를 논의에 포함시킨 이유는 두 가지이다.

첫째는 〈모죽지랑가〉와의 대비를 위해서이다. 앞서 밝혔듯이 〈모죽지랑가〉는 미륵불의 화신으로 살아가다가 다시 환생한 죽지랑을 제재로 삼고 있는데, 〈찬기파랑가〉의 기파랑 역시 쇠락 혹은 소멸한 존재로 보이지만 그 자취가 현세의 이곳 저곳에 남아있는 것처럼 묘사되었다.

둘째로 〈제망매가〉와의 대비를 위해서이다. 〈제망매가〉가 내세에서의 재회를 바랐던 것에 비해 〈찬기파랑가〉는 현생에서의 재회를 바라는 듯하지만, 그것은 온갖 자연물에 비유적 의미를 투영함으로써 가능한, 상징적 성격의 것이었다. 따라서 〈찬기파랑가〉 자체가 내세 관념을 명확하게 보여주는 것은 아니지만, 그 발상과 시상 전개는 〈모죽지랑가〉, 〈제망매가〉와 견주어 볼 만하다.

---

34) 〈제망매가〉의 서정성을 존중하는 가운데, 중관(양희철,「〈제망매가〉의 표현과 의미」,『향가연구』, 태학사, 1998, 409~418면) 또는 화엄정토만다라의 세계관(이도흠,「〈제망매가〉의 화쟁기호학적 연구」,『한양어문연구』11, 한양어문연구회, 1993. 174~176면)과 연관시킨 성과들에서 이런 점을 눈여겨볼 수 있다.

| | |
|---|---|
| 咽鳴爾處米 | 늣겨곰 ㅂ라매 |
| 露曉邪隱月羅理 | 이슬 불갼 ㄷ라리 |
| 白雲音逐于浮去隱安支下 | 힌 구룸 조초 뻐간 언저레 |
| 沙是八陵隱汀理也中 | 몰이 가른 믈서리여히 |
| 耆郎矣皃史是史藪邪 | 耆郎의 즈시올시 수프리야 |
| 逸烏川理叱磧惡希 | 逸烏나릿 ⼾벼긔 |
| 郎也持以支如賜烏隱 | 郎이여 디니더시온 |
| 心未際叱肹逐內良齊 | ㅁ스미 ㄱ술 좃ㄴ라져 |
| 阿耶 | 아야 |
| 栢史叱枝次高支好 | 자싯가지 노포 |
| 雪是毛冬乃乎尸花判也 | 누니 모둘 두플 곳가리여[35] |

〈찬기파랑가〉는 시선의 이동에 따른 여러 물상의 등장과 각각의 성격 부여를 중심으로 시상이 전개된다. 시선을 위로 하여 이슬 밝힌 '달'을 바라보고, 아래로 내려 모래 가른 '물가'와 일오내 '자갈벌'을 연달아 바라본다. 그 곳에서 기파랑의 '모습'을 찾는가 하면, 기파랑의 '마음의 끝'을 좇기도 한다. 다시 시선을 위로 올려 '잣나무 가지'를 높이 보면 눈이 못 덮을 '고깔'에도 역시 기파랑이 머물러 있다. 이슬 밝힌 달과 흰 구름의 관계가 불투명한 부분은 있지만, 대체로 위에서 아래로, 다시 아래에서 위로 시선을 움직이면서 눈에 띄는 물상 모두를 기파랑의 비유 또는 상징으로 의미 부여하고 있다.

이러한 비유와 상징의 연쇄는 기파랑을 향한 화자의 깊은 마음을 보

---

35) 『삼국유사』 권2 기이, 「경덕왕 충담사 표훈대덕」. 〈찬기파랑가〉 역시 어석의 편차가 다소 있으나, 〈모죽지랑가〉와 마찬가지로 가급적 편차가 없는 부분을 위주로 서술한 다.

여주는 한편, 기파랑을 생존한 사람으로 보기를 망설이게 한다. 기파랑은 죽었지만, 그를 존경하는 나 자신이 어디에 시선을 두더라도 그의 모습, 마음의 끝, 신념이 생생하게 보인다. 모습이 외면, 마음의 끝이 감정이라면, 고깔로 표현된 신념은 정신의 정수에 해당할 것이다. 기파랑이 죽은 후, 그의 외면과 감정과 정신은 각각 화자가 인식하는 세상의 한 부분을 나누어 맡은 듯한 형국이다. 비유하자면 마치 시체화생 설화에서 죽은 거인의 신체 각 부분에서 세상이 생겨났던 정황을 연상시키기도 한다.[36]

〈찬기파랑가〉는 내세와 관련된 인식을 직접적으로 보여주고 있지는 않다. 그러나 죽지랑과 같은 미륵불의 화신 정도는 아닐지라도, "그 뜻이 매우 높았던[其意甚高]" 존재의 자취가 여전히 현세에 남아 있음을 보여주고 있다. 또한 "미타찰"과 같은 초월적 공간을 따로 마련하지는 않았지만, 현세 속의 자연 소재와 의경(意境)만으로도 오롯한 하나의 '세계'를 구현하고 있지는 않은가? 이러한 성과는 내세 관념에는 미치지 못한다 해도, 죽음의 의미와 그것이 시적 화자에게 끼치는 영향력에 대한 문학적 성과라는 점에 의의가 있다. 종교적 상징물, 상징어, 상징적 표현을 일절 활용하지 않으면서 이러한 '세상'의 의미를 현세에 부여했다는 것 자체로 의미가 있다. 그러므로 범위를 넓혀 내세 관념을 제재 삼아 이루어진 문학사적 성과로 보아도 좋겠다.

지금까지의 논의를 통해 향가에 나타난 내세 관념의 전개 양상을 간

---

36) 박혁거세의 죽음 이후 그의 시체에서 오곡이 생겨났다는 전승도 이러한 인식을 연상하게 한다.

추리면 다음과 같다. 『삼국유사』 설화의 경우와 마찬가지로 향가는 불교의 전래와 정토 관념의 수용에 힘입어 내세 관념의 문학적 형상화를 시도하였다.

그 첫 성과를 〈풍요〉와 전승담이라 할 수 있는데, 〈풍요〉는 공덕의 성과로서 '불(佛)'의 원형을 바라보며, 경전을 읽을 수 없는 사람들일지라도 그 아름다움에 대한 감각을 촉매 삼아 정토에 왕생하리라 결심하게 하였다. 이 과정에서 언어에 속한 향가와 언어가 아닌 조각품이 함께 감화력을 행사한 것으로 보았는데, 경전의 풍부한 상징을 바로 접할 수 없었던 이들에게는 중요한 종교적 체험이었다. 이어지는 〈원왕생가〉의 전승담은 관법(觀法)의 수행과 〈원왕생가〉 가창을 병행하는 모습을 보여주는 한편, 정토의 아름다움 자체보다는 정토에 이르기까지의 어려움을 전달하는 데 더 큰 비중을 두고 있는 모습이다. 말하자면 7세기 중반의 내세 관념은 불교의 정토 관념을 어떻게 수용, 내재화하는지에 초점을 두고 있었다.

다음으로 7세기 후반의 〈모죽지랑가〉와 그 전승담은 현세와 내세의 상관 관계를 염두에 두었다. 우선 '미륵화생'이라는 종교적 화소에 비추어 죽지랑의 신성함을 표현하고자 하였는데, 미륵불의 화생이라는 점도 강조되지만, 현생의 죽지령 거사가 죽음을 거쳐 다시 현생의 죽지랑으로 태어나 영웅과 성자가 되는 일련의 과정에 주목하였다. 그리하여 죽지랑이 현세와 내세에 두루 걸치는 신성함을 지닌 존재로 자리매김하는 과정을 살폈다. 현세와 내세의 관계에 주목했다는 점은 내세로서 정토를 긍정하되, 현생을 그보다 못하다고 생각했던 것에 비하면 어느 한쪽에 치우치지 않았다는 뜻이다.

끝으로 8세기 중반에는 〈제망매가〉가 "미타찰"이라는 내세 관념을 뚜렷이 제기하였고, 이에 비하면 〈찬기파랑가〉는 내세 관념을 거론할 단서가 없는 것처럼 보였다. 현세에서 맺었던 인연이 내세에 어떻게 되는지에 대한 존재론적 의문에 대한 해답으로서 "미타찰"이 제시되었고, 〈모죽지랑가〉와 〈제망매가〉에서 구현했던 인물의 형상화와 수사방식이 〈찬기파랑가〉에서 다시 시도된 양상도 함께 보았다. 이러한 경향은 몇 가지 유형으로 구분된다기보다는, 일련의 맥락을 지니고 시기에 따라 변천, 성장한 결과로 파악할 수 있다. 정토의 실질에 대한 탐색을 거쳐 그 의미를 내면화하고, 내세와 현세 사이의 관계를 다시 고민하는가 하면, 현세와 내세가 각각 주는 위안의 의미에도 주목하였다. 앞서 설화 자료에 대한 다소 느슨한 구분을 시도하면서 세웠던 가설과 통하는 면도 확인했다.

덧붙여 아직 본격적으로 다루지는 않았지만, 9세기의 향가 2편, 〈우적가〉와 〈처용가〉의 창작이 모두 '죽음의 위협'과 관련된 상황에서 즉흥적으로 이루어진 것 역시 의미심장하다. 죽음 저편의 세계를 인식하고 고민하기보다는, 자신을 위협하는 존재를 정서적으로 감화, 감동시켜 문제를 해결하려고 했다. 이를 향가의 문화적 역량이 성숙했거나, 또는 그 역할이 변화한 것으로 이해해도 좋을까? 9세기 이후의 내세 관념에 관한 사례도 보완함으로써 이에 대하여 더 논의할 수 있겠다.

## 4. 영원한 삶도, 영원한 죽음도

『삼국유사』에는 현존 향가가 이루어진 7~9세기 사이를 배경으로 한, 죽음과 내세 관념 관계 설화가 다수 있다. 이들은 내세로서 정토와의 심리적, 물리적 거리를 일순간에 극복할 수 있다는 발상을 지니고 있는데, 현존 향가에는 이와 동일한 정토 관념은 보이지 않는다. 그 대신 환생한 존재가 전생의 자신이 추구했던 목표를 지속한다거나, 내세에 떠나더라도 혈육의 정이 지속되는 등의 화소가 보이는데, 이는 〈모죽지랑가〉 전승담과 〈제망매가〉의 "미타찰"을 떠올리게 할 만한 것이었다.

7세기 중엽의 〈풍요〉와 〈원왕생가〉는 공덕과 수행의 성과로서 정토 관념을 내재화했던 단계에 해당하는데, 〈풍요〉는 양지가 조각한 불상과, 〈원왕생가〉는 16관법, 쟁관법 등의 수행 원리와 더불어 향가 향유층이 정토 관념을 이해하게 했다. 7세기 후반의 〈모죽지랑가〉는 그 전생에 미륵이었던 죽지령 거사가 죽지랑으로 환생하는 일련의 과정을 보여주었다. 환생의 결과 죽지랑의 신성성과 '선업'은 현세와 내세에 두루 미치게 되었다. 8세기 중반에는 〈제망매가〉를 통해 현세 인연이 내세에도 지속되는지의 문제가 "미타찰"의 공간을 통해 해소되는 과정을, 〈찬기파랑가〉에서 〈모죽지랑가〉와 〈제망매가〉에서 내세 관념을 통해 이루어진 인물의 형상화와 수사방식이 다시 시도된 모습도 찾아보았다.

# IV

## 만나다,
## 사람들을,
## 체험을 통해

지금까지의 논의 결과를 요약하고, 앞으로의 과제를 전망하여 마무리로 삼는다. 요약을 통해 시간 속의 만남, 현장 속의 사람들, 세상 속의 체험이라는 주제어도 어떻게 정리되었는지 다시 확인될 것이다.

## 시간 속의 만남

시간 속의 만남은 우리 시대에서 삼국유사의 시대를 만나는 것이라 하겠다. 기이편의 건국 신화를 다룰 때 흔히 떠올리는 시조들 대신 그 어머니나 아내 등 이른바 여신들이 수행한 역할을 먼저 떠올렸으며, 건국 이후 여러 가문의 협력과 공존이 이루어져 가는 과정을 비교적 자료가 풍부한 신라 박·석·김 세 성씨의 경우를 통해 재구성했다. 고대국가의 완비에 필수적인 통합사상의 형성 역시 불교의 수용과 공인에만 천착하지 않고, 고유 사상이었을 가능성이 큰 화랑의 풍류도가 3교를 내재화하는 양상을 묘사했다. 이렇게 시간 속의 만남은『삼국유사』기이편에서 말한 고대국가의 건국과 주요 가문의 공존, 보편사상의 형성 등의 문제를 다루고 있다. 이들 세 요소를 차례로 요약한다.

### ① 사라진 건국 신화 속 여신들과의 만남

북방의 단군신화와 동명신화에서 모계는 신화적 질서 속에서 인성(人性)을 갖추어가는 과정과, 그 인성이 신화적 재편을 통해 새로운 신성(神性)으로 거듭나는 과정을 보인다. 웅녀의 사례는 신화적 질서 속에서 이계(異界)의 존재가 인간 영웅의 어머니가 되는 과정을 보여준다면, 유화의 사례는 신화의 재편 과정을 통해 한 인간이 현실에 적용되는 권능을 갖춘 존재로 상승하는 여정을 드러낸다.

한편 남방의 백제, 신라, 대가야는 성모가 형제 또는 남매를 출산한다는 공통점을 지닌다. 그런데 이 시조들 사이의 관계에 따라 모계의 형상이 자못 달라진다. 이를테면 백제의 소서노는 고구려와의 관계가 이중적인 탓에 비류와 온조 모든 계열로부터 환영받지 못하고, 따라서 신격을 획득하지 못한다. 신라의 선도산 성모는 혁거세와 알영의 결연(結緣)으로 말미암아 그 상징성이 긴요하지 않게 된다. 대가야의 정견모주는 뇌질주일 계열과 뇌질청예 계열의 병존(竝存)으로 인하여 가야연맹 공통의 구심점으로서 그 역할이 지속되고, 신격으로서의 직능도 비교적 오랫동안 유지한다.

이러한 차이는 해당 신화를 향유해 온 집단의 건국 시조에 대한 관념에 기인한 것이다. 북방의 신화들은 건국 시조가 이민족과의 투쟁을 거쳐 단일한 신화적 표상을 이룩한 국가를 수립하기까지의 과정에 관심을 기울인 반면, 남방의 신화들은 국가 수립 과정의 투쟁보다는 그 이후에 다른 종족들을 포섭하여 연맹체를 형성해가는 과정을 보여주고 있다. 따라서 북방 신화의 여신은 사라지거나 건국 시조의 조력자 역할을 보이지만, 남방 신화의 여신은 형제들의 어머니로서 추상적 상징의 역할이 더 컸다.

### ② 한 왕국 속 서로 다른 시조들과의 만남

신라의 3개 왕성(王姓)의 시조 신화를 각각 대비 검토함으로써, 이들 신화에 반복적으로 나타나는 신라의 건국 시조에 대한 관념이 단일화하는 과정을 재구성하였다. 이들은 신라가 건국, 성장하는 과정에서 요청되었던 영웅 형상을 각자 반영하는 한편, 후대의 전승 과정에서도 변치 않는 고정된 요소로서 건국 시조에 대한 관념을 함께 보여주고 있다. 여기서는 이러한 형상과 관념이 만들어져가는 단서를 검토하고자 한다. 신라의 왕족이었던 박·석·김 3성의 신화는 『삼국사기』와 『삼국유사』에 함께 전승되어 있으므로, 편찬 의식에 따른 이들의 차이에 좀 더 집중할 필요가 있다. 3성을 긴밀하게 연결하여 하나의 서사 문맥을 이으려는 모습은 『삼국유사』쪽으로부터 찾을 수 있었지만, 주인공의 성격과 관련된 핵심적 요소는 달라지지 않는 한도에서 첨언, 부가되는 경우가 많다. 『삼국사기』는 하늘로부터 온 신에 가까운 추상적 존재로서의 박혁거세, 건국 초기의 영웅으로서 활발한 대외 활동을 보이는 석탈해, 예전의 성인과 부합하는 뛰어난 소질을 통해 왕의 양자가 되는 김알지 각자의 성격이 부각되었다. 이로부터 신라 건국 시조의 관념이 하나의 서사 문맥으로 이어지는 측면과 각자의 개별성이 충분히 발휘되는 측면의 중층성을 지니고 있었음을 확인할 수 있었다. 한편 신라와 일본에는 여성이 자신의 고향과 갈등하는 설화가 신화시대 직후에 각각 존재하는데, 이는 여신에 의한 왕의 출산보다 촌장의 소환이 왕의 등장 요인으로서 중시되어가던 정황을 시사하고 있다.

### ③ 고유 사상과 동아시아 여러 사상의 만남

최치원은 『삼국사기』에 인용된 「난랑비서」에서 신라 화랑이 지닌 고유 사상이었던 풍류가 '포함삼교(包含三敎)'의 의미를 지니며 '접화군생(接化群生)'의 역할을 맡았던 것으로 보았다. '접화군생'의 역할은 인재를 찾아 양성하는 화랑단의 활동과 밀접한 관계가 있음이 확인된다. 반면에 '포함삼교'는 현존 자료 가운데 「난랑비서」에서만 확인되는 용어이다. 이와는 달리 화랑단 설립 시기에 명주에 세웠던 비문에서는 유가 사상의 시각과 용어만을 통해 화랑의 역할을 기대하고 있다. 따라서 9세기 최치원이 생각했던 '포함삼교'와, 7세기 명주 비문의 유가 중심적 태도에는 거리가 있다. 이들의 차이를 유념하면서 풍류의 실천에 해당하는 화랑단의 활동을 살펴보면, 여러 자료에서 풍류의 기본 역할로 나타났던 '유오산수(遊娛山水)'를 통한 인재 발굴은 '접화군생'의 역할과 통하는 국면이 있었다. 그러나 유가 윤리를 극단화하여 비장한 죽음에 집착했던 모습, 그리고 교(敎)와 교의 단순 대응을 넘어선 혼용을 시도했던 점 등은 「난랑비서」와 그 맥락은 같더라도 강조하는 지점이 다르다. 한편 가악과 예술의 바탕으로서 풍류의 역할은 다른 자료에서의 비중과는 달리 최치원의 설명에서는 직접 드러나지 않았다. 이렇게 최치원의 풍류 관념에는 설명의 공백이 있음에도 유의해야 한다. 따라서 그가 제기한 '포함삼교'라는 요약적 특질에만 한정하지 않고 화랑의 행적과 신라 문화사의 자취 자체를 바라볼 필요가 있다.


## 현장 속의 사람들

『삼국유사』의 현장으로 옛 절터와 산악, 바위와 고즈넉한 풍경이 먼저 떠오를 수 있다. 그러나 정적인 풍경보다는 문명이 교류하고 낯선 이들과 만나며 소통했던 현장으로서 바다의 역할에 먼저 주목하였다. 바다를 통해 만난 이들은 이웃 나라 중국과 일본, 좀 더 떨어진 인도와 동남아시아, 심지어 서아시아와 유럽에까지 이를 수 있다. 이렇게 광활한 세상과 만나는 일은 훗날의 과제로 미루고, 일단 동해의 바다로 나간 수로와 같은 바다에서 들어온 처용의 형상을 다른 자료들과 아울러 주목했다. 그러자면 자연히 동아시아 이웃 나라들과의 비교가 필요했고, 다른 세상에서 온 인간이 아닌 존재들과의 사랑과 이별을 대표적인 사례로 간주했다. 그러면서 인간은, 인간적이란 어떤 개념인지에 관한 깊은 성찰을 통해 동아시아의 인간관과 세계관을 알려주고 있었다. 동아시아로의 확장뿐 아니라, 시간적 확장을 통한 오늘날의 『삼국유사』 콘텐츠 제작 현장에서 새로운 『삼국유사』가 다시 태어날 가능성도 언급하고자 번역과 재창작의 양상을 함께 살폈다.

### ④ 바다 저편을 오고 가며 소통한 사람들

바다는 이곳에서 이향(異郷)을 향해 떠나는 공간인 동시에 저편으로부터 도래(渡來)하는 통로가 된다. 『삼국유사』에 실린 설화 가운데 수로 이야기는 전자의, 처용 이야기는 후자의 사례이다. 본고는 이들 사이의 공통점과 차이점을 지적하고, 다른 설화와의 비교 검토를 통해 '바다' 형상의 두 가지 유형을 분석하였다. 이들의 공통점은 다음과 같다. 첫째, 현실에 영향을 끼치는 다른 세상의 존재를 언어 텍스트를 통해 물러나도록 한다. 둘째, 그러면서도 주인공은 물러나는 다른 세상의 존재를 포용한다. 셋째, 주인공의 권능은 바다와 직·간접적으로 관련이 있다. 차이점은 다음과 같다. 첫째, 수로는 구해야 할 대상이었다가 그 성격이 주체로 변화했지만, 처용은 처음부터 설화 속 행동의 주체였다. 둘째, 수로는 자신의 세상으로 귀환하지만, 처용은 자신이 왔던 곳으로 돌아가지 않는다. 셋째, 수로에 비하면 처용의 권능과 그 효과가 한결 명료하다. 이를 전제 삼아 이향을 향해 떠나는 공간으로서 바다와 관련하여 연오랑 세오녀, 아메노히보코(天日之矛), 문무왕릉 관련 전승 등을 살펴보았다. 이들을 통해 바다의 성격, 인물의 귀환 여부와 변신 화소의 의미 등을 추론하였다. 이어서 도래의 처소로서 바다의 성격과 관련하여 신라의 건국 시조 이야기들과 만파식적 설화를 살펴보았다. 이로써 바다로부터 온 영웅들의 성격과, 사람과 사물을 아울러 도래 현상의 의미를 정리했다.

## ⑤ 다른 세상에 속한 존재들을 사랑한 동아시아 사람들

동아시아 각국의 고대 설화에 나타난 인간과 이류와의 애욕을 포함한 교유의 제 양상을 고찰함으로써, 한 · 중 · 일 각국의 인간성과 이류에 대한 시선을 비교하였다. 기존 논의의 주 관심사였던 이류와의 애정, 교혼만이 아닌 공감, 학문적 소통, 퇴치, 동화, 귀속 등 여러 관계를 모두 고려하여 '이류 교유'라는 범주에서 다루었다.

고대 중국의 설화에서 이류는 '인간적'인 요소를 갖추고자 인간에게 접근하는 반면, 오히려 인간이 이들에게 비정한 모습을 보인다. 이는 서로 낯선 존재들 사이에 이루어졌던 '인간적'인 것에 대한 고민과 갈등의 깊이를 보여준다. 그런가 하면 『요재지이』의 애정담은 이류가 인간 사회에, 인간이 이류 사회에 적응하는 과정을 각각 보여줌으로써 이 고민이 바람직하게 해결될 단서를 시사하고 있다. 말하자면 고대 중국의 이류는 애정을 포함한 인간과의 교유 전반에 걸쳐 등장하고 있으며, '인간적'인 것에 대한 탐구는 공동체 전체에 결부된 문제이기도 하다. 그런데 고대 한국과 일본의 이류는 '애욕'을 서사의 계기로 삼으면서, 또 한편으로 각국의 문화사적 관심사를 시사한다. 일본의 경우 불교와 토속신앙이 서로 용납할 수 없는 상대편의 이질성을 이류, 요괴 등으로 취급한 한편, 한국은 이류와의 관계에서 언어를 통한 약속과 그 성취를 중시하고 있다. 이는 고대의 한국과 일본, 그리고 중국이 서로 다른 방향에서 각자 '인간적'인 요소를 모색, 규정했던 성과로 평가할 수 있다.

### ⑥ 번역과 대중화를 통해 현장을 재현하는 사람들

『삼국유사』의 현대역은 크게 원전을 그대로 따르는 흐름과, 보다 많은 독자층에 호소하기 위하여 원전의 내용을 재구성하는 두 가지 흐름이 있다. 전자의 경우 학계의 모든 영역에서 필요한 세부 사항 관련 주석을 종합하거나, 일부 전공에 특화된 정보를 중심으로 시각 자료까지 포함하여 첨부하는 모습을 보인다. 이를 각각 '종합적 주석의 지향', '주석의 특화 및 관련 자료 첨부', '원전의 재구성'이라 하여 원전 번역의 세 가지 유형으로 구분하였다. 한편 『삼국유사』의 대중화를 위한 성과는 번역 경향의 세 가지 유형에서 보였던 자세와 관련이 있다. '원전의 재구성'은 이른바 '미당 유사'라 불리기도 했던 서정주에게서 찾을 수 있다. 그가 구축한 신라의 형상은 '종합적 문화 원형'으로서 신라 시대에 대한 관념 그리고 『삼국유사』에 따른 경주 지역에 대한 인상을 심화시키기에 일조한다. 아울러 향가, 처용, 이사부 등 개별적인 요소를 특화시키고 시각 예술로 변용해가는 과정에서도 전통 시대의 이상향으로서 신라의 재현이라는 과제를 향한 압박은 끊임없이 지속된다. 번역과 대중화의 바람직한 상호작용을 위해 원전에 대한 과도한 부담을 벗어나는 한편, 종합적 문화 원형의 지향 또는 개별 항목의 특화에서 그 가치를 과대평가하거나 세부적인 요소에 천착하는 경향을 지양할 필요가 있다.

## 세상 속의 체험

시간을 넘어 영웅과 사상가들을 만나고, 바다 건너 동아시아와 현대 콘텐츠의 현장을 살피는 일은 모두 다른 세상에 속한 이들을 만나는 체험이라 할 수 있으며, 기이편과 다른 모든 편을 아우르는 삼국유사의 정신적 가치라고 생각한다. 다른 세상에 속한다면 너무 멀게 느껴지겠지만, 세계관과 인생관이 다른 이들과 타협하고 공존하는 게 오늘날 우리의 일상이다. 그러므로 차별과 분별을 벗어난 인식 체계가 필요한데, 이는 원효를 비롯한 사상가들이 중요시했던 가치이다. 그러나 원효 자신도 성과 속 사이를 넘나들다 보면 분별을 벗어나자는 원칙에 한결같이 충실하지는 않았음을 설화 문학은 증언하고 있어서, 해골물을 마셨던 깨달음도 잊고는 더러운 물을 버리고 깨끗한 물을 찾아댄다. 더러움과 깨끗함의 분별을 넘는다면, 마찬가지로 이승과 저승, 현생과 내생 사이의 분별도 초월해야 한다. 그러나 불교에서는 정토와 윤회 관념을 통해 초월하고 벗어날 것을 주장했지만, 향가와 『삼국유사』 설화는 전생의 목표와 혈육의 정 역시 버릴 수 없는 인간적 가치임을 내세우고 있다. 앞서 이류와의 사랑에서, 성과 속을 넘나드는 구도의 과정에서도 놓치지 않고 싶어했던 그 '인간적' 가치 말이다.

### ⑦ 다른 세상에 속한 이들을 만나는 체험
『삼국유사』는 비현실적 존재들과 현실 속 인간의 만남을 다채롭게 서술하고 있다. 신불(神佛), 곧 토속신앙과 외래신앙에 속한 존재들을 직접 만나 신성한 깨달음을 얻었던가 하면, 신이한 여성을 만났지만 그들을 불완전하게 기억하거나 부정하기도 한다.

우선 신불과의 만남을 예로 든다. 토속신앙의 신이 승려 원광의 깨달음을 도와주었다는 설화와, 백제의 미륵신앙이 신라에 전해져 초기 화랑단의 형성에 영향을 끼쳤다는 기록을 떠올린다. 원광을 도와준 여우 신은 소승과 대승의 불교를 구별할 수 있었고, 원광이 당나라에 유학을 떠나 선진 불교와 유학을 배워오게 하여 초기 신라 사상이 그 한계를 극복하는 전환기를 마련할 정도의 식견을 갖추었다. 그리고 백제에서 온 미시랑을 통해 전파된 미륵신앙은 미륵과 미륵신앙, 미륵정토 등을 각각 화랑과 신라 임금, 신라 불국토설 등의 관념으로 연결하는 계기가 되었다. 이들을 통해 토속신앙과 불교, 백제와 신라 등 대립적이었던 두 세력이 서로를 존중하여 문화적 성장을 이룬 성과를 바라볼 수 있다.

다음으로 사상적, 역사적 성과를 거두었던 여성들과의 만남에 결부된 불완전한 기억 혹은 부정(否定)을 살펴본다. 욱면, 김현의 아내, 선도산 성모 등에 대한 기록이 모두 그렇다. 욱면은 『삼국유사』의 향전(鄕傳)에 따르면 여종이라는 신분과 성별의 제약을 모두 떨치고 순식간에 정토를 향해 날아올랐다. 그러나 같은 책의 승전(僧傳)에서는 원래 관음보살 수하의 수행승이었던 존재가 장시간에 걸친 노력으로 자신의 자리를 회복한 것으로 달리 서술되었고, 기득권 남성들과의 관계도 우호적으로 재구축되었다. 또한 김현의 아내는 남편과 오빠들을 위해 희생당했지만, 그 과정은 모두 은폐되었다가 남편이 죽기 얼마 전 남긴 글을 통해 회고될 따름이었다. 서술자로서 김현이 자기변호 대신 남긴 담담한 고백에는 간접적 참회의 성격도 있겠지만, 그렇다고 주인공 김현의 냉혹함이

사라질 수는 없다. 끝으로 선도산 성모는 신라를 건국한 남매-부부의 어머니였지만, 신으로서 권위를 잃고 후대의 임금이 사냥할 때 꿩을 숨겨 벼슬을 받는 처지로 몰락한다. 이렇게 여신들과의 만남은 부정되거나 기억되지 못하기도 한다.

『삼국유사』에서 비현실적 존재와의 만남을 통해 상호 존중의 문화적 가치와, 여성 형상에 대한 기억의 은폐와 왜곡이 지닌 효과를 아울러 볼 수 있다. 이를 통해 오늘날 우리가 마주한 다양성, 다원성을 어떤 태도로 대할지 떠올릴 수 있을 것이다.

## ⑧ 성자와 범인의 경계를 넘나드는 체험

설화에 등장하는 원효는 속세의 틀에 얽매이지 않는 자유분방한 태도를 보이는가 하면, 더러움과 깨끗함을 여전히 분별하는 어리석음을 지니고 있기도 하다. 이것은 실존 인물로서 원효와 설화적 형상으로서 원효 사이의 차이점으로서 중요한 의미가 있다. 본고는 이러한 차이점의 연원과 의미를 고찰하고자 했다. 두 가지 원효 형상은 원효가 '분별'을 어떻게 바라보는가에 따라 달라졌다고 볼 수 있다. 깨달음의 주체로서 원효는 심식(心識)의 무상함을 자각하고 있으며, 두 편의 설화에서 그 내용을 살펴볼 수 있다. 이 두 편의 설화는 각각 '나[我]'의 좋고 싫음과 마음(心)의 생과 멸이라는, 유심(唯心)에 대한 대칭적이면서도 상보적인 표현을 그 무상함의 근거로 내세우고 있다. 그리고 다른 인물과 대비되는 원효는 장황한 문체를 남용했다는 점에서 비판을 받는 한편, 간결하고 압축적인 언어 표현이 가능했던 인물로서 긍정되기도 한다. 원효는 그 말투가 장황하지만, 또 한편으로는 간명할 수도 있는 입체적 인물인 셈이다. 이렇게 원효에 대한 부정적 시선이 강한 설화는 당시 불교계의 교만을 비판했던 다른 설화와 화소를 공유하고 있어, 이 비판이 원효만을 대상으로 했던 것은 아니었음을 암시하고 있다. 그러나 이렇게 원효가 다른 인물보다 열등한 것처럼 묘사되는 경우에도, 원효의 언어 능력에 대한 부분적인 긍정은 〈원왕생가〉 전승담에서 '쟁관법(錚觀法)'이라는 압축적이고 쉬운 수행법을 원효가 창안했으리라는 기대와 연결되기도 한다. 원효 설화는 실존 인물로서 원효의 업적에 대한 일방적 존숭과는 거리를 두면서도, 때로는 당시 불교계 고위 인사와 같은 약점을 보이지만 또 한편으로는 그것을 극복하기 위해 끊임없이 애쓰는 원효의 구도 과정에도 관심을 기울이고 있다. 원효 형상의 입체성은 실존 인물로서 원효의 성과와는 별도로, 원효를 설화 속 존재로서 형상화해온 많은 이들의 종교적 깨달음과 현실적 제약의 공존 가능성에 대한 모색의 성과였다. 그것은 한 인간에게 복잡한 언어와 간명한 언어가 공존할 수 있을지의 문제, 그리고 순일한 깨달음과 좌절을 거친 깨달음 사이의 우열 관계 등에 관한 종교적 의문과 밀접한 관계가 있다.

### ⑨ 이승과 저승에 얽힌 종교적 체험

『삼국유사』 설화와 향가에는 신라에서 내세 관념이 성장하고 내세와 현세의 관계 인식이 심화하는 양상이 풍부하게 드러나 있다.『삼국유사』에는 죽음과 내세 관념 관계 설화가 다수 있다. 이들은 정토와의 심리적, 물리적 거리를 일순간에 극복할 수 있다는 발상을 지녔는데, 현존 향가에는 이와 동일한 정토 관념은 보이지 않는다. 그 대신 환생한 존재가 전생의 자신이 추구했던 목표를 지속한다거나, 내세로 떠나더라도 혈육의 정이 지속되는 등의 화소가 보이는데, 이는 〈모죽지랑가〉 전승담과 〈제망매가〉의 "미타찰"을 떠올릴 만한 것이다. 7세기 중엽의 〈풍요〉와 〈원왕생가〉는 공덕과 수행의 성과로서 정토 관념을 내재화했던 단계에 해당하는데, 〈풍요〉는 양지가 조각한 불상과, 〈원왕생가〉는 16관법, 쟁관법 등의 수행 원리와 더불어 향가 향유층이 정토 관념을 이해하게 했다. 7세기 후반의 〈모죽지랑가〉는 그 전승담에서 죽지령 거사가 죽어 내세에서 미륵불이 되고, 그 미륵불이 죽지랑으로 환생하는 일련의 과정을 보여주고 있다. 환생의 양상은 죽지랑의 신성성과 '선업'이 현세와 내세에 두루 걸치는 모습과도 관계를 맺고 있다. 8세기 중반에는 〈제망매가〉를 통해 현세 인연의 내세 지속 문제가 "미타찰"의 공간을 통해 해소되는 과정을, 〈찬기파랑가〉에서 〈모죽지랑가〉와 〈제망매가〉에서 이루어진 인물의 형상화와 수사방식이 다시 시도된 모습을 찾아보았다.

이렇게 『삼국유사』는 과거의 시간, 현재의 현장, 미래에 이루어질 세상 등을 고루 우리에게 알려주고 있으며, 낯선 이들을 만나고 체험하는 과정을 통해 다양성, 다원성, 다문화의 요소를 긍정하고 있다. 이것이 『삼국유사』가 전해주는 유일한 메시지는 아니지만, 지금 우리가 우리 세상에서 생각해야 할 가장 중요한 문제와 연관된 것이다. 『삼국유사』 너머 동아시아와 온 세계를 의식하며 고민하는 게 우리의 과업일 것이다.

# (부록)　고대시가와 향가의 이해

## 1. 향가까지 천년

이 글에서는 기원 전후 지어진 고대시가 세 편과 제목만 남아 전하는 삼국의 속악, 그리고 7~10세기 무렵 융성했던 향가의 형식과 주제, 전승 과정과 문학사적 가치 등을 살펴본다.

한국사의 초기에 관한 기록은 반만 년 역사라는 표현이 무색할 정도로 매우 드물다.『삼국사기』와『삼국유사』가 먼저 떠오르지만, 후대인 고려 중엽에 정착된 기록이기 때문에 전승 과정에서 불가피하게 달라졌을 가능성을 열어놓아야 한다. 시기적으로 더 가깝게는 중국의 역대 사서마다「조선전」또는「동이전」이 있었고, 특히『후한서』·「동이열전」과『삼국지』·「위서」의「동이전」에 우리 제천행사와 관련한 몇 가지 기록이 남아있다. 그러나 단편적 기록일 따름이며, 외국의 눈에 비친 모습이라는 점을 걸러 읽어야 한다. 갖추어진 기록은 먼 후대의 것이며, 한결 가까운 시기의 자료는 외국의 관점에 따른 파편뿐이라는 제약이 만만치 않다. 따라서 이 시기에 대한 한국학은 유추, 추론과 상상력에 크게 기댈 수밖에 없었다. 이런 정황에서 『삼국유사』를 통해 7세기 이후의 향가 14편이라도 읽을 수 있다는 사실은 다행스러운 일이다.

그러나 남은 자취가 적다는 말이 곧 남긴 유산이 초라하다는 뜻은 아니다. 이천 년 전의 고대시가는 세 편에 불과하지만, 주술적 성격이 우세한 〈구지가(龜旨歌)〉, 서정적 성격이 짙은 〈공무도하가(公無渡河歌)〉, 정치적 배경과 개인 정서의 전달 기능을 모두 지닌 〈황조가(黃鳥歌)〉 등으로 작품마다 개성이 분명하고, 세 편을 모으면 서로 견주어볼 점이 뚜렷이 드러난다. 가사까지 남은 삼국 시대의 작품이 거의 없어 아쉽지만, 그 배경담의 내용이라도 읽음으로써 고구려의 기상과 백제문화권의 여성 화자를 떠올릴 수 있다. 또한 신라와 고려 초엽에 이루어진 향가는 주술과 종교의 영향에서 나아가 서정시로서 성장해간 흐름을 보여준다. 이 시기 시가는 적은 숫자만으로도 천 년에 걸친 성장의 여정을 뚜렷이 전해주고 있다.


## 2. 고대시가의 일면

한국 시가와 문화의 첫 장면에 대한 문헌 기록은 남아있지 않다. 몇몇 지역의 암각화와 고인돌, 그 밖의 부장품과 유물, 유적을 통해 당시 사람들의 일상생활 그리고 삶과 죽음을 마주하는 감정의 일면을 짐작할 따름이다.

지금껏 남아있는 가장 오래된 문헌 기록은 제의에서의 춤과 노래에 대한 것들이다. 『후한서』·「동이열전」에는 부여의 '영고(迎鼓)', 고구려의 '동맹(東盟)', 예의 '무천(舞天)' 등 여러 제천행사와 관련한 기록이 남아있다. 덧붙여『삼국지』·「위서」·「동이전」은 마한에도 비슷한 습속이 있었음을 전하고 있다. 이들 제천행사가 열리는 시기는 지역에 다라 다소 차이가 있다. 그러나 '노래와 춤을 좋아 한다', '밤낮으로 먹고 마신다.'는 등의 유사한 표현이 되풀이하여 등장하는 점으로 미루어, 북방에서 한반도 남부에까지 걸쳐 이들 행사의 모습과 분위기에 큰 차이는 없었다고 보아도 좋을 것이다.

고대시가 가운데 〈구지가〉는 이러한 제의의 배경과 관련이 있다. 이 작품은 신령스런 임금을 맞이한다는 뜻의 '영신군가(迎神君歌)'라는 이름으로 부르기도 했는데, 김해에 근거지를 두었던 금관가야를 중심으로 한 여섯 가야의 건국을 배경으로 삼았다.

| 龜何龜何 | 거북아 거북아 |
| 首其現也 | 머리를 내어라 |
| 若不現也 | 내놓지 않으면 |
| 燔灼而喫也 | 구워서 먹으리. |

북방 계통의 건국 신화가 천손의 하강에서 시작하여 그 천손을 처음부터 행위의 주체로 삼는 것과는 달리, 한반도 남부의 건국 신화는 임금을 맞이하는 사람들의 행동으로부터 이야기를 시작하고 있다. 구지봉 부근에 새 임금이 내려오리라는 신비한 목소리를 들은 아홉 간(干:부족장에 준하는 인물)과 3백여 명의 무리들은 봉우리의 흙을 파며 〈구지가〉를 불렀다. 그리하여 붉은 보자기에 싸인 금 상자를 얻고, 상자 속의 황금 알 여섯 개에서 여섯 동자가 태어나 여섯 가야의 임금이 되었다.

〈구지가〉는 1행에서 상대방의 이름을 부르며, 2행에서 명령을 내린 다음, 3행에서 그 명령을 따르지 않는 상황을 가정하고, 4행에서 위협하는 구성을 취했다. 이를 '호칭-명령-가정-위협'의 구성으로 정리하는데, 특히 '구워서 먹으리.'라는 위협의 태도를 이 작품의 주술적 성격과 관련하여 주목할 필요가 있다. 이러한 태도는 절대자에게 순종하는 자세를 지닌 종교적 기원 및 신앙의 태도와는 차이가 있기 때문이다.

또한 '거북의 머리[龜頭] = 남성 성기의 귀두(龜頭)'라는 연상에 따라 1·2행의 머리를 내놓은 거북을 다산과 풍요의 상징으로 간주하기도 하였다. 거북은 장수의 상징물이기도 하고, 고대 중국에서는 그 껍질을 태운 모양으로 점을 치는 등의 행위도 이루어졌다. 이러한 전통 때문에 여기서 등장하는 '거북'의 문화적 성격에 대한 모색이 시도되었다. 또한 〈구지가〉와 유사한 8세기 초엽의 〈해가(海歌)〉라는 작품에서는 '수로(水路)'라는 여성을 납치한 해룡을 위협하며 '거북'이라 부르기도 했다. 이는 '거북'이라는 명칭의 의미가 다른 신격의 이름으로까지 확장된 사례였다.

〈구지가〉는 다음에 살펴볼 〈공무도하가〉와 〈황조가〉에 비해 약간 후대의 작품이다. 그러나 건국 신화 특유의 신비로운 분위기와 종교 이전 단계의 주술을 연상시키는 모습, '거북'과 관련된 원시·고대신앙의 잔재 등 시가의 발생 단계로서는 보다 이전 단계의 유풍을 보여준다.

〈공무도하가〉와 〈황조가〉는 제의보다는 사별의 슬픔 또는 이별로 인한 고독이라는 개인적 정서에 가까운 성격을 지녔다. 〈황조가〉를 원시 공동체의 짝짓기 풍속과 관련짓는 시도가 있는데, 짝짓기 풍속 역시 개인적 정서를 토대 삼아 이루어지기 마련이므로 그 때문에 작품의 서정성이 달라지는 것은 아니다. 〈공무도하가〉는 다음과 같다.

| | |
|---|---|
| 公無渡河 | 임이여, 물을 건너지 마오 |
| 公竟渡河 | 임이여, 기어이 물을 건너시네 |
| 墮河而死 | 물에 빠져 돌아가시니 |
| 當奈公何 | 이제 님을 어이 할까나. |

〈공무도하가〉는 후한 말 채옹(蔡邕)의 『금조(琴操)』, 진(晉)의 최표(崔豹)가 지은 『고금주(古今注)』 등에 그 내력이 전해지고 있으며, 우리 측 문헌에는 조선 후기의 실학자 한치윤(韓致奫, 1765~1814)의 『해동역사(海東繹史)』에 와서야 비로소 고조선의 작품으로 소개되어 있다. 따라서 고조선의 작품이 아닐 가능성도 열어둘 필요가 있다.

조선현의 진졸(鎭卒) 곽리자고(霍里子高)는 어느 날 새벽 흰머리를 풀어헤친 광인이 술병을 들고 물을 건너려 하는데, 곁에서 아내가 말리는 장면을 목격한다. 광인이 기어이 아내의 말을 듣지 않고 억지로 물을 건너려다 빠져죽자, 아내는 '공후'라는 악기를 가져와 〈공무도하가〉를 짓고 남편의 뒤를 따라 죽었다. 곽리자고가 집에 돌아와 아내 여옥(麗玉)에게 이 일을 알려주었더니, 여옥은 이 노래를 다시 부르고 이웃 여용(麗容)에게 알려주어 널리 퍼지게 했으며 듣는 이들이 다 슬퍼했다고 한다. 여러 차례에 걸친 창작과 전승의 과정이 비교적 상세하게, 주체들의 이름까지 분명히 밝혀져 있다. 여기서 창작의 동기를 제공했던 광인, 이른바 백수광부(白首狂夫)의 정체에 대해서는 몇 가지 설이 있는데, 대체로 신 또는 무(巫)에 가까운 존재로서 물 위를 걸어서 건너는 기적을 일으키려다 실패한 것으로 볼 수 있다.

이 작품을 고조선의 유산으로 본 근거는 작품의 배경이 '조선현'이라는 점에 있다. 그러나 3세기 경 '조선현'이라 불렸던 지역을, 그보다 수백

년 전에 멸망한 고조선과 동일시해도 좋을지는 실상 확실치 않다. 또한 〈공무도하가〉는 악기 공후를 활용했기 때문에 〈공후인(箜篌引)〉으로 불리기도 하는데, 공후를 활용한 악곡의 전통은 우리보다 중국에 훨씬 더 많이 남아 있다. 한치윤의 『해동역사』 편찬 태도 또한 유의할 만하다. 그 책에서 500종이 훨씬 넘는 중국과 일본의 자료를 두루 살펴본 점은 그 당시로서는 높이 평가할 실증적 자세임에 틀림없다. 하지만 『해동역사』는 외국 사료의 무비판적 수용과 함께 지나친 추론 및 곡해가 이루어졌다는 평가 또한 받고 있다. 따라서 그 내용을 받아들일 때 취사선택할 필요가 있다.

그러나 이런 모든 난점에도 불구하고, 우리는 〈공무도하가〉를 현존 유일의 고조선 시가로 받아들이고 있다. 그 까닭은 '조선현'이라는 논거의 중요성이, 우리의 첫 국가였던 고조선의 시가 작품이 반드시 있었으리라는 문학사 서술의 신념과 맞물렸기 때문이다. 그러나 한국 문화에 대한 중국의 문화공정 분위기를 비판한다면, 우리 역시 이런 자료에 대하여 신중할 필요가 있을 것이다.

일단 국적문제를 떠나서 〈공무도하가〉에서 '백수광부'라 불리는 광인의 성격에서 신화시대의 흔적을 살필 수 있으며, 그의 죽음은 기적을 일으켰던 신화적 존재의 소멸을 상징한다고도 풀이할 수 있다. 그에 비하면 〈황조가〉와 유리왕은 한결 현실적 존재로 보인다.

| 翩翩黃鳥 | 펄펄 나는 저 꾀꼬리 |
| 雌雄相依 | 암수 서로 정다워라 |
| 念我之獨 | 외로운 이내 몸은 |
| 誰其與歸 | 뉘와 더불어 돌아가랴. |

〈황조가〉는 『삼국사기』·「고구려본기」의 「유리왕」 조에 실려 있다. 지나치게 신이한 이야기는 의도적으로 삭제해 온 『삼국사기』의 역사 서술 태도를 고려한다면, 본 작품은 〈구지가〉, 〈공무도하가〉와는 구별되는 현실적 성격의 작품으로 인정받은 셈이다.

유리왕은 왕비 송씨가 죽자 골천(鶻川) 출신의 화희(禾姬)와 한나라 사람인 치희(雉姬)라는 두 여성을 후실로 맞아들인다. 그런데 두 여인은 서로 사이가 좋지 않아서, 유리왕이 사냥을 나간 사이 크게 다투었다. 치희는 화희에게 '한나라의 비첩(婢妾)' 운운하는 모욕을 당하고는 떠나버린다. 이 사실을 알게 된 유리왕은 치희의 마음을 돌리기 위해 쫓아갔지만 실패하고, 어느 날 나무 밑에 앉아 꾀꼬리를 보고 이 노래를 불렀다고 한다.

기록에 따르면 유리왕은 〈황조가〉를 불렀다고 했지, 지었다고는 하지 않았다. 따라서 〈황조가〉는 원시 사회의 짝짓기 풍속에서 불리던 민요였고, 유리왕은 그 민요 속 화자에 자신의 처지를 빗대어 노래했다고 추정하기도 한다. 이 가설을 인정할 수 있다면, 이 당시 임금과 민간 사이에는 소통이 매우 잘 이루어져서 같은 민요로 실연의 아픔을 달랬다고도 볼 수 있다. 그리하여 '뉘와 더불어 돌아가랴'고 외치면 나타날 또 다른 사랑을 기다리는 실연의 마음에 민간의 청년도, 궁중의 임금도, 나아가 2천년 뒤 오늘날의 우리들까지도 공감하게 된다.

그러나 유리왕의 고독을 그저 소박한 실연 탓으로만 단정하기 어려운 구석도 있다. 그것은 임금으로서의 권위 때문만은 아니다. '화희'와 '치희'라는 여성들의 이름과, 고구려와 중국으로 갈리는 그들의 출신 때문에 그렇다. '벼[禾]'와 '꿩[雉]'이라는 그녀들의 이름은 각각 농경과 수렵을 연상시키며, 고구려와 중국으로 그 출신도 다르다는 것은 이들의 갈등을 여인들 사이의 쟁총(爭寵)으로 몰아붙이기 어렵게 한다. 말하자면 유리왕의 결혼은 농경과 수렵 혹은 토착 세력과 외국 세력 사이의 조화를 목적으로 한 것이었는데, 화희가 치희에게 폭언을 퍼부음으로써 그들의 통합은 파경을 맞은 것이다. 여기서 유리왕의 고독에는 사랑을 잃은 상실감에, 부족 간의 화합에 실패한 임금으로서의 좌절이 더해진다. 유리왕의 고독과 좌절은 더 이상 제의와 신화 속의 신군(神君)이 아닌, 현실적 군왕으로서의 것에 가깝다. 개인으로서의 고독과 군왕으로서의 좌절감이 친근한 민요풍의 노래에 담겨 수천 년을 이어졌다는 점에 〈황조가〉의 묘미가 있다.

세 편의 고대시가는 모두 서사 기록 안에 삽입된 상태로 남아있고, 4언 4행의 짧막한 모습으로 이루어졌다. 이를 통해 초기의 시가와 산문 양식의 결합된 모습, 그리고 정서의 급격한 전환 또는 초월이 나타나지 않은 소박하고 담백한 정서의 실상을 느낄 수 있다.

## 3. 고구려와 백제의 속악

앞서 살펴본 세 편의 시가는 모두 기원 전후 무렵에 이루어졌다. 그 후의 시가로서 현존하는 가장 이른 시기의 것은 7세기 중엽의 향가 〈혜성가〉와 〈서동요〉이다. 그 사이 삼한시대가 있었고, 삼국과 가야를 거쳐 나제동맹과 여제동맹이 차례로 이루어지는 기나긴 역사가 이어져 왔다. 그러나 노래와 춤을 밤낮없이 즐겼다는 중국의 기록에도 불구하고, 많은 문헌이 유실된 탓에 『고려사』·「악지」의 「삼국속악」 조에서 겨우 몇몇 작품의 내력만이 확인될 따름이다.

## 3.1. 고구려 시가의 자취

고구려는 〈내원성(來遠城)〉, 〈연양(延陽)〉, 〈명주(冥州)〉라는 세 편의 작품 이름이 전한다. 〈내원성〉은 외국의 미개인들이 귀순한다는 내용이며, 〈연양〉은 불에 타 없어지는 나무의 마음으로 국가에 봉사하겠다는 비장한 각오가 그 소재이다. 이들 두 편은 다른 국가의 시가에 비하면 정치적, 사회적 성격이 짙은 편이다. 아마 중국과 다수 유목민 국가들과 경쟁해야 했던 고구려의 실정을 반영했기 때문일 것이다. 이와 달리 〈명주〉는 현재의 강릉 지역을 배경으로 과거 시험을 보러 떠난 남성을 기다리는 여성의 처지를 노래한 개인적인 작품이다. 그러나 고구려에는 과거 시험에 해당하는 제도가 확인되지 않으며, 거의 같은 내용의 이야기가 『강릉김씨파보』, 『강릉김씨세계』 등에 신라를 배경으로 하여 전해지고 있다. 따라서 〈명주〉는 고구려 당시의 작품이기보다는, 후대의 전승이 고구려에 귀착된 것으로 보는 편이 자연스럽다.

## 3.2. 백제 시가의 유산

백제 시가로는 〈선운산〉, 〈무등산〉, 〈방등산〉, 〈지리산〉 등의 '산'을 명칭으로 내세운 작품과 〈정읍〉, 그리고 민요 〈산유화가(山有花歌)〉 등이 포함된 것으로 전해지고 있다. 이 가운데 산성의 축조를 백성들이 기뻐한다는 내용의 〈무등산〉을 제외한 나머지는 모두 남녀 간의 애정을 다루었는데, 〈산유화가〉를 제외한 4편은 모두 남편을 기다리며 그리워하는 여성 화자의 작품이다. 〈선운산〉은 부역을 떠났지만 기한이 지나도 돌아오지 않는 남편을 기다리고, 〈방등산〉은 도적에게 납치된 자신을 구해주지 않는 남편을 원망하며, 〈지리산〉은 백제왕의 겁박에도 남편에 대한 정절을 지키려는 등의 모습을 보여주고 있다.

〈정읍〉에서 행상을 떠난 남편을 걱정하며 기다리는 모습의 여성 화자는 우연히 나타난 것이 아니라, 이러한 백제문화권의 여성 화자 전통을 바탕에 둔 것이었다. 〈정읍〉은 『악학궤범』에 실린 〈정읍사〉라는 제목의 속요와 같은 작품으로 추정되어, 노랫말이 남은 유일한 백제시가로 간주된다. 본 작품을 비롯한 백제시가의 여성 화자와 속요의 여성 화자는 기다림의 정서를 공유하고 있다. 그렇지만 백제시가의 여성 화자가 남편을 기다리는 아내의 입장인 것과는 달리, 속요의 여성 화자는 기녀인 경우가 다수라는 차이를 구별해야 한다. 이밖에 부여 능산리 고분군에서 출토된 목간의 일부를 〈숙세가(宿世歌)〉라 하여 백제시가에 포함시키기도 한다. 나아가 일본의 『만엽집』에 다수 전하는 백제계 가인들의 작품도 넓은 의미에서 백제문학에 포함될 것이다.

그리고 고구려의 〈명주〉와 마찬가지로 창작 시기에 관한 문제가 일부 백제시가에도 있다. 가령 〈방등산〉은 '신라 말에 도적떼가 크게 일어났다'고 하여 신라를 배경으로 하고 있으며, 〈무등산〉에서 쌓았다는 산성 또한 신라 말기에 축조된 것이다. 요컨대 「삼국속악」 조의 '고구려'와 '백제'는 시대 개념이기도 하지만, 해당 작품의 출신 지역이 옛 고구려와 백제의 영토였다는 지역, 권역이라는 뜻이기도 한 것이다.

# 4. 향가의 범위와 형식적 특징

## 4.1. 향가의 명칭과 범위

신라의 시가를 대개 '향가(鄕歌)'라고 부른다. '향(鄕)'이라는 말을 통해 중국의 한시와 구별되는 우리 시가를 가리킨 것으로 보는 것이다. 한 때는 이 '향'이 지닌 '시골'이라는 말뜻에 폄하의 의미가 있는 것으로 생각하기도 했다. 그래서 그 대안으로 '신라시가', '신라가요' 등의 명칭이 제기되기도 하였다. 그러나 '시골'이라는 말은 꼭 폄칭이라기보다 우리 지역, 고장(local)을 뜻하는 것이기도 하고, 또 역사적 장르의 명칭으로서 오랜 기간 정착해온 전통을 존중하여 이제는 다른 입장을 잘 내세우지 않는다.

근대적 연구에서 향가의 형식적 요건을 분명히 한정짓지 못했다. 그 대신 중국에 대한 우리 시가의 범칭이거나, 향찰로 이루어진 시가의 통칭 정도로 생각해 왔다. 따라서 옛 문헌에 나타나는 '향가'라는 용어의 진정한 개념에 대해서는 더 밝혀야 할 점들이 있다. 가령 신라에도 7세기 이전의 가요 몇 편에 대한 기록이 남아있는데, 이들을 모두 문헌에 나오는 7세기 이후의 '향가'와 동일한 양식으로 보아도 좋을지는 섣불리 판단하기 어렵다.

남아있는 신라 향가는 모두 『삼국유사』에만 실려 있는데, 이 책은 본래 향가 작품집이 아닌 주술·종교 중심의 역사서였다. 물론 주술·종교는 삼국과 신라 시대에 비중이 매우 큰 정신문화이다. 그러나 『삼국유사』에 나오는 현존 향가에 본래 향가의 모든 것이 포함되었다고 단정하기는 어렵다. 현존하는 향가에는 애정 주제가 거의 없고 여성 화자의 역할도 잘 나타나지 않는데다가, 경주 이외 지역문화의 모습도 뚜렷이 보이지 않는다. 이는 향가에 애정, 여성, 지역적 요소가 본래 빈약해서가 아니라 『삼국유사』라는 문헌의 성격 때문에 빚어진 결과로 보는 편이 자연스럽다.

『삼국사기』에는 신라 3대 유리이사금 시절의 〈도솔가(兜率歌)〉를 가악의 시초라고 평가했는데, 『삼국유사』에서는 이 작품이 '차사사뇌격(嗟辭詞腦格)'을 갖추었다고 했다. '차사'는 감탄어구를 뜻하는 것이며, 현존 향가 가운데 일부는 제목 뒤에 '사뇌가'라는 명칭이 덧붙여지기도 했다. 그런 만큼 여기서 '차사사뇌격'은 곧 향가를 이루는 장르적 요건으로 보아도 무방하다.

그렇다면 향가의 형식은 건국 초기부터 '차사사뇌격'이 완성된 상태였으며, 훗날 불교의 전래와 가야 음악가 우륵의 귀순 등에 따라 현존하는 7세기 이후 향가처럼 문학적, 음악적 수준이 격상되었다고 보는 편이 자연스럽다. 이는 훗날 당나라와의 교섭과 유학생 파견 등을 통해 한시와 한문 소양을 증진했던 과정과는 구별해야 할 전통이다. 향가의 '향'은 이러한 신라 나름의 상황을 인식하고 반영한 명칭이었다.

## 4.2. 향가의 하위 갈래와 형식적 특징

흔히 향가에는 4구체, 8구체와 10구체라는 세 종류의 하위 갈래가 있다고 한다. 이 가운데 10구체라는 명칭은 처음부터 따로 있지 않았고, 8구체 향가 가운데 감탄어구와 짧은 문장이 더 붙은 것들이 있다는 설명을 통해 부연된 것이다.

그런데 여기서 8구체에 속하는 향가는 〈모죽지랑가〉와 〈처용가〉 두

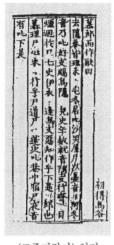

〈모죽지랑가〉 원전

편 뿐이다. 따라서 10구체와는 구별되는 지역문학의 산물로 여겨지기도 했다. 이는 〈처용가〉의 처용이 울산 출신 또는 울산에서 도래한 인물이라는 점을 근거로 한다. 그러나 〈처용가〉는 현존 향가 가운데 유일하게 『삼국유사』 원전에서 행 구분을 하지 않았다. 이 때문에 다른 향가와는 양식적으로 구별되었던 것처럼 여겨지기도 한다.

또한 〈모죽지랑가〉는 박재민의 『신라향가변증』(2013)에 의해 첫 2개 행이 사라졌을 가능성이 제기되었다. 이 주장은 『삼국유사』 원전에서 〈모죽지랑가〉 앞에 2개 행 정도가 들어갈 만한 공백이 있다는 것과, 〈모죽지랑가〉의 첫 글자 '去-'라는 향찰 문자가 문두에 쓰이는 용례가 없다는 점에 착안한 것이었다. 현존 〈모죽지랑가〉의 내용 전개를 '(앞의 2행이 탈락된) 2행+4행+2행'으로 나눌 수 있는지, '郎也'를 다른 향가의 감탄어구와 과연 동질적인 것으로 볼 수 있는지 등을 더 해명해야 한다는 부담이 남았다. 그러나 이 주장은 비단 〈모죽지랑가〉뿐만 아니라 현존 향가의 하위 갈래를 다시 생각할 가능성을 보여주고 있다.

따라서 이제는 8구체 향가의 실존 가능성이 그리 높아 보이지 않는다. 그렇다면 짧은 향가와 그보다는 다소 긴 향가라는 두 계열이 남는 셈인데, 이 가운데 짧은 것을 민요계 향가, 다소 긴 것을 사뇌가계 향가로 구분하기도 한다. 사뇌가계 향가는 『삼국유사』 원전에서 '찬기파랑사뇌가(讚耆婆郎詞腦歌)' 등의 사례와 같이 10구체 향가 가운데 일부에 '-사뇌가'라는 명칭을 붙여 부른 것에서 유래했다. 『삼국유사』 원전에 따르면

10구체 향가의 행 구분이 반드시 10행으로 된 것만은 아니었기 때문에, 숫자를 붙여 부르기보다 사뇌가계 향가라고 하는 편이 더 적절하다. 이에 비해 현존하는 짧은 향가가 모두 민요에 연원을 두었는지는 분명치 않고, 〈풍요〉와 다른 향가는 한 문장의 길이가 아예 다르다. 따라서 짧은 향가에 대한 총칭으로 민요계 향가라는 용어가 타당할지는 더 생각해볼 필요 또한 있다.

향가의 형식적 특징에 대한 기록은 두 가지가 있다. 첫째는 앞서 말한 『삼국유사』의 유리이사금 〈도솔가〉의 '차사사뇌격'이라는 표현이며, 둘째는 고려 초기의 향가 〈보현십원가(普賢十願歌)〉가 실려 있는 『균여전(均如傳)』에 나오는 '삼구육명(三句六名)'이다.

먼저 '차사사뇌격'은 '차사'와 '사뇌격'의 합성어로 본다. 여기서 '차사'는 감탄사 즉 10구체를 기준으로 9행 째의 첫 부분에 있는 '아야(阿耶)', '아사(阿邪)', '후구(後句)' 등의 표현을 뜻한다. 반면에 '사뇌'라는 말의 뜻은 확실치 않다. 문헌에 따라 '사뇌'에 해당하는 한자가 조금씩 달라지는 점을 보면 사라진 고유어 '사뇌'의 음차(音借)일 가능성이 있다. 따라서 동쪽을 뜻하는 고유어 '시닉'와의 유사성, 무가의 일종인 '시나위'와의 관계 등이 더 추정되기도 했다. 만일 '사뇌 = 시닉[東]' 설을 인정한다면 사뇌가는 곧 동쪽 노래, 다시 말해 향가와 동의어가 된다는 주장도 과거에 있었다. 그러나 사뇌가를 향가와 완전히 동일시한다면 10구체 가운데 일부만을 가리켰던 사뇌가의 용례, 범위와 맞지 않는다. 무엇보다 향가는 '우리 고장의 노래'라는 뜻이었지, '중국의 동쪽에 있는 나라의 노래'라는 뜻이 아니었다.

다음으로 '삼구육명'은 『균여전』에서 〈보현십원가〉를 한역하면서 '한시는 중국어를 엮어 5언, 7자로 짓고, 향가는 우리말을 배치하여 3구, 6

명으로 다듬는다.(詩構唐辭, 磨琢於五言七字. 歌排鄕語, 切磋於三句六名)'고 했던 서술에서 비롯되었다. 한시와 향가의 차이점을 대구의 방식으로 뚜렷이 보여주고 있지만, '3구 6명'이 대체 무엇인지 알 수 없다. 그러나 고유어 시가의 형식적 자질에 대한 체계적인 논평이었기 때문에, 그 실질에 대한 논쟁이 긴 시간 동안 이루어졌다. 여기서 그 논쟁의 기나긴 여정을 모두 살필 겨를은 없지만, 그 가운데 통설은 10구체 향가를 '4행-4행-2행'으로 나누어 그것을 3구라 보고, 3구가 다시 각각 둘로 나뉘어 6명이 된다는 것이다.

* 10구체 향가를 중심으로 한 3구 6명의 통설

| 1구 | | 1명 | 1 · 2행 |
|---|---|---|---|
| | | 2명 | 3 · 4행 |
| 2구 | | 3명 | 5 · 6행 |
| | | 4명 | 7 · 8행 |
| 3구 | | 5명 | 차사(감탄어구) |
| | | 6명 | 9 · 10행 |

논자에 따라 위의 '5명'의 자리에 차사와 9행을 모두 포함시키기도 하는데, 그렇게 하면 1명이 2개의 행으로 구성되는 일관성이 깨진다. 이 통설이 폭넓은 지지를 얻은 이유는 시조의 형식인 '삼장육구(三章六句)'를 연상시키기 때문이다. 시조의 3장 6구를 향가의 3구 6명과 상통하는 것으로 볼 수 있다면, 시조의 기원을 향가에서 찾을 수도 있고 우리 시가의 형식적 전개를 일원화하여 설명하기에도 유용하다. 따라서 이 통설은 그 논리적 타당성과는 별개로 매력적인 것이었다. 시조 가곡창(歌曲唱)의 기원을 향가에서 찾으려는 희망 역시 향가와 시조의 형식 원리가 동

일하리라는 전제를 지키고 있다.

이 통설의 매력은 인정할 만하지만, 그래도 원전의 대구를 무시했다는 점은 짚고 넘어가야 한다. 원전에 따르면 3구 6명은 한시의 5언 7자에 대비되는 양식적 특징이다. 그런데 5언과 7자는 5언시와 7언시라는, 한시에서 1개의 행을 이루는 2가지 하위 갈래에 대한 설명이기도 하다. 그렇다면 향가 역시 '3구로 1행이 이루어진 향가'와 '6명으로 1행이 이루어진 향가'가 있었다고 설명하는 편이 가장 자연스럽다. 그러나 현존하는 향가의 형식을 통해 이렇게 설명하기란 불가능하다. 여기서 3구 6명 연구는 더 이상 전진하지 못하고, 더 이상 3구 6명을 연구하지 않는다는 암묵적인 합의가 이루어진 듯한 시절도 있었다.

요컨대 향가의 하위 갈래로는 4구체로 구성된 이른바 민요계 향가와, 감탄어구를 갖춘 10구체의 사뇌가계 향가가 있다. 과거에 설정했던 8구체는 이제 그 정립 기반이 다소 미약해졌다. 한편 문헌에 등장하는 격으로서 '사뇌'의 실질과 3구 6명의 실체는 여전히 불투명하다. 그러나 그에 대한 추적 못지않게 중요한 과제는, 현존 향가 텍스트 자체를 통해 그 형식적 요건과 율격적 자질을 발견하는 작업이다. 불투명한 3구 6명을 주인공으로 삼는 대신, 두 가지 하위 갈래의 형식과 율격에 대한 논의가 더 풍성해져야 한다. 그 과정에서 짧거나 길었던 향가의 특질을 체계화할 수 있다면, 그것이 곧 3구 6명의 실체일 것이다.

# 5. 향가의 주제와 역사적 전개

## 5.1. 향가의 현실적 효과와 정서적 표현

대개의 향가에는 배경설화, 배경담, 기술물, 서사문맥, 전승담 등으로 다양하게 불리는 관련 기록이 붙어 있다. 〈제망매가〉와 〈찬기파랑가〉처럼 그 기록이 약화되었거나 보이지 않는 작품도 있지만, 그것은 이들이 〈도솔가〉와 〈안민가〉라는 다른 작품의 관련 기록에 부연되어 남은 탓이기도 하다. 고려 전기의 〈보현십원가〉 역시 그것이 수록된 『균여전(均如傳)』 자체를 향가의 전승담으로 볼 수 있을 정도이다.

향가의 창작과 전승에 관련된 기록을 통해 우리는 해당 작품이 그 당시에 어떤 효과를 어떻게 거두었는지 알게 된다. 〈안민가〉와 같이 '임금답게 신하답게 백성답게'라는 주제가 바로 드러난 작품도 국왕과 귀족 사이의 갈등이 첨예했던 경덕왕대의 정치적 상황을 통해 실질적 의도가 드러난다. 또한 〈원가〉처럼 문면의 비유와 상징을 이해하기 어려운 작품도, 이 작품이 잣나무를 말려 죽인 권능을 통해 작자의 관로(官路)를 열었다는 기록을 통해 그 성격과 효과를 알 수 있다. 이처럼 향가의 온전한 이해를 위해서 우선 관련 기록을 꼼꼼하게 살펴야 한다. 특히 해독이 난해한 일부 향가는 관련 기록이 결정적인 이해의 단서를 마련해 준다.

향가는 관련 기록에서 주술성, 종교성과 정치성 등의 목적과 그에 상응하는 효과를 거둔 것으로 나타난다. 주술과 종교 또는 정치적 목적 등을 실현하는 데 향가가 이바지할 수 있다는 발상은 시가의 효용에 대한 인식으로서 주목할 만하다. 이와는 대조적으로 몇몇 향가는 현실적 효과보다는 정서의 표현 자체를 목적으로 우선하기도 했다. 향가의 정서 표현은 대체로 곁에 있던 존재의 부재, 쇠락과 소멸에 대한 슬픔을 중심으로 이루어졌다. 이렇게 현실적 효과와 정서적 표현이라는 두 가지 성취를 함께 거둔 점에 향가의 미학적 특질이 있다.

| 목 적 | 작품명 | 작자명 | 효 과 | 시 기 |
|---|---|---|---|---|
| 주술성<br>(7편) | 혜성가<br>(彗星歌) | 융(融) | 혜성의 소멸 | 6~7C |
| | 서동요<br>(薯童謠) | 서동<br>(薯童) | 미인 선화공주와의 혼인 | 6~7C |
| | 원가<br>(怨歌) | 신충<br>(信忠) | 잣나무의 생사를 좌우<br>/ 작자의 관로를 개척함 | 8C 전반 |
| | 도솔가<br>(兜率歌) | 월명<br>(月明) | 두 개의 태양 가운데<br>하나를 소멸시킴 | 8C 중반 |
| | 도천수관음가<br>(禱千手觀音歌) | 희명<br>(希明) | 눈 먼 아이의 눈을 뜨게 함 | 8C 중반 |
| | 처용가<br>(處容歌) | 처용<br>(處容) | 역귀를 퇴치함 | 9C 후반 |
| | 도이장가<br>(悼二將歌) | 예종<br>(睿宗) | 충신의 혼령을 소환함 | 11~12C |
| 종교성<br>(4편) | 풍요<br>(風謠) | 남녀들 | 공덕을 닦음<br>(왕생의 기반을 닦음) | 7C 후반 |
| | 원왕생가<br>(願往生歌) | 광덕<br>(廣德) | 서방 정토에 왕생함 | 7C 후반 |
| | 우적가<br>(遇賊歌) | 영재<br>(永才) | 도적 60인을 설득, 참회하게 함 | 9C 후반 |
| | 보현십원가<br>(普賢十願歌) | 균여<br>(均如) | 어려운 경전의 역할을 대신함 | 10C 전반 |
| 정치성<br>(1편) | 안민가<br>(安民歌) | 충담<br>(忠談) | 임금, 신화와 백성이 각자의 역할에 충실해야 한다는 덕목 제시 | 8C 중반 |

| | 애정<br>(1편) | 헌화가<br>(獻花歌) | 소 끌던<br>노인 | 수로부인에게 꽃을 꺾어주는<br>마음 표현 | 8C 전반 |
|---|---|---|---|---|---|
| 정<br>서<br>표<br>현 | 쇠락<br>소멸<br>(3편) | 모죽지랑가<br>(慕竹旨郞歌) | 득오<br>(得烏) | 죽지랑의 쇠락에 대한 안타까<br>움과 앞으로의 각오 표현 | 7C 후반 |
| | | 제망매가<br>(祭亡妹歌) | 월명<br>(月明) | 누이의 요절에 대한 슬픔과 재<br>회를 기약하는 마음 표현 | 8C 중반 |
| | | 찬기파랑가<br>(讚耆婆郞歌) | 충담<br>(忠談) | 기파랑의 뜻과 상징에 대한 자<br>신의 마음 표현 | 8C 중반 |

위의 표는 『삼국유사』에 실린 목적과 효과를 중심으로 해당 작품들의 유형을 구분한 것이다. 이 가운데 〈원가〉의 효과는 주술성과 정치성에 모두 걸쳐 있는데, 작자가 〈원가〉를 잣나무에 붙였던 행위와 그 효과를 보다 직접적인 것으로 판정하여 일단 주술성에 귀속시켰다. 그리고 〈제 망매가〉는 지전(紙錢)을 서쪽으로 날렸다는 주술적 효과를 거두기는 했 지만, 그 효과가 곧 창작의 목적은 아니었다는 점에서 정서의 표현을 더 본질적인 목적과 효과로 보았다. 또한 〈서동요〉의 효과 역시 애정과 아 예 무관하다 할 수는 없지만, 창작의 목적과 유포된 계기는 미인과의 혼 인이라는 목적에 더 집중된 것으로 보았다.

향가에 현실적 효과가 따른다는 인식의 비중은 몇몇 향가 작자의 이 름을 통해서도 드러나고 있다. 예컨대 혜성을 소멸시켜 천체를 조화롭 게 만든 〈혜성가〉의 작자는 조화롭다는 뜻의 '융(融)'이라는 이름이었 다. 또한 〈안민가〉를 지어 충언(忠言)을 전달한 이는 '충담(忠談)'며, 〈도 천수관음가〉에서 눈이 밝기를 바라는 작자의 이름은 희명(希明)이었다. 이런 식으로 어떤 향가는 작자의 이름이 곧 작품의 배경 또는 효과를 연상시킨다. 이 때문에 향가의 작자를 설화 속 가공인물로 보기도 했다. 일단 〈원가〉를 지은 신충을 제외하면 향가 작자 가운데 다른 사료에서 이름이 확인되는 사람은 없다. 그리고 『균여전』에는 빼어난 신라 향가 작가 여러 명이 소개되어 있는데, 하필 그 중에 『삼국유사』와 겹치는 인물은 하나도 없다. 따라서 이 주장에는 어느 정도 설득력이 있다. 그리하여 기록에 등장하는 이름의 실재 여부를 믿기 어렵다는 태도로 말미암아, 〈서동요〉에서 서동의 정체를 백제 무왕이 아닌 다른 인물로 보거나 〈찬기파랑가〉의 대상이 되는 기파랑을 경덕왕대의 역사적 인물 가운데 하나로 비정하려는 시도가 나타나게 되었다.

그러나 옛사람들의 이름이 꼭 하나만은 아니었다. 백제 무왕 역시 서동이라는 아명과 장(璋)이라는 휘를 함께 지니고 있다. 어린 시절의 행적 때문에 서동이라는 이름이 생겨나고 설화적 성격이 보태어진다고 해서, 무왕이 곧 가공인물이 되는 것은 아니다. 그렇다면 향가의 효과 또는 관련 기록의 내용 때문에 작자에게 별칭 또는 별명이 덧붙을 가능성도 생각해야 한다. 이런 현상은 향가 작자에게 또 다른 이름이 부연되고 본명이 잊힐 만큼, 향가의 효과에 대한 당시 사람들의 관심이 대단했음을 보여주는 것이기도 하다.

주술, 종교, 정치 등의 영역에 걸친 향가의 현실적 효과는 모든 시기에 걸쳐 큰 비중을 지니고 있었다. 그러나 또 한편으로는 〈모죽지랑가〉를 위시하여 〈제망매가〉, 〈찬기파랑가〉 등과 같은 정서적 표현을 중시했던 계열 또한 존재했다. 그런데 〈모죽지랑가〉는 죽지랑의 일생을 모두 다룬 뒤에 '애초에[初-]'라는 말과 함께 덧붙었을 뿐이다. 또한 〈제망매가〉는 〈도솔가〉 관련 기록에, 〈찬기파랑가〉는 〈안민가〉 창작 과정에 간략히 소개되는 정도였다. 그리고 보면 정작 『삼국유사』 편찬자는 이들보다 죽지랑 관련 서사와 〈도솔가〉, 〈안민가〉의 효과를 보다 더 중요하게 생각했던 셈이다. 그럼에도 불구하고 『삼국유사』는 이들 작품을 빠뜨리지 않고 나란히 실어주었다. 그 덕분에 우리는 〈제망매가〉가 도달한 서정성의 깊이와, 두 편의 향가가 전해주는 뛰어난 인품을 갖춘 화랑의 형상을 접할 수 있게 되었다.

### ① 향가의 주술성

주술성은 가장 앞선 시기를 배경으로 한 〈혜성가〉, 〈서동요〉에서 가장 나중에 지어진 〈도이장가〉에까지 나타나고 있다. 현존 향가의 처음과 끝이 주술성과 연관된 것들인 데다가 관련 작품도 6편으로 가장 많은 만큼, 주술성은 향가의 효과 가운데 가장 큰 비중을 지니고 있다.

원시 · 고대 문화에서 언어는 그 자체가 주술적 힘을 지닌 것으로 받아들여지기도 했다. 〈혜성가〉는 애초에 혜성은 없었다고 노래함으로써 결국 혜성을 없애는 효과를 거두었다. 〈서동요〉 역시 선화공주가 서동을 밤에 몰래 안고 간다고 노래함으로써 훗날 그 장면이 현실로 이루어지는 결과를 낳았다. 두 편의 향가는 남은 것들 중 가장 앞선 시기를 배경으로 했는데, 말과 노래에 담긴 내용은 나중에 이루어진다는 믿음을 바탕에 두고 있다. 이렇게 혜성을 없애고 공주와의 혼인을 성사시켰던 위력은 향가가 '천지와 귀신을 감동시킨다[感動天地鬼神 – 경덕왕 대 〈도솔가〉 관련 기록]'고 했던 근거이기도 하다.

〈원가〉는 효성왕(孝成王: 재위 737~742)의 즉위를 위해 애썼던 신충이라는 인물이 등용되지 못한 처지를 원망하여 지은 작품이다. 그러나 이 작품은 '달그림자 내린 연못', '흐르는 물결이 모래를…' 등의 풍경에 대한 묘사를 중심으로 이루어졌다. 〈원가〉의 원망은 작품의 문면에는 잘 드러나지 않는 것에 비해, 관련 기록에서는 그 효과가 매우 뚜렷하다. 효성왕과 신충은 잣나무를 걸고 서로의 마음을 다짐했는데, 신충이 그 잣나무에 〈원가〉를 적은 종이를 붙이자 잣나무가 말라죽었다. 그러자 놀란 효성왕이 신충에게 벼슬을 주었더니, 잣나무가 다시 살아났다고 한다.

주술의 효과가 즉각적인 것을 보면 〈원가〉의 내용 역시 무시무시한 저주에 가까워야 할 것만 같다. 그러나 실제 내용은 그 대신 변치 않는 잣나무와는 달리 변화하는 인심을 한탄하고, 주위의 풍경에 비추어 자신의 마음을 돌아볼 따름이다. 화자의 정서를 뚜렷이 표현한 서정적인 노래가 주술적 효과를 지닐 수 있다고 본 점이 흥미롭다. 말하자면 〈원가〉에서 주술성과 서정성은 서로 모순되는 가치가 아니라, 한 쪽의 성취가 다른 쪽의 실현도 담보하는 모습을 띠고 있다.

〈도솔가〉는 경덕왕(景德王: 재위 742~765) 때 월명(月明)이 지어서 두 개의 해가 떴던 불가사의한 현상을 해소했던 작품이라고 한다. 〈도솔가〉라는 제목의 작품은 신라 건국 초기 유리이사금 시절에도 있었지만, 그 뜻은 다르다. 유리이사금 시절의 '도솔'은 '다스림[治]' 또는 농촌의 풍속인 '두레'의 명칭과 관계가 있을 것으로 추정된다. 이와는 달리 경덕왕대의 '도솔'은 불교에서 미륵이 거주한다는 '도솔천(兜率天)'에서 왔을 것으로 여겨진다. 신라에는 미래에 찾아올 메시아적 존재인 불교의 미륵에, 화랑 또는 임금을 비유하는 전통이 있었기 때문이다. 따라서 꽃을 뿌려 그 꽃이 미륵을 모시게 하리라는 내용의 〈도솔가〉는 '화랑[꽃]이 임금[미륵]을 지킨다.'는 의미가 된다.

창작의 계기가 된 두 개의 태양은 일식 또는 혜성의 출현 같은 자연 현상일 수도 있다. 그렇지만 동양의 역사서에서는 왕권이 흔들렸던 정치 상황의 은유로 두 개의 태양이 종종 등장하곤 하였다. 더구나 경덕왕 때는 전제왕권을 꿈꾸었던 왕당파와 그에 반발하는 귀족들 사이의 대립이 극심했다. 따라서 미륵을 모시라는 〈도솔가〉의 내용과 두 개의 해가 뜨게 된 상황은 이러한 정치적 배경을 상징적으로 표현한 것으로 받아들이고 있다.

지금까지 살펴본 향가의 주술성은 대개 정치, 외교적인 상황과 관계된 것들이었다. 혜성과 두 개의 해는 왜군(倭軍)의 침략과 왕권에의 도전을 자연 현상에 비유한 것이기도 하다. 서동과 선화공주 혼인은 그 당시 정세로서는 이룰 수 없었던 백제와 신라의 화합을 보여준다. 〈원가〉의 창작은 신충 또는 그와 관련한 세력의 정치적 부침(浮沈)과 관련이 있다. 이에 비하면 〈도천수관음가〉와 〈처용가〉는 무속 본연의 치병(治病) 기능을 보여준다는 특징이 있다.

처용은 울산에서 헌강왕(憲康王: 재위 875~885)이 데려온 동해용의 아들이었다고 하며, 밤새 '노닐었다[遊]'는 그의 행동 역시 무속의 제의와 관계가 있었을 것이다. 그러나 역신(逆臣)이 아내를 범한 행위에 대하여 '빼앗은 것을 어찌하리오?'라는 체념에 가까운 관용(寬容)을 보이는 점은 이해하기 어렵다. 속요 가운데에도 〈처용가〉가 있는데, 그 작품에서는 처용이 역신을 횟감으로 만들겠다는 등으로 위협을 한다. 무속의 주체로서 권능은 속요 〈처용가〉가 더 우세한 편이며, 신라 처용의 '관용'은 다른 각도에서 이해할 필요가 있다.

향가 〈처용가〉의 관련 기록은 처용을 포함한 동해 용, 남산의 신, 북악의 신 등이 여러 차례에 걸쳐 출현하여 나라의 위기를 경고했는데도 그에 대처하지 못하여 나라가 망했다는 줄거리를 갖고 있다. 신라의 처용 이야기는 그 자체가 홀로 독립된 이야기가 아니라, 여러 차례에 걸친 신들의 경고 가운데 하나로 등장하는 것이다. 무속과 치병의 상황에 다소 어울리지 않는 처용의 관용은 나라의 위기를 벗어나기 위해 갖추어야 할 미덕 가운데 하나로 제시된 것은 아니었을까? 아니면 검은 얼굴에 큰 코와 긴 턱을 한 외국인 모습의 탈로 묘사되곤 했던 처용이 지닌 특이한 태도였을까?

처용만큼 그 정체에 대한 논의가 분분했던 인물도 흔치 않다. 무속인의 역할을 한다는 점에는 공감대가 이루어진 듯하다. 그러나 그 신분과 관련하여 과거에는 울산 지역 호족의 자제로서 일종의 인질처럼 경주에 잡혀온 것으로 보거나, 또는 처용 탈이 지닌 이국적 인상에 주목하여 신라에 정착한 아랍 상인으로 보는 관점도 있다. 이 밖에 불교의 호법룡이나 화랑, 오이디푸스 콤플렉스가 승화된 존재로 보는 등의 여러 추정이 있어 왔는데, 처용 연구 방법론의 역사가 곧 국문학 연구 방법론의 역사였다고 보아도 좋을 정도였다. 근래에는 동서 문화 교류에 대한 관심이 높아짐에 따라 귀화한 아랍인으로 보는 관점이 다소 우세해진 듯하다.

〈처용가〉가 지어진 9세기 이후로는 향가가 그다지 많이 남아 있지 않다. 그러나 10세기의 〈보현십원가〉 또한 그 내용을 적은 종이에 병을 고치는 효능이 있었다고 하며, 고려 중기의 〈도이장가〉에서는 죽은 혼령을 불러내어 짚 인형에 빙의시키기까지 한다. 〈처용가〉 이전 시기의 주술성이 국가 차원의 효과를 거두려 했던 것에 비하면, 오히려 후대로 갈수록 무속적, 개인적 성격이 더 짙어지는 인상이다.

### ② 향가의 종교성

불교의 전래는 불교적 용어와 개념의 틀에 신라 고유의 관념을 대입하게 하였다. 그리하여 추상적 어휘와 상징적 표현의 활용이 빈번해졌다. 예컨대 신라의 왕을 부처에 빗대고 신라의 영토를 불국토로 이해하

양지의 〈녹유사천왕상〉 복원도

며, 화랑의 상징이 '미리[龍]'에서 '미륵'이 되는 등의 과정이 모두 그러한 사례이다. 이를 '무불습합(巫佛習合)'이라는 말로 정리하기도 한다.

7세기 중·후반에 활동한 양지(良志)라는 뛰어난 조각가가 있었다. 그의 소조(塑造)는 당시 신라 미술의 수준을 뛰어넘는 것이었기에, 그는 인도인이거나 또는 인도 유학 경험이 있었을 것으로 추정되고 있다. 〈풍요〉는 그가 영묘사(靈廟寺)라는 절의 장육존상(丈六尊像)을 만들 때, 백성들이 그 재료인 진흙을 나르면서 부른 노래이다. 작품의 내용은 소박하지만 '공덕(功德)'이라는 불교적 성격의 개념을 처음 문면에 노출시킨 작품이라는 점이 주목할 만하다. 현재 남은 향가 가운데 〈풍요〉 이전의 것들에는 불교 신앙과 직접 관련된 배경이나 표현은 드러나지 않았다.

불교가 전해준 내세, 내생에 대한 관념은 '정토(淨土)'에 대한 이해와 신앙을 통해 심화되었다. 광덕(廣德)이 지었다는 〈원왕생가〉는 달에게 아미타불 앞에 가 자신의 염원을 대신 전해달라는 기원의 내용으로 이루어졌다. 16관법, 쟁관법(錚觀法) 등의 종교적 '수행'에 더 비중을 두어, 〈풍요〉가 '공덕'을 내세웠던 태도와는 구별된다.

그런데 〈원왕생가〉는 작자 문제에 논쟁이 있었다. 원전에 '광덕이 일찍이 이런 노래를 불렀다[德嘗有歌云]'고 적혀 있는데도 '덕(德)'을 그

앞 문장에 붙여 달리 읽었던 것이 그 원인이었다. 그리하여 엄장, 원효 또는 작자미상의 민요 등 여러 설이 있었다. 그러나 정토신앙에 대한 이해의 수준을 보면 민요라 하기는 어렵고, 원효로 단정할 근거 또한 없다. 광덕의 친구 엄장(嚴莊)이 작자라는 주장은, 성실한 태도로만 수행했던 광덕과는 달리 한 때의 욕망에 유혹을 받고 흔들렸던 엄장의 입장에서 본 작품을 읽을 때 공감대가 더 커진다는 점에 근거를 두고 있다. '이 몸 남겨두고 48대원 이루실까'라는 걱정은 모범적인 수행만 한 화자보다는, 속세에 빠지고 일상에 찌든 화자가 말할 때 더욱 절실하게 들린다. 말하자면 〈원왕생가〉의 화자로서 더 의미 있는 존재는 광덕이 아닌 엄장일 수도 있다. 그러나 그것은 말 그대로 시적 화자의 문제이며, 작자의 문제와는 별개의 것이다. 작자가 광덕이라 해도, 독자였던 엄장이 자신의 처지를 그 작품에 이입하여 화자가 됨으로써 더 풍부한 해석의 기반을 충분히 만들 수 있다. 이렇게 작자와 구별되는 화자의 등장은 〈원왕생가〉의 시적 성취로서 중요한 의미를 지닌다.

〈풍요〉와 〈원왕생가〉는 정토신앙이 뿌리내리던 7세기 중·후반에 형성되어 정토에 대한 이해를 심화하고 미술사와 서정시의 전개에 이바지했다. 신라의 불교는 9세기에 선종(禪宗)으로 나아가게 되었는데, 〈우적가〉에 보이는 난해어구들을 선종 특유의 초절적(超絶的) 언어 구사와 연결시키기도 하였다. 이어지는 고려 초엽 광종(光宗)의 치세는 칭제건원(稱帝建元)을 시도하는 등 전제왕권과 화엄사상의 연계를 다시 시도하였는데, 균여(均如)는 이에 대응하여 『화엄경(華嚴經)』·「보현행원품(普賢行願品)」을 재구성하여 〈보현십원가〉를 창작함으로써 화엄사상의 온전한 방향을 제시하였다. 이처럼 신라와 고려 초기에 걸쳐 향가와 불교는 실천과 이론 모두를 아우르며 보조를 맞추는 동반자적 관계를 지속하여 왔다.

### ③ 향가의 정치성

향가의 정치성은 〈안민가〉에 가장 뚜렷이 나타난다. 하지만 유리이사금 때 지어진 〈도솔가〉에 '민속환강(民俗歡康)'의 효과가 있었다는 기록을 통해 정치적 효과를 의도한 향가가 매우 이른 시기부터 있었으리라 추정할 수 있다. 그리고 〈혜성가〉, 〈원가〉처럼 주술적 효과가 정치 상황에 영향을 끼치는 모습도 있었다. 따라서 〈안민가〉 1편만 남았다고 하여 향가에 정치성이 약했다고 단정할 수는 없다.

〈안민가〉에는 '임금답게 신하답게 백성답게'라는, 『논어(論語)』·「안연(顏淵)」편의 '군군신신부부자자(君君臣臣父父子子)'라는 구절을 연상시키는 표현이 있다. 이 때문에 다른 향가에는 없는 유가 윤리의 이념을 내세운 것으로 보인다. 그렇지만 이보다 5년 전에 이루어졌던 〈도솔가〉가 두 개의 해가 떴던 변괴를 제압했던 것과는 달리, 〈안민가〉의 효과는 직접적으로 드러나 있지 못하다. 오히려 경덕왕이 왕사(王師)로 봉해주겠다는데도 굳이 떠나는 작자 충담의 모습은 마치 좌절한 사람처럼 비쳐지기도 한다. 재위 마지막 해에 창작된 〈안민가〉의 성취는 전제왕권을 구축하려던 경덕왕의 시도가 결국 실패했던 사실과도 맞물려 있다.

경덕왕은 5년 전 이루어졌던 월명과 〈도솔가〉의 성공에도 불구하고, 또다시 충담이라는 승려에게 정치적 문제 해결 방안을 찾아야 했다. 그리하여 이번에는 주술이 아닌 정치성 자체를 직접 지향하였지만, 끝내 바라던 효과를 이루지는 못했던 것으로 보인다.

## ④ 향가의 정서 표현

현존 향가 가운데 애정, 특히 직접적 구애의 노래로는 〈헌화가〉가 유일하다. 현존 향가에 애정과 구애의 비중이 적게 된 이유는 『삼국유사』라는 문헌의 주술, 종교 지향성에 있을 것이다. 그러나 〈헌화가〉 역시 작자인 소 끌던 노인을 현실적 인물이 아닌 보살, 신선, 산신 등의 초월적 존재로 가정한다면, 이 구애의 성격 역시 소박한 사랑과는 좀 다른 의미를 갖게 된다.

애정 요소는 드물게 남은 대신, 곁에 머물던 사람의 부재와 쇠락, 소멸에 대해서는 〈모죽지랑가〉와 〈제망매가〉, 〈찬기파랑가〉 등을 통해 시간의 흐름과 화자의 시선 이동에 따른 시상 전개를 섬세하게 보여주고 있다.

| | |
|---|---|
| 간 봄 몯 오리매 | 지나간 봄 돌아오지 못하니 |
| 모둘 기스샤 우롤 이 시름. | 살아 계시지 못하여 우올 이 시름. |
| 두던 ᄃ 롬곳 됴ᄒ시온 | 볼두덩 논두덩 좋으시던 |
| 즈싀 히 혜나삼 헐니져. | 모습이 해가 갈수록 헐어 가도다. |
| 누늬 도랄 업시 뎌옷 | 눈의 돌음 없이 저를 |
| 맛보기 엇디 일오아리. | 만나보기 어찌 이루리. |
| 郎이여 그릴 ᄆ ᅀ 민 즛 녀올 길 | 郎 그리는 마음의 모습이 가는 길 |
| 다보짓 굴헝희 잘 밤 이샤리. | 다복 굴헝에서 잘 밤 있으리. |
| | – 모죽지랑가, 김완진 역. |

〈모죽지랑가〉는 1행에서 과거의 '봄'을, 마지막 8행에서 미래에 찾아올 '밤'을 제시한다. 그 사이 5행에서 '눈을 돌이키는 나'를 기준으로 전

반부에서는 죽지랑의 과거와 현재를, 후반부에서는 화자 자신의 현재와 미래를 이야기하는 조직적 구성을 취하고 있다. 전반부에서는 죽지랑의 아름다움이 쇠락했다고 하여 정서를 하강시키는데, 과거와 현재의 대비를 두 번 되풀이하여 하강의 폭을 강조한다. 이어지는 후반부에서 눈을 돌이키고 길을 가는 화자의 행동 한편에, 다북쑥 우거진 곳에 잘 밤을 맞더라도 신념을 지키겠다는 비장감을 더해주고 있다.

| | |
|---|---|
| 生死 길흔 | 생사(生死) 길은 |
| 이에 이샤매 머믓그리고 | 예 있으매 머뭇거리고, |
| 나는 가ᄂ다 말ㅅ도 | 나는 간다는 말도 |
| 몯다 니르고 가ᄂ닛고 | 몯다 이르고 어찌 갑니까. |
| 어느 그술 이른 ᄇᆞᄅᆞ매 | 어느 가을 이른 바람에 |
| 이에 뎌에 ᄠᅳ러딜 닙ᄀᆞᆫ | 이에 저에 떨어질 잎처럼, |
| ᄒᆞᄃᆞᆫ 가지라 나고 | 한 가지에 나고 |
| 가논 곧 모ᄃᆞ론뎌 | 가는 곳 모르온저. |
| 아야 彌陀刹아 맛보올 나 | 아아, 미타찰(彌陀刹)에서 만날 나 |
| 道 닷가 기드리고다 | 도(道) 닦아 기다리겠노라. |
| | ─ 제망매가, 김완진 역. |

〈모죽지랑가〉가 '봄'에서 시작해서 '밤'으로 끝나는 시간적 구성을 보이는 것처럼, 〈제망매가〉는 '생사 길'로 시작하여 '미타찰'에서 끝맺고 있다. '생사 길'이 누이가 요절하여 나와 사별한 지금 이곳의 시·공간을 이루는 길이라면, '미타찰'은 누이와 내가 다시 만날 수 있는 머나먼 미래의 어느 시·공간이다. 그리고 그 사이에 나뭇가지와 나뭇잎으로 누

이와 나의 인연과 사별을 비유하였다. 이 비유는 나뭇가지와 나뭇잎에 부모자식을 빗댄 것 자체로도 의미가 있지만, "한 가지에 나고 / 가는 곳 모르온저"라는 말에 화자와 겪은 경험만이 아닌 모든 존재의 보편적인 처지를 담고 있다.

'미타찰'은 종교를 통한 아픔의 승화 또는 초월로 해석되곤 하였다. 그런데 이 부분에는 시간적으로 큰 모순이 있다고 여겨져 왔다. 먼저 죽은 것은 누이인데, 나중에 죽을 화자가 먼저 미타찰에 가서 누이를 기다리고 있다. 김완진(2000)에 따르면 누이가 여자라서 윤회를 더 해야 하는 탓이라고 했다. 초기 불교에서 여자는 음심(淫心)의 대상이라 죄악의 근원이기에, 남자로 다시 한 번 태어나야 윤회에서 벗어난다고 보았기 때문이라는 것이다. 반면에 화자는 승려니까 누이보다 먼저 윤회를 벗어나 정토로 가서 기다릴 것이다. 일리 있는 해석이지만 누이가 여성이어서라기보다 갑작스러운 죽음 탓에 해탈할 만한 소양을 갖추지 못해 윤회를 더 겪게 된 것으로 보는 편이 어떨까 한다.

〈찬기파랑가〉는 '이슬 밝힌 달', '모래 가른 물가', '자갈벌', '잣나무 가지' 등 네 차례에 걸쳐 화자의 시선을 옮기고 있다. 먼저 하늘의 달과 흰 구름을 흐느끼며 바라보다가, 시선을 아래로 옮겨 물가를 바라본다. 물가에는 기파랑의 모습이 남아 있다. 그러나 기파랑의 모습을 찾은 것에 그치지 않고 다시 자갈벌을 본다. 그리고선 기파랑이 지녔던 마음의 끝자락을 쫓겠다고 한다. 마지막으로 다시 시선을 위로 옮겨 높은 잣나무 가지를 바라본다. 하늘에서 시작하여 아래로 내려와 죽지랑을 찾고, 다시 위로 올라가 잣나무의 상징을 우러러보는 여러 차례의 시선 이동을 취한다. 이 작품은 시선을 위와 아래로 여러 차례 옮겨도 기파랑의 모습, 자취, 상징이 사라지지 않음을 말하고 있다. 이는 〈모죽지랑가〉에서 작자 득오가 다북쑥 우거진 곳까지 죽지랑을 따르겠다던 태도와 크게 다르지 않다.

## 5.2. 향가의 역사적 전개

앞서 살펴본 모든 향가를 그 형성 시기에 따라 배열하면 다음 표와 같다. 주목할 점은 7세기에 5편, 8세기 중반 경덕왕 대에 5편이 몰려 있다는 것이다. 7세기는 그 후반에 백제와 신라의 갈등이 심화되어 통일에 이르는 전쟁의 움직임이 시작하는 시기이며, 경덕왕 대는 정치적 격동기였던 한편으로 왕권의 권위를 내세우기 위한 불국사, 석굴암, 성덕대왕신종(통칭 에밀레종) 등의 미술사 유물이 활발하게 건축, 주조되기도 했다. 이 밖에도 표의 '역사적 배경'을 참조하면 역사적으로 중요한 시기마다 그와 관련한 향가가 남아 있다는 점이 눈에 띈다. 이것은 『삼국유사』가 향가 관련 기사를 아무렇게나 싣지 않고, 비중이 있는 각 세대마다 나름의 대표작을 제시하고 있다는 뜻이기도 하다.

| | 왕 명<br>(연 대) | 작 품 명 | 작품세계 | 역사적 배경 |
|---|---|---|---|---|
| 7<br>세<br>기 | 진평왕<br>(579~631) | 〈혜성가〉<br>〈서동요〉 | 주술적, 현실적 효용<br>성중심 | 통일전쟁의 시작<br>기, 불교미술의<br>발흥기 |
| | 선덕왕<br>(632~646) | 〈풍요〉 | 종교적 효용성 중심,<br>수용자 중심의 작품세<br>계 시작 | |
| | 문무왕<br>(661~680) | 〈원왕생가〉 | | 통일신라 문화의<br>형성기 |
| | 효소왕<br>(692~701) | 〈모죽지랑가〉 | 서정성과 효용성의 병<br>행 시작 | |
| 8<br>세<br>기 | 성덕왕<br>(702~736) | 〈헌화가〉,<br>〈원가〉 | | 전제왕권 실현기 |
| | 경덕왕<br>(742~765) | 〈제망매가〉<br>〈도솔가〉<br>〈찬기파랑가〉<br>〈안민가〉<br>〈도천수관음가〉 | 서정성이 강한 작품과<br>효용성이 강한 작품이<br>단일 작가로부터 함께<br>창작되는 양상 | 정치적 격동기,<br>미술사의 황금기 |
| 9<br>세<br>기<br>이<br>후 | 원성왕<br>(785~799) | 〈우적가〉 | 수용자를 설득, 감화<br>하려는 목적성 심화 | 독서삼품과 설치 |
| | 헌강왕<br>(875~885) | 〈처용가〉 | | 빈공제자의 귀국 |
| | 고려 광종<br>(949~975) | 〈보현십원가〉 | 종교적 효용성이 서정<br>성의 영역에까지 파급 | 전제왕권 실현기 |
| | 고려 예종<br>(1105~1122) | 〈도이장가〉 | 주술적 효용성 중심 | 도가 융성기 |

　7세기의 향가는 언어의 주술성에 대한 사유를 지속하는 한편, 그와는
구별되는 체험적, 종교적 언어의 효과에 대한 인식을 갖추어가기 시작

한다. 조금 이른 시기의 〈혜성가〉와 〈서동요〉에서는 언어 텍스트를 통해 천재지변을 다스리고 높은 신분의 미녀를 얻는 등의 주술성과 관련된 효과를 보이고 있다. 그 다음 세대의 〈풍요〉와 〈원왕생가〉에 이르면 상황이 다소 달라진다. 〈풍요〉를 부르면서 자신들이 나른 흙이 조각가 양지에 의해 아름다운 미술품으로 새롭게 태어나는 것을 바라본 수신자들은, 이제 일방적 설득이 아닌 정서적 공감을 통한 텍스트의 수용에 눈을 뜬다. 그와 함께 〈원왕생가〉에서는 작가 광덕과 구별되는 서정주체가 엄장을 비롯한 텍스트의 수신자로부터 나타났다. 수신자의 위치가 상승하면서 신라 중대에 접어들며 〈모죽지랑가〉와 같은, 주술과 종교가 아닌 정서 표현 자체만이 그 창작 동기가 되는 서정시가 출현할 수 있었다.

다음으로 8세기의 향가는 시의 제재로서 '사람'에 대한 관심을 지속하는 한편, 사람을 통해 시간과 공간의 의미를 다시 해석하는 본격적인 서정시의 경향을 갖추게 된다. 그것은 〈도솔가〉, 〈안민가〉를 비롯한 주술성·정치성이 큰 시가가 요청되었던 경덕왕 대에도 지속되는 흐름이었다. 〈도솔가〉와 〈안민가〉의 작가들이 각각 〈제망매가〉, 〈찬기파랑가〉의 작가들이기도 하다는 점은, 현실적 효과와 시적 성취가 한 사람의 작가 의식 안에서 충돌 없이 조화로울 수 있었다는 것을 뜻한다. 〈제망매가〉는 누이와 서정주체의 과거, 현재 그리고 미래를 한 문장에 압축적으로 제시하면서 "생사로(生死路)"에서 "미타찰"에 이르는 시·공간의 통합을 제시함으로써 종교적 시간의 문제에 관심을 기울이고 있다. 한편 〈찬기파랑가〉는 시선의 상하 이동과 교차를 통해 서정주체가 속한 모든 공간을 기파랑의 자취와 연결하여 의식하고자 하였다.

그러나 9세기에 접어들어 한문학의 본격적인 전파와 함께 현존 향가의 수는 줄어든다. 그러나 영재와 처용이 도적과 역신이라는 적대자를 감화, 교화시킨다는 내용이 공통적으로 나타나서, 이 시기 향가 담당층의 관심사를 유추할 수 있다. 그리고 향가의 성과 가운데 종교성과 관계된 성과는 〈보현십원가〉를 통해 계승되고, 훗날 고려의 선시를 비롯한 종교시의 발전에 기여하게 된다.

## 6. 향가 이후 천년, 그리고

향가는 '우리 고장의 노래'로서, 한시 창작이 활발해지기 이전에 우리 서정시 양식으로서 형식과 주제의 완성을 이룬 장르였다. 『삼국유사』와 『균여전』이라는 불교 관계 문헌에만 실려 전하고 있지만, 그럼에도 불구하고 주술과 정치, 종교 등 다양한 현실적 효과와 사랑과 죽음을 넘나드는 정서 표현을 두루 시도했음이 확인된다. 이러한 성과는 짧은 시기에 갑작스럽게 이루어진 산물이 아니었다. 제의성과 서정성 그리고 그 병존(竝存)을 갖가지 방식으로 구현했던 고대시가의 유산과, 제목과 배경만 전하지만 삼국 시대의 여러 지역에서 이루어졌던 시가 창작과 향유의 경험을 튼실한 토대 삼아 수백 년 세월을 거쳐 이룬 것이었다. 이런 점에서 고대시가와 향가 사이에는 천 년의 시간적 거리가 있지만, 그 천 년은 우리 나름의 서정시 양식을 창출하기 위한 하나의 노력으로 귀결되는 단 한 줄기의 시간이다. 그리고 그 시간은 향가로부터 천 년 뒤의 우리들에게로 이어지고 있다. 앞으로 또 천 년이 흐를지라도 그 생명력은 꾸준히 이어질 것이다. 향가의 신비성은 '감동천지귀신'의 신비한 효과에 있다고 했지만, 정작 더욱 큰 신비는 수천 년을 이어져 온 끊임없는 생명력 그 자체이다.

# 참/고/문/헌

## 1. 기본 자료

- 『역주 한국고대금석문』1~3, 가락국사적개발원. 1992.
- 干寶, 이원길 옮김, 『搜神記』I · II, 연변인민출판사, 2007.
- 강인구 · 김두진 · 김상현 · 장충식 · 황패강, 『역주 삼국유사』I · V, 이회문화사, 2002~2003.
- 景戒, 정천구 역, 『日本靈異記』, CIR, 2011.
- 고운기 옮김, 『삼국유사』, 홍익출판사, 2001.
- 求那跋陀羅 한역, 『雜阿含經』(동국대 불교학술원 http://abc. dongguk.edu/)
- 권상로, 『삼국유사』, 동서문화사, 1978.
- 均如, 『教分記圓通鈔』, 『韓國佛教全書』4, 동국대학교 출판부, 1982.
- 金富軾, 『三國史記』 · 「新羅本紀」(한국사dB http://db.history. go.kr/)
- 박성봉, 고경식, 『역해 심국유사』, 서문문화사, 1985.
- 원효 저, 은정희 · 송진현 역주, 『金剛三昧經論』, 일지사, 2000.
- 이규보, 조현설 옮김, 『東明王篇』, 아카넷, 2019.
- 이능화, 『역주 한국불교통사』1, 동국대 출판부, 2010.
- 이도흠, 『이사부』, 자음과모음, 2010.
- 이범교, 『삼국유사의 종합적 해석』상 · 하, 민족사, 2005.
- 이병도 역, 『CD-Rom 삼국사기 · 삼국유사』, 두계학술재단, 1999.
- 이승휴, 김경수 옮김, 『帝王韻紀』, 역락, 1999.

- 일연 저, 박성규 역, 『규장각본 완역 삼국유사』, 서정시학, 2009.
- 一然, 『三國遺事』, 『韓國佛教全書』 4, 동국대학교 출판부, 1982.
- 정구복 외, 『역주 삼국사기』, 한국정신문화연구원, 1997.
- 蒲松齡, 김혜경 옮김, 『聊齋志異』 1~6, 민음사, 2002.
- 노성환 역주, 『古事記』, 예전, 1990.
- 『大正新修大藏經』 전자파일(Cbeta Reader v.3.8), Cbeta, 2009.4.16.
- 『新增東國輿地勝覽』 권29, 高嶺縣.
- 일본육국사 한국관계기사 『日本書紀』 (http://db.history.go.kr/item/level.do?itemId=jm)


## 2 단행본

- 고운기, 『삼국유사의 재구성』, 역락, 2021.
- 고운기 글, 양진 사진, 『우리가 정말 알아야 할 삼국유사』, 현암사, 2002.
- 김두진, 『한국고대의 건국 신화와 제의』, 일조각, 1999.
- 김상현, 『역사로 보는 원효』, 고려원, 1994.
- 김승찬, 『향가문학론』, 부산대출판부, 1999.
- 김승호, 『삼국유사 서사담론 연구』, 월인, 2013.
- 김열규 · 김정하 · 곽진석, 『신삼국유사』, 사계절, 2000.
- 김영태, 『자세히 살펴본 삼국유사』 1, 도피안사, 2009.
- 김완진, 『향가와 고려가요』, 서울대출판부, 2000.
- 김완진, 『향가해독법연구』, 서울대출판부, 1980.
- 김원중 옮김, 『삼국유사』, 을유문화사, 2002.
- 김장동, 『향가를 소설로, 오페라로, 뮤지컬로』, 북치는마을, 2010.

- 김정설,『풍류정신』, 영남대 출판부, 2009(초판: 정음사, 1986).
- 김종우,『향가문학연구』, 이우출판사, 1975.
- 김지견 편,『원효성사의 철학세계』, 민족사, 1989.
- 김충열,『김충열교수의 유가윤리강의』, 예문서원, 1994.
- 김화경,『한국신화의 원류』, 지식산업사, 2005.
- 리상호 옮김, 강운구 사진,『사진과 함께 읽는 삼국유사』, 까치, 1999.
- 박노준,『향가』, 열화당, 1982.
- 박상란,『신라와 가야의 건국 신화』, 한국학술정보, 2005.
- 박성봉 · 고경식 역,『역해 삼국유사』, 서문문화사, 1992.
- 박재민,『신라향가변증』, 태학사, 2013.
- 서대석,『한국신화의 연구』, 집문당, 2001.
- 서울예술단,『서울 예술단 공연자료집 2 · 향가, 사랑의 노래』, 서울예술단, 2002.
- 서철원,『향가의 역사와 문화사』, 지식과교양. 2011.
- 성호경,『신라향가연구』, 태학사, 2008.
- 신재홍,『향가의 미학』, 집문당, 2006.
- 신종원,『신라초기불교사연구』, 민족사, 1992.
- 양주동,『증정 고가연구』, 일조각, 1965.
- 양희철,『삼국유사 향가연구』, 태학사, 1998.
- 오대혁,『원효 설화의 미학』, 불교춘추사, 1999.
- 袁陽, 박미라 옮김,『중국의 종교문화(原題: 生死事大)』, 길, 2000.
- 윤영옥,『신라시가의 연구』, 형설출판사, 1979.
- 윤철중,『한국도래신화연구』, 백산자료원, 1997.

- 이도흠, 『신라인의 마음으로 삼국유사를 읽는다』, 푸른역사, 2000.
- 이복규, 『부여·고구려 건국 신화 연구』, 집문당, 1998.
- 이연숙, 『신라향가문학연구』, 박이정, 1999.
- 이우학, 『인디언설화』, 한국학술정보, 2006.
- 임기중, 『신라가요와 기술물의 연구』, 이우출판사, 1981.
- 조원영, 『가야, 그 끝나지 않은 신화』, 혜안, 2008.
- 조현설, 『동아시아 건국 신화의 역사와 논리』, 문학과지성사, 2003.
- 진창영, 『우리 시의 신라정신과 노장의 생태주의』, 국학자료원, 2007.
- 최  철, 『향가의 문학적 해석』, 연세대출판부, 1990.
- 허혜정, 『「처용가」와 현대의 문화산업』, 글누림, 2008.
- 홍기문, 『조선신화연구』, 사회과학원출판사, 1964 (지양사 영인, 1989).
- 화경고전문학연구회 편, 『향가문학연구』, 일지사, 1993.
- 황패강, 『향가문학의 이론과 해석』, 일지사, 2001.
- 현송, 『한국 고대 정토신앙 연구·삼국유사에 나타난 신라 정토신앙을 중심으로』, 운주사, 2013.
- 후지 요시나리[藤能成], 『원효의 정토사상 연구』, 민족사, 2001.
- Claude Levi-Strauss, 류재화 옮김, 『오늘날의 토테미즘』, 문학과지성사, 2012.
- Th. Stcherbatsky, 연암 종서 옮김, 『열반의 개념』, 경서원, 1994.

### 3. 논문

- 고영섭, 「원효의 통일학」, 『한국의 사상가 10인 - 원효』, 예문서원, 2002. 164~225면.

- 고운기, 「문화원형의 의의와 『삼국유사』」, 『한문학보』 24, 우리한문학회, 2011, 7면.
- 고운기, 「일연의 글쓰기에서 정치감각·삼국유사 서술방법의 연구·2」, 『한국언어문화』 42, 한국언어문화학회, 2010, 29면.
- 권오경, 「동아시아 곡신신화 연구」, 『어문학』 102, 한국어문학회, 2008, 207면.
- 권오만·고재희, 「한국 전통문화상 풍류활동의 전개」, 『선도문화』 17-1, 국제뇌교육종합대학원 국학연구원, 2014, 381~414면.
- 권오엽, 「삼국사기의 박혁거세 신화」, 『일본문화학보』, 31, 한국일본문화학회, 2006.
- 김경미, 「가부장적 서사 장치의 강화, 〈김현감호〉의 플롯 연구」, 『한국고전연구』 45. 한국고전연구학회, 2019, 221~249면.
- 김광식, 「근대 일본의 신라 담론과 일본어 조선 설화집에 실린 경주 신화·전설 고찰」, 『연민학지』 16, 연민학회, 2011.
- 김명준, 「서역(아랍)과 고려속요」, 『중세 동서시가의 만남』, 단국대 출판부, 2009, 161~182면.
- 김문태, 「삼국유사의 체제와 성격」, 『삼국유사의 시가와 서사문맥 연구』, 태학사, 1995, 24~30면.
- 김상현, 「삼국유사 원효 기록의 검토」, 『원효연구』, 민족사, 2000. 78면.
- 김상현, 「신라삼보의 불교사상적 의미」, 「만파식적설화의 유교적 정치사상」, 『신라의 사상과 문화』, 일지사, 1999, 55~105면.
- 김선주, 「선도성모 수희불사의 형성 배경과 의미」, 『신라사학보』 43, 신라사학회, 2018, 37~66면.

- 김성룡, 「원효의 글쓰기와 중세적 주체」, 『한국문학사상사 1』, 이회, 2004. 64~90면.

- 김수태, 「삼국유사 피은편의 저술과 일연·은거와 참여의 관계를 중심으로」, 『신라문화』 49, 신라문화연구소, 2017, 153~178면.

- 김열규, 「삼국유사의 신화론적인 문제점」, 『삼국유사의 신연구』, 신라문화제학술논문집, 1980.

- 김영태, 「승려낭도고-화랑도와 불교와의 관계」, 『불교학보』 7, 동국대 불교문화연구소, 1970, 255~274면.

- 김영태, 「전기와 설화를 통한 원효 연구」, 『불교학보』 17, 동국대 불교문화연구소, 1980. 55면.

- 김임중, 「원효의 『금강삼매경론』 연기설화: 『화엄연기』에마키를 중심으로」, 『연민학지』 21, 연민학회, 2014. 229-277면

- 김정숙, 「17,18세기 한중 귀신·요괴담의 일탈과 욕망」, 『민족문화연구』 56, 고려대 민족문화연구원, 2012.

- 김정숙, 「신라 신화의 역사적 기능 및 그 인식의 변천」, 『경북사학』 23, 경북사학회, 2000.

- 김종우, 「모죽지랑가의 성격고」, 『한국문학논총』 1, 한국문학회, 1978. 13면.

- 김준기, 「신모신화연구」, 경희대 박사논문, 1995, 67면.

- 김진영, 「서동의 정체」, 『한국문학사의 쟁점』, 집문당, 1986, 168~175면.

- 김창원, 「삼국유사 감통의 서사적 특수성 속에서 모색해 본 향가의 접근 논리」, 『국제어문』 29, 국제어문학회, 2003, 177~199면.

- 김혜경, 「『聊齋志異』에 나타난 蒲松齡의 작가의식·人鬼交婚小說

을 중심으로」, 『중국학보』 35, 한국중국학회, 1995.

• 김화경, 「연오랑 세오녀 설화의 연구 · 환동해문화권의 설정을 위한 고찰을 중심으로」, 『인문연구』 62, 영남대 인문과학연구소, 2011, 59~84면.

• 김홍규, 「정복자와 수호자 · 5~7세기 한국사의 왕립 금석문과 왕권의 수사」, 『고전문학연구』 44, 한국고전문학회, 2013, 358~382면

• 남동신, 「원효의 생애와 사상」, 『한국불교연구사입문(상)』, 지식산업사, 2013. 234~270면.

• 노성환, 「대마도 천도신화에 관한 연구」, 『일어일문학연구』 43, 대한일어일문학회, 2002, 325~327면.

• 류효석, 「풍월계 향가의 장르성격 연구」, 성균관대 박사논문, 1992, 66~87면.

• 문명대, 「신라 조각장 양지론」, 『원음과 적조미』, 예경, 2003, 32면.

• 박대복, 「여우의 초월적 성격과 변모 양상」, 『동아시아고대학』 23, 동아시아고대학회, 2010, 279~315면.

• 박미선, 『신라 점찰 법회와 신라인의 업 · 윤회 인식』, 혜안, 2013. 73~75면.

• 박상란, 『신라와 가야의 건국 신화』, 한국학술정보, 2005, 140~149면.

• 박애경, 「불교문화의 저변화와 〈맹아득안가〉」, 고가연구회 편, 『향가의 수사와 상상력』, 보고사, 2010, 335~353면.

• 박애경, 「정토신앙 공동체와 향가」, 고가연구회 편, 『향가의 깊이와 아름다움』, 보고사, 2009, 142~164면.

• 박재민, 「모죽지랑가의 10구체 가능성에 대하여」, 『한국시가연구』 16, 한국시가학회, 2004, 5~26면.

- 박재민, 「풍요의 형식과 해석에 관한 재고」, 고가연구회 편, 『향가의 수사와 상상력』, 보고사, 2010, 193면.
- 박태원, 「선불교, 철학적으로 사유하다 : 원효 선관(禪觀)의 철학적 읽기 ─선과 언어적 사유의 결합 문제와 관련하여」, 『동아시아불교문화』 16, 동아시아불교문화학회, 2013. 3-34면.
- 배병균, 「애정소설의 한 양상 ─『聊齋志異』의 경우」, 『인문학지』 11, 충북대 인문학연구소, 1994.
- 서철원, 「대가야 건국 신화와의 비교를 통해 본 백제 건국 신화의 인물 형상과 그 의미」, 『한국 고전문학의 방법론적 탐색과 소묘』, 역락, 2009, 377~397면.
- 서철원, 「신라 향가의 서정주체상과 그 문화사적 전개」, 고려대학교 박사논문, 2006, 76~78면.
- 서철원, 「향가의 제재로서 화랑 형상의 문학사적 의미」, 『한국시가연구』 29, 한국시가학회, 2010, 93~119면.
- 서철원, 「화엄불국과 신라 · 여초 시가의 이상세계」, 『한국시가연구』 51, 한국시가학회, 2020, 50면.
- 선석열, 「사로국의 지배 구조와 갈문왕」, 『역사와 경계』 80, 부산경남사학회, 2011.
- 小峯和明, 이시준 옮김, 『일본설화문학의 세계』, 소화, 2009.
- 신동흔, 「모죽지랑가의 시적 문맥」, 『한국고전시가작품론』 1, 신구문화사, 1992, 112~113면.
- 신선혜, 「삼국유사 편목 구성의 의미 · 피은편을 중심으로」, 『보조사상』 37, 보조사상연구원, 2012, 149~185면.
- 신성현, 「한국불교 계율학의 연구성과와 전망」, 『한국불교학』 68,

한국불교학회, 2013, 674면.

- 신재홍, 「8행 향가」, 『향가의 미학』, 집문당, 2006, 187면.

- 신재홍, 「향가의 공간적 상상력」, 『고전문학연구』 31, 한국고전문학회, 2007, 1~30면.

- 신종원, 「계집종 '욱면'의 염불왕생 설화와 역사」, 『삼국유사 새로읽기 (2)』, 일지사, 2011, 180~181면.

- 신종원, 「원광과 진평왕대의 점찰법회」, 『신라초기불교사연구』, 민족사, 1992, 212면.

- 양근석, 「한민족의 풍류도와 화랑사상 연구」, 『국민윤리연구』 38, 한국국민윤리학회, 1998, 79~96면.

- 양성필, 「난생신화와 궤짝신화의 상관성 고찰」, 『탐라문화』 35, 제주대 탐라문화연구소, 2002, 75~104면.

- 양희철, 「〈제망매가〉의 표현과 의미」, 『향가연구』, 태학사, 1998, 409~418면.

- 윤영옥, 「풍류사상과 한국시가-신라의 풍류적 인간상」, 『정여윤영옥박사학술총서 10: 작가 · 작품론 편』, 민속원, 2011, 182~225면.

- 윤예영, 「『삼국유사』 감통편의 담화기호학적 연구」, 『구비문학』 32, 한국구비문학회, 2012, 285~307면.

- 이기백, 「신라 오악의 성립과 그 의의」, 『신라정치사회사연구』, 일조각, 1974, 207면.

- 이기백, 「정토신앙의 제양상」, 『신라사상사연구』, 일조각, 1986, 124~189면.

- 이도흠, 「〈제망매가〉의 화쟁기호학적 연구」, 『한양어문연구』 11, 한양어문연구회, 1993, 174~176면.

- 이도흠, 「신라 향가의 문화기호학적 연구」, 한양대학교 박사논문, 1993, 113면.
- 이영호, 「신라 문무왕릉비문의 재검토」, 『역사교육논집』 8, 역사교육학회, 1986.
- 이은창, 「신라 신화의 고고학적 연구(1)」, 『삼국유사의 현장적 연구』, 신라문화제학술논문집, 1990.
- 이주영, 「고구려 건국 신화의 이원적 구조와 문화기호」, 고려대 석사논문, 2009, 23~34면.
- 임기중, 「처용노래와 그 이야기의 변신 모티프」, 『처용연구논집 Ⅱ · 문학1』, 역락, 2005, 343면.
- 임재해, 「맥락적 해석에 의한 김알지 신화와 신라문화의 정체성 재인식」, 『비교민속학』 33, 비교민속학회, 2007.
- 張伯偉, 「花郎道與魏晉風流關係之探討」, 『동방한문학』 13, 동방한문학회, 1997, 177~179면.
- 장지훈, 「신라 건국 신화에 대한 일고찰」, 『부산사학』 19, 부산사학회, 1990.
- 田村圓澄, 「백제와 미륵신앙」, 공저, 『백제불교문화의 연구』, 서경문화사, 1994, 392~398면.
- 정상균, 「혁거세, 석탈해, 김알지 신화」, 『한국고대서사문학사』, 태학사, 1998, 149~198면.
- 정출헌, 「삼국의 여성을 읽던 일연의 한 시각: 〈김현감호〉의 경우」, 『문학과 경계』 13, 문학과 경계사, 2004, 313면.
- 정환국, 「나말여초 전기의 '욕망의 형식화'에 대하여」, 『초기 소설사의 형성과정과 그 저변』, 소명출판, 2005.

- 정환국, 「삼국유사의 인용 자료와 이야기의 중층성」, 『동양한문학연구』 23, 동양한문학회, 2006, 127면.
- 조범환, 「迎日冷水里碑를 통하여 본 신라 村과 村主」, 『동북아역사총서2 · 금석문을 통한 신라사 연구』, 한국학중앙연구원, 2005.
- 조은정, 「『삼국유사』의 시적 수용과 '미당 유사'의 창조」, 연세대 석사논문, 2005, 84~85면.
- 조형호, 「향가의 서정공간 연구」, 서강대학교 박사논문, 1994.
- 주보돈, 「迎日冷水里新羅碑에 대한 기초적 검토」, 『금석문과 신라사』, 지식산업사, 2002.
- 진은숙, 「히메코소사의 연기 전승 고찰」, 『일본어교육』 58, 한국일본어교육학회, 2011.
- 채미하, 「신라시대 四海와 四瀆」, 『역사민속학』 26, 역사민속학회, 2008, 7~40면.
- 채숙희, 「Etude comparative entre le mythe d'Orphée et le mythe de Sourobuin de la Corée(오르페 신화와 한국의 수로부인 신화의 비교 연구)」, 『한국프랑스학논집』 40, 한국프랑스학회, 2002, 17~18면.
- 천혜숙, 「여성신화연구(1): 大母神 상징과 그 변용」, 『민속연구』 1, 안동대 민속학연구소, 1991, 1~11면.
- 최유진, 「원효에 있어서 화쟁과 언어의 문제」, 『한국의 사상가 10인 · 원효』, 예문서원, 2002. 364~375면.
- 한흥섭, 「풍류도, 한국음악의 철학과 뿌리」, 『인문연구』 49, 영남대 인문과학연구소, 2005, 291~322면.
- 홍성암, 「풍류도의 이념과 문학에의 수용 양상」, 『한민족문화연구』 1, 한민족문화학회, 1996, 217~256면.

# 찾/아/보/기

## 서 철 원

서울대학교 인문대학 국어국문학과 부교수.

경기도 평택에서 출생하여 고려대학교에서 문학박사 학위를 받고, 경남대 전임강사와 성균관대 조교수를 역임했다.

지은 책으로『향가의 유산과 고려시가의 단서』(세종도서 학술부문),『향가의 역사와 문화사』(학술원 우수학술 도서),『한국 고전문학의 방법론적 탐색과 소묘』등이 있다.

# 삼국유사 속 시공과 세상

초 판   인 쇄 | 2022년 2월 4일
초 판   발 행 | 2022년 2월 4일

지  은  이  서철원

책 임 편 집  윤수경

발  행  처  도서출판 지식과교양
등 록 번 호  제2010-19호
주      소  서울시 강북구 우이동108-13, 힐파크103호
전      화  (02) 900-4520 (대표) / 편집부 (02) 996-0041
팩      스  (02) 996-0043
전 자 우 편  kncbook@hanmail.net

ISBN 978-89-6764-179-5  93800                          정가 25,000원